명예로운 이름을 역사에 기록하여 길이 후세에 남길

垂名竹帛
수   명   죽   백

정 태 근 시와 수필집

조선여인의 젖가슴 드러낸 사연

울엄마날기르실적

1937년도

🪷 ㈜이화문화출판사

명 당

아내가 있는 영봉

경기도 양주시 장흥면 신세계공원 특지 77-77

수명죽백(垂名竹帛)

야당은 이승만과 갈라선 보수 정치 세력을 결집하여 민주당을 만들었다. 민주당은 1956년 선거에서 대통령 후보에 신익희, 부통령 후보에 장면을 내세우고 "못 살겠다. 갈아 보자"는 구호를 앞세워 이승만 정권에 강력히 도전하였다. 신익희의 갑작스러운 죽음으로 정권 교체는 수포로 돌아갔으나, 부통령에는 자유당의 이기붕을 제치고 민주당의 장면이 당선되었다. 대통령 선거에서도 혁신계의 대표를 자처하는 조봉암이 총 득표의 24% 가량을 얻는 선전을 하였다. 위기 의식을 느낀 이승만은 혁신 세력이 세운 진보당을 탄압하고, 조봉암을 간첩 혐의로 사형에 처했다. 또한 반공 체제를 강화한다는 명분으로 신국가보안법을 제정하고, 정부에 비판적인 경향신문을 폐간하는 등 비판 세력에 대한 탄압을 강화함으로써 정권을 유지하고자 하였다.

이승만 정부는 1950년 농지 개혁을 시행하였다. 그러나 '유상 매수 유상 분배'의 원칙 아래 시행된 농지 개혁은 대상이 되는 토지가 크게 줄어든 데다, 토지 가격이 상당히 높게 책정되는 등 농민의 요구와는 거리가 멀었다.

한국전쟁이 끝난 후 이승만 정부는 미국의 원조를 바탕으로 전쟁 피해를 복구하고 경제를 발전시키고자 하였다. 미국의 원조 물자는 주로 농산물과 의복, 의료품 같은 생활 필수품 등 소비재 산업에 집중되었다. 그 결과 한국 경제는 미국에 종속되어 갔으며, 공업 부문의 불균형이 심해졌다. 한편 원조 물자를 집중적으로 배당받은 일부 기업은 독점적 대기업으로 성장하였다.

이러한 현상은 해방 이전 일본인 소유였다가 미군정을 거쳐 한국 정부로 넘어온 귀속 재산의 불하에서도 나타났다. 귀속 기업체는 실제 가치보다 훨씬 낮은 가격에 판매되었으며, 자금도 장기간에 걸쳐 갚으면 되었다. 따라서 귀속 기업체

를 불하받는 것은 커다란 특혜였다. 이와 같은 과정에서 기업과 정권의 결탁 현상이 본격화되기 시작하였다.

이승만 대통령 부부 1956년 제3대 대통령에 취임한 뒤 부인 프란체스카 여사와 찍은 사진. 헌법상 대통령은 3선에 도전할 수 없었으나 자유당은 초대 대통령에 한하여 이 규정을 적용하지 않는 법안을 추진했다. 1954년 11월 27일, 국회 표결 결과 국회 재적 의원 203명 중 통과에 필요한 136석보다 1석 적은 135석 찬성으로 부결이 선포되었다. 그러나 자유당은 3분의 2의 소수점 이하를 반올림하면 135명이 된다는 궤변을 내세워 표결 결과를 번복시켰다.

1. 한·일 간 영해 분쟁

— 1차 맥아더 라인
— 2차 맥아더 라인
━ 평화선(이승만 라인)
- - ABC 라인
-·- 클라크 라인

소 련
중 국
블라디보스토크
조선민주주의인민공화국
동 해
대 한 민 국
서 해
울릉도
독도
쓰시마 섬
시모노세키
후쿠오카
일 본
나가사키
제주도

ABC 라인(1952. 9. 20)
이승만 라인에 대한 일본측의 대응선

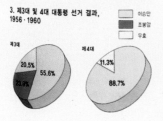

3. 제3대 및 4대 대통령 선거 결과,
1956·1960

이승만 / 조봉암 / 무효

제3대: 55.6%, 23.9%, 20.5%
제4대: 88.7%, 11.3%

191

3

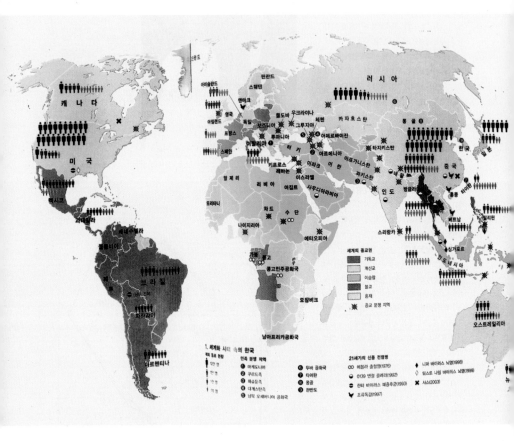

수명죽백(垂名竹帛)

2022년 한 해를 보내면서...

본지회장 **장 덕 환**

1981년 10월 경 민족단체가 탄생했다. 이때만 해도 통일 말만 해도 반 공법 등 살벌하고 힘들 때였다. 이때 독립운동 하신 애국지사들이 뜻을 모아 민족통일 촉진회를 100인이 인사동 Y.M.C.A에서 유석현, 이강훈, 남재희, 권두영, 김재호, 송남헌, 김성권, 유근주, 박진목, 김낙중 선생 등 많은 애국지사들이 통일에 뜻을 가진 사람들이 모여 민족통일 촉진회를 발족하여 이 단체를 기점으로 우리나라 통일운동을 시작했다. '외세에 의한 분단된 조국에 통일만이 온 국민의 소원이다'며 외친 애국지사들의 통일의 절규였다. 오늘까지도 수많은 세월을 겪으면서 정권이 바뀌었으나 통일 기미가 보이지 않고 있다.

21세기가 오고 또 세월이 가도 이산가족 중 북에 있는 가족 남한에 이산가족 친족들의 생사조차 알 수 없고 가족 상봉은 세월 속에 멀어져가고 있다. 최근에는 북한은 넘지 말아야 할 분단 후 처음 NLL 선을 넘었다.

분단 이후 처음으로 지난 11월 2일 오전 북방 한계선 NLL 남쪽으로 탄도미사일을 발사했다. 최근에는 북한은 핵무기 등으로 남한에 위협을 가하고 있어 국내에 평화 통일을 좁히지 못한 북한과 남북 문제로 국민의 소원인 통일운동은 어렵고 멀어져가고 있다.

국민 모두가 통일을 염원하고 있는 지금의 정세를 보면서 러시아의 우크라이나 침공으로 세계는 걷잡을 수 없이 물가상승으로 국민 모두가 경제적 어려움에 처해있다. 주변 열강들의 영토분쟁으로 이전 투구하고 있는 현실을 볼 때 다시 한번 나라가 강해야 한다는 생각이다.

이럴 때 일수록 국민 모두가 단결하여 통일 염원하는 생각과 통일운동을 촉진시켜 한국이 처해있는 통일운동을 전 세계에 알려야 한다.

지난 날 애국애족을 걱정하신 선열들의 독립운동을 생각하면서도 민족관을 계승하여 통일운동에 앞장서는 민족통일 대변지 역할을 할 것을 다짐합니다.

2022. 12.
한해를 보내며

5

윤대통령, 경제안보 동맹강화
바이든 '기술동맹을 통해 발전'

조 바이든 미국 대통령은 지난 2022년 5월 20일 2박3일 일정으로 한국을 방문했다. 반도체를 포함한 첨단기술과 공급망 분야 협력강화로 한미경제 기술분야를 강화하기로 했다. 그의 첫 아시아 순방이자 첫 방한이다.

첫 날 윤석열 대통령과 함께 삼성전자 평택 반도체공장을 방문한 조 바이든 미국 대통령을 향해 "바이든 대통령의 평택 캠퍼스 방문은 반도체가 갖는 경제·안보적 의미는 물론, 반도체를 통한 한·미 '글로벌 포괄적 전략동맹'의 의미를 되새

길 수 있는 좋은 기회가 될 것"이다 라고 말했다.

이날 조 바이든 대통령과 함께 반도체공장을 시찰한 뒤 연설에서 "반도체는 자율주행차, AI, 로봇 등 모든 첨단 산업의 필수부품이자 미래 기술경쟁력을 좌우하는 핵심 요소"라며 "대한민국은 전 세계 메모리 반도체의 70%를 공급하면서 반도체 글로벌 공급망의 핵심적인 역할을 수행하고 있다"며 이같이 밝혔다.

윤 대통령은 "한·미 동맹의 오랜 역사처럼 한·미 반도체 협력의 역사 또한 매우 깊다.

윤 대통령, 스위스 다보스포럼에서 연차총회 특별연설

윤석열 대통령이 19일(현지시간) 스위스 다보스에서 열린 2023 세계경제포럼 연차총회에서 '행동하는 연대를 위하여'를 주제로 연설하고 있다.

글로벌 정·재·학계 인사가 한자리에 모이는 세계경제포럼(WEF) 연차총회(다보스포럼)가 16일(현지시간)부터 4박5일 일정으로 스위스 휴양지 다보스에서 개최된다. 지난 2021년, 2022년은 코로나19 대유행으로 다보스포럼 행사가 취소돼 올해는 3년만에 재개되는 대면 행사다.

다음은 연차총회 특별연설로 윤석열 대통령의 연설문이다.

행동하는 연대를 위하여
Solidarity in Action

여러분, 반갑습니다.
오늘 이 자리를 준비해주신
슈밥 회장님께 감사드립니다.

한-UAE 정상회담

한-UAE 간 '특별 전략적 동반자 관계'를
최고 수준으로 발전시켜 나가기로 합의

모하메드 빈 자이드 알 나흐얀(Mohamed bin Zayed Al Nahyan), 이하 '모하메드」 아랍에미리트연합국(UAE) 대통령의 초청으로 1980년 양국 수교 이래 첫 국빈 방문이자 한국 대통령으로서는 10번째 UAE 방문 중인 윤석열 대통령은 1. 15. (일) 대통령궁(Qasr Al Watan)에서 모하메드 대통령과 정상회담을 가졌다.

정상회담에 앞서 열린 야외 공식 환영식에서는 모하메드 대통령을 비롯한 UAE 주요 인사와 연방정부 각료들이 참석한 가운데 기마병 호위, 예포 발사(21발), UAE 공군 곡예 비행시범단의 에어쇼 등 UAE 측의 각별한 환대가 있었다.

공식환영식에 이어 윤 대통령과 모하메드 대통령은 확대 회담과 단독 회담 순으로 진행된 정상회담을 갖고, 한-UAE 간 '특별 전략적 동반자 관계'를 최고 수준으로 발전시켜 나가기로 합의했다.

수명죽백(垂名竹帛)

"역사의 굴레"
그것은 지식인의 족쇄와 같다

본지회장 **장 덕 환**
교수/정치학박사

역사를 책임지는 사람은 아무도 없다. 다만 역사로 탄생되기 전까지는 어느 쪽으로 가느냐에 따라 영향력을 행사하려고 발버둥 칠 뿐이다. 그러다가 일단 역사의 흐름이 결정되면 자기 공이고, 자기편이라고 침소봉대, 선전(Public relation)하는 것이 대부분의 정치형태가 아닌가 싶다. 그것은 왕조시대나 현대사회도 크게 다를 바가 없을 것이다.

그러나 인간의 삶이 모두 역사나 문화로 기록되어 세대를 초월한 모든 사람들의 나침반이 될 수는 없다. 어떤 형상(사건)이 한세대의 역사가 되려면 구비요건이 필요하다. 역사가 탄생한 세대가 아닌 다른 세대에서도 그 현상이 적어도 중요하고 의미 있다고 인식해야하기 때문이다. 그 같은 인식의 공감대가 형성되지 않으면 어떤 이슈화된 컨센서스를 행동화하기 어렵기 때문에 지식인들의 역사의식이 어느 시대 어느 상황에서도 중요하다 하겠다.

소위 '역사의 굴레'를 벗어버리고 굴레 벗은 망아지처럼 초원을 뛰어다니면 그는 이미 지식인의 영역에서 스스로 떨어져 나갔다 할 수 있을 것이다. 사람에겐 누구나 자기 굴레가 있다. 그 굴레를 벗어버리면 그 사람은 다른 사람이 되는 것이다.

우리의 삶도 어쩌면 거대한 연극 무대다. 그 연극 무대에서 주어진 역할에 최선을 다해 관객에게 호평을 받으면 더욱 인기를 얻어 다음 공연엔 더 빛나는 역할을 맡을 수가 있을 것이 아닐까? 아름다움에는 그 아름다움 자체도 있지만 삶에는 여러 종류의 아름다움이 있다. 그 속엔 절제의 미 또한 상당한 상위 순위로 꼽힐 것이다. 남자에 있어 절제의 아름다움은 여성의 정절을 지키는 성스러움에 비견 할 수 있을 것이다. 신념 있는 행동, 그 성은 종교와도 같은 것이 아닌가 싶다.

지식인에 있어서 종교와도 같은 것은 민족과 국가의 숨결인 역사를 믿고 지키는 일일 것이다.

지식인이 인고의 시간이 필요함은 어느 특정 이익집단 편에 서면 몸과 마음이 불편함을 견뎌내야 하기 때문이다.

한국, K방산 세계4강으로 가고 있다

방산 협력을 통해 제3국 시장 진출이 가능하게 될 것

K2 전차 환영행사 첨석한 두다 폴란드 대통령

우리나라가 폴란드에 수출하는 k2전차와 k9 자주포의 초도분이(1차수출물량)이 현지에 도착한 직후 열린 인수행사에 폴란드 대통령과 부총리등 정부 및 준 고위 관계자들이 대대적행사를 위해 대거참석했다. 두다 대통령은 러시아침공과 우크라이나 전쟁국면에서 한국무기의 신속한 인도는 매우 중요하다는 것을 느꼈다. 한국산 무기의 현지도착은 지난 7월말 1차 계약을 체결한 지 4개월만이다. 폴란드와 한국 방산 업체들과 k2전차-1000대, k9자주포 672문, FA-50, 경곡기 48대 첨단무단연장로켓 288문등에

대한 수출은 2030년 초중반까지 단계적으로 이뤄진다. 폴란드의 1차계약은 120억달러 (약 15조 6000억원) 수준이다. 정부소식통은 탄약과 후속 군수 지원등 전체물량을 포함하면 총규모는 400억달러(약 52조여원)에 달할 전망이라고 한다. 폴란드대통령까지 나서서 한국산무기 1차 물량 환영 행사를 연 것은 폴란드 군의 전력공백을 매울 수 있는 필요성이 그만큼 시급하기 때문이다. 지난 2월 러시아가 우크라이나를 침공한 직후 폴란드군은 자국전차와 자주포장갑차 등을 대거 우크라이나 군에게 제공했다. 이에 따라 공백을

수명죽백(垂名竹帛)

매우기 위한 갭필터(Gap-Filter)무기 도입을 추진했지만 미국, 독일 등은 몇 년가량 걸릴 것으로 예상됐고 한국만큼 폴란드가 원하는 시기에 빨리 무기를 공급할 나라가 없었다. 군 소식통은 신속한 공급과 뛰어난 가성비가 한국 무기를 선택한 이유라고 전했다. 방산과 계약체결 후 4개월만에 전차, 자주포 등을 제공한 것은 국제무기 거래관행 상 매우 이례적이라 한다. 1차 물량 도입 행사와 관련 우리측에선 한국내에서 훈련한 폴란드군 장병들이 k2전차등을 직접 운용하는 모습을 보여주는게 좋겠다는 의견도 개진했던 것으로 알고 있다. 폴란드쪽은 그럴 경우 행사시기가 이달 말로 늦어진다면 항구도착 시기에 맞춰 하자는 입장을 강하게 피력, 이날 행사가 열렸다고 전한다.

k2 전차의 경우 폴란드군 30명이 한때 로템등에 6주간 교육을 받고 이달 귀국하며 k9자주포는 폴란드 현지서 교육받을 예정이다. 한/폴 양국은 매주 무기 거래를 계기로 유럽시장을 중심으로 한국산 무기의 개도국진출도 적극 추진 할 계획이다. 브와슈차크장관은 지난달 29일 한/폴란드 방산 협력콘퍼런스에 참석해서 한/폴란드 방산 협력을 통해 양국 방산 업계는 공동으로 제3국 시장 진출이 가능하게 될 것이라고 말했다. 올해 방산 수출은 "폴란드 대박"에 힘입어 지난달 말 170억 달러를 돌파했으며 이달 말 까지 200억달러를 돌파할 가능성이 높다고 한다. 윤석열 대통령은 세계방산 4위 진입 목표를 공언했다. 미국, 유럽등 세계 유력 언론들은 한국 방산의 놀라운 성장세에 주목하며 잇따라 보도하고 있다. 미 CNN은 "한국은 2012-2016년 1퍼센트이던 점유율을 최근 5년간 2.8퍼센트로 늘리며 상위 25개국 중 가장 큰 증가 폭을 보여줬다며 4강으로 향하는 길을 이미 잘 걷고 있다고 한다.

K-9 자주곡사포/사진=한화디펜스 제공

한국미술의 거장 김흥수 화백
이제 그의 삶과 작품을 책으로 만나보세요!

한국의 피카소 김흥수(金興洙, 1919년 11월 17일~2014년 6월 9일) 화백은 1919년 함경남도 함흥에서 태어나 동경미술대를 졸업했다. 광복 후 서울예고 및 서울대학교 미술대학 강사를 역임하였다. 1955년 프랑스로 유학길에 올라 파리 아카데미 드 라 크랑크 샤브마에르에서 회화를 연구했다. 귀국 후 1961년 제20회 국전 심사위원 등을 지냈고 1962년 제11회 5월 문예상을 수상했다. 이후 1967년 다시 미국 무어대학 교환교수로 미국에 넘어가 전미국 유화조각전에 출품, 순회개인전을 열었다.

1977년에는 추상과 구상의 조화를 꾀하는 하모니즘 미술을 선언해 국내 화단에 큰 반향을 불러일으켰으며 이후 대한민국미술전람회 심사위원, 대한민국미술대전 심사위원장, 이중섭미술상 심사위원장 등을 지냈다.

김 화백이 창시한 하모니즘은 여성의 누드와 기하학적 도형으로 된 추상화를 대비시켜 그리는 등 이질적인 요소들은 조화시킨 것으로 김흥수화백이 이분야에서는 독보적이었다.

이런 김화백을 두고 한국의 피카소라 불리기도 했다. 김화백은 2014년 6월 9일 96세의 나이로 타계했다.

수명죽백(垂名竹帛)

국산전투기 KF-21 초음속 비행 성공

초도비행 이후 6개월만에... 독자개발 항공기로는 최초

도마 안 중 근
출생 1879. 9. 2. 황해도
사망 1910. 3. 26.

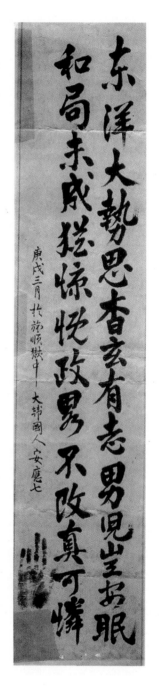

안중근 의사는 50여 편의 유묵을 남겼다.
동양평화에 대한 그의 의지는 유묵에서도 확인된다.
"동양대세 생각하매 아득하고 어둡도다. 뜻있는 남아
가 어찌 잠을 이루리, 평화정국 못 이루었으니 한탄스
럽기 그지없다. 정략(침략정책) 고치지 않으니 참으로
가련하다"

수명죽백(垂名竹帛)

덕불고 德不孤

장 덕 환

세계여행작가협회 회장, 교수, 정치학 박사

덕이 있는 사람은 순리로 이웃과 순화하여 덕을 베풀어 외롭지 않다.

저자著者와는 우연히 만났으나 성품이 온화하고 신의가 돈독하여 현세에 보기드문 유현儒賢으로 가끔 만나 외식도 하고 교분交分을 쌓아왔고 순결무구純潔無垢한 노고老故로 덕망높은 인사로만 알았는데, 『수명죽백』을 읽고 87 노경老境의 글이라고는 상상이 안된다. 더욱이 등단 시詩까지 순수하고 담백함이 경요瓊窈에 다 달았으니 혹세惑世에 살고 있는 우리들에게 마음의 위안이 될 글이라 여겨 추천하여도 양서良書에 조금도 손색이 없을 것이다.

자서전 문학의 새로운 지평

김 유 조

국제 PEN한국본부 부이사장, 건국대학교 명예교수(부총장 역임)
미국소설학회 회장 역임, 서초문인협회 회장 역임, 여행문화 주간

　정태근 거사居士가 쓴 『수명죽백』을 처음 접하면 단순한 자서전
인가하고 짐작하기 쉽다. 그러나 내용을 들여다보는 순간 자신의
일생을 미화하여 스토리로 만들었거나 특정의 인간사를 타인이
화려하게 저술한 전기가 아니라 꾸밈이 없으면서도 예사롭지 않
은 심원한 자전적 세계를 금방 느끼게 한다.

　자서전은 '사실의 기억에 있지 않고 그 해석에 있다'라는 말도
있다. 그런데 정태근 거사는 우선 기억력도 비상하다. 일생 걸어
온 넓고도 다양한 생애의 체험을 어찌 그렇게 일목요연하게 기술
해 내는지 우선 감탄을 하게 된다. 그러나 이 촘촘한 기억의 그물
망은 그 자체로 그치지 않고 그 내면의 의미와 함축성이 깊은 사
유와 자신의 확고한 철학으로 재해석해내는 그 안목이 책을 읽는
독자들에게 침을 꿀떡 삼키며 무릎을 치지 않을 수 없게 만든다.

　글쓴이의 의도적이든 그렇지 않든 생애의 여러 국면을 단순한

산문으로만 처리하기에는 너무 갑갑하다고 느꼈는지 문학의 모든 장르를 다 동원하고 있다. 일종의 글쓰기 전략의 확장이라고 할 것이다. 빼어난 수필 문장이 있는가하면 시와 시조 등의 운문에 의탁하기도 하고 단편 소설을 읽는 재미도 선사한다. 그리고 그 배경에는 동서양의 해박한 지식, 특히 한학에 관한 학식과 지식이 경탄을 자아낸다.

오늘날 활자 매체가 여러 영상 매체의 위력 앞에서 다소 위축하고 있는 이유 중의 하나에는 스토리의 부재라는 약점도 있다. 그러나 이 책에는 그러한 점은 전혀 걱정하지 않아도 좋을 번득이는 이야기들이 출몰한다. 그런데 이 이야기들은 대뜸 교훈적인 내색을 하지 않고 은근히 내면의 진리를 담아서 '행복한 유언'으로 후대들에게 깊은 뜻이 전달되도록 하고 있다.

오늘날 문학의 여러 장르가 예전처럼 경계를 높이 치지 않고 서로 융합하고 통섭을 하는 방향으로 나아가고 있다. 『수명죽백』은 이런 새로운 트렌드를 앞장 서 이끄는 넓은 지평의 자서전이라고 할 수 있겠다. 널리 독자들을 초대하기에 주저함이 없다.

정태근 작가 할아버지께

지난 겨울 대학 동창 모임에 갔다가 불광동 사는 친구가 고객님이 주신 책이라고 주기로 그냥 갖다 책꽂이 꽂아 놓았다. 어느 바람부는 날 잠이 안와서 할아버지가 쓴 「내가 바라는 나라, 내가 그리는 대통령」을 감명깊게 읽었습니다.

처음에는 오빠라고 썼다가 집에 할아버지보다 작가 할아버지가 연세상 위시라 그냥 듣기좋게 할아버지라고 까불어 보았습니다.

처음엔 좀 어설프고 쑥스러웠으나 자꾸 부르다보니 응석 같아서 제 생각나는대로 조잘거려봅니다. 저는 일찍이 홀어머니 밑에서 형제도 없이 크다보니 무척 외로웠습니다.

아예 시집도 안가고 어머니와 둘이서 살려고 일부러 남자를 멀리하여 왔습니다. 그런데 책을 읽다가 신기한 일이 일어났어요. 저 자신도 책을 읽으면서 어느 순간 제가 할아버지 품속으로 딸려 들어갔고 무엇에 홀린 것처럼 환상幻想속으로 끝없이 추락하였어요. 온 몸이 할아버지 품속에 러브콜되는 것 같아서 황홀하기도 하고 어떻게 빠져나와 보려고 몸부림을 칠 수록 한없이 캄캄한 암흑속으로 빨려들어가고 있었어요. 다른 책에서 벌어진 옷솔기로 반은 가려진채, 반은 드러난채 꼭지가 커다란 먹대추처럼 부풀어 튀어나왔다 할 적에 나도 모르게 내 가슴을 풀어 젖히고 거울에다 비춰보니 28년 자라도록 그런 황홀한 광경은 처음 보았어요. 한번도 일부러 꺼내놓고 감상한 적은 없었으니까요.

엄마 것도 보았으나 그렇게 붉으래 까마족족한 큰 대추는 평생 처음 보았어요. 그리고 환영幻影에 아무것도 안보이고 할아버지 품속에서 헤어나올 수가 없었어요. 그리고 겁이 났어요. 평소에 물컹물컹하는 가슴이 딱딱하게 손가락이 안들어가요. 그러더니 아랫배 밑이 화끈하더니 나도 모르게 그럴수록 책을 열심히 읽으니 제 몸 구석구석에서 경이로운 변태가 일어나고 별안간 그것에서 음수가 폭포수처럼 쏟아져 나와 침대보에 다 울긋불긋 세계지도를 그려놓았어요.

나 혼자인데도 어쩌면 할아버지 가슴에 안긴듯 포근하고 꼭 남녀 자웅雌雄한쌍이 빈방에 있는 기분이었어요. 저도 모르게 옷을 다 벗어 던지고 책을 읽으며 제 몸 구석구석을 더듬어 보았어요. 그대로 언제 잠이 들었는지 엄마가 일어나 세수하고 밥먹어야지 할 때에서야 겨우 일어나 보니 방이 온통 미끄러워 다닐 수가 없었어요. 속옷을 가지고 대강 닦고 이불 홑이불로 다시 닦아다 세탁기에 넣고 세수를 하고 화장을 하는데 나는 안보이고 예쁜 아가씨가 베시시 웃고 있어요. 그런데 저만 그렇게 아니었어요.

엄마도 보자마자 너 남자 생겼지. 나는 엄마는 나 시집안가고 엄마하고 산다고 했잖아 하니 엄마 내 딸을 내가 몰라 이제 좋은 사람만나서 시집가야지. 나는 또 엄마는 정말 사귀는 사람없단 말야. 하니 암만 보아도 네가 거짓말하는 것 같다. 어쨋거나 남자 사귀려면 엄마부터 보여야한다. 지금은 남자가 조금만 잘해주면 그냥 빠져들 나이야. 이럴땐 엄마가 보는게 정확해.

밥을 먹고 나오며 나도 모르게 콧노래를 흥얼거리니 엄마가 등 뒤에다 꼬리표를 붙인다. 기집애가 밤늦도록 쏘다니지 말고 일찍 일찍 들어와 한다. 엊저녁에도 많은 것을 다 쏟아버려서인지 리모델링한 것처럼 상큼하게 28년에 몸속에 고여 있던 질고疾故 노폐물이 다 빠져 나간듯 시원하다. 직장에 도착하니 나는 아무런 변화도 없는데 직장인들은 대번 알아본다.

지점장이 먼저 농을 건다. 거기 미스유 맞아? 네, 맞는데요. 왜요? 어디가 잘못됐어요? 잘못되기는 아냐. 그냥 갑자기 너무 예뻐진 것 같아서. 김과장 옆에다 미스코리아 아가씨를 두고 뭐하는거야? 그렇잖아도 유양에게 고백하려고 했는데 겁이 났어요. 퇴짜 맞으면 어쩌나 하고요. 그러더니 갑자기 김과장이 미스유 오늘 나하고 점심 같이 할래요?하며 안그러더니 말끝에 존대말을 붙인다.

거절할 명분도 없어서 사주시면 고맙지요 하니 O.K 오늘 점심은 지점장님부터 전직원이 저 뒤 부산회집에서 제가 살테니 드시고 이름만 적어놓고 오세요. 미스유 실은 벌써부터 말하고 싶었는데 점심한번 같이하기가 이렇게 쉬운걸 여직 괜히 혼자 끙끙 앓고만 있었네. 옆에 다른 직원이 또 거든다. 일은 저희들이 차질없이 할터이니 두분이 영화라도 보고 오라고 지점장님이 허락하십시요.

암 미스유만 괜찮다면 내 허락한다. 오전 근무 말끔하게 정리하고 나가도록 해요.

할아버지 요사이 신이나 너무 좋아요.

머지않아 처녀딱지도 뗄 것 같아요. 할아버지 책 쓰거든 꼭 연락 주셔야 되요. 책나오면 제가 점심은 살게요.

건강하게 오래오래 좋은 책 많이 쓰세요.

2023. 3
새 손녀가 드림

정태근 작가 할아버지께

청계를 바라보며 Ⅰ

역병 고황 속에서도 세월은 흐르고
한재 혹한 속에서도 해수면은 줄지 않네
신기루타고 아지랑이 남산골 청운이니
청계가 살아나고 삼각산 훈풍이네
도봉수락 청계수 중랑한수 합류하니
한강수 푸른 물결 파문波文도 경이롭다
세상살이 모두가 수수께끼라 하는데
어리버리 하다보니 환형幻形만 남았구나
선승이 도읍都邑할 때 청루(대궐터)를 오류하여
맞이하는 天心(왕)마다 平安세상 안 만들고
민성은 외면한 채 수회일탈收賄逸脫 하는구나
부릅뜨고 흘겨대며 횡설수설橫說竪說 떠들어도
千年史蹟 비원悲願 속에 풀벌레만 슬피우네
宮女들의 머문 자취 시이불견視而不見하여도
애수에 슬픈 시름 가슴에 복받치네
종로낙원 떡장수가 주작酒酌이며 하는 말이
남궁에 오신 주인(윤대통령) 남북통일 이루어
강성대국强盛大國 이루시고 태평성대太平成代 누리소서

　　　　　　　　　　수명죽백(垂名竹帛)

Ⅱ

비바람 구름싣고 남산골 훈풍薰風이니
청계淸溪가 살아나고 북악(청와대 뒷산)에 람기嵐氣이네
남한강 물안개 청계따라 피오르니
산들바람 풀꽃향기 춘향春香 짙어나니
동잠깨난 세간世間들 반천盼倩 인사 나누고
세월에 묻어난 이끼 낀 돌계단에도
영고성쇠榮枯盛衰 옛 이야기 애사哀史가 슬프고나
양지바른 반석에는 노파가 수한睡鼾 하네
속세등진 행각승行脚僧 각선미 매료되어
허공을 바라보고 사브작 웃음짓네
청계수 물보라속 초승달 유영游泳하고
신기루 노을 속 夕陽이 붉게 타네
물에 잠긴 달 그림자 너울너울 춤추고
장조杖朝의 탁발승托鉢僧도 분주奔走히 다름치네
뼈를 묻을 청산은 어딜가도 있다는데
오지않을 후환을 걱정하여 무엇하리

※수회일탈(收賄逸脫) : 뇌물을 먹고도 빠지다 / 시이불견(視而不見) : 보
    이지는 않아도 / 비원(悲願) : 중생을 제도하는 서원(誓願) / 반천(盼
    倩) : 눈인사 / 수한(睡鼾) : 졸면서 코를 골다 / 장조(杖朝) : 지팡이 짚
    은 늙은이 / 분주(奔走) : 다급히 뛰어감

말 없음의 기도

흉곡胸曲속 영혼이 깃들어 있는 곳
조용히 눈을 감고
영계靈界에 찬미讚美의 기도를 드린다
말 없음은 인간만의 참 모습이다
말 없음은 자기 흉중胸中 울림이다
말 없음은 자기 정화淨化의 평심이다
말 없음은 자기 질서秩序의 예의이다
보탬이 되지 않는 말이라면 하지마라
단순하고 간소한 생활에
보탬이 되지 않는 물건이라면 소유하지 마라
온갖 소음으로부터 영혼을 지키려면
말 없음의 의미를 몸에 새겨야만 하리
말 없음의 의미를 알지 못하고서는
복잡한 것들에서 벗어나지 못하리
남의 허물을 들추거나 헐뜯지 마라
반드시 부담負擔이 되어 돌아올 것이다
우리는 삶에서 얼마나 불필요한 말을 많이 하는가
쓰잘데 없는 말을 하고 후회하는 일보다
과묵하고 신중함이 더 존경스럽다

※ 흉곡(胸曲) : 가슴 한가운데
   영계(靈界) : 정신세계↔육계

수명죽백(垂名竹帛)

자기 그림자

영롱한 별들이 빛나는 하늘아래
구원을 바라는 모든 중생들이
자기 그림자 이끌고 사라간다네
언제나 돌아봐도 그림자는 외로워
고독에 지쳐서도 안되지만
홀로 있음의 자유로움을 잊어서도 안된다
가끔 시장끼같은 외로움에서
사무친 그리움을 느낄 수 있어야
신천지(다른세계)에는 암흑도 있다는 것을
홀로 사리가 되어서야 두려움을 느낄 수 있고
외로움조차도 느끼지 않는
홀가분한 무경계로 있을 때
온전한 자유를 누릴 수 있을거라네

선비 정신 그 황홀함
전통의 시학

신인상에 응모한 정태근 작가의 시詩 등 문질文質 모두가 수준이 고르고 품격이 높은 작품이었다.

정태근님의 시관詩觀은 감성적 측면과 윤리적 측면에 서로 부딪히는 가치부재의 시詩 인식을 한국시의 위기성으로 포착하고 시적유형의 모든 속성을 하나의 원론으로 통일시키려는 의지의 체계로 나타나 있다.

송강松江 정철鄭澈의 후손답게 정태근님의 시詩 작품에서는 드높은 선비정신과 인간 이해의 보편성, 역사의식간의 전통의 시학을 읽을 수 있다. 우리는 정태근님의 시詩 작품 중에서 〈청계를 바라보며〉, 〈말없음의 기도〉, 〈자기 그림자〉 세편의 작품을 선정하였다.

〈청계를 바라보며〉는 "청계가 살아나고 삼각산 훈풍 부는" 자연의 리듬과 우주에서 들려오는 영원의 소리를 교감하면서 그 길만이 새로운 긍정과 의지라고 굳게 믿는 시인의 마음이 잘 표현된 시였다.

"세상살이 모두가 수수께끼라 했던가 / 여류세월 지나가니 환형幻形만 남았구나 / 선승이 도읍할 때 청루(궁궐)를 오류하여 / 맞이하는 천심마다 편안세상 안만들고 / 민성을 외면한 채 사리사

26   수명죽백(垂名竹帛)

욕 못버리고 / 부릅뜨고 흘겨대며 수회일탈收賄逸脫 하는구나"에
서 보듯 정태근님의 의식 내부에서는 시詩 인식의 예술적 질서와
일관성의 높은 정신이 뚜렷하게 표현된다.

흘겨대며 라는 특이한 시어詩語를 사용하여 지은 허물에서 벗어
나려고 발버둥치는 인간의 안타까움을 정확하게 나타내고 있다.

이 뛰어난 작품은 역사라는 시간의식과 보편적 인간의 삶의 문
제를 진지하게 다룸으로써 진정한 예술관념의 세계를 우리에게
일깨워주고 있다.

두번째 작품 〈말 없음의 기도〉는 원래 제목이 〈침묵〉이었는데
심사위원들이 그러한 평범한 제목으로 작품을 소개하기보다는 쉬
우면서도 우리말이 깃들여진 좀 더 독특한 제목으로 〈말 없음의
기도〉로 바꾸었다. 양해해 주시기 바란다.

"말 없음은 인간만의 참 모습이다/ 말 없음은 자기 흉중胸中 울
림이다 / 말 없음은 자기 정화淨化의 평심이다 / 말 없음은 자기
질서秩序의 예의이다"에서 보듯 교과서적인 시詩 특정한 옛날 시
작품의 고려가요의 분위기까지 교양과 지식에 힘입고 있기 때문
에 시행의 발전과 흐름에서 제재의 선비적 현학투를 자연품의 묘
사로 풀어가는 방법을 통해서도 이를 간파해 낼 수 있다.

정태근님의 보여주는 시인적 자아확립의 양식은 한 시인의 창
조적 의지가 역사조건과 현실에 얼마나 명백히 보여줄 수 있는가
를 분명히 알려주고 있다. 이 시인의 놀라운 잠재력을 앞으로 우
리 시단은 눈여겨 보아야 할 것이다.

세번째 작품 〈자기 그림자〉는 정태근님의 많은 시詩 작품 중에

서 비교적 쉬운 시어와 서정적인 흐름으로 일관되게 표현된 특별히 의미깊은 작품이라고 할 수 있다.

"외로움이 지쳐서도 안되지만 / 고독의 즐거움을 몰라서도 안된다네 / 가끔은 시장끼같은 외로움에서 / 그리움의 목마름을 흐느낄 수 있어야 한 것"처럼 관념결벽의 형식주의를 과감히 탈피하고 쉽게 친절하게 우리 곁에 다가오는 수작秀作이다.

이 작품의 흐름속에서 감지할 수 있는 외로움, 시장끼, 그리움, 목마름, 흐느낌, 홀로살이, 홀가분함, 온전한 자유, 고통, 번뇌, 번민, 시달림 따위는 시인 자신의 자화상이기도 하지만 동시에 이 시대를 살아가는 우리 모두의 실체이기도 하다. 이 시 작품을 몇 번이고 감상하다보면 순결무구한 존재의 신념 또는 자아의 극복에 대한 갈망으로 시적 문맥속에서 새롭게 읽혀지는 것이다.

정태근님의 뒤늦은 등단이지만 시작이 반이라는 속담처럼 외로움조차 느끼지 않을 홀가분한 삶을 향해 멋드러지게 달려갈 것을 믿는다. 우리가 멍한 눈을 비비고 있을 때 정태근님은 벌써 늠름한 독수리의 비상처럼 저만큼 앞서 나갈 것이다.

우리 심사위원들은 정태근님의 뛰어난 전통의 시인이 될 것임을 확신하고 즐거운 마음으로 추천한다. 앞으로 발표하는 작품들을 주의깊게 지켜보겠다.

2023. 3

심사평 〈문학평론가〉 장철주

심사위원 : 김용언 장철주 심명숙

추천인 : 정치학박사, 교수 장덕환

건대부총장, 소설가 김유조

목 차

돈에도 영감이 있다

돈처럼 간사하고 영악한 무위지치無爲之治(인위적으로 다스리지 않아도 스스로 존재를 나타냄)한 창작創作물은 없다.

순리에 따라 좋은 곳에 쓰면 한없이 유족裕足하다가도 욕화慾火가 생기면 반드시 우환을 일으킨다.

나는 원체 돈이 귀한 제2차 대전에 태어났고 山골짝에서 살다보니 22세가 되도록 돈을 본 적도 없고 쓴 적은 더욱 없기 때문에 돈이 삶에 필요하다는 것을 궁색해본 적도 없고, 필요로 하지도 않았다. 국민학교 다닐 때도 국정교과서 외엔 공책 한 권, 연필 한 자루가 없었다. 또 학교에서도 뭐라하지도 않았다. 오히려 일본학교 다닐 때 산(아버지가 사준) 연필 1고부 하나, 공책 두 권 가지고 국민학교 6년을 썼고 집에 와서는 학교책은 한 번도 들여다 보지도 않고 글씨도 붓글씨로 한문만 썼다. 지금까지 미스테리는 엄마와는 같이 있어 본 기억이 전혀없고, 아버지 팔배개로 잠자고 사랑에서 다른 가족과 떨어져 아버지와 겸상해서 밥을 먹던 생각밖에 없다. 그것도 이웃집 한 살 위 계집아이와 싸우다 사다리로 쫓겨 올라가니 화가 난 계집아이가 사다리를 떠밀어 곡예 탄 기억 이전은 아무 기억이 없다. 그 때 죽은 것을 거적에 말아다 뒷동산에 땅을 파고 벗

수명죽백(垂名竹帛)

겨서 바로 누이고 흙을 한 삽 떠서 가슴팍에다 던지니 팔이 펄떡 뛰더란다. 목에다 손을 대니 숨을 쉬더란다. 해방 전 능암산전에 사는 이광주가 사냥을 다녀가면 전대를 묵직한 것을 아버지께 주고 갔다. 광주는 부모서부터 일본 여인이었고 아버지의 혼외 딸과 광주 처남이 결혼해서 사돈간이었는데 아버지는 그 전대를 내 배에 채워갔고, 저녁에 아무도 모르게 강 나가는 나무꾼 길을 따라 4km를 가면 언제나 배가 기다리고 있다. 그리고 그 배에는 배에다 육철포를 꽂은 건실한 청년이 나를 서울 공덕동 누나네 집 앞까지 보호하고 바람같이 사라졌다. 그 형은 나를 무척 감싸주었다. 겨울에도 외투도 벗어 나한테 씌워주고 했다. 나는 누나한테 들어가면 누나는 왔니하고 전대를 받아 니구사구나에 깨끗한 보자기로 싸서 넣고 자물쇠를 잠그고 일경을 불러보내고 내 동생 배에 데려다 주고 용산역으로 갈게하고 그 때 매형이 일본 총독부에 높은 자리에 있고 그 순사는 매형 호위무관으로 누나 중국 하얼빈으로 보따리 장사하는데 짐 운반해준다 한다. 그래서 서울에도 배로 다녔기 때문에 돈 쓸 일도 없었고 우리집에도 구한말 엽전만 서랍에 여기저기 흩어져 있었다. 나는 장가를 일찍 갔다. 19살에 갔다. 장가가면서도 돈 한 푼 만져보지 못했다. 내가 이 책 첫사랑에서도 보다시피 그 때는 신부 얼굴 한 번 못보고 아버지가 시키는대로 그냥 따라 다녔고 장가도 40리길을 아버지하고 하인하고 걸어가서 또 걸어왔다. 신부도 가마는 타고 다녔으나 깎아진 비탈에는 가마꾼이 힘을 못써 신부도 걸어야 했다. 그래서인지 새 신부도 동전 한 푼 없이 그냥 부모가 해준 장농하고 옷가지만 가지고 왔다.

나는 형제복은 없어도 인복은 있었나보다. 군에 입대도 안해도 되는데 박정희 대통형이 군 출신이라 하다못해 면서기라도 하려면 군대는 다녀와야 한다고 하여 딸 셋을 낳고 자원하여 입대했다. 입대 첫날 주번사령이 훈련소 부소장이었다. 저녁에 내무사열을 하는데 소령 한 분이 여러 완장찬 군인과 들어오더니 중대장 보고 이번에 충주병력이라지 하니 네 한다. 편히 쉬어 내무반장이 따라 복창하니 명찰을 보면서 오더니 자네 태천이 동생인가 예 하니 나 자네누이 시동생이야. 어려서 내가 군에 왔으니 모르는게 당연하지 형수님에게서 전화받았네. 더 이상 내무사열도 안하고 중대장보고 내무사열 끝나면 정훈병 나한테 같이 와 주시오 한다. 취침을 하려고 하는데 나오라 하여 나가니 지프차가 와 있고 주번사령이 중대장도 같이 타시오하더니 영외로 나가더니 내가 저녁을 아직 못 먹어서요 하더니 돈까스 집에다 대더니 중대장보고 잘 좀 부탁합니다하고 돈까스를 먹고 다시 데려다 주었다. 그래서였는지 몰라도 0.9발 쏘았을 때도 다른 타겟에다 조준하여 내 타겟은 한 발도 안맞고 옆사람 타겟은 후줄그레하게 뚫어졌어도 담당 검시 하사가 점수 연필로 뚫어 합격시켰다. 또 연대본부 인사과에 근무했고 마침 중대라 전부 벌을 받을 때 나는 열외라 한번도 교육도 나가본 적이 없었는데 기어이 내무반장이 와서 끌다시피 나갔다.

　그때 외출 휴가 내 마음대로 할 때라 하사들도 나한테 막지 못했다. 나가니 주번보고 내무반장을 엎드려 뻗혀놓고 곡괭이 자루로 빠따를 때릴 때다. 내무반장은 하사고 주번하사는 병장이니 때리기가 민망하여 슬쩍 시늉만 하니 중대장이 곡괭이 자루를 뺏더니 주번하사를 엎드려 뻗혀시켜 놓고 세 대를 힘껏 내려치니 일어나지도 못하고 그냥 엎푸러졌다. 이제 주번하사 다음이 나다. 나는 안나가려고 버티다 단체기합이라고 억지로 끌려나갔고, 또 나는 계급은 일병인데 신병전입시 하사교육 받고 장기복무 오는 사람과 다툰 일이 있다. 일병이 하사한테 이랬다 저랬다 한다고 나보고 엎드려 뻗혀하다가 내가 모자를 벗어 던지고 이 자식이 눈깔이 돌았다 어디서 엎드려 뻗혀를 명하니 하니 그 하사도 성질이 나서 서로 멱살을 잡았다. 기어이 인사과로 불려 올라가니 그 자가 새까만 일병이 반말을 해서라고 하니 인사참모 중력이 원체 정일병 자리가 자네보다 센 자리라 그런 것이니 양해하라고 그 날부터 인사참모가 가라 계급장(하사)을 명하였다. 그런데 내무반장은 그 사연을 알기 때문에 본 계급대로 정일병 엎드려 뻗혀한 것이다. 중대장은 그 사실을 모르고 처음 단체집합에 나왔기 때문에 이 자식 봐라하더니 영내에서 일병이 하사계급장을 달고다녀 영창에 집어 넣어 하니 그제서 선임하사가 인사참모님이 달아주신건데요 하니 다시 말 못하고 엎드려 뻗혀 한다. 나는 종형 하나가 군에서 기합 받다 허리를 잘못맞아 제대해서도 부부생활을 못하고 자식을 못낳는다 했다. 나도 처음이라 싫습니다 하니 이 자식 봐라 중대장명을 거역해 하더니 또 다시 엎드려 뻗혀 하길래 제가 뭘 잘못했는지 알아야 맞지요 하니 지금 명령불복만 가지고도 전쟁엔 총살감이야. 그건 전쟁터에서나 있을 수 있는 일을 왜 제가 맞아야 합니까.

　나는 중대장이 다가오면 쫓기고 하다보니 작전·정훈·인사 장교며 인사계가 다 모였다. 그때 정훈장교가 정원식이라고 같은 영일 정씨라고 나하고 정대위하고 친절하게 지냈다. 한쪽은 인사계와 인사참모는 나를 나무라고 중대장 명을 받으라고 다른 대위들은 중대장보고 참으라고 하며 권총까지 꺼내들면 어쩔거냐 하면서 사병

하나와 싸우려고 군생활을 접을거냐고 한다. 그래서 나는 쫓기고 쫓으며 경비실까지 왔다. 중대장이 너 경비실만 나가면 쏜다 할 적에 전령병이 멋도 모르고 편지 한 통을 내민다. 정보참모가 얼른 받아보더니 무엇인지 숙덕이더니 중대장도 돌아가고 인사계하고 정보참모가 나를 PX로 데리고 가더니 나보고 육본 부관참모하고 어떤 관계냐하며 그 편지를 내놓는데 겉봉에 육군본부 부관참고 엄기표라 크게 쓰여있다. 실은 나도 모르는 분이다. 어떨결에 그냥 형 친구라고 대답했다.

인사계가 중대장님 체면도 있으니 가서 빌라고 한다. 이제 가도 매는 안때릴거라고 중대 사무실로 가니 중대장이 울고 있다. 기합도 멈추고 내가 인사계(상사)하고 둘이서 무릎을 꿇고 죽을 죄를 지었습니다. 영창에 넣어주십시요하니 상사(인사계)도 제가 서무계는 제대하고도 하도 답답하여 성분도 안 알아보고 무조건 부관학교 나온 병사라하여 데려왔습니다 하니 울던 중대장이 OK하더니 내무반장을 부르더니 병력해산하고 식사하고 목욕들 시키라하고 중대장이 나하고 인사계를 장교식당으로 데리고 가더니 특식 찌개를 끓이라고 하더니 정일병 미안하다. 나는 정일병의 전후사정도 모르고 교육중에 늘상 하던 체벌이라 화를 못이긴 것인데 나도 앞으로는 절대 때레는 체벌은 안할 것이라하며 오히려 정일병 덕분에 인생공부를 많이 했네한다. 나중에 뜯어보니 의가사 제대신청한 것이 심의에 통과했다는 희소식일 뿐이었다.

내가 관리소장이 된 것도 우연이었다. 서울에 와서 칠성사이다에 취직이 되어 왔으나 일이 너무 고되어서 집안 종조카 정인용 변호사보고 취직을 부탁했더니 동창이 혜화동 로타리에 고려대학 우석

수명죽백(垂名竹帛)

병원 있을 때 병원장이 변호사 조카 친구라 우석병원에 취직이 되었고 거기 기관장이 너무 좋아보여서 물으니 그 사람은 열관리, 냉동기, 공해관리(수질) 면허가 있다고 하여 나도 면허만 따면 병원장이 집안 조카 친구니 그런 자리를 들어갈 수 있을까 하여 영어서부터 화학, 문리 용어는 밤을 새워 공부한 덕분에 달달 외웠고, 공고 학생 틈새에 응시하여 삼면허를 다 땄다. 그래서 간 곳이 그때 총리·부총리가 계시는 동부이촌동 장미맨션으로 육군대령이 하던 기관장 밑 관리소장을 했다. 지금까지 잊을 수 없는 분 김정열 국무총리께서는 딸이 공무원 시험에 수석합격 소식을 들으시고 직접 집으로 불러올려 우리 소장 딸이 수석합격했다하니 이것도 아파트에 경사니 내가 신원보증을 할테니 서류를 갖고 오라해서 추천서까지 받아 즉시 임용되었고, 부총리 신현학 사모님은 아들 딸을 미국에 두고 오셔 외롭다하시며 수시로 불러 주전부리도 같이 하시고 음성 꽃동네 후원회장하시며 집사 대신 소장 고향에 가자하며 늘 옆에 태워 같이 다니셨고, 선경 최태원 큰 고모부 서울농대학장 표현구 박사께서는 고향 사람이라고 거의 매일 들러 한시간씩 인생교육을 시켜주셨다. 옛부터 수신제가 평천하라 했는데 북이나 질 저질인사들이 국가를 경영하겠다고 혼란을 자초한다. 어떤 삶도 진리를 역행하면 실패한다. 돈을 쫓지말고 심신을 바로 하여 순리에 따른다면 애써 취하여 하지 않아도 돈은 저절로 주인을 찾아 돌아온다.

등단 소감〈정태근 작가〉

　한국현대작가시인협회 위원장이신 김유조 박사님의 창작등단
문에서 이렇게 말씀하셨다. 창작이나 등단 같은 깜빡 망각의 피
안 같은데 두고 살아왔던 것 같다 하시며 마침내 정년 트랙의 골
인 지점이 저 멀리서나마 손짓할쯤에야 소설 장르로 등단이라는
관문을 통과하였다 하시었습니다. 老生 87 늦깎이로 집필을 하여
별을 못 보고 죽을 줄만 알았더니 87 나이에 등단을 하였답니다.
그리고 현대 작가 월간지에 기고하여 주신 심명숙 편집국장 고맙
습니다.

　몇 번의 글을 쓰면서 어떤 형식에 구애 받지 않고 순수하고 털
털하며 구수하고 맛깔나는 박주기장 맛 같은 글을 쓰고 싶었는데
종명에 이르러 제 글이 등단하리라고는 상상도 못했습니다. 서산
대사가 말씀하시기를 궁이후공窮而後工(시인은 궁하면 궁할 수록 그
시문이 훌륭해 진다)이라 하였답니다. 어떤 경지에서도 정신일도 하
사불성精神一到 何事不成이라 하였으니 집중하여 노력하니 고생한
보람이 있네요 평생 유생儒生으로 있다가 현대사와 사조思潮하여
맞추어 글을 쓰려다 보니 句法도 안 맞고 나도 모르게 자꾸만 유

생같이 글구가 형성되어 가네요.

요즘 사람들 핸드폰만 가지고도 백과사전을 다 검색하던데 그마저도 못하니 참담하고 부끄럽습니다. 지금 젊은이들 톡톡 튀는 정열의 글을 좋아한다는데 좋은 장르가 떠오르질 않네요. 90을 바라보는 모노耄老의 노물老物이 되다 보니 정신마저 혼미해져 평생 입에 달고 주절 대던 정립正立된 글귀마저도 생각이 안나 글을 쓰다 말고 한참씩 궁상을 떨기도 한답니다. 그나마 인의예지신仁義禮智信의 도리는 아는지라 정화淨化된 순수純粹하고 화기애애한 글을 써 보려다보니 문맥이 엉켜 다시 다듬어 고쳐보려고 고사古事에서 저속어까지 희화戲畫 장난삼아 끼적어 놓은 낙서 그림, 익살, 풍자, 만화 등을 모아 놓은 글 들이라 졸속한 잡문집이 되었네요.

말과 글은 인류 역사를 지탱해온 삶에 기반이자 사유思惟와 사조思潮가 융화된 것으로써 인간이 지켜야할 규범이기도 하지요.

부족한 학문으로 좋은 문장만 탐내다 보니 부달시변不達時變(시대의 변화에 그때 그때 적응하지 못함)하고 부지감고不知甘苦하다보니 상쾌하지 못하고 옹색하고 답답하네요.

자신의 글을 가지고 등단 소감을 쓰라니 마냥 즐거우면서도 어떻게 평가 해야할지 묘안이 안 떠오르네요. 글을 평론하기란 시비와 선악을 정의하는 만큼 어렵다하는데 추생어사抽栍御史(제비 뽑기로 당첨됨)가 된 기분이 드네요.

특히 시詩 문학은 여러 장르 중에서도 일정한 형식에 의하여 축소된 언어의 울림으로서 시각視覺 희화戲畫 등에서 긴요緊要한 요소에 의해 상상력을 자극하여 깊은 감명을 주는 것을 목적으로 한 것이라 더욱 평판評判 하기가 혼란混亂하시었을 겁니다. 저는 日政時 아버지가 금맥金脈을 찾아 다니시다 어느 광산촌 밥집에 머물다 봄향기가 가득먹은 제비가 떨어뜨려 놓고 온 박씨에서 태어난 혼외자로 방랑선비가 데려다 키운 자식입니다. 옛날 선비가 남이 알까 두려워 출생이 탄로날까 두려워 사랑방 온실에서 손수 거두어 키운 애증 어린 자식입니다. 생사의 고비를 세번이나 넘으면서도 인동초 같이 살아난 질풍지경초疾風知勁草(강력한 폭풍속에서 쓰러지지 않고 살아남은)에서 살아 남았고 일본인 선생에게서 2학년을 배웠고 해방되고 국민학교 6년을 다니며 공책 한 권 연필 한 자루를 못 사쓴 언천이랍니다. 형과 어머니가 아버지가 선생인데 왜 학교를 다니느냐고 안 사 주었고 아버지가 열심히 다니라해서 그나마 국민학교라도 다녔습니다. 아버지는 글만 가르치시고 경제권은 어머니 큰 형 밖에 없으니 우리마을 47세대에 학생은 나 하나 뿐이였으니까요. 그리고 밥도 가족과 떨어져 아버지와 겸상하였고 잠도 아버지 품에서 팔 벼개로 살았기 때문에 바깥사정은 몰랐어도 어려서부터 배로 서울을 오르내리며 자랐습니다. 그러다보니 큰집에서 딸이 셋인데도 부려 먹으려고 살림을 안 내줘서 제 스스로 큰집에서 숟갈하나 안 가지고 남의 집 사랑 방으로 나와 자력갱생自力更生하고 살았습니다.

어려서부터 기구한 운명으로 살다 보니 머무는 곳마다 상월霜月(음 11월 차게 느껴지는 날) 눈물 샘이 되었고 걸식乞食하며 맺힌 한

　　　　　　　　　　　　　수명죽백(垂名竹帛)

이 얼음성애가 되어 질고의 삶을 살다 보니 글 마저도 거침없이 한恨을 토해 내고 있나 봅니다. 사실 8살이 되도록 저의 출생을 한 번도 의심한 적이 없었습니다. 자고 나면 학교 갔다 오면 한학에만 전념했고 출생에 대하여는 알려고도 안 했습니다. 엄마 나 어디서 났어하면 아래 영죽 섬다리 밑에서 줏어 왔지하면 그런 줄만 알았다. 그런데 아버지가 어느 날 편지를 받더니 나만다리고 서울을 가셨다. 거기는 생모(봉은사 주지승)라하였고 늘 만났던 누나는 지금 가수 백지영과 똑같았는데, 그날이 마지막 이별식 하는 날이였다. 어머니는 봉은사를 팔고 인천 강화에 절을 사갔고 간다 하였고 누나는 시아버지는 일본 문부상인데 신랑하고 하녀까지 데려와서 손주보고 싶다고 부산에서 빨리 오란다고 마지막이라하고 절을 하고 태근아 누나가 나중에 연락할께 했지만, 전화도 없을 때니 연락을 하고 싶어도 못했을 것이다.

지금도 함박눈이 펄펄 날리는 날이면 아득한 벌판에 서서 궁경에 처해 처량하게 먼 하늘만 바라보던 쓸쓸한 모습이 훤이 눈에 어려 눈물이 난다. 이와 같이 한 평생을 그리움에 목말라 하다 보니 정신적 문화적 갈등속에서 삭히고 살아온 넉두리가 사무친 그리움이 되었나 봅니다. 그래서인지 선생님의 글 중에서 피리소리가 들리면 피리부는 사람이 있다는 소크라테스의 시 구절을 읽으며 웃으셨다는 선생님의 풍요한 감수성에 저도 웃었습니다.

노물老物이 쓴 졸작을 평석評釋하시며 어떤 표정을 지으셨을까 상상만 하여도 웃으셨을까. 곤경困境하였을까, 기대를 하면서도 상상想像하여도 보았습니다. 가뜩이나 메마른 사회에서 문학의 성능性能을 찾아서 새싹을 태워보려는 선생님들의 노고에 깊이 감사를 드립니다. 모든 이들이 시를 읽고 마음에 평화와 웃음을 지을 수 있다는 것이 얼마나 경사이고 빛나는 큰 덕입니까? 시생詩生도 수명이 다하는 날까지 문사文事에 부끄럽지 않게 문모文貌를 바르게 하여 문단에 좋은 명성을 남기고 싶습니다. 촛불이 자기 뼈를 태워 녹아 내리는 살점의 아픔을 어떻게 헤아릴 수 있겠습니까.

2023.03.20

당선인 : 정 태 근

(호) 감명感銘

통일 시

자나깨나 떠오르는 꿈에 어린 휴전선
동강난 허리춤에 젊음의 뼈를 묻고
세월에 녹슬은 갈 길 잃은 기차길
단군 왕검 물려준 삼천리 금수강산
통일의 염원은 팔천만의 숙원인데
무슨 원한 그리 많아 외면하고 산단 말가
가로막혀 있어도 핏줄은 하나인데
석열형 정은 동생 잘 있는가 안부하고
형제자매 다시 만나 화목하고 보듬이며
남북이 오고 가며 정나누고 사라간들
어느 누가 시기하여 형제 혈연 끊을 건가
대동강 한강은 한 민족의 젖줄인데
금수산 궁전에는 통일영웅 김정은 비 세우고
남산 전망대에 민족영웅 윤석열 공덕비
삼천리 금수강산 조국 통일 이루면은
세계가 우러 보는 강성대국 이루시어
8천만이 하나되어 만세평화 누립시다

※금수산 : 김일성 궁전이 있는 곳

순국열사 윤봉길

매헌梅軒 윤봉길(1909~1932)은 충청남도 예산군 덕산면 시량리(저자 할머니 친정임)에서 태어나 시골 서당에서 한학공부를 하였다. 1918년에 덕산 보통학교에 입학하여 이듬해 3.1 운동 때에 일본인 교장과 충돌하고는 일본 식민지 학교에서 교육을 받기 싫다고 자퇴하였다. 처음에는 〈최병대〉 서당에서 글을 배우다가 1921년 봄부터는 집에서 서쪽 수덕사 쪽으로 5리쯤 떨어진 가막고개에 있는 오치서숙烏峙書塾(서당이름) 나아가 매곡梅谷 성주록成周錄에게 한학을 배웠다

매헌(윤봉길의 호)은 오치 서숙에서 글을 배우는 동안 15세가 되던 1922년에 그보다 한 살 많은 배용순과 결혼하였다. 이때 〈동아일보〉와 〈단편시집〉, 〈개벽〉 등을 보면서 신학문에도 눈을 뜨기 시작했고 한문과 한글을 병행하여 글을 지은 것이 유작으로 300편이 전하고 있다한다. 성주록 선생은 매헌에게 한문 뿐만 아니라 우리 민족(조선 역사)에 대해서도 가르쳤다. (영일정씨 송강 가사집을 낸 분도 성주록 선생으로 송강의 벗 성훈의 자손이기도 하다. 내가 성주록을 송강 가사집을 인사동 고서점에서 15만원을

주고 사다 놓았다.) 매헌은 6년을 성주록 선생에게 배운 뒤 선생이 더 가르칠 것이 없다 하시어 자신의 호인 매곡에서 〈매梅〉자와 성삼문(사육신)의 호를 매죽헌梅竹軒의 〈헌軒〉하여 매헌이라 지어 주었다. 〈이를 보면 시대만 다르지 공부한 년한은 나하고 똑같다〉

매헌은 큰 뜻을 세우고 독립운동의 준비단계로 민중계몽이 필요하다고 생각되어 야학을 설치하여 직접 〈농민독본〉이라는 교과서를 친필하여 가르치기도 하였다.(나도 일제말기~해방되기까지) 일본이 한참 제2차 대전을 치르느라고 놋그릇부터 목화는 물론 헌옷부터 수저까지도 모두 걷어갔다.(아버지는 그나마 한지를 수 십권씩 감추어 놓았기 때문에 책을 매여 나는 아버지 명으로 학동들에게 붓글씨로 책을 수십권을 써서 주었다) 그때 매헌은 조선에서는 독립운동을 하기가 제한적이라는 것을 깨닫고 가족도 모르게 독립운동을 하기 위하여 만주로 갔다. 1930. 3. 5 아내에게 장부출가생불환 丈夫出家生不還이라고 써 놓고 집을 떠났다. 그때 집에는 부모와 아내, 그리고 맏딸(안순)과 아들 종淙이 있었으며 아내는 세째를 임신 중이었다. 그러나 매헌은 신의주에서 기차 안에서 불심검문에 걸려 3월 7일 선천역에서 도중 하차하였으나, 15일간 취조 끝에 증거가 없음으로 풀려난 후 독립군 일행을 만나 만주로 잠입했다. 그 후로 여기저기 기댈 곳을 반년이나 찾아 다녔지만 모두 마음에 들지 않아, 12월에 청도로 가서 그곳에서 어머니와 아들 종淙에게 편지를 썼다. 청도에서 아들에게(아들은 아직 어리니 나중에야 읽었을 것이다)

종아 재롱 많이 하고 엄마 사랑 많이 받아라

네가 정말 두순(작은 딸 이름)보고 너는 아버지가 있으니까. 좋겠다고 하였느냐

4세 아이로 그러한 느낌이 있었다면 그야말로 동정 많은 부답생초기린아不踏生草麒麟兒(벼 없는 논에서 풀을 뜯는 기린과 같은 아이)요 감각 많은 신동아神童兒(영리한) 아이다. 사회, 경제, 정치, 이것은 발생학적 순서이다. 그렇다. 현실적 통제관계에 있어서 이 순서는 전도 되었다. 경제는 사회에서 나서 사회를 떠나 사회를 지배하고 정치는 경제에서 나서 경제를 떠나 경제 위에서 경제를 지배하고 있다. 따라서 현대 인생도 변환도 그러하다. 부모의 혈계血係로 나서 부모를 떠나 부모를 위하여 노력함에 허언虛言이 아니다. 사실상 부모는 자식의 소유주가 아니요 자식은 부모의 소유물이 못되는 것은 현대 자유계의 요구하는 바이다. 종아!! 너는 아비가 없는 것이 아니다 너의 아비가 이상의 열매를 따기 위하여 잠시적 역행逆行이지 하년세월何年歲月로 영구적 전전轉輾이 아니다. 그리고 〈모순〉〈종〉이는 눈물이 있으면 그 눈물을 피가 있으면 그 피를, 흘리고 뿌려가며 불면성의 의지력으로 훈련과 교양을 시킬 어머니가 있지 아니하냐?

어머니의 교양으로 성공한 자를 보건대, 서양에는 만고영웅 나폴레옹과 고명한 발명가 에디슨, 동양에서는 문학가 맹자가 있다.

후일에 따뜻한 악수와 따뜻한 키스로 만나자.

1931년 아비가.

46

매헌이 고향을 떠난 뒤에 유복자가 태어났으므로 그는 아들의 이름을 담淡이라고 지어 보냈다. 청도에서 세탁소 일을 하며 급료를 저축한 매헌은 여비가 마련되자 상해로 떠나 1931년 5월 8일에 도착하였다. 그리고는 임시정부에 찾아가 백범 김구를 만나 숙소를 정하고 공장에서 일하며 영어학원에서 공부를 하였다. 매헌은 그 이듬해 4월 26일 한인 애국단에 입단하였으며 4월 29일 홍커우 공원에서 열린 청장절 기념 및 전승 축하 기념식전에 폭탄을 던져 시리카와 대장을 비롯한 일본군 장군과 고관들을 살해하였다. 백범은 그에게 거사 준비를 위하여 도시락 형태와 물병 형태의 폭탄 두 개를 마련해 주고 거사 비용으로 은화 200냥을 주었다. 기념 식장에 일본인으로 위장해 드러 가려면 깨끗한 양복과 일제 고급시계 등이 필요했기 때문이다. 매헌의 유해는 그해 5월 중순에 이봉창 의사의 유해와 함께 환국하여 1946년 7월 7일 국민장을 치른 뒤 효창공원에 안장하였다. 그의 뜻을 기리는 매헌문화제가 아직까지 개최되고 있다. 윤석열 대통령이야 말로 그냥 역대 대통령과는 완연히 다르다. 그는 순국열사의 피가 흐르는 가문으로 검찰총장에서 장관이나 국회의원 한 번 안하고 국민의 지지로 당선된 것은 우연이 아니다. 천심이 민심이라 했다. 천심이 아니고는 그렇게 쉽게 대통령이 되지를 못한다.

　나는 이 글을 쓰기전에 성주록(송강 가사집을 쓰신 분)에서부터 파평 윤씨 선조 윤봉길(매헌)에서부터 많은 학자를 찾아 쓸 수 있었으며 윤대통령에 대하여도 위인전偉人傳을 쓰려고 하루 하루 일거수일투족 기록을 하고 있다. 아직은 집권 초라 쓸 것이 없지만 여론에 연연하지 않고 역대 대통령이 꺼려온 3대 혁신을 하겠다는 의지와 강성대국을 만들겠다는 말씀만 실천하신다면 충분히 성군이 될 만한 대통령이라 믿어 의심하지 않는다.

특히 이태원 참사, 무인 비행기 침투, 운수 노조, 극한 투쟁, 장애인 승차 시위, 모두가 힘든 대처에도 슬기롭게 대처하였으니 이는, 대한민국의 홍복이라 믿는다. 김정은에게 담대한 구상으로 대한다든가 그 어느 하나도 버겁지 않은 것이 없음에도 조금도 흔들리지 않고 결연히 대처하는 대통령의 뚝심이야 말로 오로지 국민의 자유와 평화를 위하여 봉사하겠다는 대통령 말씀에 믿음이 간다.

80여년 전 국가적 재앙에서 발생된 일본 위안부 사건은 당사자가 알아서 하게 두고 정부에서는 어느 선이든 국익을 위하여 했으면 합니다. 그렇치 않아도 어려운데 언제까지 역사에 묻혀진 사건을 가지고 국력을 소비할 것인가?

민주당은 그렇게 똑똑하면서 집권 5년동안에 왜 해결을 못하는가 내가 일본인이라도 증조할아버지가 한 그 시대의 역사적 사실을 왜 내가 묻어주는가 우리가 복이 많아 좋은 대통령 만났으면 국민이 열심히 힘을 보태지는 못할 망정 김정은 비서 노릇이나 하던 것들이 누구를 탓하는가.

윤석열 대통령님께 上啓

멈춤없는 세월이라 빠르기도 하네요. 남산 청사에서 당선소감을 말씀하신 날이 어저께 같은데 벌써 일년 반이 되었네요. 이제 임기중 총선도 6개월 밖에 안남았습니다.

2024년 총선에는 반드시 2/3의석을 쟁취해야 대통령께서 선정을 베푸는데 무리가 없을 것입니다.

총선에 승리하려면 대통령께서 포용정치를 하십시요. 지난 지방선거에서 김은혜가 떨어지는 것을 보셔야 합니다. 중도를 포섭 못하면 아무리 대통령이 선정을 하셔도 이길 수 없습니다. 주제 넘는 老翁의 권고라 져버리지 마시기를 上啓드립니다. 지난 당대표 선출 때는 자당 대표뽑는데도 정당치 못한 선거를 보면서 시중 민심이 저 개자식 소리라 횡행합니다. 老翁이 글이라고 쓰다보니 수시로 인사동 거리에서 老儒들과 만나게 되고 같이 식사도 하고 담소를 나누다보면 TV에 패널들과 조금도 틀리지 않습니다. 당대표 김기현 즉시 갈지 않으면 중립표를 다 잃게 됩니다. 나경원 쫓아다니며 회유하고 안철수에게 허접한 비서 나부랭이가 개입하는 것 보고 보는 사람마다 500만표가 날아간다고 합니다.

지난 이태원 참사만해도 정권 초기라 아직 로드맵이 짜여지질 않아서라고 크게 질책하지 않았습니다. 이번 발레인 대회는 국위를 빛낼 절호의 기회이고 총리에게는 대통령의 외유 중이라 실정을 가늠할 수 있는 절호의 기회였습니다. 대통령은 국무총리가 외유중에 사고없이 민의를 다스려야 마음놓고 편안히 외교를 하지요. TV에서는 다른 방송은 다 접고 태풍 경로방송만 하는데 농촌 필부도 다 알고 언덕 밑에 피신하라 하천변에 피신하라, 지하도에 들지마라 한마디라도 총리로써 전국 공공기관장에게 엄중히 하달했어야지요. 충청도 지하도 참사는 대통령 외유 중 두번째 참사입니다. 대통령이 계시든 안계시든 국가의 총책임자가 할 일을 모르고 있습니다. 서울, 부산시장부터 지방선거, 대선까지 국민은 이재명이 너무 잘난체 하여 밀어드렸으면 국민의 뜻도 헤아렸어야지요. 제갈량의 병서에도 한 번 실수는 병가상사라 하여 용서를 했지만, 장수가 두 번 실수는 용납치 않는다 했습니다. 기강이 바로 선 정부라면 즉시 파면했어야지요. 또 정직한 인사라면 국민의 소리를 경청하고 물러날 줄 알아야지요. 임기 중 한 번 밖에 없는 절호의 기회마저 엉망으로 나라에 수치를 만들고 어찌 총리가 자리에 연연하고 하급기관에 부실을 떠 넘기려 합니까. 바보인지 멍청인지 그런 자를 총리라고 앉혀놓은 현 정부가 안타깝습니다.

방송에 나와 전국민 공직자에게 필부터 다 아는 안전수칙을 알리고 하였더라면 떳떳이 총리가 충청북도 지사보고 당장 물러가라고 했어야지요.

수명죽백(垂名竹帛)

이게 뭡니까. 그 난리가 났는데 뒷북이나 치고 앉아 있다가 방송에서 버스 운전기사님들 수고하셨다하니 어떤 기사가 대고 여러사람 앞에서 욕을 합디다. 지랄하고 자빠졌네. 버스기사야 응당 국제행사인데 그 보다 더한 곳이라도 기쁘게 갈 것인데 국제대회를 망쳐놓았으면 국민에게 사과를 해야지 기사들이 수고치사 듣겠다 했는가 합디다.

병서에서도 한 번 실수는 병가상사라 하여 용서했고, 장수도 두 번 실수는 용납치 않았고 극형에 처했습니다. 윤정부 들어선지 겨우 일년 조금 넘었는데 이태원 참사, 무인비행기 침투, 태풍으로 재해참사, 세계 젊은이들을 모아놓고 추한 꼴만 보여놓고 무엇하나 시원스레 하는 것을 못보았다. 총리가 대통령 앞에 너무 앞서 방정을 떨어도 안되지만 천재야 누구도 막지는 못하지만 그래도 전 공직자에게 집에 가지 말고 대기하고 지하도는 무조건 출입을 차단했더라면 인명피해는 극소수에 불과했을 것입니다.

대통령님, 아무리 가신이라도 총선을 앞도서 반드시 심기일전하는 마음에서라도 총리하고 당대표를 경질하시고 중립적인 참신한 인사로 등용하시고, 특히 안철수, 유승민, 나경원 불러서 만찬이라도 하시며 위로하시고 총선을 위하여 함께 총력을 기울여 달라 하십시요.

그리고 대통령의 너그러움을 보여주신다면 다음 총선에 2/3석은 무난히 획득하리라 믿습니다.

대통령님의 포용은 우리 국민의 마음을 한 순간에 돌릴 수 있는 절호의 기회입니다.

지금 야당에 구심점이 없음에도 국민의 힘 여당이 50%의 민심을 못얻는 것은 대통령의 인사실패, 대표 인선에서 치우침과 국무총리의 안일한 모습입니다. 그렇다고 이재명처럼 꽥꽥 소리나 지르라는 것은 아닙니다. 치우치지 않으면서 당당한 총리나 당대표를 보고 싶습니다. 꼬리나 감추는 강아지 꼴은 보기 싫습니다. 자기 보신에나 알랑대는 개 꼴은 보기 싫습니다. 대통령께도 바른 말을 고할줄 아는 대표, 총리가 보고 싶습니다.

상계(上啓)

① 국방

언젠가 생각납니다.

우리의 소원은 통일.

그렇습니다. 통일없는 성장은 하루 아침에 물거품이 될 수도 있습니다.

우리는 먼 역사가 아니라도 현재 러시아의 우크라이나 침공을 보면서 유엔에 과연 세계 평화를 중재할 기구가 가동되고 있는지 의심스럽습니다. 군 시설 뿐 아니라 민가마저도 초토화되는 것을 보면서 한국이 언제까지 발전할 지 또 다시 통일을 다음 세기로 넘기는 것이 타당할 지 겁이 납니다. 문민정부 5년 동안 김정은 비서 역할이나 하다 끝났지 않습니까. 북미정상회담, 남북정상회담 뭐가 다른게 있습니까. 결국 핵무기만 키워 주었습니다.

윤대통령께 부탁드립니다.

수명죽백(垂名竹帛)

임기가 긴 것 같아도 잠깐입니다. 어물어물 때만 기다리다가는 끝납니다. 임기 내 꼭, 통일을 이루십시오.

늦추면 늦출수록 핵 생산에 시간만 주는 것입니다. 김정은은 어떻게든 핵만 완성되면(실전배치) 반드시 남침을 감행할 것입니다.

무슨 일이든 때를 미루면 그 때는 실패하는 것입니다. 아직은 실전배치까지 도달하지 못했기 때문에 주저하고 있습니다. 대통령께서 선제타격한다 해도 김여정을 앞세워 선전만 하지 함부로 침략을 못하는 것도 아직 핵이 완성않됐기 때문입니다. 그러니 독촉하십시오. 핵 포기 모드를 제시하여, 남북정상회담을 하던가 화해 무드의 시그널을 보여주던가 하라고. 그리고 비서실로 하여금 임기내 결행할 시그널을 작성하여 김정은에게 그렇게 안하면 체포조를 보낸다던가, 김정은 제거에 일억달로 상금을 걸던가. 만에 반항시는 아주 평양서부터 압록강까지 융단폭격으로 폐허를 만든다던가 위협도 하시고.

비무장 지대를 유엔에 헌납하고 제2유엔본부를 설치하고 비무장 지대를 세계평화공원화하여, 남한의 양곡이며 생활 물자와 북의 지하자원과 교역하여 공존하면서 남북현체제는 인정하면서 점차적으로 평화헌법(통일기구)를 남북의원 각 100명 씩 작성하여 언제까지 통일을 하겠다는 헌법을 만드십시오. 그리고 북한도 통일 기구에 대하여는 외세가 없도록 하십시오.

남북이 직접 만나 상생을 도모하여 어느 때까지는 현 체제하에서 화해무드로 가자고 선제 제안하십시오. 국민은 그런 통큰 대통령님이 무척 자랑스럽습니다.

그런데 연포탕 끓는 냄새에 욕지기가 납니다. 나라를 사랑하는 인재라면 조용히 다른 가신 처럼 물러나 있어야지요.

② 안보

안보란 외세로부터 침략을 막아 국가의 영토를 지키는 일이라 하였습니다.

불만이 있는 자들은 아무리 잘해줘도 그 성격을 고치지 못합니다. 언제 간호사들이 큰 기여를 했다고 농성질입니까. 코로나, 우크라이나 전쟁으로 세계는 전쟁중인데 저들 처우나 바라고 집회나 일삼고 대통령은 국민의 안녕을 지키려고 노심초사 하시는데 일부 고위공직자는 임금까지 반납하겠다하는데 고얀지고.

배지가 부르니까 일은 안하고 거리 데모나 하면서 뭐 야당에 가입하겠다고 으름장을 놓고 있나 꼴 보기 싫으니 야당을 하든 똥을 싸든 내버려 두십시요. 그런 자는 아무리 잘해줘도 결국은 배신자입니다.

왜 국가의 제도가 잘못됐으면 진작 개아비보고 문재인보고 했더라면 대통령 거부권도 없을 터 개딸들이 개애비가 저 꼴이니 배지가 아픈 모양인데 개는 아무리 잘해줘도 저의 애비 외엔 섬기지 않을 것입니다. 짖어댄다고 걱정하지 마시고 여당이나 신경쓰십시요.

이제 총선도 반년 밖에 안남았습니다. 썩어 냄새도 맡기 싫은 연포탕 쏟아버리시고 중립적이고 신성한 인물로 교체하십시요. 썩은 동태 가지고 아무리 잘 끓여보았자 연포탕 맛은 낼 수 없습니다. 그리고 안철수, 나경원, 유승민과 만찬이라도 같이 하시며 총선에 역할을 부탁하십시요. 그들에게 사과하셔야 합니다.

대통령이 무엇을 못하겠습니까. 저희 같은 무당층도 대통령에 대한 충성은 변함없습니다. 당대표 선거만 공정하였더라면 지금 국민의 힘이 50~60% 국민의 신임을 얻었을 것입니다.

김기현 때문에 민심이 말이 아닙니다.

가신들만 앞세워서 뭘 하시겠습니까. 연포탕 때문에 민심이 들 끓고 있습니다. 민주당이 저 꼴인데도 또 선두를 치고 올라서지 못하는 대표는 이제 퇴출시키십시요. 그리고 내년 총선은 그냥 이기는 것이 전부가 아닙니다. 2/3석을 갖지 못한다면 또 시달림에서 벗어나지 못할 것입니다.

노물老物의 충고라 허구로 여기지 마시고 더 이상 국민의 마음을 헤아려 주셨으면 합니다.

작은 빵 가게 아가씨

우리 집에서 족두리 봉을 올라갈 때 불광초등학교 앞에 작은 빵집에 있다. 나는 족두리 봉을 거의 30년을 오르 내렸기 때문에 우리 집 앞뜰 같아 등산 길이 바위 길인데도 힘든 줄 모른다. 거리는 3km지만 늘쌍 다니다 보니 몇 발짝 앞에는 나무뿌리가 있고 장애물 하나도 자세히 알기 때문에 87 나이에도 불편한 것은 모른다. 자주 들려서 빵을 먹다 보니 단골이 되었고 빵집 아가씨도 친할아버지처럼 대한다. 내가 이름을 부르면 할아버지 왔다 하면서 나를 다려다 앉혀 놓고 오늘도 그대로 하면 알아서 가져다 준다. 나는 그 날 나온 야채 빵하나 하고 바나나 우유 하나면 더 먹지를 않는다. 이빨이 시원치 않다보니 양상추 들어간 빵이 아삭아삭 잘 씹혀 먹기가 좋다. 또 거의 저녁을 안 먹기 때문에 그게 저녁 대용이다. 나는 늘상 산에 갈적에는 내가 쓴 책을 한 권씩 들고 나간다. 내가 쓴 책에 대하여는 여자 들이 더 잘 물어온다. 그리고 책도 여인들이 잘 받아간다. 그런데 그날은 일기가 좋지 않아서인지 부킹이 안 돼서 책을 못 주었다. 빵집 아가씨가 할아버지 책 사온거야 하기에, 아냐 내가 쓴 거야 할아버지 책도 써…

수명죽백(垂名竹帛)

왜 나는 쓰면 안 되냐… 아니 그게 아니고 그냥 심심풀이로 쓴 거야 정식 작가는 못되고 너 책 좋아하니 그럼, 책 읽다가 밥도 굶는 걸… 그럼 이 책도 가져다 보거라.

정말 가져도 돼. 그래 진작 알았더라면 책 많이 가져다 줄걸… 나한테 책이 1,000여권이나 있는데, 너희들이 좋아하는 책도 많은데, 가만 있자 내가 시 한수 써줄까 책 이리 줘봐 하며, 표지 다음 장 공란에다 즉석 시를 써 주었다.

〈작은 빵집 아가씨〉
작은 빵집 아가씨 참 예쁘다
작은 가게에서 일한다고 기죽지마라
모든 행복은 작은 것에서부터 시작된다
이 빵집은 언제와도 인정이 넘쳐난다
빵 냄새도 좋지만 사람 내음이 더 향기롭다
그래서 이집에서 빵을 먹고 나면 기분이 좋다
그것은 열 아홉(19) 아가씨의 순향이 배어 있기 때문이다

사실 빵집에서 배경도 없고 뭐 쓸것이 없다.

실상 써 주겠다고 하고 잘못 썼다 가는 늙은이가 손녀딸같은 아가씨를 앞에 두고 농짓거리 한다고 할 것이고 그렇다고 이 빵집에서 엉뚱한 화제를 가지고 글을 쓸 수도 없었다.

그 아가씨 이름은 가희다.

고향이 전남 강진이라 한다.

집이 가난해서 학비 대줄 형편이 못되어 학교 갔다 와서 오후에 몇 시간씩 아르바이트를 한다고 한다.

광주여고를 수석으로 졸업하고 연대에 합격했다고 한다.

얼굴만 예쁜게 아니라 낯을 안 가리고 손님에게 인사성이 있고, 생글생글 말을 할 때 은연중 사람이 빨려 들어가게 한다.

누구나 좋아하는 성격의 아가씨다.

나도 어딘가 모르게 그 아가씨 소재로 하여 글을 쓰고 싶었다. 그리고 이 빵집 가득이 향수로 채워주고 나중에 그 아가씨의 그림자가 한 가정과 사회에 빛을 남긴 여인으로 만들어주고 싶었다. 어느 날 빵을 먹는데 다음과 같은 경험담을 이야기 하는데 그렇치 않아도 소재에 목말라 하는 나에게는 가뭄에 단비와 같았다. 어느 날 눈이 펑펑 쏟아져 길도 미끄럽고 차도 나다니질 않아 다른 날보다 조금 일찍 가게를 접고 지하철을 타러 가려고 건널목에서 신호들 기다리는데 갑자기 지붕에 눈이 하얗게 덮인 차를 가게 앞에 대더니 문을 열고 나와 빵가게를 들여다 보고 불꺼진 가게 문을 두드려 본다. 기척이 없으니 그냥 낙심하고 돌아서 차에 오르기로 쫓아가서 차문을 두들기니 문을 열고 요 뒤에 롯데 아파트에 사는데 어머니가 암 말기라 일산에 암병원에 입원하고 계신데 주치의가 이제 시간이 2~3일 밖에 안 남았으니 보고 싶은 분들은 와서 보시라고 하고 잡수고 싶은 것 있으시거던 사다 드리라 하여 엄마보고 뭐가 드시고 싶으냐 물으니 이집 아가씨가 가져다 주는 빵이 먹고 싶으시다고 하니 아가씨가 알아들었다 한다. 언젠가 빵을 드시고 아르바이트로 공부한다하니까. 50,000원을 주시고 나가시며 남는 돈은 학비에 보태 쓰라고 하셨기 때문에 대번 알 수 있었다한다. 차에서 내려 기다리라고 하고 다시 문을 열고 들어가서 빵을 그 아주머니가 평소 즐겨 찾던 빵을 한 보따리 담아다 차에 주고 얼마냐 하기로 빵 값은 병 쾌차하시고 오셔서 주시라고 하고 그냥 보냈더니 10여일 후 그 청년이 오더니 어머니가 돌아가시며 수중에 가지고 계시던 현금을 몽땅 봉투에 넣어주시며 빵집 아가씨 갖다 주라고 했단다.

아가씨 세어보니 팔백만원 이었다한다.

이렇게 큰 돈을 어떻게 받느냐고 못 받는다 하고 도로 돌려주니 그 청년도 내 것이 아니고 어머니가 돌아가시며, 꼭 빵집 아가씨에게 전해주라한 것을 아들이 어떻게 어머니의 소원을 무시하고 도로 가져 가느냐하면서 기어이 뿌리치고 갔다 한다.

내 생각이다. 나도 그 아가씨가 손주 며느리감으로 점 찍고 손주 오거든 만나보게 하려고 마음 먹었는데 그 여인도 아들 며느리감으로 생각했나보다.

그러니 그 돈을 아무런 이유 없이 아들보고 갔다 주라고 한 것 같다. 손주도 대학 졸업하면서 곧바로 대기업 공채에 합격하여 연수원으로 갔다 오면 대기업 본사에서 근무한다고 한다.

아들로는 장손이 2022 봄 졸업하고 10월에 대기업에 합격했으니 가문에 이보다 영광이 어디 있으랴 큰 아들 손녀딸은 고려대학원 졸업하고 연구실에서 조교로 있으면서 월급을 또박또박 타다 벌써 일억을 모았다고 한다.

달래강 사연 (Ⅰ)

보내고 못 잊는 정 눈여울에 원루冤淚되어

노을진 나루터 솔길郵마다 여수旅愁의 비운否運 흔적痕跡

춘한만강春恨滿腔한데 슬피우는 저 두견아

진달래꽃 물드린 포갠입술 진홍으로

뜨겁게 다른 정 녹여볼까 하였더니

밤새도록 태운 정념 한순간에 재가되고

피멍으로 박힌 옹이 짓밟혀진 자존심도

걸죽한 육담으로 풀어주던 그리운님

달무리에 일렁대는 물결 위에 맺힌한이

풀벌레 애잔한 밤 귀곡조(부엉새) 울음 울제

송리산 설록雪淥 수가 화양계곡 돌아나와

월악산 사적史蹟마다 덕주공주 여린 한을

사무친 슬픈애수 달래강에 띄웠놓니

애련哀憐 한 그 몸짓에서 부질없이 꿈에취해

우륵아 물어보자 절현絕絃의 사연을

※솔(郵) : 먼지하나 없이 깨끗한 솔
　여수(旅愁) : 쓸쓸한 나그네
　비운(否運) : 괴로운
　춘한만강(春恨滿腔) : 봄기운이 가득하여 마음이 뒤숭숭하고 정이 그리움
　절현(絕絃) : 우륵이 자기를 좋아하는 여인이 죽자 거문고 줄을 모두 끊
　　　　　　　 어 버렸다는 말

　　　　　　　　　　　　　　　수명죽백(垂名竹帛)

Ⅱ

〈김태연이 노래로 부른다면 마음대로 응용하여도 무방함〉

눈물에 젖은 가슴 어쩌지는 못하여도
달래강 합수머리 굽이굽이 정붙이고
비바람 들킨가슴 수줍어 붉힌 모습
넋 잃고 바라보는 애타는 정 가련쿠나
할켜버린 물결위에 경련이는 서른정
췌한듯 아린명치 주제할길 바이없어
꿈속에 괴롭힘이 정한의 월루되어
그리움 사무친 눈물어린 달래강아
노을진 물결 위에 신기루가 아름답다
흐르는 강물 위에 이정표를 세워놓고
무너진 섶돌머리 귀뚜라미 우짖는밤
애절한 그리움에 청풍고인 만난듯이
달뜨는 밤마다 청화淸和를 그리며
전설 속 얼해인생 절절切切한 그리움을
우륵아 물어보자 달래강 사연을

※청풍고인(淸風古人) : 보고 싶은 옛친구
　청화(淸和) : 좋은 세상
　절절(切切) : 간절한
　우륵 : 신라시대 거문고 명인. 지금은 충주 탄금대에 그의 원비가 있음

인생여정 人生旅情

우리는 이따금씩 어디론가 훌쩍 떠나고 싶을 때가 있다. 그러나 아직 운전도 서투르고 또 멀리가 보질 못했다. 허구헌날 밥 먹고 출근하고 돌아오면 잠자고 매일 똑같이 반복 하다보니 나는 왠지는 몰라도 돌아다녀야만 속이 시원하다.

또 그렇게 돌아다니다 접촉사고라던가, 길을 잘못 들어 고생을 하고 나면 다시 집이 그리워진다.

나는 늘상 잘 다니는 곳이 제천서 충주 넘나드는 천둥산 박달재다. 그 날도 아내와는 사전 말도 없이 제천으로 해서 박달재 휴게소에가서 도토리 묵밥을 먹고서 나려가다 우측을 보니 우측 산골짝으로 괴암 괴석이 즐비하게 늘어 있고 경관이 너무 좋아 옛날에 수 없이 제천 충주를 넘나들어도 대중교통이라서였는지 절경이 그곳에 있는 줄 모르고 다녔는데, 그 골짜기를 찾아가, 차를 입구에 세워 놓고 계곡을 타고 걸어서 올라 갔다.

그런 곳에는 차를 갖고 올라가면 구경을 못한다. 도랑 숲이 덤부사리로 우거져 가기가 무척 힘들었다. 천천히 구경하며 한 십리(4km)는 갔을까 한데 절이 하나 있다. 내가 절 간에 도착했을

수명죽백(垂名竹帛)

때는 거의 땅거미가 어둑어둑 저물 때이다. 종일 피곤도 하고 초보운전으로 서울에서 제천으로 박달재를 넘어 그곳까지 갔으니 쉬고 싶은 생각이 간절했다. 그냥 뛰어 내려가면 20분 30분이면 차에 갈 수는 있지만 이상스리 절에서 자고 싶은 생각이 들어 절간으로 들어갔다. 절은 언제나 고요한 곳이지만 이 절은 너무나 적막하다.

어둠이 짙어지니 계곡물 소리만 적막을 깬다. 숲 사이로 스쳐 나오는 산바람이 뼛속까지 파고든다.

어둠이 내리자 어디서 주어다 뿌려 놓은 듯 빈틈 없이 영롱한 별빛이 밤하늘을 수 놓는다.

박새들도 집에 가자고 가지 끝에 매달려 마주 보고 찌르륵, 쪽 쪽쪽하더니 푸드득 내 앞 나무 가지에 와서 이상한 동물이 들어왔다고 고개를 갸우뚱거린다. 큰 절은 아니지만 작은 암자인줄 알았는데 대웅전까지 있는 것으로 보아 아주 작은 암자는 아닌 듯 싶다.

하룻밤 잘까하고 주인을 찾으니 예쁜 젊은 보살이 쳐다보며 어쩐 일이냐고 묻는다.

지나가는 나그네인데 경관이 너무 좋아 계곡 따라 오르다 보니 너무 깊숙이 왔나 봅니다.

여박旅泊할 곳이 없으니 하루 밤 유숙留宿 할 수 있을런지요? 하고 물으니 보살이 무척 곤란한 표정으로 방에 여승을 쳐다보며 이곳은 여스님만 계신 곳이라서… 하고서 스님의 동정을 살핀다. 스님도 한참 내 거동을 뜯어 보더니 밤에 산속에 찾아 온 사람을 안 된다 하기가 난처한지 무엇인가 골똘히 생각을 하기로 안 되나보다하고 돌아서 나오려 하는데 거기 마루에서라도 하며 보살을 쳐다본다. 마루에는 아직 밤바람이 차서인지 봄인데도 연탄난로가 훈훈하다. 마루는 근자에, 늘려 놓았는지 사람이 10여명이 자도 넉넉할 것 같다.

내가 아 몰라보았네요 하고서 그냥 가겠습니다 하고 돌아서는데 스님이 공양은 한다. 나그네가 한술 주시면 고맙고 없으면 굶는 거지 정처 없이 떠도는 나그네가 숙식을 걱정하리요, 하고 나도 모르게 벌써 마루에 걸터앉았다. 나는 누가 묻지도 않았는데 내 사주가 역마살이 끼어 이렇게 돌아다니질 않으면 생병을 얻는다 합니다. 하니 스님 보살을 바라보며 공양을 드리라하면서 생년월일을 묻는다. 내가 역마살끼였다 했더니 내 사주를 볼 모양이다. 보살이 금방 가더니 밥하고 된장국을 가져왔다. 나는 보살에서 고맙습니다 하고서 돈 오만원을 꺼내 주니 처음에는 안 받기로 스님이 받아서 불전에 갔다 넣으라 한다. 절에는 어딜가도 불전이 비치 되어있다. 그리고 종이를 한 장 꺼내더니 뭐라고 적더니 손가락을 가지고 입을 나불거리며 열심히 집어보더니 빙그레 웃는다.(막말로 육갑을 하는 것이다)
나는 점심 도토리묵에다 조밥 한 술을 말아먹고 늦게 저녁이니 시장했나보다 시장이 반찬이라 드니 아무 반찬도 없어도 꿀맛이다. 저녁을 먹고 밥그릇 쟁반을 가져가고서 스님 보고 스님 제 사

수명죽백(垂名竹帛)

주가 어때요 하고 물으니 이상하네요. 귀한 손님이니 공손히 모시라고 하는데 부처님께 공덕을 쌓으실 거라 하였으니 아마도 부처님이 일부러 보내신 분 같네요. 내가 돈 10만을 내어 놓으니, 보살보고 불전함에 넣으라고 하고 생년월일이 맞느냐고 한다. 그럼 생년월일 속일가봐요.

생년 월일이야 내가 지은 날짜가 아니고 부모님이 일러주신 날이니 변동이야 없겠지요. 왜 내가 속이는 것 같아서요? 하니 그건 아닌데 제비가 박씨를 물고 들어 왔다하니 저도 기이해서요. 그때 나는 그 의미를 기억하지 못했다. 우리는 이렇게 농담도 오가며 밤 가는줄 몰랐다. 스님이 시계를 보더니 어이구 낮에 손님과 만나기로 해놓고 좀 자야 하겠다고 하고 앉은 자리에 그냥 누어 잔다. 나도 아줌마도 앉은 자리에 그냥 누어 잔다. 새벽에 일어나니 보살 혼자 아침을 한다. 스님은 다른 스님과 약속이 있어 나갔다고 한다 나하고 보살하고 둘이다.

밥을 먹으며 보살이 이곳에 들어온 사연을 이야기한다. 부모부터 이 절의 신도였는데, 딸이 하나 있었는데 남편이 죽고 나서 딸도 시름시름 앓다가 죽고 혼자 남으니 세상이 살기가 싫어 졌단다. 그러다 여기 노스님이 돌아가시고 젊은 스님이 혼자 있기가 힘들다고 같이 와서 있자고 해서 왔다 하며, 조계사에서 약간에 급여는 나온다하여 절에 보살은 출가하지 않은 사람이다. 내가 스님은 남자를 여자와 혼자 두고 나가셔서, 혹 일부러 피해 나간 거 아니요? 하니 아니요. 몇 일전부터 약속이 있었다 하면서 스님은 모래나 오실 것이니 나하고 산에 가서 나물이나 뜯자고 한다. 아줌마 혼자 겁나지 않아요. 뭐가 겁나요. 처음에는 이렇게 스님이 어디 가고 나면 약간 무섭기도 했지만 부처님께 백팔배하고 나면 아무렇지도 않아요. 이제는 늘 혼자 있어 버릇이 돼서 혼자 있으나 스님이 있거나 똑같아요. 혼자 있을 땐 부처님 앞에 가서 108배 하고 나면 땀이 쭉나요. 내가 아니, 이렇게 남자가 같이 있어도 괜찮겠냐는냐고 물은 것이지 하니 아저씨가 곁에 있으니 더욱 안심이 되는데요. 그러다 내가 안으면 어쩔거요. 별 걱정을 다하시네 달라면 주면 되지 어디 가서 사다 달라는 것도 아니고 내 몸에 붙은 거 남녀가 함께 있을 때 같이 즐기라고 남녀를 만들어 놓은건데 처녀도 아니고 인생 팔고 다 겪고 살았는데 그 좋은 것을 못하는 게 등신이지 내가, 말은 청산유수네, 하니 나하고 뒤산에 나물이 많으니 나물이나 뜨러 갑시다.

나는 그 보살이 하자는 대로 나물도 뜨고 내려오다 웅덩이에서 옷을 벗고, 등을 서로 밀며, 목욕도 하고, 나물 반찬해서 밥도 해먹고 아무도 없는 산속에서 멋지고 그윽하게 하루를 보냈다.

여인도 한참 나이라 정욕이 대단하다 굶주린 매가 짐승을 포획하듯이 나름 꼼짝 못하게 만든다.

그 많은 세월을 어떻게 참고 견디어 왔는지 모른다.

하루 밤은 지내고 나니 아주 수 십년산 부부 같았다.

토실토실하게 무르익은 몸을 아낌없이 불사른다.

다음날 아침을 먹고 나오는데 가지말라고 잡는다.

나도 발걸음은 안 떨어지지만 또 출근을 해야 했기 때문에 어쩔 수 없이 헤어져야 했다.

다음에 또 오겠다고 약속은 굳게 하였으나, 나는 다시는 갈 수가 없었다.

스님은 내일 밤에나 올거라 하면서 무슨 남자가 여자를 홀로 두고 가는냐고 한다. 그럼 여기서 살 수는 없지 않은가 직장에 빠질수는 없지 않은가 날 보고 자기 꼭 다시 와야 해, 나 자기 없으면 못 살 것 같아, 얼굴만 예쁜게 아니고 어디 하나 안 예쁜 곳이 없다. 정이 넘쳐 흐른다.

정 뿐이 아니다. 말 한마디 마다 사람의 마음을 푹은하게 녹여 놓는다. 내가 또 찾아 갔다면 나도 지금에 있지 않았을 것이고 그 여인도 더이상 절에 머물러 살지 못했을 것이다.

내가 같이 가자하면 그냥 다 버리고 날 따라 왔을 것이다. 나는 처음으로 여자의 정이란 무섭다는 것을 알았다. 그래서 그 다음에 가보고 싶어도 다시 찾지 않았나 싶다.

지금도 그 보살이 내 가슴에 얼굴을 묻고 꼭 올 거라고 약속하자고 가슴에 키스 자욱이 선이 남아 있다. 그간 비겁한 자식이라 얼마나 원망했을가, 생각만해도 부끄러워 숨고 싶다.

그 여인과 작별하고 절간을 나오는데 다음과 같이 입구에다 써 세워 놓았다.

유숙계금留宿戒禁
구무설자당주口無舌者當主
야유몽자불입夜有夢者不入

※당주(堂柱) 소경: 이곳에 머무는 자는 이곳에서 보고 들은 것을 말을 해
　　　　　　　　서 아니되며
　몽자(夢者) : 꿈이〈행동〉 행동이 불순한 자는 이곳에는 들어오지 말라
　　　　　　　하였다.

　나는 그후로는 절대 그곳에 가지도 안았고 거기서 있었던 일에
대하여는 누구에게도 말한적도 없다.
　하긴 여승 혼자 있는 곳에서 어떻게 자고 온 이야기를 하랴. 나
는 계율만 어겼을 뿐 아니라 이곳 보살을 밤새도록 희롱했으니 아
무리 숨기려 하여도 부처가 아는 이상 숨겨지질 않는구나. 20여
년을 입도 뻥긋 안하고(지금은 40여년전일) 다 잊고 살아왔다.
　내가 영월로 내려가기 30년전 일이다.

　옛날 도토리묵에 조밥 말아 먹던 생각이 나서 지금 도토리 묵에
조밥해 파는 곳이 천둥산 박달재 밖에 없을 것 같아서 혼자 토요
일에 제천 톨게이트에서 내려서 박달재 휴게소에서 묵밥을 먹고
나서 백운도사가 70년을 깎아 만들었다는 남근목 100개, 여인의
배태胚胎목과 생식기를 30개를 구경하고 있는데 길 건너 〈금봉사
당〉 앞에서 학생 혼자서 회심곡을 열심히 공연을 하고 잇다
　그전에도 그곳에 토요일 일요일 가면 무속을 하는 학생들이
3~4명씩 와서 금봉사당에서 굿을 하였으나 아무런 생각 없이 그
여학생도 그러는가보다 하고 혼자이기로 천천히 그 옆으로 갔다.
　나는 너무 놀라웠다 꼭 20년 전에 백운 계곡 절에서 보았던 그
보살이 아닌가 20년 전이나 60이 넘었을터 그 보살이라 하기는

너무 젊지만 입, 눈매, 머리 매무새 신체조건 너무도 똑같았다.

그러거나 말거나 그냥 저 여학생도 무슨 사연이 있나 보다. 오래된 무당이나 굿할제 빼놓지 않고 꼭하는 회심곡경문을 잘도 읽는다 생각하고 아가씨의 경문에 취해 곁에 가서 다 끝나도록 서서 있는데 경문이 끝나더니 돌아서서 아버지 절 받으세요 한다.

갑자기 일어난 일이라 나 역시 허둥지둥 어쩔 줄 모르고 있는데, 백운사, 생각나시지요 그래요 20년전 같은데, 맞아요 그때 떨구어 놓은 씨앗이 싹이터 이렇게 예쁘게 자랐어요.

그래 그건 그렇다고 치자 그런데 어떻게 대번에 내가 너의 아빠란 걸 알았니? 아버지가 제 앞으로 다가 오셨잖아요. 아니 나는 그냥 어린 학생이 수심가와 회심곡을 너무나 구성지게 하기로 그냥 지나다 구경했을 뿐인데.

그제서 이 아가씨, 사실은 어제 밤 꿈에 아버지의 지금 모습 그대로 보였어요. 엄마에게 꿈 이야기를 하니 엄마가 들으시고 맞다 그 분이 틀림 없다 부처님이 네가 아버지 보고 싶어하는 것을 보시고 상면을 도우시나 보다 박달재에 가서 네가 꿈에 보았던 분이 나타나거든 확인하고 내 편지를 한 장 써 줄테니 드려라. 그리고 너의 아빠는 절에는 오시지 마시라 해라. 나도 보고 싶기야 하지만 스님 보기가 민망하지 않느냐. 너는 20년을 부처님이 점지하신 부처님 딸로 자라왔는데, 대번 눈물이 왈칵 쏟아져 말을 못하고 있는데, 그 아이, 벌써 박달재 입구에 오실 때부터 알고 있었어요. 금봉 아가씨에게 우리 아버지 오시거던 알려 달라고 기도하는데, 눈을 감고 있는데 입구에 차가 들어 오시는 것이 보였어요. 내가 이놈의 자식 어려서부터 거짓말해 버릇하면 못써 박달재가 굽이굽이 아흔 아홉 구비 30리 인데 어떻게 보이니 하니 꼭 눈으로 보여야 보나요. 영상으로 보이지요. 그리고 내가 금봉이 아가씨에게 기도하는데 금봉이 아가씨가 아버지 오신다 하기로 보니 저 차에서 아버지 모습이 그대로 횐이 보였어요. 어째든 고맙다 까맣게 잊고 살았는데 찾아 주어서, 서울 우리집으로 가자. 내 너 하나 못 거두겠니 하니, 이제 됐어요 저는 이미 불교에 귀의한 걸요. 이제 아버지 딸이 아니고, 부처님 딸이에요. 승명도 받았는 걸요. 그리고 서울대학교 종교불교학과에서 공짜로 공부하고 조계사에서 생필품까지 다 대주어요. 내가 생각해도 참 요상하다. 내가 어머니가 봉은사 주지였다 하였는데 내 딸이 백운사 주지 스님이라니, 꼭 이것이 벌인지 뭔지 나도 헛갈린다.

이것이 벌이라면 천번이라도 달게 받고 싶다.

밥이라도 한끼 같이 먹을까 했으나 스님은 객식을 안한다 한다. 절에서 주는 음식이 아니면 정이 어쩔 수 없이 사 먹어도 나물 된 장국이나 간장밥 외엔 먹으면 안된다 한다.

어쩌랴. 나는 언제나 비상금 100만원씩은 늘상 몸에 지니고 다녔다. 그땐 카드가 없을 때라 비상금이 꼭 필요했다. 그래서 그것이라도 아비 구실을 하여 볼까하고 주니 안 받는다. 스님(불자)는 돈을 받을 수 없다 한다. 언제 절에 가시거던 불전함에 넣으시면 공덕은 똑같습니다 한다. 그럼 아비가 주는 게 아니고 심부름하는 것이라 여기고 엄마 가져다 드려라 그리고 아빠가 미안하다고 말씀 드려라 그제서야 받아 넣는다.

그 아이를 그렇게 보내고 충주 쪽으로 내려 오다보니 박달재 관문 앞에다 택지 분양이라 써 붙여 놓았다. 근처 절에 보살도 있고 딸도 그 절에 주지라하니 이 곳에다 땅을 사서 집을 지으면 그 여인도 만날 수 있을 것이고 딸도 자주 만나 볼 수 있을 것 같아서 분양한다는 곳을 가보니 바로 박달재 입구에서 200m 밖에 안 되는 곳이었다. 충주시에서 전원 주택지로 허가났다하고 그 당시 나무를 다 베고 포크레인으로 터 정지작업을 하고 있다. 가서 지주에게 땅, 제일 좋은 곳으로 600평만 떼어 팔라고 하니 혹시 정태근씨세요. 그런데요 어떻게 내 이름을 방금 따님이 왔다 가면서 아버지가 오시거던 절대 땅을 팔지 말고 지적하는 곳이 있으면 그 아가씨가 사겠으니 아빠한테는 절대 팔지 말라 했어요. 그때서야 그 아이가 보통아이가 아니란 것을 깨달았다. 처음 본 아비를 알아본 것부터, 저의 아비가 이곳에 와서 살고 싶어하는 것 부터를 다 알고 내가 이곳에 있으면서 절에 자주 드나들면 상좌 스님보기도 그렇고 저의 엄마도 또 다시 혼란 스러울 것이 다 보였나보다. 참으로 영리한 아이구나 생각하고서 엄마가 써주었다는 편지를 읽어보니 (보살이)써준 편지는 편지가 아니고 완전히 감상문이다.

그리운 은혜님께

어저께까지 눈속에 묻혀 있던 산천초목이 온 산이 꽃동산이 되니 당신께서 두고가신 항아姮娥(달에서 산다는 선녀)가 아비를 보고 싶어 하기로 부처님의 뜻이라 생각되어 잡지를 안 했습니다. 그때 벌써 20년 전이 그리워 이 편지를 쓰네요. 당신과 목욕하던 그

물웅덩이도 그대로고 산천에 꽃도 그대론데, 곱디곱던 한 시절의 꿈인줄만 알았더니 어느 날 배를 보니 싹이 트고 배차기를 하여 평생에 이런 행복은 처음이었습니다. 우연이라 하기엔 너무나 현실이라 나는 매일 부처님께 감사로 살고 있습니다. 긁어서 생긴 상처 에어나는 돋친 바람 스님께 부끄럽기도 하고 버릴까도 하였습니다.

그러나 당신을 한 번도 원망한 적은 없었습니다.

스님께서 그러시더군요 당신의 사주를 보시더니 부처님이 보내신 분이란 걸 금방 알았다 합니다. 그래서 일부러 자리를 피해준 것이라 하면서 스님이 자기 후계자를 보내준 것이라 하면서 둘이 합심해서 잘 길러 부처님의 딸로 키우자 하시며, 그 때 내가 그곳에 간 것이며 스님이 재워 주신 것이 우연이 아니고 부처님이 계시라 하여 스님이 더 좋아하시며 나를 편하게 돌보아 주셔서 병원에도 안 가고 스님이 직접 받아 애지중지 나보다 더 정성을 쏟아 키우셨기 때문에 이제 제 딸이 아니라 스님의 딸이랍니다. 아니 부처님의 딸입니다.

아이가 그렇게 무럭무럭 예쁘게 자라나니 신도들도 어디서 피덩이를 다려다 스님이 키우는 것으로 알고 저나 스님뿐 아니라 모든 선승이고 신도들이 부처님의 딸이라 하늘같이 떠 받드니 지난 20년이 꿈만 같으면서도 회상에 그리움이 가슴 속을 파고드니 스님에게 티 내지 않으려고 혼자서 다독이다 가슴속이 하얗게 성에 가 피었습니다.

지금도 다디단 꿈결마다 임과 함께 거닐던 서늘한 숲속에는 신

수명죽백(垂名竹帛)

기루 고운 환상 마음자락 한이 맺혀 심곡에 이른 바람 풍지 달아 막아 놓고 타고난 수줍음에 추파마저 훔칠세라 물오른 꽃봉우리 몸에 밴 야성이 추스려도 감당 못해 열린 가슴 드러내고 한설속 흐느끼니 창가에 비쳐드는 달빛 깔고 흐르는 정 두견의 슬피우니 애간장이 다 녹아진 듯 그 누구가 알았으리요.

이불 자락 스며드는 실바람에 그리운 정, 누가 볼까 두려워 보루에 머리박고 흐느껴 울었다오.

실밥만 뜯다버린 그날의 추억들이 불타는 정념이 폭풍처럼 일어나 삭이다 패인 가슴 눈물샘이 되었다오. 변죽만 울리다 잊혀진 세월자락 숨겨진 음영을 정한에 못 잊어 돋친 가시 찔러가며 원망도 하였다오.

생몸살 가슴 뛰는 울음 담긴 앙가슴 잔인한 정에 취해 파문도 숨죽이고 자궁속 이는 경련痙攣 요분질도 싱그럽소. 허기진 그리움에 부푸러진 앙가슴도 스처간 옷깃마저 알알이 추억되어 아리게 젖은 가슴에 찌들어진 흔적도 구석구석 뿌려 놓은 추억이 너무 많아 삭임질을 못하고서 덧나고 말았네요. 응어리된 그 이름 허상에 그림자를 월하화전月下花前(남녀의 밀회 장소) 홀로 품고 살았다오.

풍문에 들려오는 임의 이름 회자 되어도 거짓이라 치우値遇하고 숨겨두고 살렸더니, 벼개머리 적셔주는 두견의 피울음에 사랑한 죄 너무 깊어 원혼이 되었다오.

진달래 피어난 밤 창틀에 걸린 달이 가져올가 봄 소식을 행여나 기다리며 부처님께 삼천 배로 무릎이 회잔膾殘(정육 : 굽지 않은 고기 같이) 되도 아픈 줄도 모르고서 이모지년二毛之年(흰머리가 생겨 나도록) 살았다오 월하노인月下老人(부부의 인연)을 이생에서 찾지 말고 저승에 가거든 영원무궁永遠無窮하자구요

세월불시인歲月不侍人(세월은 사람을 기다리지 않음)을 속가俗伽에서 세한歲寒(어떤 어려움도 참고)을 살다보니 백발이 되었구려.

나는 연민憐憫의 글을 읽으며 백발이 되었다는 마지막 한탄恨歎한 여린 여인의 참담한 심정을 회아리며 내 지난 날을 회상하여 본다.

누가 피는 물 보다 진하다 했는가.

20여년을 까맣게 잊고 살았는데 추억이 어루새긴 천둥산 박달재에서 딸 자식을 만나다니. 아무리 멀리 떨어져 있어도 그 아이는 나의 생을 드려다 보고 있다고 생각하니, 나의 행동이 더욱 신중하게 되고 나에게는 왜 이런 일이 두번씩이나 생기는 걸까 운명이라 생각하면서도 노유老儒(늙어서 쓸모 없는 선비)의 삶이 신바람이 난다.

수명죽백(垂名竹帛)

공정한 사회

정치권에서 가장 많이 쓰이는 공약이다

시조, 산문, 수필 등은 조선시대엔 선비들의 대표적인 문학으로 시세時勢의 흐름을 사조思潮하고 세태염량世態炎凉(이해 관계에 따라 세상인심이 변함) 풍자諷刺 하는 것도 모두가 국가를 바로 세우려는 백성들의 충정에서 우러나는 것이다.

왕조 시대에도 나라나 관리에 대하여 上啓하라고 관가 앞에 신문고로 설치해 놓았고 직고하여도 이를 제지하거나 처벌하지 않는 것은 그들은 충성으로 하기 때문이다. 옛 선비들은 옳지 안은 등용을 원치 않았으며, 품행에 어긋나지 않았으며 더우기 왕이나 왕가를 음해하는 者는 능지처참하였다. 왕가는 집정 중에 국가에 위해가 되지 않는 한 비방하거나 음해하면 대신들이 용서하지 않는다.

지금 민주당에서 영부인을 두고 계속 음해하는 것은 세계 어느 나라에서도 찾아볼 수 없는 부도덕한 행위다.

어찌 국녹을 먹는 관리가 이를 수수방관만 하고 있는가?

국민이 다 알고 있고 선거 전부터 알고서 대다수의 국민에 의한 선거로 당선된 국모를 계속 음해하고 심지어 음한 그림 풍자까지 국회에까지 가지고 들어왔음에도 가신이란 者가 무엇을 했는가?

무조건 잡아처치해도 국민은 찬성할 것이다.

야당 대표가 죄가 없으면 법정에서 소명하여 무죄로 되면 다음 대통령은 따놓은 당상인데 참으로 옹졸하고 무도한 者를 대표로 추대하고 나라에 부정을 쇄신하라고 뽑아준 국회의원이 방탄 국회나 하고 있으니 이게 뭡니까?

대한민국은 자유 민주가 아니고 무법천지 국가다.

국회의원 者들은 죄가 있어도 방탄하고 이런자들을 왜 국록을 주는지 모르겠다.

특히, 위안부 노인의 돈을 집어처먹고도 붙어있는 자나 집에서 3억 돈다발 받고 준 사람 인명까지 있는 자를 감싸는 자나 왜 국록을 주는가. 그 법은 어느 자들이 만들었나 저의가 만들어 방탄 국회라니 국민은 무엇이란 말인가? 그러고도 평등한 사회 공정한 사회를 부르짖을 것인가?

하는 짓거리들이 너무 추잡醜雜하여 제 입이 더러워졌나 봅니다. 욕은 나쁜 놈들 몇 명에게만 하는 것이니 모든 선량님들께는 죄송합니다. 사죄합니다 하도 더럽고 하는 짓거리가 추잡해서 막말을 했습니다.

국회의원이라고 법이 면피를 한다면 국회의원은 뭐하러 뽑아 국고를 낭비하는 겁니까? 삼권분립이 저의들 회피처입니까?

　　　　　　　　　　　　　　　수명죽백(垂名竹帛)

행정부는 당장 잡아가두고 사법부는 이런 자를 엄벌하지 않고 무엇들 하시는 겁니까. 입법부가 범법자 회피처입니까. 국민이 그런 죄를 져도 처벌 안하실 겁니까. 제발 국민 앞에 부끄러운줄 아세요. 그런자를 잡아가둔다고 어느 국민이 반론하겠습니까. 그런 법은 위반한다고 나무랄 국민은 없습니다. 면책 특권이라니요. 그들 몇 놈 없다고 정치를 못하는 것입니까. 윤미향 없어서 입법을 못한다 합니까. 죄를 짓고도 방탄 국회나 열어놓고서 그것도 선량이라고 급여 받아 먹어도 되고 주둥이 함부로 놀리는 者는 용서해도 되고 술먹고 운전했다고 죄인 딱지 붙이고 어느 죄가 더 큽니까. 남에게 피해를 주었다면 그만큼 대가를 피해자에게 보상하게 하면 되지 술 먹은 게 죄는 아니잖습니까. 거리에서 피리부는 꼴은 그만하시고 수시로 순찰하면서 오토바이 곡예 운전하는 자 술먹고 갈지자 운전하는 것이나 잡아내고 입에 부는 불심 검문은 하지 마십시요. 선진 국민이 보기 흉합니다.

술 먹고도 운전할 수 밖에 없어서 위반 안하고 잘 하는 사람까지 죄인 취급하지 마십시요.

집 앞에서 술 한잔 하고 사고 없이 집에 잘 들어간 사람 좋은 일에 기분 좋아 술한잔하고서 운전에는 아무지장 없음에도 딱지를 띤다면 차 없이 업무고 생활이고 못사는 세상에 무조건 술먹은 사람이라고 딱지를 떼면 어떡합니까. 그들이 이재명, 윤미향 보다 죄가 무겁습니까.

물론 잘못했으면 벌을 받아야지요. 술도 유전무죄 무전유죄입니까?

이상민 같은 분이 그럽시다.

말 한마디 잘못하면 문자폭탄에 맞아 죽는다고 문자 폭탄하는 새끼가 나쁜 놈인가요. 또 18원 넣었다 다시 송금하라네요.

바른 말하신 분이 나쁜가요?

이게 법치국가입니까?

문자 폭탄 하는 놈 왜 안 잡아 가두어 둡니까?

문재인 보세요. 김정은이 말 잘 듣는다고 풍산개 두마리 준 거 개밥값 250만원 안준다고 김정은 선물도 버리지 않았습니까. 개 아비도 밥값하느냐고 개딸들이 밤낮 짖어대지 밥값만 안주면 풍산 개 꼴 될 것입니다. 개 밥값이 한달에 125만이라 하는데, 나 처럼 이십오만원 노인연금 갖고 사는 놈은 개밥에 도토리 밖에 안 되네요.

매년 연료비가 10만원 안쪽이었는데 금년에는 27만원 나왔어 요. 가스값이 오른 걸 나라인들 어떻게 합니까. 나라라고 돈이 어 디서 갖다주는 겁니까. 다 국민이 내는 세금가지고 살림하는 겁 니다. 개인은 한 두달 참으면 따스하면 괜찮을텐데 국가보고 달 라면 어떡하라구요.

참 대한민국 국민처럼 염치없는 국민 처음 봅니다. 자기네 장사 하고 자기네 따스하게 살고서 왜 국가보고 가스값 오른다고 원망 합니까?

80년 전 위안부가 왜 1세기가 다 된 지난일을 가지고 외교外交 까지 방해합니까?

나부터라도 돈을 안주겠습니다. 그것도 고조부가 한 일인데 왜

이태원 참사만 해도 그렇지요

참으로 참담하지만 어찌합니까. 대통령이 뭔 죄입니까. 그곳에 못가게 했다면 자유를 억압했다고 트집 잡을테지요. 참사가 불행이긴 하지만 관리라고 어쩌란 말입니까.

지나갔으면 잊어야지요.

무슨 국가가 재난이나 수습하는 집단입니까

무인 비행기는 지탄 받아 마땅하지만 이태원 참사는 누구를 탓할 일을 아닌듯 싶습니다.

지금 대통령은 인기없음을 알면서도 역대 대통령이 하나도 못한 삼불정책을 혁신하겠다 하십니다.

그분이라고 문재인처럼 아무것도 안하고 짜카파티나 하면 인기가 왜 없겠어요. 그러나 대통령님은 국가의 장래 후손들의 삶을 걱정하시고 긴축정책을 쓰고 계십니다. 빚 안지고 살려고 급여까지 반납하는 대통령이십니다. 최대 현안인 연금을 손댄다는 것은 정치를 포기하는 것과 같은 것입니다. 윤대통령이 그걸 몰라서 개혁을 하려고 하시는 것입니까. 우리 국민이면 대통령의 고충을 이해하고 아이엠에프에 금모으기한 것도 또한 국민입니다. 다 힘듭니다. 나만 힘든 게 아닙니다. 개인 한 사람은 파산나면 그만이지만 국가는 재정이 없으면 아무 것도 못합니다.

우크라이나를 보십시요. 약소국은 어쩔 수 없습니다.

지금 윤대통령은 국력을 튼튼히하여 국가와 국민을 지키려고 쇄신도 하는 것입니다.

전쟁에는 법이 없습니다. 지면 죽는 것이고 이기면 영웅이 되는 것입니다.

전쟁에는 손자병법을 보아도 도둑질을 해서라도 이기면 승리하는 것입니다. 전쟁에는 법이 없습니다. 여인이 그자리에서 참변을 당해도 원망할 곳도 없습니다. 나라는 법을 가지고 다스리면 안됩니다. 법에 저촉되더라도 국익이 되면 무시해야합니다. 그저 제 몸이나 보호하려는 者는 이제 정치권에서 완전히 퇴치하고 윤대통령이 3대 개혁이 성사할 수 있도록 국민이 힘을 모아드려야 합니다. 무조건 대통령은 이기는 정치를 하십시요.

민주당은 나에게 고향 같은 당이었습니다. 사위(경원회장)가 안철수 운동을 하는 관계로 자연히 안철수 pen이 된 것입니다. 큰일을 하시는 분은 권력을 놓을 줄 알아야 합니다. 권력에 취하고 가신만 챙기다 인재도 잃고 정권도 잃는 것입니다. 지금 민주당이 문빠만 챙기다 정권을 빼앗긴 것입니다. 민주당에서 먼저 이낙연이 나왔으면 지난 대선에 졌습니다. 개딸아비 때문에 졌던 것입니다. 경선에서 이낙연 총리가 2/3로 서울경기에서 이기지 않았습니까?

거듭 3선에 지고도 전쟁에 진 장수가 저리 설치고 빈중대는 장수는 고금이래 처음보는 기이한 현상입니다. 0.7%에 졌다구요. 100%로 이기는 선거를 0.7%에 졌으면 100% 진 선거입니다. 수학을 그따위로 하니까 억억하고 국민은 죽어가는데 조조하고 조롱을 받는 것입니다. (일방적 독식은) 국민도 원치 않습니다. 보십시요 서울시장은 오세훈, 경기지사는 민주당 김은혜 의원이 진 것은 국민이 서울 경기까지 다 밀어주기 실어서 그렇게 만든 것입니다.

지금 민주당 하는 꼴도 보십시요. 오죽 할 일이 없으면 거리에 나가 쓰레기 줍기라도 하던가. 몇년째 170명 국회의원이 밥만 먹으면 김건희 영부인 왜 조사 안하느냐고 설쳐대고 있습니다. 진저리도 안납니까.

국민이 뽑아준 영부인을 누가 건드립니까. 그것도 당선 전 일을 대통령이 당선 기간에 치외법권에 군림하듯이 집권 중에 누가 건들입니까. 국가적 망신 소리 하지 말고 개 애비나 잘 검찰조사 받으라 하십시요.

지금 애견 형편이 나보다 낫다. 먹거리 입는 것 필수품 뭐도 최고급이다. 분뇨도 사모님 사장님이 치운다.

대한민국 검찰이 무슨 논공행사 장입니까. 야당이 추천한다고 죄없는 영부인이나 검사하고 국회서 방탄한다고 죄가 아무리 많아도 보아주고 다음에 개딸 아비는 어쩔거냐 정부란 건달들이 모여하는 야바위판이 아니다. 남의 뒤나 캐고 다니는 者는 절대 망한다고 맹자도 말씀하셨다. 좀도둑은 감옥이 가장 편하지만 대도는 국민의 마음을 훔쳤기 때문에 국민의 종이라한다. 대개 지금 노조란 깡패 집단이다.

내 차 갖고 레미콘을 하더라도 뒤 배경이 없이는 못해 먹는다한다. 노동자도 조합에 돈을 내야 일거리를 만들어준다. 일용노동자까지 등쳐먹는 세상이고 일부러 제 마음에 안 맞으면 남의 기물도 들이받고 일면식도 없는 사람을 폭력을 가하고 살상까지 하는 더러운 세상에서 어떻게 국가가 법을 가지고 논하랴. 그래서 대통령은 임기 중 치외법권이다. 국민 여러분 국가라고 돈을 찍어 운영하는게 아닙니다. 국민이 내는 세금으로 운영하는 것입니다. 대통령이라고 한푼도 마음대로 쓸 수 없습니다.

매일 일어나는 사고 참사를 어떻게 국가가 책임집니까?

적으면 적은대로 모자라면 모자란대로 개인은 자기 하나만 파산이지만 나라의 부도는 전국민이 빚쟁이로 전락하는 것입니다. 어차피 5년 있으면 물러나실 대통령입니다. 소소한 재난까지 국가에 짐을 지우지 맙시다 더는 국가에는 아무 것도 요구하지맙시다. 대통령이 큰 일을 할 수 있도록 힘을 실어줍시다. 모든 재해에는 재해보험이 있지 않습니까.

대통령 지지율이 민주당이 저 지경인데도 안오르는 것은 대표선거에 공정하지 못했기 때문입니다. 외교 실패는 민주당의 트집이고 국민의힘 지지자들은 특히 서울·경기 중도층은 당대표 선거를 보면서 모두 등을 돌립니다. 이재명보다 더 나쁜 사례를 보여주셨습니다. 정신 좀 차리십시요. 자만은 패배의 원인입니다. 쓴 음식이 보약이 된다는 사실을 아십시요.

나경원, 안철수가 되기를 서울·경기에서는 모든 지지자들이 바랬으나 연포탕하는 꼴 보고 다 고개를 돌립니다. 민심이 완전히 돌아서기 전에 원점으로 돌리십시요. 총선에 실패하고 후회하지 마시고···. 김기현 한 사람을 두둔하는 저의가 무엇입니까? 그런 충성은 충성이 아닙니다. 민주당이 충견때문에 국민들로부터 외면당하는 것을 보시면서도 고치지 않으시면 성군이 되실 수 없습니다.

수명죽백(垂名竹帛)

천상天上에서 온 편지

 나는 지금도 그때를 생각하면 가슴이 찡하고 눈물을 주체할 수가 없다. 말없이 떠난 그 사람이 너무 애처롭고 가엾어서. 가인박명佳人薄命이라 했던가. 내가 운전면허를 처음 취득했을 때다. 지금부터 40여년전 가장 싼 포니 I이 출시되었을 때 운전교습 겸 혼자서 동해바다를 보기 위하여 정처없는 길을 떠났다.

 그 때만 해도 고속도로가 안 뚫렸을 때이니, 남한강변을 따라 여주 문막 새말 대관령을 넘어 동해를 갔다. 묵호항에서 차를 주차하고 마침 울릉도 가는 배가 있어 울릉도를 가서 하룻밤 자고 돌아와서 친구가 추천한 부산횟집에 자연산 회가 최고라 하여 해삼 우럭회를 시켜먹고 다시 돌려 오다보니, 좌편 산길로 태백, 봉화라 이정표가 쓰여있다. 봉화는 경상도이지만 내 고향 충주와는 소백산만 넘으면 금방이고 여러번 가보았기로 들어섰는데, 완전 비포장에 초보 운전이라 30~40km를 넘지 않으니 가는 둥 마는 둥 한 없이 가도 산골짜기에 집도 없고 사람 구경을 못하니 어디 물어볼 곳도 없었다.

 그 때만 해도 네비게이션이 없을때니 산속에서 방향 감각도 떨어지고 지도는 있으나 이곳이 어디인 줄 알아야 지도를 가늠하지 지형을 모르니 난감할 때 길 옆에 주차공지가 있기로 우선 차를 세우고 내려서 용변을 보고 사방을 살피니 100m 남짓 숲속에서 불빛이 보인다. 사실 가끔은 농가는 있어도 전기가 없을 때니 차에 운전을 하면서 발견하기란 그리 쉽질 않았다. 아직 늦여름이지만 서쪽으로 백두대간이 가려서인지 6시인데도 어두캄캄하다. 나이트를 켰으나 산골짜기에선 몇십 m 밖에 보이질 않았다.

그 때 민가에 불빛은 구세주와도 같았다. 한길 반이나 자란 망초대 숲길을 따라 불빛 있는 곳까지 가니 나무가지 울타리에 싸인 아주 작은 너와집이다. 문 앞까지 가서 여보세요 말좀 물읍시다 하여도 대답이 없다. 세 번만에 노인이 문을 빠꼼이 열고 내다보기로 말 좀 물어봅시다 하니 귀를 먹었는지, 무슨 말인지 못알아 들었는지 뭐드레요 한 마디 하고서 도로 문을 닫는다. 그렇다고 그냥 돌아서면 또 어디서 길을 물으랴 여기가 어딘지나 알아야지 지도를 보지. 이번에는 화난 목청으로 크게 여보세요 소리지르니 또 문을 열고 뭐드레요다. 내가 묻기도 전에 문을 도로 닫는다. 그 노인은 그냥 뭐시래요 밖에 모르나보다.

어쩌랴 그렇다고 막무내기로 남의 집 방문을 열어볼 수도 없고 차가 있는데 길이 있으면 어디선가는 마을이 나오겠지하고 돌아 나오며 혼잣말로 사람이 뭘 물으면 다타 부타 대답은 해야지 하고 중얼대며 돌아 나오는데 갑자기 들어오세요한다. 귀를 의심하고 돌아보니 예쁜 아가씨가 들어오라 손사래를 하지 않는가. 아무리 봐도 생글생글 웃는 것으로 보아 사람임에는 틀림없었다. 나는 옛날 이야기에서 어떤 선비가 과거길에 해가 저물어 난감할제 등잔불이 반짝거려 찾아가니 예쁜 여인이라 하룻밤 만리장성을 쌓고나서 과거고 뭐고 아주 머물러 부부처럼 살았는데 이 여인이 밤마다 삼경이면 나가면 서 절대 보지말라 하고 어딜 다녀오기로 처음에는 약속을 지키다가 어느날 밤에 나가면서 선비보고 오랫동안 잘 참아줘서 고맙습니다. 이제 오늘밤 하루만 더 참고 내다보지 마십시오하고 오늘밤만 지나면 마음대로 함께 나가다닐 수 있다하고 나가기로 더욱 궁금하여 하루를 더 못참고 기여이 그 여인이 나가고 나서 따라가니 얼마 안가서 재주를 넘더니 하얀 백여우가 되어 산속으로 들어가기로 쫓다가 들키고 말았다.

그 여우 하는 말 내일이면 천년이 끝나는 날이고 짐승의 벌에서 벗어나 정식사람이 되어 선비님과 살 수 있었을 것인데 저는 이제 영원히 여우로 살 수 밖에 없다하며 홀연히 사라졌고, 그 집도 흔적 없이 사라졌다 했으니 처음에는 내가 여우에게 홀리지나 않았나 의심도 하였으나 보아하니 노인과 아가씨만 있는 것 같기로 한참 장정이 설마 무슨 일이 일어 난다 해도 노인하고 여인하나 못 당하랴 하고 방에 들어서며 저 말씀 좀 하는데 노인 들어오시게 하드니 보다시피 두 늙은이가 딸 아이 하나하고 산속에 있다 보니 사람을 경계한거라우.

내가 그냥 문을 닫으니 딸을 가리키며 저 아이가 이 밤중에 찾아온 사람을 그냥 보냈다. 험한 태백령을 어떻게 넘으라고 하면

서 저의 엄마하고 웃방에서 잘 것이니 아빠하고 안방에 재워 보
내라 하여 들어오시라 한 것이라 한다. 경우야 어떻든 나로서는
최대 은인을 만났다. 설사 어떤 암시가 있다해도 나는 젊은 남자
고 이 집에는 노인 내외와 가늘가늘한 아가씨 하나인데 두려울 것
도 없지만 잠이 깊이들지 않으면 문제 없을 것 같았다. 또 만에
하나 무슨 일이 있다해도 예쁜 아가씨와 같이 있는 것만도 영광
일 것 같다.

날은 어두운데 이런 산속에서 얼마나 다행인가. 그래도 내가 관
상에 악의가 없어 보였나보다. 먼저 고맙습니다 실은 길이나 물
어보려 한 것인데 재워까지 주신다니 너무 고맙습니다. 그 시절
만 해도 자가용 가진 젊은이가 그리 흔치 않았을 때라 그래도 자
가용을 모는 것을 보고 괜찮은 사람이라 여겼을 것이다. 나는 잠
시 차에 가서 세면도구도 가져 오고, 차도 잠그고 오겠다 하고 내
려가서 저녁먹고 내일 아침까지 먹을 요령으로 영덕 슈퍼에서 사
가지고 온 바나나 우유 두 개, 캔 사이다 2깡, 카스트라 빵 두 개
하고 비누, 칫솔, 치약을 가지고 오니 벌써 아가씨가 부엌에서 불
을 땐다. 뭐하느냐고 하니 저녁을 한단다.

그냥 나 때문에 하는줄은 모르고 내가 사온 빵과 우유, 사이다
를 아가씨에게 주고 먹으라고 하니 고맙습니다 하고 받는다. 그
런데 그 목소리가 산골처녀 목소리는 아니다. 대개 강원도 산골
처녀들 만나서 이야기하면 무척 투박하고 냉냉한데 너무 소박하
면서도 상냥스럽다.

저녁을 들어왔는데 오랜만에 개다리 밥상에 놋그릇 식기에 밥

수명죽백(垂名竹帛)

을 먹었다. 대개 산골 할머니들이 말이 많은데 할머니는 이때까지 말이 한마디 없다. 보아하니 착한 치매증상이 있는 것 같다. 어떻게 저만 주시느냐 하니 벌써 저녁은 먹었다 하고 빵하고 바나나 우유는 두 노친네 하나씩 주고, 아가씨는 사이다만 먹으면서 이게 얼마만이야 하며 사이다가 너무 먹고 싶었는데 오빠 덕에 사이다를 실컷 먹네 하면서 오빠도 하나먹어 하기로 아냐 나는 됐어요 하고 저녁을 맛있게 먹었다.

저녁을 먹고나서 설거지를 하고서 들어오더니 웃방으로 가더니 오빠 이리와 나하고 이야기하고 놀다자요 한다. 의외 제안이라 너무 좋기는 하나 웃방이라야 다 찌그러진 창오문 하나 사이고 안방과 문지방 하나 사이 거기가 거기지만 그래도 벽이 있으니 동작은 안 보인다.

내가 부모 앞에서 아가씨가 부른다고 쪼르르 달려가기도 그렇고 하여 우물쭈물 하는데 아버지께서 가보시게 저것이 오랜만에 사람을 보니 사람이 그리운 모양일세 하신다. 나는 너무 좋아서 고맙습니다 한 마디 하고 아가씨 방으로 갔다. 겨우 문지방 하나 넘었을 뿐인데도 분위기는 천차만차다. 우선 노친네와 벽 사이라도 보이진 않으니 동작이 자유로울 수 있었다. 그런데 문지방을 넘는 순간 너무 놀랐다.

책이 좁은 방에 가득하고 겨우 사람하나 누울 공간밖에 없는데 남자 장정이 가서 앉으니 방이 꽉찬다. 둘이 앉으니 공간이 없다. 내가 책이 많네요 하니 오빠 편하게 말 놓자 하고 먼저 아주 놓아 버린다. 그러더니 서울에 사는 오빠가 나 혼자 심심할까봐 올적

마다 책을 수십권씩 가져다줘서. 그리고 엄마는 좀 많이 아프셔 한다. 동쪽으로 약 30cm 짜리 작은 창이 하나 있는데 창 앞에는 둥근 두레반이 놓여있고 두레반 위에는 간단한 필기도구와 쓰다 버린 낙서들이 흐트러져 널려있다. 그리고 촛불이 을씨년스럽게 이 작은방을 밝혀준다.

나는 살면서 주변 사람들이 인복이 많다는 소리를 많이 들었기로 혼자 속으로 과연 내가 인복은 많구나 이런 산중에서도 이런 예쁜 아가씨와 마주 앉아 있다니 꼭 꿈을 꾸는 것만 같다. 책에 대해 내가 물어서인지 별안간 오빠 책 좋아해? 한다. 사실 한문 책만 읽어서 그 때 소설을 무척 좋아했다. 그럼 많이 좋아해 하니 다행이다 한다. 나는 뭐가 뭔지 모르고 뭐가 하니 아니 낙서한 것 보고 욕할까봐 하더니 오빠 학교 어디 나왔어 나는 처음으로 당황했다. 학교를 초등학교 밖에 못나왔으니 어디 학교라고 할 수도 없지만 산골 아가씨로만 알고 순진하게만 여겼는데 별안간 처음 만난 남자보고 그것도 좁은방에 무릎을 맞대고 앉아서 다짜고짜 학력을 물으니 벙벙할 수 밖에. 하지만 뭐 망설일 필요도 없을 것 같아서 솔직히 이야기했다. 아버지께서 시골 충주에서 글방 한문 훈장이시라 학교는 초등학교 밖에 못다녔고 한문은 많이 배웠다 하니 그럼 됐지 지금 말로만 대학생이지 뭐 아는게 있어야지. 오빠 한시 잘 짓겠다 하더니 펜을 주면서 시제 하나 써봐 한다.

별안간 건네는 제의라 어리둥절 하는데 나는 성대문과 나왔어 그래서 책을 너무 좋아해서 이 곳을 못 떠나는지도 몰라 나는 책만 있으면 아무 것도 갖고 싶은게 없어 한다. 내가 언뜻 생각이

나질 않아 어리둥절 할 수 밖에. 사실 시인도 아닌데 갑자기 한시를 쓰라니. 그래서 아까 여기 들어올 때 생각이 나서 그대로 썼다. 그냥 그 아가씨가 무슨 사연이 있는 것 같이 보이기로 쓴다는 것이 아프지 않은 상처가 어디 있으랴.

그냥 끄적여 상처傷處를 나도 모르게 한문으로 써서 건네주니 야 오빠 글씨 잘 쓴다. 깜짝 놀라며 어떻게 오빠가 내 속내를 들여다 보고 있나봐 한다. 그러더니 그러지 말고 나 시 한수 지어줄래 한다. 또 갑작스런 제안이라 그냥 이 곳에 들어오면서 생각났던대로

심산유곡 교자우합深山幽谷 嬌姿偶合
깊은 산 그윽한 골짜기에서 아름다운 자태의 여자를 우연히 만나다

예예낙오 여로막연翳翳落伍 旅路邈然
해는 저서 어둑어둑한데 길 잃은 나그네의 갈 길이 아득하구나
※가릴 예(翳 : 해가 기울어 어득어둑한 모양), 멀 막(邈)

월광도계 입곡환수月光渡溪 入谷還愁
달빛에 어리는 도랑을 건너 골짜기에서 길을 잃고 근심 하고 있을 때

혈거무창 요조숙녀穴居無窓 窈窕淑女
자연동굴 같은 창도 없는 너와집에 용모가 정숙하고 매우 아리따운 숙녀를 만났으니

문개소안 소사호응門開笑顏 塑舍呼應

포시시 문을 열고 웃음띤 얼굴로 내어다 보더니 흙담집으로 불러 들이네

고사전언 호여둔갑古事傳言 狐女遁甲

옛날 이이야기에 천년묵은 여우가 여인으로 둔갑하여 사람행세 한다하여

흉부옹호 거요거동胸腑擁護 據激擧動

가슴을 조아리고 들어갈까 말까 망설이다

어목불이 사차불피於穆不已 死且不避

하늘이 만들어준 운명인데 죽어도 피하지 않으리
※於穆(아름다움이 끊이지 않음을 하늘의 찬미)

일사천리 기역낙원一瀉千里 期亦樂園

거침없이 기세 당당하게 들어가니 여기가 낙원이구나

이 시를 읽으니 눈물을 주르륵 흐르면서 덥석 내 손을 끌어다 자기 가슴에 대더니 오빠 시인이지 하면서 바르르 떨면서 내 손 잡은 손을 잡고 가슴을 지긋이 누르면서 오빠 내 가슴이 막 뛰어 그지 막 뛰지 하며 어쩔 줄을 모른다.

나는 안방에 아버지가 들으실까봐 겁이 나는데 방금 방망이라도 들고 와서 이놈의 자식 밤길에 안됐어서 재워주려 했더니 처

녀 젖가슴에 손을 얹고 어째고 저째하고 내려 갈길 것만 같아서 겁도 나고 뭉클한 처녀 젖가슴에 손을 대고 있으니 황홀하기도 하고 나 역시 어쩔줄을 모르는데 이 아가씨 마구 내 가슴을 파고들며 너무 좋단다.

나 역시 한숨을 쉬하고 내어쉬니(참느냐고) 그제서야 그 아가씨도 나를 빤히 쳐다보며, 아 좋다 오빠 나 한소절 더 지어줘.

나는 분위기를 모면하려고 그 아가씨가 쓰다 버린 낙서 조각을 쥐어펴 보다. 오늘도 밝은 햇살을 보게해 주셔서 감사합니다. 별안간 가슴이 뭉클하고 그 아가씨가 너무 애처로워 보인다.

그 한 줄 속에는 마치 사형선고를 받은 죄수가 마지막 날을 찬양하는 기도 같아서 울컥 눈물이 쏟아진다.

나는 꽃에서!!
외딸고 깊은 산골에 피어있는 이름없는 꽃송이
별나비 그림자 비치지 않는
첩첩 산중에 무명의 꽃으로 사르리러다

내 말이 떨어지기 바쁘게 이어 받는다.

햇님만 내곁에 있어준다 면이야
한 평생 이곳에 숨어 살으리

하더니 갑자기 오빠 가지 말고 여기서 나하고 살아 하더니 펜을 들더니

혼자는 외롭다.
절대 혼자 살지마라.
외로워서 외로운게 아니라 혼자라서 외롭다.
우리는 어느새 한몸이 된 기분이다.

어여쁜 아가씨와 머리를 맞대고 꼭 시 경연이라도 하는 양 시를 주고 받고 있으니 너무 행복하다. 내가 서화담과 황진이가 만난 기분이다. 아가씨도 자연스레 내 가슴을 당겼다 놓았다 얼굴을 애인처럼 가슴에 묻고 흐느낀다.

나는 지금 속세가 아니고 천상에 와있다. 속세에 이런 곳이 어디 있으랴. 너무 가슴이 아프다. 내 가슴에 묻혀 있는 여인이 사람이 아니라 내 간장같이 녹아내리고 있다.

시 라기보다 현실을 조명하는 심파극을 하는 것 같아서 가슴이 찡하다. 지금 내 가슴에는 한 여인이 무엇이든 다 허락하겠다는 표정으로 나를 바보로 만들어 놓고 있다. 반쯤 드러난 가슴이 터질 것만 같이 부풀어 있다.

나는 이대로 있다가는 무슨 일이고 일어날 것 같다. 자꾸 조여드는 여인의 상기된 모습. 말없이 흐느끼는 가슴을 파고드는 슬픈 흐느낌. 바로 문지방 하나 사이에는 엄마 아빠가 자고 있다.

지금 이 여인은 아무 것도 보이지도, 생각지도 그냥 무방비 상

　　　　　　　수명죽백(垂名竹帛)

태다. 그냥 완전한 젊은 여인 그대를 원하고 있을 뿐이다. 아무래도 내가 분위기를 바꿔야 하겠어서 "나 화장실 다녀올 게 하니"나두" 하더니 안방으로 넘어간다. 나는 그냥 뒤따라간다.

두 노친네는 정말 자는지 자는 척 하는지, 모르는 척 하는지 그냥 누워있다. 나는 소변을 보고 바깥바람을 쐬고 나니 좀 후련하다. 우리는 가만히 포옹하고 촉촉한 입술에다 키스를 했다.
내가 "우리 오늘 밤 자지 말고 그냥 이야기나 하고 밤 새우자" 하니 "그래"한다. 우리는 밤을 새기로 약속하고 다시 들어와 마주 앉았다.
이 아가씨 펜을 들더니 자작시를 쓴다.

외로움도 내 인생에 함께 안고갈 동반자다.
지금 내 옆에 있는 오빠는 하늘이 내리신 태양이며 빗물이다.
메마른 사막에 오아시스다.
인생이란 낯선길을 가려면
편안한 신발과 튼튼한 지팡이와 오아시스가 필요하다.
지금 나는 사막에서 오아시스를 만났다.
든든한 지팡이가 생겼다.
아무것도 가질 수 없을 줄 알았더니
오늘 나는 무엇이든 다 얻었다.
내 것은 아니지만 잠깐 빌린 것이지만 무엇인들 어떠랴.
잠깐이라도 좋다. 나는 지금 아무 다른 생각은 안하련다.

나에게 주어진 시간을 다 쏟아붓고 갈거다.

그래서 더 이 시간이 절실하다.

하더니

"오빠 내일 안가면 안돼?"

"나하고 더 있다가면 안돼?"

그제서야 정신이 번쩍 든다. 되물어 묻는다.

지금 나는 천당과 지옥을 수없이 오가고 있다. 직장을 생각하면 지옥이고 이곳에 있으면 천당이다. 나만 좋다하면 한달이고, 일년이고 신선과 선녀로 살 것 같다. 지금 내 앞에 아가씨는 건드리면 폭발할 것처럼 시한 폭탄처럼 안겨있다.

아가씨는 10년 묵은 체증이 다 없어졌다고 신이 나서 떠드는데 나는 커다란 바위덩이가 가슴팍을 짓누른다. 그제서야 그 아가씨가 여행을 하려면 지팡이와 신발과 음료수가 필요하다는 것이 무엇을 의미하는지 알 것 같다. 그리고 자기가 살아있는 날들을 이미 알고 있는 것 같았다.

그 시간을 모두 다 쏟아 붓고 가고 싶다는 걸 말하고 있다.

격의 없이 그러다보니 앞 가슴이 훤히 헤쳐져 있다. 가슴 가운데 마침표도 새까맣게 발기되어 있다. 나는 보기가 민망하여 손으로 가슴 깃을 끌어당겨 봉우리를 덮어주고서 얹어있던 손을 하얀 면사포에 싸가지고 두고두고 꺼내보고 싶다. 꼭 손안에 가슴이 쥐어져 있는 것 같이 아깝고 소중하여 꼭꼭 감춰 싸들고 오고 싶었다.

여름밤은 나도 모르게 밖이 훤하고 안방에 아버님은 큰 기침을 하시더니 너희들 한 숨도 안잔 것 같은데 이리와서 누워서 눈 좀 붙이시게 한다. 아버지도 안자고 새운 것을 아시었나보다. 아가씨와 밤을 새우니 오히려 밤이 너무 짧다. 나는 아침을 얻어먹고 그냥 올려고 나오는데 이 아가씨 한사코 하루만 더 있다 가란다.

　아버지가 계시다 나를 보고 직장에 지장이 없거든 저 아이하고 하루 더 놀다 가시게나 한다. 나는 아버님의 그 말씀에 아무런 변명을 할 수가 없었다. 얼마나 딸의 병에 대한 마음이 애절했으면 처음 본 젊은 남자보고 딸과 더 놀다가라 했을까. 휴가일은 아직 3일은 남았으니 하루 더 묵어도 지장은 없을 것 같아서 모르는 척 도로 들어갔다.

　솔직히 나도 예쁜 아가씨가 잡는데 발걸음이 안 떨어졌다. 나는 아침을 먹고 그 아가씨를 따라 나섰다. 아주 아가씨는 애인처럼 내 팔짱을 끼고 연실 쪽쪽여댄다. 언젠가 불러본 노래 곡조가 생각난다.

　하룻 밤 풋사랑에 이 밤을 새우고

　사랑에 못이 박혀 흐르는 눈물

　이 밤도 못 잊어 그대를 그리며 눈물에 젖어 울던

　아, 하룻밤 풋사랑

　한참을 1km 올라가니 계곡에 작은 폭포가 있고 맑은 물에는 산천어 떼가 수십마리 씩 모여 다닌다. 옆 너레바위에는 하얀 무늬

돌이 행주로 닦아논 듯 깨끗하다.

　내가 다리를 뻗고 드러누워 있으니 잠이 사르르 온다. 엊저녁을 홀딱 세웠으니 피곤하기도 하다. 아가씨도 엊저녁에 혼자서 해결했는지 조금 올라가드니 엉덩이를 씻는다.

　나도 치근하지만 같이 씻다보면 또 이상할까봐 나는 모르는 척 누워있었다. 오더니 내 팔을 끌어다 베고 내 가슴에다 얼굴을 묻고 가만히 잔다. 폭포에서 내려치는 물 부닥치는 소리, 각종 새소리는 자연의 자장가 노래소리로 그냥 잠들게 한다.

　내가 눈을 뜨니 아가씨도 눈을 뜨더니 나를 빤히 바라본다. 내가 "내 얼굴에 뭐 묻었니?" 하니

　"아니 오빠가 너무 좋아서 내 눈 속에 담아두려고."

　"야 내 같은 아이들 아빠를 담아서 무얼하니.'

　"내 서울가면 내년에 올 때 근사한 신랑감 하나 데려올게."

　하니

　"아냐 나는 오빠만."

　"됐어 나는 아내가 있다고 했잖아."

　"내가 총각이었으면 엊저녁에 너를 가졌지. 엊저녁에 참느냐고 죽을 뻔 했다. 안방에는 아버지, 어머님이 계시지 맞아 죽는 줄 알았다. 너는 푼수없이 마구 덤벼들지, 거시기는 주책없이 일어서서 끄덕대지."

　"오빠 지금 할까?"

　"안돼, 그냥 아무렇게 만났다면 나도 건장한 남자인데 그냥 두

　　　　　　　　　　　　　　　수명죽백(垂名竹帛)

었겠니. 아버님 어머님이 곁에 계시는데 참아. 너를 어떻게 안니."

"여기는 아무도 없잖아. 그리고 나 하고 싶어."

"내가 그랬잖아 참으라고, 내가 좋은 총각 내년에 데려온다고, 너를 지켜주고 싶어."

"어쭈 오빠 점점 나를 몸달게 하네."

"야 우리 진짜로 하지 말고 그냥 안아만 주자." 하니

"그래 그럼" 하드니 내 머리를 끌어다 찐하게 키스를 한다.

나도 아가씨 가슴을 살살 주물러주니 못 견디게 신음하더니

"오빠 나 좀 꼭 안아줘." 하기로 힘껏 안으니 비명을 지르며 너부러지더니

"이제 오빠는 내 남자여." 한다.

"네가 혼자 해결했구나. 아이 착하다." 하니

"몰라. 숙맥 멍청이 등신 주어도 못먹어." 하드니

"나가 씻고올게 나도 빤스가 축축하다."

"야 아버지, 어머니 모시고 회 먹으러 갈까?" 하니 "좋지." 하며 아직도 여운이 덜 가셨는지 자꾸 내 입에다 입 맞춤을 하고 몸을 비벼댄다. 아직 젊어선지 아직도 황홀경에 취해서 가려고 안하고 자꾸 안아달라고 한다.

나는 점잖이 사랑에 대하여 연설을 했다.

사랑은 아무렇게나 하고 싶다고 막 하는게 아냐. 사랑할수록 아껴주고 지켜주는거야. 함부로 일을 저지르면 다시는 고칠 수 없는거야.

너 가슴을 보니 아기가질 때야. 나는 부부생활을 하다보니 아

가가질 때를 알겠더라. 너 지금 남자 관계 가지면 바로 아기 들어선다.

"그러면 어쩔꺼니? 구관이 명관이라고 오빠라고 너처럼 예쁜 여인을 앞에 두고 갖고 싶지 않겠니."

"너도 나이를 먹을만큼 먹었으니 좋은 사람 만났을 때 아낌없이 주어야지 행복하지. 지금 나와는 불륜이야. 나는 너 같이 예쁜 동생은 평생 좋은 동생으로 두고 싶어. 그래서 엊저녁에도 아랫도리 그 놈은 주체없이 나대어도 참은거야."

그제서야 "고마워 오빠. 나도 오빠는 잊지 못할 거야."

나는 숙이와 아버지, 어머니를 태우고 임원에 가서 어제 먹은 회집에 가서 회를 실컷 먹었다. 나는 숙이하고 계곡에서 포옹을 하고 났더니 축축해서 "숙아 여기까지 왔으니 백암온천가서 목욕하고 갈까?" 하니 무조건 OK 란다.

그리고 "온천에 가면 옷을 입고 들어가는거야?"

"너는 온천에 한 번도 안 가 보았니?"

"내가 누구하고 가."

"뭐 온천을 같이 갈 사람이 있어야 가니" 하니

"그럼 남자도 없이 여자가 어떻게 혼자가." 한다.

"이것아 남탕, 여탕이 따로 있어. 여탕엔 여자만 있고, 남탕엔 남자만 가는거야. 부부가 가도 함께는 못 들어가." 하니

"나는 온천에는 남녀가 같이 가는 곳인줄 알았어."

그러면서 "오빠가 온천가자 하니 그러자고 했어."

"뭐 나도 성숙한 여자인데 연애 좀 하면 안돼?"

"이거 대학까지 나온 것이 연애를 어떻게 하는 것인 줄도 모르나봐."

"뭘 몰라, 남자 여자가 함께 자고, 함께 밥먹고 같이 사는게 아냐.'

"그래 맞다."

목욕탕엔 나는 아버지 하고, 너는 엄마하고 따로 따로 가는거야, 나와서 여기서 기다릴게. 엄마 잘 모시고 다녀 하고 목욕탕에 나와서도 한 시간이나 더 기다렸다.

방금 목욕탕에서 목욕을 해서인지 머리를 어깨까지 풀어 늘어뜨리고 화장을 해서인지 엊저녁보다 너무 예쁘다.

"가자" 하고 차에 올라타더니 "오빠 우리 자고 갈까?"

"이제 처녀가 못하는 소리가 없어. 왜 집 놔두고 여기서 자." 하니

"나 아직 호텔에 안가봐서."

"호텔이 별거냐 그냥 침대에서 자는거지. 이제 처녀가 못하는 소리가 없어."

"나 자고가고 싶어. 엄마 아빠 택시 태워 보내드리고."

"싫어." 하고 집으로 가다보니 목욕을 하고 나서인지 피곤한지 노친네는 정신없이 잔다. 숙이는 엄마 아빠가 있거나 말거나 연신 운전하는 나에게 키스를 한다.

나도 어제 저녁 새우고 종일 돌아다니다 집에 오니 저녁이고 뭐고 그냥 곯아 떨어졌다. 숙이도 피곤한지 내 옆에서 그냥 잔다. 어머니, 아버지도 그냥 한 가족처럼 한방에서 잤다.

아침에 일어나니 반찬이 너무 맛있다. 고추장 발라 장작불에 구

워 낸 더덕구이며 언제 사다두었는지 화로불에 구운 보리굴비는 존득존득하고 고소한게 이렇게 맛있는 반찬은 처음이다. 나는 아침 숟갈 놓자마자 차로 와서 시동을 걸고 있는데 아버지 어머니는 50m 밖에서 손을 흔드는데 숙이는 차까지 쫓아와서 차 안에다 만원짜리 다섯장을 던져 넣는다. 뒤 좌석에다 던져넣어 도로 내줄 수도 없었다. 가다가 맛있는 점심 먹으라한다.

나는 속으로 깊은 산골에서 나물만 먹고 사는줄 알았더니 세척짜리 굴비에다 만원짜리(그때는 오만원짜리가 없을때다)까지 점심먹으라고 던져주는 것을 보면서 내 반드시 내년에는 건장한 총각하나 데리고 와서 저 아이가 소원없이 사랑을 나누게하여 주겠다고 굳게 결심을 했다.

"내년에는 휴가 차 총각 하나 같이 올게. 그 사람과 연애 실컷 하여라." 하고 가면서 빽미러를 보니 숙이가 하염없이 서서 울고 있다.

나도 너무 가슴에 애수가 북받쳐 안보이는데 차를 세워놓고 한참 울고 왔다. 워낙 먼곳이고 차도 초보 운전이라 하루 이틀가지고는 갈 엄두도 못냈다. 그 때는 고속도로도 없을 때라 가는데만 여섯 일곱시간은 걸리니 가는데만 하루, 오는데 하루라 보고싶지만 갈 수가 없었다. 그 때는 핸드폰도 없을 때고, 그 집엔 집 전화도 없기 때문에 연락이 안닿았다.

다음 해에는 이제 운전도 잘하고 보통 100km로 놓아도 끄덕없다. 또 차도 소나타Ⅱ로 새 차를 뽑고, 화장품도 설화수 금딱지로 한 세트 사가지고 가서 점심 얻어먹으려고 쉬지도 않고 줄곧 달려갔어도 한시에 도착했다.

나는 그만 그 자리에 주저앉았다. 사람도 없고, 지붕도 가운데가 뻥 뚫어져 있고 방바닥엔 쥐똥에다 버러지 거미줄만 사방 얽혀있다. 자세히 둘러보니 벽에다 매직으로 커다랗게 이집에 찾아오는 손님은 아랫마을 이장님 댁으로 오세요한다.

즉시 차를 돌려 이장님을 찾아 물으니 정태근씨냐고 묻는다.

그렇다고 하니 들어가드니 편지 한 장 갖고 나오드니 아마도 모든 사연은 그 편지 속에 있을 겁니다 한다. 고맙습니다 인사 하고 차에 와서 뜯어보니 편지에 다음과 같이 쓰여있다.

천상에서 온 편지

사랑하는 오빠에게 보고싶다 오빠

작년에 나의 거침없는 행동을 보고 오빠가 나를 화냥녀로 보지 않았을까 항상 마음이 찡했어. 그러나 그때 나는 변명 아닌 사실이야. 처음으로 남자를 갖고 싶었고 비록 육체는 섞지 않았지만 오빠는 나에 첫 남자였고 솔직히 갖고 싶었어. 그래서 단 한번이라도 오빠의 여인으로 마음껏 즐기고 싶었어.

지난 초 겨울 오빠 간 후로 아버지가 시름시름 편찮으시다 어느 가랑비 내리는 날 운명하시며 오빠를 무척 보고싶어 하셨어. 그러나 연락할 길이 없었어.

아빠가 돌아가시기 전 내 손을 꼭 잡고 미안하다. 아픈 딸을 남겨두고 가서 그 사람(오빠를 이르며)이라도 왔으면 네가 덜 외로울 텐데 하시며 서울로 가거든 그 사람 만나서 의지하고 살아라.

아빠는 오빠하고 폭포거리로 다녀온 날 나와 오빠와 선을 넘은 줄 아시었어. 아버지가 오빠 가고나서 그러시더라 그 청년 좋아 하니 그래서 엉 아빠 그 오빠 잡고 싶었어. 그런데 오빠가 아내가 있다고 가야 한다고 하는데 내가 아파서 잡지 못했어. 그래도 후회는 안했어.

그리고 아빠 장례 치르고 엄마는 오빠네 집으로 나는 하늘나라 가기 전 정거장 일산 암센터로 갔어. 엄마도 봄에 돌아가셨어. 나도 5~6월 사이에 하늘나라로 갈거야. 알지 내가 왜 그때 오빠를 그렇게 잡았는지. 나도 죽기 전에 한 번만이라도 여자가 되고 싶었어.

실제 나는 이 세상에 내 남자는 오빠 밖에 없어. 비록 하루 사랑이지만 너무나 행복했어. 어차피 떠날 사람이기 때문에 오빠에게 연락 안했어 오빠 아파할까봐.

내가 그냥 갈까 하다가 오빠가 꼭 올거라 생각되었고 그냥 떠나면 나를 틀림없이 화냥녀로 여길까봐 이 편지를 써 놓고 가는거야. 오빠 꼭 하늘나라에서 만나.

오빠가 꼭 올거라 믿었기에 이 편지를 써서 이장집에 주고 오빠 오거든 주라고 하고 떠났어. 오늘따라 오빠가 너무 보고싶다. 전화할까 하다 아버지, 어머니 보내드리고 병동에 있으면서 초라한 모습 보이기 싫었어 그냥.

작년에 예쁠때만 생각하고 기억해줘.

눈물이 나 더 못쓰겠다.

오빠의 여자가

숙아 나는 너무 행복하면서도 너무 아프다.
내가 가면 너를 찾을 수 있을까.
천상문에다 숙이 네 사진하고 있는 곳을 붙여 놓아라.
나는 지금 편지를 써도 부칠 곳이 없고나.
그냥 천상으로 띄워 보낼 뿐이다.

음 7월 7석 날 연숙娟叔을 그리며

바보가 그리운 시대

어쩌다 정상적인 사람은 바보천치 소리를 듣듯 오히려 온갖 부정부패를 저지를 패륜者가 판치는 세상인데도 정치권조차도 정치적 사건은 2~3년씩 끌다가 면책특권이니, 뭐니 결국은 임기를 다 채우고 나서 유사무사 되고마니 진정 대한민국 법치국가인가.

나는 학교도 못다니고 平生 儒生으로 살아오면서 잠자고 먹고 입고 자식 5남매나 다 짝지어 보금자리 만들어 내어 보내고 나니 87년(2023. 9. 7일이 87회 생일) 남은 거라고는 집 한채하고 내가 친필로 쓴 책 〈아름다운 마무리〉, 〈그리움이 눈물되어 가슴 적시네〉, 〈바보의 행복한 유언〉, 〈내가 바라는 나라, 내가 그리는 대통령〉 이번에 2년여 동안 집필한 수명죽백垂名竹帛은 내가 31,775일을 살면서 人生事를 創作하여 순 육필로 조명照明한 것으로 純粹하게 쓰려다보니 간혹 非俗語가 있더라도 양해 해 주시기 바랍니다. 요즘 政治者들 오죽 無知蒙昧하면 남의 뒤나 캐고 다니며 자기에게 나쁘게 보이면 거짓 선동이라도 해서 그 알량한 이름을 내 보려 하지만 하나도 성사된 바 없고, 자신의 善惡之心만 드러내어 보이게 되었다. 이와 같이 상식 밖의 행동을 하고도 뉘우침이 없으니 금수만도 못한 인간들이 모여 방탄이나 일삼고 있으니 나라꼴이 엉망이 될 수 밖에. 우리나라 국민은 失敗하여 30年을 집권하겠다고 장담하는 민주당을 일거(삼선 : 서울, 부산 중간선거, 대통령, 지방선거)에 바꿔 놓아주었으나 여당은 〈당대표선거〉 김기현 같은 奸臣하나 때문에 좋은 대통령을 모시고도 민심을 얻지 못하고 야당은 갖은 凶惡犯을 다 저지르고도 자기 가까운 지인이 4명이나 유명을 달리 했음에도 갖가지 핑계를 대고 옥중출마까지 연연한다하니 참으로 후안무치한 인간이로다. 조용히 자숙했더라면 다음 기회도 있을 것을 꼭 여 대표고, 야 대표고 똑같이 간사한 자들만 있으니 주인없는 중도층이 1/3이나 있다. 지금이라도 여당이고 야당이고 당대표부터 참신한 인재로 바꾸지 않으면 제3당이 당권을 잡을 수도 있다. 어느 당이든 먼저 쇄신하여 당을 통솔해야 2024 총선이 승산이 있다.

지금 집권당 총리하는 꼴도 가관이다. 대통령 외유 중 三回에 참사를 감당하지 못하고 세계에 국능國能을 세계에 보여줄 수 있는 절호의 기회마저 엉망으로 망치고 실언마저(TV에 나와 이번 행사에 운전사들이 수고 많았다) 뱉어대니 (어떤 운전기사 했다는 분이 저런 자식이 국무총리라니 손님대접을 엉망으로 했으면 손님에게 사과해야지 왜 돈받고 운전한 우리보고 수고치하하나 하고 욕을 했다) 대표란 것들 연설하는 것 보면 삼류마트 찌라시만도 못한 글을 써가지고 연설이라고 하니 추미애 전 법무장관 말처럼 소설을 쓰더라도 3류소설만도 못하구나.

공자도 남의 험담을 하기 전에 자신부터 돌아보라 하시며 막말은 시정잡배 들이나 하는 짓이지 관리는 말을 함부로 해서는 안된다 했으니 한동훈 법무장관도 말수 좀 바꿨으면 합니다. 적과 싸우다보니 말이 격하게 된 모양인데 너무 빠르니 우리같은 老人들은 알아듣기가 어렵고 처신이 가벼워 보입니다.

요즘 사회가 너무 어지럽다보니 이게 나라인가 합니다. 매일같이 마구 범죄로 애꿎은 여인들만 수난을 당하고 언젠가 윤석열 대통령이 말씀했듯이 치안은 전두환 대통령이 최고라 했듯이 섬에다 삼청교육대처럼 교정시설을 만들어 놓고 깡패고 나라를 분란시키는 데모 주동자는 재판할 것도 없이 무조건 잡아서 교정소로 보내어 사람이 된 다음 석방시키되 수용기간에 일당은 적금으로 통장에 넣어 두었다가 출소시 소생할 수 있는 자본금으로 한다면 누구도 부정하지 않을 것입니다.

자유는 이런 것이 아닙니다. 모든 국민이 안심하고 살 수 있는 것이 자유입니다. 지금 TV보기가 민망합니다. 이게 뭡니까? 법무장관 국회에서 아무리 잘 싸우면 뭘 합니까. 3년간 이재명 하나 정지못하고 온 나라안에 막무가내인데. 옛날에도 도적은 있었고 왈패도 있으니 지금같이 무법천지는 87 나이 먹도록 처음보는 사실입니다.

대통령이 선정을 펼 수 있도록 치안 좀 철저히 하십시오.

2023. 8. 30
정태근

수명죽백(垂名竹帛)

할아버지가 쓴 신명심보감

옛글에 지혜로운 자 치고 재물을 탐내는 자 없고, 어리석은 者 치고 재물을 탐내지 않는 자 없다 했다. 人間은 사람이 먼저요 德이 근본이라 했다.

우리의 사랑하는 자녀들이 바라보고 있다.

관찰하고 탐구하고 사색할 우리의 자녀들이 논문 하나라도 모효慕效(덕을 사모하여 언행을 본 받음)하여 언행을 본 받을 수 있도록 못할 망정 자칭 개아비라는 것들이 국민이 부여한 정책은 개발하던가 혁신은 안하고 남 똥덩이 속에 혹시 금덩이나 안싸 놓았나 뒷간뒤짐이나 하고 있으니 학생들이 교단에서 드러눕질 않나, 웃통을 여자 선생님 앞에서 안벋나. 아주 예절이 해이하였으니 개아비부터가 인륜을 저버리고 대통령을 하겠다고 개판이니 우리 자녀들이 뭘보고 배울까 걱정스럽고 두렵다.

하긴 그 바람에 김정숙 인도방문 아무도 몰랐는데 저의 입으로 까발렸으니 검사님들 수고는 덜어주었으니 고맙다 해야 하나 장하다 칭찬해야 하나. 이를 두고 천망회회소이불루 天網恢恢疎而不漏

(하늘의 그물은 코가 크고 엉성해 보이지만 결코 작은 죄도 놓치지 않는다)라 했으니 아주 이 김에 문재인, 이재명 다 까발려 천명을 수행할 者 없나요. 지난 국정감사시 전 법무장관 하신 분이 문정권 5년 동안 조, 추, 박이 지혜를 다 동원하여 손톱 밑, 발톱 밑 다 뒤져보고서 이제 법무장관 한달밖에 안된 한동훈보고 김건희 사모님 수사 어떻게 되었느냐고 묻는 것 보고 저 사람이 법무부 장관한 사람이 맞나 의심이 간다마는 국민은 참신하고 순수함이 역대 영부인보다 좋아보인다고 하는데, 개눈이라 그런지 왜 안 엮어 넣느냐고 어거지를 쓰고 있다. 저의들이 무죄판결 하여놓고 하는 짓이 그게 뭡니까?

그래 가지고 동장이나 해 먹겠슈?

이상이 높으면 생각도 깊어야 한다고 했고. 얻고자 하는 것이 크면 담을 그릇부터 키우라 했지요. 깊은 연못에는 잉어가 놀고 미꾸리는 논 귀역지에서 서식한다 하지요. 세상과 소통할 능력을 가진 사람이라야 국민의 마음을 훔칠 수 있고 마음이 깊어야 호걸이라 했다.

어찌 숲을 이루려 하지 않고 나그네가 머물기를 바라느냐. 남의 가정이나 훔치는 용렬한 짓거리는 시정잡배들이나 하는 짓이거늘 지역 국민은 나라 부강시키고 국민 편안히 살게 해달라고 뽑아 주었으면 정치는 못하더라도 시늉이라도 해야지 나랏일은 안 하고 도둑질이나 하면서 언제까지 충견 노릇이나 하실 것인가. 집이 천간이라도 누울자리는 8척이면 족하고 전답이 만경이라도 쌀 한 됫박, 삼시 세끼밖에 못먹는 것을 어차피 한세상 살다 갈 바엔

수명죽백(垂名竹帛)

큰일은 못하더라도 남의 해꼬지는 말아야지 그 풍채에 남의 뒤나 캐고, 졸개 노릇이나 하며 어렵게 살건가. 맹자는 남을 괴롭히는 것으로 즐거움을 느끼는 者는 소인배들이나 하는 짓거리라 하면서 그들의 내면에는 치졸하고 야비한 영웅심이 있기 때문이라 했다. 형광등이 촛불보다 밝긴 하지만 제살을 녹이고 뼈를 태워서 어둠을 밝히는 촛불의 깊은 속을 인간들이 어찌알까. 남을 곤경에 빠뜨리려는 언행은 반드시 부메랑이 되어 나에게 되돌아 온다고 하였다. 공자는 사람이 이것만 잘 지켜도 현자라 할 수 있을 것이라 했으니 남을 비방하는 자가 얼마나 더러운 짓인지 알아라.

행하기 전에 생각하면 후회할 일이 없어지고, 행한 다음에 생각하면 후회할 일이 늘어난다 했다. 정치가들은 새겨 들으시라. 빈 수레가 요란한 것은 속이 비어있기 때문이다. 속이 찬 사람은 말수는 적지만 옳고 그름이 명확하니 과묵하고 실언을 안한다.

사람들이 욕심이 커지면 근심과 우환이 끝날 날이 없고, 행복과 기쁨은 점점 멀어진다 하였다.

近間 세상이 너무 하수상하구나.

영아부터 어미젖도 못먹고 짐승 우유를 먹어야 하고 공부하느라고 30대까지 잠 한번 편히 못자고 공부마치고 결혼하여 가정 꾸리고나면 40代 부모 잘만난 사람들이야 상관없지만 그때 취직하여 언제 돈 벌어 집 장만하고 살까. 빚내서 집 사보았자 평생 빚치닥거리하다 홍안의 호시절 다 보내고 어물하다 자리도 잡기 전에 퇴직하여야 하니, 너무 안됐어 보인다.

신음은 거칠고, 절망은 깊고, 분노는 격하고, 혼란은 칠흙같다. 나라빚은 산더미같고, 사회·정치·문화·예술·부동산 문정부 5년 동안 저의들끼리 다해 처먹고 뒤늦게 뛰어든 2040은 낙방거지가 되었구나. 나라가 총체로 안썩은 부처가 없고 한다는 것이 마지막 날 검수완박 하나 만들어 놓고 업적이라고 윤석열 아직 인선도 갖추지 않은 분이 발바닥이 닳도록 뛰어다니며 일을 해도 문정부가 싸질러 놓은 똥 치우느라고 고생하는 데 여론이 안오른다고 내가 보기로는 여론이 들어보면 문재인이 추켜주었더니 하도 더러운 정치를 해서 윤석열 대통령이 너무 쉽게 대통령이 되어서 까딱 자만에 빠질까봐 일부러 관망하는 것이라 한다. 무응답 30%는 현정부를 지지하니 걱정할 필요없다 한다. 먼저 세번 선거를 보면 문정부가 얼마나 잘못한지 저의들만 못깨닫지 국민은 다 알고 있다. 다만 대표선거에서 대통령이 개입한 것은 최대 결손이다. 나경원이나 안철수가 되었더라면 지금 못되어도 50~60은 나올것이다.

법무장관님 다 아는 죄인 갖고 질질 끌지 말고 소신대로 처벌하십시요. 워낙 거물들이 연루되어 터뜨리기가 곤란한 모양인데 부담은 되시겠지요. 그리고 말씀 좀 천천히 하여 버릇하십시요. 천천히 또박또박 하세요. 너부 빠르다보니 중후감이 없고 간사해 보여요. 큰일 하실 분이라 감히 충고 한 말씀 드립니다.

그러나 서민 국민들과의 형평성을 고려하셔야겠지요. 답답은 하시겠지요. 증인은 모두 넷이나 재로 만들었으니까요. 김문수씨 국회나와 청문회할 때 당당한 것 보십시요. 사나이라면 그만한 소신이 있어야 큰일을 하지요.

공자 말씀이 누구나 좋은 점은 잘 익히고 그 가운데서 더 좋은 이치를 터득한다면 스스로 스승이 될 수 있다 했다.

"曰" 군자란 특정한 용도로만 쓰이는 그릇과 같다하여, 직에 구애받지 않고 공정함을 이르며,

"信"은 말로 하거나 몸으로 행동하거나 약속을 잘 지켜 믿음을 주는 것이라 이르며,

"仁"은 모든 실천을 말함이니 儒林에서는 이를 인륜의 根幹이라 하여 선비가 지켜야 할 五戒라 하였다.

"義"라 함은 이해관계에 따라 양심을 버리지 않는 것이라 했으니 내 편이라 할 지라도 도리에 어긋나면 꾸짖어 바로 세워줌을 이르며 의를 실천하지 않는 자를 일러 후안무치한 소인배라 천시하였다.

子路(공자 제자)가 바른 자란 어떤 사람을 이르는가? 아는 것을 안다하고 모르는 것을 모른다 솔직한 사람을 가르킴이며 잘한 것은 적이라도 칭찬해주고 잘못은 친구라도 꾸짖어 바로 잡아 주는 사람을 이르며, 거짓말 중에도 군주가 하는 거짓말은 가장 큰 죄로 엄히 다스려야 하는 것은 우매한 국민을 속였기 때문이라 하였다.

군왕의 임무는 국민의 생명과 재산을 보호하고 자유와 평화를 누리고 잘 살 수 있게 지켜 줌이라 이르며 그 재능이 있다한들 국민을 지키지 못하면 천한 백성과 뭐가 다르리요 하였다.

부유함과 존귀함은 모든 人間이 바라는 바이지만 정당한 방법으로 얻은 것이 아닌 한 그 것을 누리려 하지 않는다.

직위 없음을 걱정하지 말고 그 직을 감당할 능력부터 갖추어라. 남이 알아주지 않음을 걱정하지 말고 남들을 품을 수 있는 마음을 베풀어라. 관리가 사익이나 수입이 생기는 일에 치우치면 정사를 망치고 국민이 근검하면 어디에 가서 무엇을 해도 실패가 없다 하였다.

자로가 선생님은 마음 속에 품은 것이 무엇입니까?

친구는 나를 믿어주고, 젊은이들은 나를 따라주고, 모두가 그리워하길 바랄 뿐이다.

知者란 어떤 자입니까?

어리석은 백성에게 아무런 일도 안하고서 칭찬을 받을 때 부끄러워 얼굴을 들지 못하는 사람이 사람이다.

知者는 물을 좋아하고, 仁者는 山을 좋아한다 하신 말씀은 무슨 뜻입니까?

지자는 움직임이요, 인자는 머무름이기 때문이다. 물(水)은 順理를 쫓아 흐르고 조금도 빈 곳을 남기지 않으며, 모두를 채워야 흐르니 知者를 닮았고, 위로 오르려 하지 않고 아래로만 흐르니 예절이 바르고 높은 곳에서 떨어져도 피하거나 머뭇거리지 않으니 용勇者를 닮았고, 오물이 섞여와도 다 받아들여 스스로 정화하니 덕장을 닮았도다.

山은 한 곳에 머물어 움직이지 않으며, 모든 동·식물, 생물의 생식을 도와주고도 댓가를 바라지 않으니 "仁"자라 한 것이다.

도량이 좁고 간사할 수록 나쁜짓을 하고서도 들키지 않았다고 요행이라 여기는자, 공직자가 나라에서 주는 급여 외에 딴 짓으로 사익을 취했다면 마땅히 파면하라.

군자는 큰 것을 잃더라도 불의와 타협하지 않으며 소인은 자기 이익을 취할 뿐 대의를 생각치 않는다.

이와 같이 사람이 마땅히 취할 바를 기록하여 후예들에게 이름을 밝히는 글을 일러 명심보감이라 하였다.

요사이 젊은이들 아기는 갖지 않으려 하면서도 부모재산은 물려 받으려 한다. 상속법을 개정하여 손주들에게만 상속토록 하면 어떨까요? 배움에 이르는 젊은이들에게 이르노니, 이글을 읽고 진정한 의의를 체득함으로써 몸을 닦고 뜻을 바로 세워 학문을 성취하고 가정을 이루어 국가에 충성하고 인륜 사회발전에 기여하고 자신의 삶을 풍요롭고 공정히 하여 인생항로에 지름길이 되었으면 바란다. 부디 행복한 가정 꾸려 아들딸 많이 생산하고 부모에 효도하여 그대 인생에 행복이 충만하길 기원 하노라.

2022. 10. 15

정태근 서

수명죽백垂名竹帛

어느날 갑자기 떠오른 생각이다.

책을 쓰면서 표제表題가 단번에 마음에 든다는 것은 그리 흔한 일을 아닐 것이다

나는 항상 몸이 아프거나 마음이 괴로울 때는 시를 쓰거나 난잡 難雜을 떨다보면 모두다 잊어버린다. 또 글 읽기에 몰두沒頭하면 다 읽기전엔 밥도 안 먹고 잠도 안 잔다. 그래서 아내와 싸울 때 도 여러번 있었다. 해주고 먹으라할제 먹어야지 또 상차리게 하 려고 하느냐하면서 먹으라 할 때 안 먹으면 다 치워 버린다한다. 나는 글쓰는 시간이 따로 정해져 있질 않다. 자다가도 공상처럼 어떤 소재가 떠오르는 그때 즉시 일어나 메모를 해야지 그렇지 않 으면 다음날에는 아무런 생각이 안난다. 이런 증상을 노인성 치 매癡呆라고도 한다. 또한 무슨 생각을 하기 시작하면 완전히 잠이 안 온다. 그때 일어났던 일들이 내가 어떻게 대처했어야 했냐서 부터 이렇게 저렇게 연결하다 보면 스토리가 불어나고, 꿰매 맞 추다보면 하얀밤을 샌다. 또 나처럼 기초지식이 없는 사람에게는 몽상夢想이 큰 스승이 될 때도 있다. 내가 써놓고 생각해도 어떻

게 내 식견으로 이처럼 기발奇拔한 생각이 떠올랐는지 선뜻할 때가 있다.

젊어서는 여행 다니다가도 비문만 하나 보아도 한 소절의 글이나 시문을 쓸 수가 있지만 지금 같이 꼼짝도 못하고 집안에만 처박혀 있으면 잠자리에 나타나는 현몽이든가. 아련한 추억이 아니면 글 소재를 구할 수가 없다.

그래서 내 글에는 현실 정치가 아니고는 신성한 소재가 없다. 그나마 TV에서 보고 듣는 뉴스가 그날 그날 일어나는 사회생활상뿐만 아니라 오래된 묻처진 사실까지 재현하는 것을 보면 나같이 무식쟁이가 쓴 책이 무슨 가치가 있을까. 또 현실 정치나 사회상을 가지고 조명을 묘사하여 보지만 언어나 문구가 거의 외래어로 표지되어 좋은 아이디어가 떠올라도 영어를 몰라 문장이 뒤 따라주질 않는다.

거의가 우리나라도 생활용어의 첨예한 문구는 외래어가 되다보니 나처럼 공자왈 맹자왈만 찾던 구닥다리는 코로나 하나도 혀가안 돌아가 구사하기가 어렵다.

그래서 난해한 문구는 해설을 달기는 하였으나 지금의 젊은 아이들은 이해하기가 힘들것이다. 그러나 80 넘은 노인들이나 나이든 아주마들은 내 글을 읽고 만은 문의가 온다. 오히려 나를 의심한다. 나는 이글을 쓰면서 우리 국민들에게 꼭 당부하고 싶다. TV에 보면 거의 서재 없는 집이 없을 것 같지만 실제로 거의 없는 것이 사실이다

사람이 의식주만 해결되면 그 다음이 서재라 생각한다 서재가

구비되어 있는 집과 없는 집과는 분위기가 다르다. 책은 고급 양서 보다는 여러가지 잡지 시집 등이 더 좋다. 좀 싸게 구입하려면 헌책 방도 좋다. 헌책방에도 회심會心에 드는 책이 많다. 3,000~10,000 정도면 거의 다 살 수 있다. 오히려 헌책방에서 더 좋은 양서를 구할 수 있다. 서민들이 구입하기엔 수월하고 지금은 검색만 하면 보이지않아도 얼마던지 좋은책을 골라 낼 수 있다. 우선 서재가 있으면 집안이 안정돼 보인다.

책이 없으면 아무리 집이 크고 넓고 호화해도 가정이 천덕스러워 보인다. 나도 젊어서는 몰랐는데 요즘에는 그런 생각이 번쩍 든다. 옛날에는 선비 집에는 쌀가마는 없어도 책은 가득했다.

아주 오래된 이야기다 나의 재경초등학교 동창 모임에서 여수 박람회에 갔을 때다. 20~30명씩 가족 동반 갈 때는 방 구하기가 어렵다. 그시절만해도 거의 반찬은 해가지고 가서 아침은 꼭 해먹었다.

아침 식사하기도 쉽지 않지만 자고 일어나 아침 사먹기란 그리 쉽지 않았다. 또 20~30명씩 모여먹으려면 여간 큰 식당이 아니고는 밥 먹기가 힘들었다. 점심 저녁이야 이동하다 합의만 되면 아무 식당이고 들어가 먹으면 되지만 밥해먹고 마구 얼켜 자기는 민박이 더 나았다.

여수 박람회할때다. 어느 허름한 구옥이지만 우선 거실이 넓직하니 모여 식사하기가 좋았고 또, 손님 받든 여관이 아니니 깨끗하다. 고택이라 우중충하지만 아늑하고 또 옆방이 없으니 같이간 동요뿐이니 조용하다. 그런데 그집은 창 있는 곳만 빼놓고 벽쪽

수명죽백(垂名竹帛)

으로는 거의다 책꽂이로 되어있다.

고서들만 찾아서 읽어보니 좋은책이 많다.

나는 아무런 생각 없이 주인 아저씨 보고 책값은 달라는대로 드릴터이니 책 몇 권 파시겠어요 하니 깜짝 놀라며 세는 놓지 말아야 하는데, 그 놈아 시장이 하도 박람회 동안만 민박을 하라고 해서 했더니 중얼거리며 거기 책 한권이라도 없어지면 고발한다고 위협을 준다.

그러면서 거기 책장 위에 사진을 보라한다. 둘이 법복을 입고있다. 아들 형제가 판사하나, 검사하나가 되었다하면 집은 이렇게 꺼주해도 매년 시장 군수 국회의원이 찾아와 인사하고 간다한다 하며 옛부터 사람의 집에는 사람이 많이 왕래해야 한다하며 아들 자랑을 늘어 놓는다. 그말이 사실이다.

나도 어렸을 때 우리집이 안채 사랑채 행낭채 이렇게 있었고, 사랑채는 아버지와 가족이 다 쓰고, 행낭채는 오가는 손님이 머슴(일꾼)하고 함께 쓰며 객이 끊일 날이 없었다. 늘상 행낭채에 가보면 모르는 손님이 둘셋 씩은 머물러갔다.

언덕 위에 큰 집을 가르키며 저기 보이는 저 집은 어마어마한 여수 부자인데, 아들이 공부는 안하고 한량들 하고 모여다니며 술이나 마시고 당구나 볼링이나 하고 다니느니 부모 죽고 나서 제 세상이 왔다고 여수 건달 들은 다 모여다니더니 결국은 집까지 다 팔아먹고 고향마저 떠났으니 그래가지고 어딜간들 잘 살 수 있을까 하며 자신은 아들 판 검사가 돈은 얼마가 들어도 좋으니 아버지도 집을 새로짓던가, 리모델링 하고 살라고 해도 싫다고 했다 한다. 날 보고 집이 어때서 늙은이가 이것도 과분하지한다.

아비가 자식 판 검사 나왔으면 됐지 뭘 더 바라느냐 한다. 늙은이가 집이 좋아 무엇하며 집만 크면 무엇하나 돈이란 많고 적고를 떠나서 작은 돈도 잘 쓰면 복이 되는 것이고, 아무리 많은 돈도 쓸줄 모르면 휴지 조각과 무어가 다르냐고 한다.

아무리 좋은 차도 처박아놓고 안 타면 녹이 쓸듯이 돈도 너무 만으면 화를 못 면한다 했다.

생명이 짧다는 것이다. 마포 국회의원 집에서 현금이 3억이 나왔다한다. 노의원은 아버지 노의원이 명성이 높으신 분이다. 현찰이 나왔고 돈 건너 받은 것이 확실하다 하면서 국회의원이라고 특권을 준다면 장차 나라의 기강이 어찌 설까?

국회의원 가정이면 그 정도의 돈은 충분히 보관할 수 있다고 본다. 그러나 그 돈이 국회의원신 분이기 때문에, 누군가가 준 돈이라면 이번에 면책 특권으로 처벌은 면한다 하지만 다음 선거에서도 마포구민이 과연 그런 자를 선택할 것인가. 또 그 돈이 억울하면 검찰에 떳떳이 나가서 증명하면 되지 면책 특권을 받기 위하여 구명운동까지 하고 있는가. 어떤 힘을 이용하여 법망에서 벗어난다면 국회의원 자신이 공정하지 않은데 국민 보고 공정하라고 말할 수 있을까?

이재명이도 마찬가지다

국민이 지켜보고 역사가 평가한다고 하지 말고 국회의원 신분에서 떠나서 철저히 검찰에서 무죄가 된다면 이재명을 믿을 것이고 노의원 모양 또 다시 거대여당의 뒷심만 믿고서 법과 대치한다면 국민이 심판할 것이다. 입으로만 정치 검찰이니 없는 죄를 만드는 이 대한민국 검찰이 그런 퇴보된 검찰인가 무모한 사람까지 죄를 만들어 뒤집어 씌우는 검찰인가. 그것 또한 국민이 판단할 일이지 피해자 입장에서 할 말이 아니라고 본다. TV에서 나와서 일원한장 소리하지 말고 모든 것은 검찰과 나가서 싸워서 밝히면 될 것이지 일원은 벌써 주장에 먹혀들리지 않는다. 배 비서인가. 성남시 경기도 법인카드로 사용한 증거만 가지고도 일원은 넘을텐데 꼭 자기가 받았어야 돈이고 법인카드 불법사용은 내가 쓴 게 아니라면, 그 돈으로 사다준 것은 먹고 소화만 잘 시키면 그만이란 말인가.

민주당은 사람이 그리 없단 말인가. 발악만 하지 말고 이대표를 자유롭게 검찰과 싸워 무혐의로 돌아온다면, 내년 국회의원 총선은 보나마나 일것이고 다음 대통령도 능히 선점할텐데 조사는 회피하면서 입으로만 아무리 한 점 부끄럽지 않다하면 누가 이재명을 깨끗한 사람이라 할 것인가.

김대중 전 대통령은 그 혹독한 군사정권 독재하에서도 대통령을 하셨고 노벨평화상까지 받았다. 아무리 검찰이 정치검찰이라 해도 윤석열은 민주당 정권에서 쫓겨났고 추미애가 여북해 국회에서까지 어른이 까라면 까라 그러면 잘해줄텐데 하고 내쫓겨나와서도 대통령을 하지 않나. 이재명이 만약에 억울하게 죄를 만들어 씌웠다면 옥중출마를 해도 국민이 구원할 것이고 지금처럼 입으로만 일원한장 안 받았느니 정치검찰이니 계속 국회의원 신분으로 등이나 기대고 앉아서 아무리 발버둥쳐 보았자 내년 총선이면 국회의원 자리도 결국 못할 것이다.

대한민국 국민은 어리석덜 않다. 죄없는 사람이나 잡아 넣는다면 다음 선거에서는 검찰 출신은 국회의원 하나도 안 뽑을 것이다. 국민은 그렇게 죄없는 사람을 만들어 씌우는 검찰을 옹호하는 후진 국민이 아니다. 거의가 다 대학교육을 받았고 나같은 학교 공부 안했어도 이 글을 쓸 수 있는 것은 그만큼 자유가 보장되어 있기 때문이다. 매일 TV에서는 찬반토론을 하고 있다. 만에 하나 실제로 검찰이 아무런 근거 없이 이재명을 아니 의석 삼분에 이를 가진 대표를 죄를 만들어 씌웠다면 이재명은 다음 대통령은 하나마나 할 것이다. 자꾸 입으로만 국민 팔지말고 개인 신분으로 떳떳이 검찰 조사에 임하라. 당신 말따나 국민이 보고 있다. 평가는 역사가 할 것이다.

나는 직장을 그만두고 놀고 있다보니 아내로부터 무능하다고 멸시당하고 찌들려 살다보니 나도 모르게 우울증에 걸렸다. 사실 학교를 안 다녔으니 음악에 콩나물 대가리하나 그릴줄 모르다가 악기를 연주하겠다고 거금을 주고 처음엔 아코디언 연주를 배웠다. 콩나물 대가리로 음표 그린 노트만 다섯권이나 썼다. 음표 노트가 있지만 선생한테, 만일 황성옛터를 연주하려면 선생님에게 악보를 그려달래 가지고 아주 안보고도 달달 외울 수 있도록 집에 와서 노트 한 권을 열번 100번 연습하다 보니 머리에 황이 어디에 그려있고, 성이 어디에 있다고 생각하고 연주를 하니 나같은 음악에 무뢰한도 결국은 몇곡은 맞던 안맞던 혼자 연주를 할 수

수명죽백(垂名竹帛)

있었다. 지금은 또 연주 기기가 잘돼 있어서 기기따라 하게 되면 한결 쉽게 접할 수 있다. 또 음악도 이제 악보 보는 법을 알게 되니 또다른 악기가 하고 싶어 우리집앞 백화점 옆에 섹소폰 동우회가 있어갔더니 교습생이 30명은 되었다. 여자도 반은 된다. 그들은 시골 환갑잔치나 무슨 대회가 있으면 초청 받아 가서 공연도 다닌다 한다. 그래서 섹소폰 연주도 배웠다. 시골 혼자가 이겨내려면 무엇인가 할 수 있는 오락이 음악 밖에 없었다. 그래서 나름대로 준비를 하는냐고 고독을 이겨 나가려면 혼자할 수 있고 지루하지 않은 것이 음악 밖에 없을 것 같아서 아코디언 섹소폰 내가 즐겨부르는 노래 세, 네가지만 집중연습했다.

그리고 강원도 시골에는 산 짐승이 많다고 하여 짐승과 싸우려면 방어가 튼튼해야 할 것 같아서 중부시장 지금은 없지만 그때는 대장간에서 내가 다루기 좋게 내 나름대로 고안해서 도끼낫을 만들었다. 낫날을 짧게 하고 머리를 무겁게 도끼대가리로 하였더니 팔뚝보다 굵은 나무도 한 번 내려치면 그냥 쓰려졌다. 특수 강철로 거금으로 맞췄더니 자루도 다루기 좋게 부러지지 않게 해가지고 옷도 잔가시는 스쳐도 안들어가는 누비 바지 미군복 판매하는 곳 남대문시장에서 군화 이렇게 준비하고 내려갔다. 어느해 봄 다래순이 하도 실하기로 뒤 산에 올라가 다래순을 따는데 원체 덤풀이 무성하게 우거져 타고 올라서 순을 따는데 가운데 쯤에서 발이 푹 빠지며 내가 뭉클하며 벌떡 솟는데 돼지가 이빨이 10cm씩 콧등 위로 삐져 나온 놈이 벌떡 일어나기로 내 낫도끼로 대가리를 사정없이 나려치니 꽥하드니 소만한 놈이 대가리에서 피를 철철 흐르며 줄행랑을 친다. 나도 엉겹절에 일어난 일이라 기겁을 하고 소리치니 그 큰 짐승이 싸울 생각도 안하고 산 꼭대기로 줄행랑을 쳤을까. 그리고 보니 돼지 누어자던자리에 비석이 있고 비석 앞에 작은 상돌이 있다. 덤불 속에 있기로 혹 선사시대라면 로또라도 맞을까하고 나와서 근처서부터 덤불은 모두 걷어내고 보니 비석에 정영숙이라 쓰여있다. 공연히 남의 묘에 벌초만 해주었다.

　2년二年을 내가 깍아주었다. 어째 자손이 없는 것 같아서 측은지심에 자꾸 가고 싶어서 수시로 묘 앞에가 앉아서 노래도 하고 아코디언 연주도 하면 기분이 좋앗다. 어느해 서울에서 추석을 지내고 나려가서 아코디언을 연주를 하고 났는데,(심수봉이 박정희 시해장소에서)

　　황성 옛터에 밤이되니 월색만 고요해
　　폐허에 서른헤포를 말하여 주노라
　　아~ 가엽다 저나그네 홀로서 잠못이루어
　　구슬픈 풀벌레 소리에 시름저 눈물저요

　연주가 끝나자 어떤 사람이 배낭을 벗더니 어구 미안합니다. 버섯을 따는데 노래소리가 너무 애처로워 이곳까지 왔습니다. 하면서 배낭에서 버섯을 골라내놓는다. 내가 아니요 그릇도 없으니 우리 집에 가서 차라도 한잔 합시다 하고 집으로 다려왔다.
　내가 커피를 준비하는데 어이구 섹소폰도 부시나베한다. 이렇게 산속에 홀로서 지내려니 적적할 것 같아서 그냥 되나마나 시늉만 내고 정식 음악에는 못 미처요하니 어이구 음악이 따로 있나요. 아까 보니까 멀리서도 듯기만 좋습니다. 이거 송이 버섯이라는 것인데 때는 좀 지났어도 향은 그만이라 하면서 20개를 꺼내놓으며 이렇게 큰 것은 한송이가 100g씩은 돼요 10송이면 1kg은 되니 흙만 떨고 날로 드셔도 되고, 고기 굴 때 살짝 익혀드셔도 송이만한 맛있는 버섯은 없지요 한다. 나는 돈 20만원을 주면서 돈이 이것밖에 없네요 하고 주니 돈 받을 거면 드리지도 않았습니다. 나는 서울지인이 매년 1,000만원씩 돈을 맡겨놓고 가요. 그리고 버섯 딸때면 일요일마다 와서 가져가요한다.

 어이구 이 귀한 것을 공짜로 먹을 수 없고 섹소폰이나 한곡 더 연주해 드려야지하고 나훈아에 임그리워 물어물어 찾아왔네를 연주하여 주니, 우리 집은 요래 마을 마을 회관 옆집이니 심심하거던 마을 회관으로 놀러오라하고 갔다. 나는 그날밤 꿈에 그 무덤 속 여인이 와서 내팔을 베고 속삭이며 고맙습니다. 풀도 깎아 주시고 오늘 낮에는 아코디언 연주해 주셔서 무척 즐거웠다하며 이따 또 놀러오시라 하고 갔다. 꿈을 깨고 나니 기분이 너무 상쾌하다. 그래서 또 가려고 세수도 하고 준비를 다하고 막 가려는데 문을 두드린다. 나는 누구시요 하고 문을 여는 순간 너무 놀랬다. 엇저녁 자고간 그 여인이 아닌가. 어리둥절 했고 아마도 여인 혼자였으면 데리고 방으로 들어왔을 것이다. 아가씨 둘하고 청년 하나다. 누구냐고 물으니 먼저 총각이 우리 어머니를 밭 둑에다 모셨는데 없어졌네요 하기로 왜 자네 어머니 없어진 것을 나한테 묻나 하니. 아가씨가 있다가 어이구 죄송합니다 하는데 영락없는 어저녁에 자고간 그 여인이였다. 저희들은 자매인데 각기 흩어져 있다보니 어머니를 모시고도 한 번도 못와보았는데 이번 추석에 일부러 어머니를 찾아왔더니 길도 새로 내었고 아스팔트 포장을 하고 다리를 놓고 집까지 짓고 나니 어디가 어딘지 완전 이곳이 달라져서 분간을 못하겠네요. 그래서 혹시 이근처에 무덤을 보셨는지 여쭤어 보는 것이라 하며 눈시울이 글썽한다.

더이상 아이들 가지고 장난해도 안 될것 같아서 엄마 이름이 정영옥이지 하니, 깜짝 놀라며 어떻게 아저씨가 울엄마 이름까지 아세요. 그제서 내가 있었던 일을 차근차근 이야기하며 나도 엄마가 자고 가며 낮에 또 와서 아코디언 연주해주면 밤에는 나하고 와서 놀아주겠다고 하니 그제서 세 자매가 야 아저씨, 우리 아빠 해야겠다 어쩌면 엄마가 왔다간 것은 분명 하지 않으냐 하면서 아저씨가 날 금방 알아 보는 것으로 보아 아저씨 말씀이 거짓이 아니다 하면서 아이들이 사온 것 가지고 먹고 나는 연주하고 삼남매는 합창하고 부녀처럼 놀았고, 외가가 영월인데 외삼촌 댁에가서 잘거라하면서 전화번호를 적어주었다.

큰 딸은 대한항공 스튜디어로 있고, 둘째는 울산시청 공무원이고, 막내는 울진에서 오징어 꽃게잡이 배탄다 하며 이렇게 모인 것도 엄마가 아버지 죽고 외삼촌 근처에 와있다 죽어서 외삼촌이 이곳에 갖다 묻어 주었다한다. 전화번호는 내가 서울로 오면서 내가 읽던 책에 적어 놓았는데 그후론 다시 안 갔다.

수명죽백(垂名竹帛)

홍익인간 弘益人間

홍익인간이란 삼국유사 기이편紀異篇에 실린 고조선 건국 신화에 나오는 말로 널리 인간 세계를 이롭게 한다는 뜻이다 .우리나라 정치, 경제 문화의 최고 이념으로 윤리 의식과 사상적 전통의 바탕을 이루고 있다. 민족의 최초 조상의 얼이 담겨진 삼천리 금수강산 백의 민족이 두동강으로 갈라져 화합하지 못하고 적대시하고 있는가. 사람이 누구나 성품에 따라 사상에 따라 자립自立이나 자결自決을 가지고 있다. 그리고 형제간에도 다툼은 있다. 그래서 누구나 능력이 있으면 나라를 세우고 통치를 할 수 있다.

그러나 한반도에서 대량살상 무기를 사용한다는 것은 한반도를 적에게 내어주는 것이나 마찬가지다. 우리는 언제까지나 외세를 등에 업고 살것인가. 김정은 윤석열은 하루 속히 만나라. 만나서 우선 토의하라 남한이던 북한이던 군사는 세계 최강이다. 윤석열도 미국과 일본에서 보다는 북과의 거리를 좁히는데, 역량을 발휘하고 김정은도 소련이나 중국과의 친선 보다 남한과의 화해를 먼저 생각하라. 그리고 남북이 통치는 달라도 민족끼리 전쟁은 하지 말라. 옛 조상부터 중국으로부터 종주국 취급을 받아왔기 때문에, 얼마나 많은 희생을 당했는가. 또 일본으로 부터는 한일합방이라는 주권까지 빼앗기지 않았든가. 지금도 일본 일부관리는 독도를 자기네 영토라고 주장하고 있다.

　고유 영토는 언제든지, 본토 외엔 어느 세대에서나 분쟁忿爭 거리로 상대국이 좀 약해보이면 쟁탈爭奪전을 펼쳐왔다. 그러기 때문에 역사적을 가지고 주권을 논할 수는 없을 것이고 현재의 점유권만이 인정되는 것은 주지의 사실이다. 일본도 흑해도도 소련이 점유하였어도 자기네 영토라 주장하지 않으며, 동남아해 분쟁도, 여러나라가 서로 자기네가 주인이라고 주장해도 그것은 말뿐이지 언제나 대국이 주장하여 왔던 것이다. 몽골은 조대영이 점유한 영토이고 요동성은 고구려 영토라고 우리도 주장할 수는 없지만 다 실효성이 없는 것이고 독도도 한국이 멸망하지 않는 이상 누가 뭐라해도 우리의 주권에 있는 것은 분명하니 일본이 국가적으로 빼앗으려고 하지 않는 이상 대항해 싸울 필요는 없다. 역사적으로는 큰 효험이 없기 때문에 우리나라도 확실히 점유권을 주장하지 않았던 것이고 제1공화국에 와서 한일간 영해권 분쟁이 있었다. 그러므로 해방 이전에는 일본 통치하에서 영유권 분쟁도 없었지만 이승만 대통령이 정부를 구성하면서 영해권을 선포했던 것이다.

　이승만 라인(1952. 1. 18) 주변국과 협의 없는 일방적 선포를 보면 씨줄(세로) 124°를 날줄 북 40° 선까지로 하였고 남으로는 32°

　　　　　　　　　　　수명죽백(垂名竹帛)

선에서 부산과 일본의 쓰시마 섬 조도를 가로질러 38° 선까지를 보면 오히려 쓰시마 섬 일부분이 우리 땅이라 하였고 독도는 씨 줄 132°로 이승만 닥트린에서 벗어난 것은 사실이다. 이로 보면 우리는 조도와 부산 앞 쓰시마섬을 우리 영토로 주장함이 맞다. 또 일본도 이승만 라인대로라면 독도를 일본영토라 주장할 수는 있다.

그러나 (1952. 9. 20.) ABC 라인(이승만 라인)을 대항하여 일본측의 주장을 보면 서해에 대하여는 분쟁이 아니니 거론할 필요는 없지만 일본 스스로도 조도는 한국 영토로 쓰시마섬 일부를 한국 영토로 표시하였으나, 씨줄 130°를 직선으로 울릉도를 자기네 땅이라 표시하여 놓았다.

또 정부 수립전 제2차 대전 직후 군정시대(이승만 대통령이 정부수립 이전) 1945년 9월 27일 맥아더 라인을 보면 부산 앞 쓰시마는 완전히 한국영토라 표지하였고 독도는 일본영토로 표시하였다.

또 크라크 라인(1952년 9월 27일)을 보게 되면 유엔 사령부의 중재를 보면 날줄 32.5°에서 135° 30으로 직선하니 쓰시마 섬 일부도 결국은 세번 다 우리 영토가 접해있다.

나는 이로 보아 독도와 쓰시마섬을 다시 현정부에서 영유권이 확실하지 않은 곳이니, 이웃간에 분쟁을 하지 말고 독도와 쓰시마 섬은 두나라 공유 영토로 하든가 우리의 쓰시마 섬을 완전 일본 영토로 다 주고 독도를 우리 영토로 확실하여 다시는 분쟁에 사유가 없길 바란다. 정부에서도 일본이 자기 영토라 하거던 쓰시마섬 일부도 우리에게 내 놓으라고 해야 할 것이다. 왜냐하면 거리로 보자면 쓰시마는 부산과 더 가깝고 독도는 일본과 더 가까우니 먼저 점유한 이가 주인이지 지금 어찌 내땅 네땅을 가릴 수 있을까. 독도를 일본 영토라 한다고 뭐라하지 말고 그런대로라면 정부가 수립되기 전 맥아더 라인을 존중하여 협상하는 것이 타당하다. 어느 것도 고유영토로 누구의 것이라 지정되어 있지 않았기 때문에 정부수립 후에도 자주권을 국제적으로 확실하게 인정받지 못했기 때문에 국제 분쟁이 되는 것이다.

그래서 제 2차 대전 시 승전국에서 지정한 것이 나는 맞다고 본다. 쓰시마는 한국 땅이고 독도는 일본땅, 현 점유래도 한다면 독도는 우리땅 쓰시마는 일본땅, 한반도는 지형적으로 어쩔 수 없이 분쟁에서 빠질 수가 없다. 오히려 세계의 완충지대다.

국제 정세는 언제나 변할 수 밖에 없다. p3 도표에서 보듯이 독도는 일본도 아쉽기는 할 것이다. 그러나 지금은 점유자가 주인다.

우리의 살길은 통일 밖에 없다. 통일이 되면 우리나라가 국제질서의 선진국이 될 것이다. 북핵도 그대로 인정하고 남북이 합친다면 소련도 일본도 중국도 미국도 두렵지 않다. 유엔에서도 거부권 행사도 할 수 있고 세계 평화의 주도국으로 우뚝설 수 있다. 쓰시마도 우리 땅이라 주장해도 누가 아니라고 항변할 수도 없을 것이다.

국제 간에는 인정이란 게 성립되지 않는다. 이기면 영웅이고 지면 패망이다. 지금 우리가 선제 타격하여 김정은을 굴복시키고 통일을 한다고 나무랄 국민은 하나도 없다. 언제나 나라를 지키려면 희생은 따르게 마련이다. 희생 없는 통일은 없다. 그렇다면 지금 두려워 전쟁만은 막는다면 영원히 남북을 갈라져 살 것인가. 지금 솔직히 남한 군인은 군인도 아니다. 여북해. 철책선을 넘어와 초병을 깨웠다는 일도 있었지 않았나. 경계가 허물어져있다. 무인비행기 넘어온 것 가지고 전쟁을 하고 있다. 민주당 적에 넘어왔어도 또 국민의 힘도 전쟁을 삼았을 것이다. 이것은 전쟁 거리가 아니다. 군의 해이된 근무 태세다. 여북해서 서울이 뚫렸다고 안하는가. 전쟁이란 명분이 소용없다. 어떤 수단이던 이기면 영웅이고 지면 죽는 것이다. 소련이 선제 공격했다고 전쟁에 이기면 명분이 없다고 되돌릴 것인가. 김정은이 공격하여 서울이 점령 되었다고 도로 내노라할 권리가 누구에게나 있는가. 윤석열이 선제타격한다고 율에 어긋난다고 제로 게임이라 할 건가. 적이란 이기면 승리고 지면 굴복 밖에 없다. 전쟁에 지고 민주주의를 외칠 것인가. 김정은 앞에 가서 자유를 달라고 데모를 할 것인가. 나라간에 싸움에는 명분이 없다. 가정에 다툼은 지는 것이 이기는 것이지만 대통령이 당선되면 그만이다. 어떤 꾀라도 좋고 베짱이라도 좋다. 지금부터는 다른 것은 다 놔두고 전쟁준비만 하라. 그리고 윤석열 집권 내 통일을 완수하라. 핵무기 사용할까 두려워 마라. 미국에서도 핵을 사용한다면 아주 김정은 정권은 지상에서 사라질 수도 있다. 전쟁 준비가 완수되면 김정은에게 말하라. 나와서 평화 협상을 할래 아니면 아주 정을 치게 만들어 버린다고 하시라. 그리고 핵시설 인근에다 무조건 초토화시키라. 그리고 김정은 보고 협상하라. 핵시설만 완전 초토화 시키면 김정은도 더는 버티지 못할 것이다. 공연히 씨도 안먹히는 자에게 겁 먹으면 기만 키워 주제 되고 김정은이 선제 공격하면 결국 남한이 진다.

지금은 1초가 아쉽다. 선제 타격도 완전하고 확신이 섰을 때 해야지 잘못 시늉만 내게 되면 별미만 준다. 선전포고 없이도 좋다. 북도 우리나라다. 반란자 처분하는데 누가 뭐라하랴. 중국 하고도 소련하고도 절대 미국에 일편에 서지 않을 것이니 통일이 된다고 중국과 소련은 언제나 우혜국이라고 우리도 중국이 개입하지 않는한 미국을 끌어드리지 않을 것이고 중립으로 갈 것이니 외침이 아니고 영토 수복이니 간섭지 말라고 밀서를 전달하시라.

수명죽백(垂名竹帛)

일체유심조一切唯心造

사람이 살아가면서 바른 도리를 쫓는 것만큼 정당한 것이 없다. 정상正常적인 삶에는 비열鄙劣 함도 없고 두려움도 없다. 진리에 순응하지 않고 다른 방패막으로 대처하려는데서 모든 일이 꼬이는 것이다. 어떤 것도 순리에 역행하지 않으면 방해되지 않는다. 젊은 베르테르의 슬픔(소설)을 써 세계적인 명성을 떨치고 있을 때 그의 애독자가 찾아와서 선생님 저도 불후의 명작을 쓰고 싶은데 어떻게 하면 명작을 쓸지 비결을 가르쳐 주십시요 하니 괴테가, 꽃밭에서 행복하게 뛰노는 아내와 아이들을 가르치며 나는 지금 내 가족이 행복하게 뛰어노는 모습을 보면서 글을 쓰고 있네. 명작이란 거창하고 대단한 게 아니라네. 소박하고 순수하고 꾸밈이 없는데서 나오는 것이라하며 글은 누구나 쓸 수 있지만 명작은 내가 쓰고 싶다고 쓰는 것이 아니라네. 글쓰는 사람들이 좋은 글을 쓰고 싶지 않은 사람이 어디있겠나. 명작은 독자가 만들어 주는 것이라하며 아무리 잘쓴 글이라해도 독자에게 감동을 주지 못한다면 좋은 글이라 할 수 없다. 더욱이 지금처럼 사람들이 문학에 관한 예술적 감각이 없는 사회에서 좋은 글을 쓰기가 더욱 어설퍼진다.

역사적으로도 책이란 인륜도덕을 실천하는데 도움이 되어야 하는데, 아예 도덕이란 찾아보기가 어렵다. 우선 정당대표란 자가, 허구虛構 투성이다 .하지도 않은 일을 사실처럼 엮어 만들어 실제처럼 유튜브에 올려놓고 직위를 이용하여 아니면 그만이라는 허무맹랑한 짓거리를 하고서도 더러운 짓거리를 하는 자를 대표니 대변인이니 하고 있으니 국정을 혼란에 빠지게 하고 있으니 세상 민심을 혼탁混濁하고 어지러 놓아도 누구하나 제지 못하는데 나처럼 무지랭이가 아무리 정성드려 글을 쓴들 어느 누가 알아주랴.

지금 야당대표란자 하는꼴이 저팔계豬八戒 서유기에 나오는 돼지처럼 성질이 음흉하고 저돌적이니 꼭 옛어른들 옳지 않은 행동을 하는자를 일러 똥 묻은 돼지가 게 묻은 개 나무란다고 어떻게 법을 안다는 자기가 한 일은 하나도 기억을 못하는 자가 대통령까지 하겠다고 설치고 있으니 문민정부 5년 동안 억소리에 억장이 무너졌는데, 문빠가 없어지니, 재명이가 파란波瀾을 일으키니 언제나 정상적인 사회가 오려나 답답하구나.

이런 자를 선량으로 뽑아준 시민이나, 그런 자를 대표라 앉혀놓고 정치의 근간마저도 말살하는데도 들러리나 서는 개딸들이 판치는 세상에 내 아무리 좋은 글을 쓴들 그 누구가 알아줄 것인가. 득갑환주得匣還珠(구슬에만 현혹되어 자기가 해야할 일을 잃어버렸다는)라했다. 정권이 바뀌었어도 아직도 제가 집권당 후보라도 된 것처럼 득의양양得意揚揚하고 우쭐대고 있으니 나라가 어지러울 수 밖에 맹자도, 선천적으로 현명한 사람은 없다했다. 인간에게는 역사가 있다. 우리가 역사를 배우는 것은 지난 날의 잘못을 반면교사로 깨달음을 얻고자 함인데 사회의 지도자가 되겠다는 자들이 추잡醜雜한 추태醜態를 못 버리니 글을 쓰기조차 민망하고나, 세태에 맞춰 글을 쓰려다 보니 좋은 글을 쓴다기 보다 이재명 말따나 창작자체가 어설프다. 언제든 역사는 바뀌는 법이다. 우리 국민은 미개인이 아니다. 자기네 맘대로 20~30년 집권할 것 같지만 지난 시장(서울시장, 부산시장) 보궐선거, 대통령 선거 지방선거에서 보듯이 언제고 정치를 바로하지 않으면 국민은 권력을 바꿔놓는다. 영구 집권에 연연하지 말고 국가를 바로 세우는 정치를 하시라. 얕은 꾀로 민심을 얻으려하지 말고, 나라가 부강하고 국기가 바로서는 정치를 하시라. 내년에 총선에 이기려면 여나 야나. 패거리 정치에서 떠나서 국가가 정의가 바로 서는 정치를 하시라. 내가 글을 쓰면서 정치에 대한 글을 쓰는 것은 우리의 지도자가 윤석열 같은 지도자가 되라는 것이다. 이태원 참사에도 흔들림 없이 기강을 바로 세워놓고 운수노조에서도 조금도 흔들림 없이 야당 대표의 면담에도 정정당당하게 거절하신 것은 참으로 잘하셨습니다. 민심에 가장 폄하貶下한 연금 개혁이라든가. 노동 개혁 역대 대통령이 민심에 가장 취약한 개혁을 할 수 있다면 글쓰는 사람으로써 칭송을 안 드릴 수가 없다. 이는 우리나라 뿐만 아니라 세계가 다 개혁을 꺼려하는 가장 손대기 어려운 것이기 때문이다. 얼마나 중후重厚한 우리 대통령인가.

민심에 연연하지 않고 오직 강국 국민만 바라보고 임무에 충실하겠다는 우리 대통령 이는 필시 하늘이 대한 민국에 영웅을 나리신 것이다. 수십년을 공을 드리고도 못하던 개혁을 대통령은 하겠다한다. 대통령을 전 정권이 돈으로 민심을 사다시피 방사放肆해놓은 무도한 정권을 빼앗을 수 있는 것도 훌륭하시었지만 인기에 연연하지 않고 어느 정권도 손대기를 꺼려온 허접한 일을 몸소 실천하시려하니 어찌 국민이 울어려하지 않으리고. 김대중 대통령이 금 모으기를 했듯이 국민이 힘들드라도 참고 따르는 것은 대통령 하시는 일이 다 옳기 때문이다.

우리가 세기에 없는 대통령을 가질 수 있는 것은 우리 국민이 깨어있기 때문이다. 우리 국민이 윤대통령을 믿기 때문에 또 세계의 대통령이 다 꺼려하고 국민이 폄하하는 쇄신을 한다는 것은 보통사람은 절대 못한다. 야당 보시라 가스대금 폭탄이 윤정권의 실책처럼 호들갑을 떨고 추경을 몇 조를 풀자고 하는데 그들 대로 라면 우리 후손이 빚더미에서 눈물을 머금고 살아야 하는 비운을 아시었기 때문에 절약 하는 것이지 누가 돈 풀줄 몰라서 안 푸는가.

해방, 6·25 다 겪으며 쌀 한 말을 담아놓고 못살던 그 시절을 생각하면 너무 호강이다. 어려워도 조금 참자. 그리고 대통령을 믿자. 이런 좋은 대통령이 마음껏 소신의 정치를 할 수 있게 국민의 영양을 모아드려야 한다.

다시는 자기나 살아보려고 당이야 망하던 죽던 나라야 빚더미에 안든 말든 개딸이나 등에 업고 살려는 정치인에게 다시는 정권을 주어서는 안된다. 후손들에게 아프리카의 어린이들의 흉칙한 모습을 보여서는 안된다. 우리는 지금 너무 넘치게 산다. 좀 줄여살아도 조금도 부족하지 않다. 나는 가스 값이 아무리 나와도 보조금 신청은 안하련다. 가스 값이 올랐는데 당연히 가스값

이 오르는 것이 정상이지 어떻게 개인이 자기를 위하여 땐 난방
비까지 국고로 보충을 바라나, 나라재정으로 가난까지 보상하나,
한푼이라도 아껴 우리 나라를 지키기 위하여, 강군을 하고 무기
현대화 해야지. 되먹지 못한 것들이 나라야 어떻게 되던 저들 배
다지나 채우려고 발광들이지 없고 못 사는 것이 대통령 책임인가.
이제 한겨울 지나면 되는 것을 한끼 굶는다고 어디가 덧나지 않
는다. 일본 위안부 보상도 그렇다. 왜 국가에다 책임을 떠안기는
가 나는 80년이 넘은 일을 가지고 언제까지 국교까지 외면하고
물고 느러질 것인가. 저들이 안하고 싫다는데 당신들 보호하려고
국가야 어찌되든 정부를 괴롭히는가. 무슨 독립 운동이나 한 것
처럼 다 그 시기에 태어난 비운인데 또 다행히 해방됐으면 지난
날은 다 잊고 이웃나라와 협력하고 살아야지 당신들 때문에 왜 국
고마저 담보가 되어야 하는가. 나라가 우선이지 오래전에 지나갔
고 일본도 당사자는 다 떠난 것을 누구에게 원망을 할 것인가.

　위안부던 징용이던 왜 지금 우리 국민이 다같이 책임을 져야 되
는가. 대통령님 자기네들 가서 받들던 말던 마음대로 하라고 내
버려두고 위안부 꺼려말고 국교 정상화 하시고 무역도 정상으로
하십시고 공연히 늙은이들 떼쓰는데 마음두지 마세요. 윤대통령
님이 책임질일은 하나도 없습니다. 저부터도 사과 안하겠습니다.

　조상이 그때 한일을 왜 지금 우리가 사과를 받아야 합니까. 일
본하고 전쟁피해가 우리 뿐입니까. 일본하고 합병한 것도 그때 우
리 조상이 잘못했기 때문이지 왜 일본 사람들만 자꾸 붙잡고 사
과하라 합니까. 지금 그들이 뭘 잘못했다고 사과 타령입니까. 어

떻게든 대통령이 우리 국민에 이익이 되도록 노력하여 결정하면 아무말 말고 따라야지 왜 국가의 외교까지 당신네 마음대로 좌지우지 하는겁니까. 당신 조상이 잘못했다고 지금 당신 보고 사과하라하면 예하고 응하겠습니까. 내가 일본인이라도 안하겠습니다. 사람들이 좀 양심이 있어야지 지금까지 그래도 국가에서 특별 대접해주었으면 고맙게 생각해야지 언제까지 이웃나라와 척을 지고 살겁니까. 해방된지 80년 전입니다. 우리 집에서도 이웃에서도 징용도 다녀오고 다했어도 보상 한 푼 없이도 아무런 요구 없이 살다가셨습니다. 다 운명인 것을 어쩌라구요.

지난 사라호 태풍에 충주시가 물에다 잠기고 가물이 다 흙더미에 묻혔어도 국가에서 돈 10원 보상 없이도 아무말도 안하고 지금까지 잘 살아왔습니다. 저의 환갑 때까지도 65세 때도 국가에서 돈 10원도 안 주었어도 그때 노인들 다 지금 90~100세 잘 살고 있지요. TV에서 어느 시골 할머니는 국가에서 돈 주는 것 한 푼 안쓰고 다 기부했다고 합디다. 제발 국가에 돈 맡겼나요. 국가도 국민이 내는 세금 갖고 운영하는 단체입니다. 다 국민의 허락 없이는 대통령도 마음대로 못쓰는 돈입니다. 당신들이 뭘 국가에 기여했다고 국가에 매달립니까. 국가에서는 국가의 안위를 위해써야지 왜 당신들 뒤치닥거리나하고 국비를 낭비합니까. 개인은 좀 못살아도 괜찮아요. 저는 지금 없으면 한 끼 굶고 두끼만 먹고도 아무런 불편 없어요. 지하철 공짜지요. 뭐가 모자라서 그럽니까. 나는 책을 쓰면서 국가에서 25만원 가지고도 빚 안지고 살아요. 왜 국

수명죽백(垂名竹帛)

가에 매달리나요. 무슨 국가에 돈 맡긴 것있나요. 그나마 노인 수
당을 주는 것만도 고마워해야지요. 물론 억울하지요. 꽃 같은 나이
에 사랑도 못하고 부부도 못 가져보고. 그러나 국운이지 지금 정부
의 탓은 아니잖아요. 더 이상 정부 괴롭히지 말고 대통령이 알아서
하시는 대로 하세요. 지금 이 나이에 돈 돈 해서 뭐합니까.

　나는 이 글을 쓰면서 무슨 글을 써야하나 많이 노력했습니다. 왜
내가 이 나이에 이런 글을 써서 여러 사람에게 욕을 먹어야 하나.
그러나 내가 안하면 또 누가하랴 했기 때문에 과감하게 펜을 놀
려 육필로 글을 쓰는 것입니다. 언제고 약소국에서는 이런 저런
고통을 겪고 살아왔습니다. 전쟁은 그래서 무서운 것입니다. 전
쟁에는 용서란 없습니다. 아무리 억울해도 어쩔 수 없습니다. 전
쟁에서 지면 어쩔 수 없이 당할 수 밖에 없는 것입니다. 그래서
우리는 가정의 일을 나라에 책임을 물어서는 안되는 이유입니다.
가정이나 누구고 한 두 집 못산다고 하나도 걱정할 필요가 없습
니다. 언제고 가난은 있었고 백성은 가난은 나라에서는 구하지 못
한다 아주 옛날부터 그렇게 전해내려오고 있습니다. 국민은 자기
만 건강하면 무엇을 해도 걱정할 필요가 없다 했습니다. 정약용
같은 분도 그의 글에 이렇게 썼습니다. 아들들을 모아놓고 근검
(부지런하고 검소하면) 어디가서 무엇을 하고 살아도 끼니걱정은 안
하는 것이니 남이 잘 산다고 부러워도 말고, 시기하지도 마라, 누
구나 먹고 자고 살다 가는 것은 똑같다하며 못사는 것도 자기가
게으른 탓이고 검소하지 못한 탓이라 하며 어떤 것도 욕심내지 말

고 네 분수에 맞춰 살라했다.

　내가 그랬지 큰 물가에 살지 말고, 낮은 곳에 살지 말고, 축대 밑에 살지 말고, 벼랑 밑에 살지 말라고. 중국에서는 이재민이 우리나라 전 인구만큼이나 많이 생겼다 하고 세계에서 안전망이 가장 잘 되어 있는 일본에서도 수해 피해는 막지 못한다 했고, 우리나라도 2021년 7월 22~25일까지 폭우에 남해부터 동해안이 물바다가 되지 않았든가. 삼가, 내 이르는 것만 잘 지켜도 두려울 것이 없나니라. 아무리 부귀영화를 누린다 해도 자연재해는 막지 못하는 것이니 미리 알아서 대처하라.

　비오는 날 차 좋다고 지하도 들어가지 말고, 하루 24시간 1440분, 86,400초 매 초마다 최선을 다하는 것만이 미소가 되고 행복이 되는 것이다. 옛날 어떤 구두쇠가 안 먹고, 안 입고 재산을 방안 가득히 쌓아 놓으니 저승사자가 와서 데려가더란다. "네가 이 생에 무슨 일을 하였느냐" 하고 물으니 "안 먹고 안 쓰고 모았어도 거지가 왔기로 찬 밥 동냥을 주어 보냈다."고하니 "저 자를 지옥으로 보내라." 했단다. 그제서야 정신이 번쩍들어 옥황상제님께 사정하여 "다시 돌려 보내주시면 전 재산을 사회에 돌려주겠다."고 저승사자에게 각서를 쓰고 다시 와서 재산을 정리하고 돌아가니 "잘했다. 이제 천당가는 동아줄을 내려 줄 것이니 이 금 동아줄을 타고 올라 오거라." 하여 금 동아줄을 잡고 천당에 다 올라와서 생각하니 전생에 모은 재물은 다 사회에 환원했으니 대신 이 금줄은 옥황상제가 내려 주신것이니 내가 걷어가지고 가야지하고 끌어 오르려고 보니 아래로 수 많은 사람이 매달려 줄을 타고 오르는지라.

"이 금줄은 옥황상제가 나에게 내린 금줄인데 당신들이 왜 이 줄에 매달려."하고 다시 줄에 매달려 발로 아랫사람들을 찍어 누르다가 동아줄이 끊어지며 도로 지옥으로 떨어졌다한다.

우화라 하지만 욕심을 버리라는 경고이기도 하다. 이때 이 광경을 지켜보던 염라대왕 하는말이 "참으로 어리석도다. 천당에는 널린 것이 금은보화 뿐이고, 안 먹고 안 입어도 영구불사하는 곳인데 그 놈의 욕심 때문에 기어이 지옥으로 가는구나, 그것도 네 운명인걸 어찌하랴."

100세 인생을 어찌 착한 일만 하고살까. 욕심없는 사람이 어디 있으랴. 다만 넘치지는 말라. 남음이 있거던 선행도 하여라. 자꾸 쌓아 보았자 갈 때는 빈손이다. 재산이 아까워 눈 못감아 보았자 가는길만 고달플 뿐이다. 죽기전에 깨끗이 정리하고 홀가분이 가는 것도 행복이니라.

옛날에 어떤 부자집 마님이 중병을 얻어 전국에 용하다는 의원은 다 찾아다녔으나 병이 낫질 않아 어느 절에 스님이 신통력으로 병을 고친다는 소문을 듣고 그 절에 찾아가 뵙기를 간청하였으나 스님 동자를 시켜 부처님 전 삼천배를 드려야 만나 주겠다고 하였단다. 동자 부자 마님에게 법당에 가서 "삼천배를 하고 오시랍니다." 하니 내 늙어 내 몸조차 못 가누어 늘 내 많은 재산을 내어 이 절을 제일 큰 절로 지어줄 것이니 병을 고쳐 달라고 하니 스님 동자에게 "아직 죽을 만큼 아프지않은 모양이니 그냥 돌아가시라 하라했다."

"마님. 아무리 용해도 그렇지 늙은이가 전 재산을 내어 절을 지어주겠다는데도 늙은이를 삼천배를 하고 오라니 너무한다."고 하고 돌아와서 오기가 생겨 힘센 장정을 여럿 사가지고 부처앞에 가서 그냥 장정들이 교대로 양쪽에서 부추기고 구부려주고, 펴주고 삼천번을 하고서 스님 만나기를 청하니 그제서야 스님 반갑게 맞이하며 "장한 일을 하셨으니 병을 완치 할 것이라."하며 "어디가 어떻게 아프시냐."고 하니 "아무데도 아픈데가 없다."하며 "과연 스님은 명의십니다. 손도 까딱 안하시고 오랜병을 감쪽같이 고쳐놓으십니까." 하고 내려와서 전재산을 내어 절에 불사하고 보살이 되어 백세 누렸다 한다.

불경에 일체유심조一切唯心造라 했다. 내 일찍이 법주사에 갔을 때 스님(보관스님) 말씀이 생각난다. 사람은 마음이 현실을 만들어 낸다 했다. 인생에 가장 큰 행복은 얼마나 오래 사는 것이 아니고 하루를 살더라도 마음 편히 사는 것이라 했다. 몸이 아플때는 책을 읽으라 하시며, 책은 언제나 마음을 풍요롭게 하여주고 사람의 마음을 어루만져주고, 눈물을 닦아주고 언제나 행복을 가져다 준다 하시었다.

참지도 말고, 담아 놓지도 말고, 쌓아두지도 말라 하시며 비움이야말로 모든 행복을 얻을 수 있는 지름길이고 모든 번뇌와 시름을 잊게하는 보고라 하시며 책만이 나에 행복을 채워주는 재산이라 하시었다.

수명죽백(垂名竹帛)

내가 힘들 때마다 생각나는 것이 절에 스님이다. 절에 스님은 다른 종교인과 다르다. 자아自我에서 길을 찾을 뿐 패거리나 전도를 하지를 않는다. 그냥 삶에서 길을 잃은 나그네가 무아무상의 경지를 찾아 덧없고 허무한 인생을 아무에게도 의지하지 않고 참선하는 것이 선방이라 할 것이며 스님들은 떠남과 머무름이 정해져 있지 않으니 정송강 면앙정 시에서 석양을 안고 무등산 속으로 걸어가는 중을 보고 "다리 위에 저중아 너 가는 곳 어드메뇨." 하니 막대로 구름속을 가르키며 "도인이 가는 곳이 내 길이고 머무는 곳이 내 집이거늘 어느 절은 물어 무엇하나." 했듯이 스님들의 삶이야말로 참된 부처라 할 것이다.

앞서가는 사람에 발을 걸어 넘어뜨려서라도 자신의 욕망을 성취하려는 각박한 경쟁속에서 바른 삶을 살기란 너무 힘들구나. 바른 삶이란 탐욕에 빠지지 않는 것이며 남을 저주哪抖하거나 원망하지 않으며 남을 시기하거나 속이지 않음이라 했으니 오직 밥을 먹을때나 잠을 잘때나 세상살이가 귀찮고 괴로울때 들어서도 오직 깨달음 뿐이다.

그래서 나는 절을 좋아하고 불교리를 좋아했는지도 모른다. 내가 처해진 현실과 지난날들을 회상하다 보면 어떤때는 눈을 한번 부쳐보지도 못하고 창이 밝을때가 있다. 이제 내 곁에 남은 사람이라고는 함께 늙어온 망구의 아내밖에 없다. 자식도 다 떠났다. 친구도 다 떠났다. 이제 나를 지켜주는 것은 고독 밖에 없다. 고독을 해소하는 책 밖에 없다. 맛있는 것을 주어도 못먹고 돈도 야망도 다 쓸데없는 영감탱이다. 남은 것은 허상뿐이다. 허명무실虛名無實뿐이다. 허구만 남아있는 창조물이다.

　이 '책' 속에는 사람들의 마음을 치유할 수 있는 맑고 향기로운 이야기가 담겨있다. 당신은 지금까지 이루지 못한 행복을 마음에 평화를 선물로 받게될 것이다. 이 책을 끝까지 읽는다면 당신의 아픈 마음을 시원하게 치유하는 지혜의 처방을 제시해 줄 것이다. 당신의 가슴에 얹혀있던 모든 돌 더미가 물에 얼음 녹듯이 탐독하는 동안 모두 다 사라질 것이다.

「하렘의 터키탕」 레옹은 이 작품에서 자신이 느낀 하렘의 화려하고 활달한 색감에 매료되어 그러한 장면을 스케치하고 본인이 선호했던 극사실주의 화풍에 접목시켜 작품의 극치를 보여준다. 또한 같은 노예이면서 노동으로 단련된 흑인 여성과 오직 피부 가꾸기에 열심인 백인 여성과의 신분 차이를 암시한다. 장 레옹 제롬의 작품

수명죽백(垂名竹帛)

인류에게 남을 역사를 쓰고 싶다

언제나 시작은 낯섦과 긴장을 준다. 그리고 설레이기도 하고 두렵기도 하다.

나는 글쓰기를 81에 시작하여(2016년) 87 현재까지 시詩, 산문散文, 수필手筆 등 책 5권을 썼다.

① 아름다운 마무리
② 그리움이 눈물되어 가슴적시네
③ 바보의 행복한 유언
④ 내가 바라는 나라, 내가 그리는 대통령
⑤ 수명죽백(수명죽백은 한세월 끄적여 놓은 나의 인생을 미화美化한 책이다)

사실 머리감고 손발씻은 물까지 전부 걸러낸 찌거기라, 글이 누추하기도 하지만, 또 81세라는 늦깍이 나이에 시작하였으나 지금은 87세에 수명죽백을 마무리 하려니 내 나이로선 무리도 가고 또 마지막 유고遺稿라 생각되니 좀 더 촘촘하게 엮여 보려다보니 별로 쓴 것도 없어도 450p가 되었네요.

　나는 어쩐지 5살 이전에 대한 생존은 전혀 생각이 안나고 5살 때 인근의 아기씨와 통그바리하다 사다리 꼭대기에 쫓겨 올라간 것을 사다리를 밀어 넘어뜨리는 사고로 머리가 갈라져 골이 허옇게 보였다한다. 죽어서 거적에 말아 지게로 져다 산에 가서 땅을 파고 묻는데 손이 움찔하여 다시 집에다 뉘여놓아 3일만에 깨어난 생각부터 내 역사는 시작되었다. 82년이란 세월에 묻어난 역사를 기록한 것이 지금 내어 놓은 수명죽백이다.

　오랜 세월에 깊어지고 자질구레한 인연속에서 일어난 고치지 못한 잘못이며, 불성실한 행동은 얼마나 많을 것이며, 그간에 있었던 우여곡절을 어찌 말로써 다 표현할 수 있으랴. 그나마 우도불우빈憂道不憂貧이라 했듯이 사람답지 못한 행동을 할까 두려워는 했어도 가난이나 불학문을 걱정해 본 적은 한 번도 없다. 그래도 가슴에 겹겹히 포장된 마음의 정화가 신불산神佛山의 단풍보다 곱고 아름답고 영월 민둥산 하늘재 억새밭보다 넓다.

　바라는대로 소원성취를 이룬다는 신사神祠에도 참배하여 보았고, 석전釋典도 읽어 보았다. 진작에 정치에 입문이라도 했더라면 개딸은 못되어도 개남이라도 되었을 것을 어쩌다 글을 쓰게되어 자질은 부족한데 좋은 글을 쓰려다보니 무시무종無始無終의 글이 되었나 봅니다. 그나마 시란 나의 새로운 창작創作이기도 하고 독창적 작품이기도 하니 나의 새로운 구도構圖이기도 하다.

그러기에 다른 사람들은 아무렇게나 생각해도 좋다 그냥 바람결에 스쳐날리는 낙엽을 쓸어 담아 내가 스스로 감당할 수 있는 만큼 채워가며 살아왔을 뿐이다.

어찌보면 8m×9m밖에 안되는 우리를 억지로 사느라고 시세보다 5,000이나 더 먼저주고 구입한 것은 아버지로부터 주역을 읽으며 오행으로 명당을 보았기 때문이다.

서울 집에서 30분이면 오갈 수 있는 곳에 영면塋眠을 마련한 것도 신세계공원 특지 77-77 명당이었기에 내가 70에 조성하여 놓았음인지, 이 집에 입주하고서 월(거주비 전부) 50,000원에서 한겨울에도 200,000 내외로 살았어도 감기한번 안 앓고 그 흔한 코로나도 면제해 주었군요.

애들이 130평부터 강남 40~50평에 살면서 월 거주비만 400만~500만 내면서도 날마다 콜록이고, 코로나도 3차까지 치뤘다한다. 그런 것들이 잘사는 나보고 왜 그렇게 사느냐고 하는데 내가 잘못사는 것인지 저들이 잘 사는 것인지는 독자들의 판단에 맡기겠다.

아무리 무병장수한다 해도 신체적 노후는 영신靈神도 어쩌지는 못하는지 갑자기 아래 이(치)이 30에서 아래 송곳이 하나 남고 다 작별을 하고나니 허전하여 어쩔 수 없이 임플란트, 틀니 의보 다 받아도 거의 천만원이나 재생비가 나왔으니 그냥 죽겠다고 굶으니 마노라 그나마 식물인간이라도 없으면 허전해 못살 것 같다고 자식들에게 전화하여 너의 아버지 사고수습비를 징수하여 한 세대에 2백만원씩 내라해서 사고 수습은 하였으나 수명죽백을 써놓고도 염치가 없어 인쇄도 못하는데 어찌하리오. 건축설계사 손주가 지금 혼자 살면서 한남동에 35평 사는데 가을에 결혼하면 더 큰 평수로 이사한다하기로 내가 절대 더 큰 곳에 가지말라고 거들었다. 마누라한테 한대 얻어 맞았다.

모르면 가만히 있으란다. 하긴 저의 아비집 53평 방 넷인데 함께 살아도 좁지 않을 터 내가 망언인지 저의가 옳은건지 모르겠다.

지식과 정보를 습득하고 세상이치를 배우는 경로도 다양하다. 실제 우리나라 국민이 일년 독서부수가 4.5권이라 하니 내 자식들 보면 그것도 과분한 것 같은데 나는 87 나이에 4월까지만 하여도 〈마음을 밝히는 이야기〉, 〈진흙탕에 꽃이 핀다〉, 〈여행문화〉, 〈현대작가〉, 〈시와 산문〉, 〈양중초대작가전 화첩〉 등 벌써 6권을 사서 날랐으니 가족들에게 핀잔듣는 것 옹골찌지 지가 무슨 독서라고 정치판에서도 지금 유행어가 소설을 쓰고 있네인데 그럼 작가들이 쓰는 글은 뭐입니까?

소설을 그리 폄하貶下한다면 작가들은 정치인들보고 뭐라고 폄훼貶毁해야 좋을지 작가들이 쓰는 글이 모두가 반어反語인지 풍자인지 헷갈린다.

이제라도 남의 글이나 읽고 즐기고 슬퍼하기 보다는 내 글이 여러 사람의 마음을 보듬어주고 위로하는 작가가 되고 싶었습니다.

그리고 온누리가 같이 이루어져야 할 자유와 평화, 평등을 만드는 개척자가 되고 싶었습니다.

음식도 다양한 음식을 고루 섭취해야 건강하듯 글도 양서보다는 여러가지 읽음으로써 더 많은 지식을 터득할 수 있는 것입니다.

이미 가권을 만들어 지인들에게 배포하여 능히 평론가나 여러 작가분들로부터 평가를 받아 보았기로 감히 기대해 보았습니다.

감사합니다.

2023. 4. 24

여주 신륵사 강변루각

人生이란

한번 태어난 人生이 왜 이렇게 힘들고 아프고 고통스러워야 하나.
이 시대에 우리의 삶을 관통하는 절박한 질문에 대하여 고故 교
수 논객 김동길(2022. 10. 4, 당 94세 별세)은 그의 유일한 화두는
이게 뭡니까다. 들을수록 아이러닉하면서도 시사時事하는 바가 크
다. 모두가 살기 어렵고 희망이 없다고 아우성인데 김동길 선생
은 우리에게 人生이라는 화두에서 살아갈 이유에 대하여 깊은 사
유를 던져놓고 가셨다.

人生이란 사랑하기 위하여 사는 것이라 하면서도 오히려 자신
은 자존심을 버릴 수가 없어 결혼을 포기했다 하였다. 결혼이란
언약을 하는 순간 나를 버려야 하는데 자존심 때문에 도저히 자
신을 버릴 수 없었다 한다. 진실로 아름다운 사랑이란 누구나 고
통을 경험한 후에야 가질 수 있다 했다.

(1) 삶이 고달플때 "모멘텀(변화의 긍정적 요소)"을 어디에서 구해
야 하나

새삼스럽게 언급할 필요도 없이 글로벌 경제난을 피부로 느껴보아라. 그로 인한 생활고가 아이들에서 노인들에 이르기까지 전 세대를 관통하고 있으니 참으로 풍요시대의 표상이라 할 수 있다. 그 진통을 적나라하게 겪고 있는 이른바 2040세대의 실상은 참담하기 짝이 없다.

한껏 활기活氣찬 나이에 불안으로 가득찬 삼불세대들의 불안정한 생활, 취업, 집값, 보육비, 사교육비 등 생고를 짓누르는 사회생활에 구조적 난맥은 한두가지 아니다. 그렇다고 앞뒤세대라고 전혀 나아질 기미가 안보인다.

2000년대 인생의 수수께끼를 절묘하게 노래한 철학자 칼 야스퍼스의 시를 음미하면서 죽고자 일만 하는 한국인의 초상肖像을 그려본 적이 있다. 야스퍼스는 이렇게 읊조렸다.

나는 왔누나. 온 곳을 모르면서
나는 있누나. 누군지도 모르면서
나는 가누나. 어디로 가는지 모르면서
나는 죽으리라. 언제 죽을 지 모르면서

짧지만 구절마다 실존實存적 명제命題를 잘 그려져 있다고 평가할 수 있다. 즉 사람들에게 생각할 과제를 잘 던져주고 있다는 것이다.

사람이면 자신이 어디서 온 존재인지 근본을 알고 자신이 누구이며, 어디를 향하고 있는지 언제일지 모르는 죽음을 어떻게 준비해야 할 지를 늘 새롭게 묻고 궁구窮寇하며 생각할 줄 알아야 한다.

옛부터 세계 어느 민족보다도 근면하고 근검하게 열심히 살아온 민족이다. 그래서 코리안하면 지금도 어느나라 사람도 다 부러워한다. 풀뿌리를 캐어 먹어도 굴종屈從을 안하는 자존심이 강인强靭한 민족으로 예의가 바르다 하여 동방예의지국으로 애칭하는 나라였다.

하지만 그 애칭마저도 무색하게 되어버렸다. 최고학부를 마치고 외국유학을 다녀오고나면 불량탕아(不良蕩兒)가 되어 돌아온다. 이준석 같은 젊은이가 외유를 안했으면 장래가 촉망된 인재가 인고의 삶을 살아보지 않고 너무 일찍이 정상에 오른 것이 적폐로 인성공부를 많이 해야 할 것 같다.

또한 세기의 고황膏肓 코로나로 일할 기회조차 얻지 못하거나, 아주 실직이 늘어가고 있는 형국이다. 엎친데 덮친데라 했듯이 미국의 불화, 금리인상으로 오일값 폭등 등 국제적 수난기로 그나마 직업을 가진 월급쟁이도 물가 폭등으로 임금이 반토막이 되었지만 그래도 생계 걱정은 안되지만, 자영업자나 근로자는 현실적으로 어떤 대책도 없다는 것이 문제다.

(2) 불안과 두려움에 처했을 때 극복할 방법은 두려움에 대하여 독일 소설가 "장 파울"이 위트 넘치는 이렇게 말했다.

소심한 사람은 위험을 미리 걱정하기 때문에 어이쿠, 전쟁이 터진 것 아니어도 꽝 소리, 천둥소리에도 우왕좌왕 정신을 못차린다.

어리석은 사람은 위험에 직면해서야 어머나 물이 벌써 허리까지 찼네. 미리 피신할 생각은 안하고 일이 급박해야 호들갑을 떤다.

대담한 사람은 위험이 지나간 다음에야 뻔히 밀물이 들어올 줄 알면서 미리 대피안했다고 질책한다. 불안과 공포와는 다르다는 사실을 확인해 둘 필요가 있다. 불안은 사람만이 가지고 있는 지레짐작에서 생기는 감정이고, 공포는 눈앞에 나타나 보이는 자극이나 위협에서 본능적으로 일어나는 감정이다. 공포는 동물들도 잘 느낀다.

그래서 고양이 앞에 쥐는 장애물이 없어도 꼼짝을 못한다. 개구리는 뱀이 노려보면 뛰지를 못한다. 뻔히 먹힐 줄 알면서도 생기는 일종의 반사반응이다. 넬슨 만델라는 이렇게 말했다. 용감한 사람은 두려움을 느끼지 않는 것이 아니라 두려움을 정복하는 것이라 했다. 적과 싸워서 지지않으려면 약점을 이용하여 선공으로 제압하여 정복하는 것이 최상이다. 이처럼 상대의 약점을 먼저 캐치하면 담력부터 길러야 한다.

행글라이더(높은 곳에서 낙하하는 실제 연습)를 타고 낙하해보세요. 다음부터는 아무런 두려움을 느끼지 않는다. 다이빙을 해보시라. 처음에는 누구나 두려움에 떨지만 두번부터는 즐길 수 있고 다음에는 더 높은 곳에서도 아무런 두려움이나 불안을 느끼지 않는다.

(3) 돈만 있으면 현대 사회에서는 행복할 수 있을까?

시와 수필

"그렇지 않다." 돈 때문에 불행하게 된 사람도 많다. 한 기자가 미국 최대의 부호였던 록펠러의 딸에게 물었다. 당신은 모든 사람들이 부러워하는 사람이다. 실제로 얼마나 행복합니까? 하고 물었다. 행복하다구요? 누가 돈으로 행복을 살 수 있나요?

우리를 행복하게 하는 것 중에는 돈이 아무리 많아도 할 수 있는 것보다 할 수 없는 것이 더 많아요. 여자는 살 수 있지만, 사랑은 살 수 없어요. 사람은 살 수 있지만, 마음은 살 수 없지 않아요. 돈 때문에 얻는 것보다 잃는 것이 더 많아요.

그렇다 인생을 돈벌이에만 전념하는 것은 야망의 빈곤을 드러낼 뿐이다. 부자가 되기만을 꿈꾸는 것은 스스로에게 너무 적은 것을 요구하는 것이다. 더 큰 야망을 가지고 더 큰 뜻을 품어라. 야망의 가능성은 돈보다 위대하다.

세상의 잣대로 보면 부러울 것이 없을만큼 부를 만끽하는 것 같지만 실상 내면으로는 한없이 가난한 영혼들이었던 것이다.

아무리 별볼일 없는 人生일지라도 그대는 어느 누군가에게는 선택된 존재이다. 성질은 괴팍하고 삐뚤어져 보이지만 탁월한 언어를 사실대로 표현하고 자신만의 색깔이 뚜렷한 감수성을 느낄 수 있는 그러한 작가만이 미문美文의 글을 추구하여 세상을 아름답게 빛낼 수 있다.

무조건 사랑을 달콤하다고만 표현하는 사람은 진짜 사랑을 모르는 사람이다.

마라톤 선수는 초반부터 사력을 다하질 않는다. 힘의 안배를 유지하려면 적절히 속도를 처음부터 잘 조절하지 않으면 끝까지 올인하기 어렵다. 나무도 겨울을 나기 위하여 봄에 꽃을 피우고, 여름에 성장하고 가을이면 추운 겨울을 나기 위하여 몸에 붙어 있는 모두를 미련없이 떨쳐버리고 헐벗은 모습으로 묵상(默想 : 묵념)하는 법을 가르친다.

사람들은 자기 한 몸조차도 건사하지 못하면서 남을 비방하는데만 급급하다.

특히 여당 대표란 자가 아무리 억울한 일이 있더라도 어떻게 자기 집에다 불을 지를 수가 있단 말인가. 다같이 타죽자는 심사가 아닌 바에는 얼마나 많은 지지자들이 가슴을 치고 통곡을 하는가를 생각한다면 그럴 수는 없다.

또 야당의 2/3석을 가지고 있는 거대당의 대표란 자들이 얼마나 무능하면 정책개발은 안하고 일년내내 영부인 치마자락이나 붙잡고 늘어지는가 혁신을 하고 민의를 반영하여야 할 대표란 것들이 삼선거에서 정권을 빼앗겼으면 부끄러운 줄 알아야지 자기 사람이 넷이나 죽어나갔는데 어떻게 그 자리에 서서 나라를 다스리겠다고 국민을 바보로 보이나 보지. 내 사람이 넷이나 떠났으면 정치에서 손을 떼야지 그것은 그대들의 내면이 구겨져 있기 때문이다. 그것은 그대의 人生이 구겨져 있기 때문이다. 소학에 어린이를 가르침에 물뿌려 쓸고 청소하는 것부터 가르치고, 나가고 물러감에 어버이가 걱정안하게 처신하고 수신제가치국평천하지 본이라 했으니 자기 가슴에 주름진 양심부터 세탁하고 다리미로 주름부터 펴고 나오시라.

영혼이 성숙되지 않은 종교는 사교邪敎일 뿐이다. 자신이 믿는 종교는 정교라 하고 무조건 신봉하고 타인의 종교는 무조건 사교로 배척하는 어리석음을 범하고 있다. 지금 민주당이 그렇다. 어두운 밤거리에 가로등은 자신의 모습을 비추기 위해 외로이 홀로 서있는 것이 아니다.

일시무시일一始無始一
일종무종일一終無終一
존재한다 하여도 그러하다 하고
소멸한다 하여도 그러하다 하였다.

어찌 타인의 고통으로 만들어진 불빛으로 자신의 명예를 치장하여 덮으려 하는가. 대도는 남이 가지고 있는 물건을 훔치는 것이 아니라 남이 품고 있는 마음을 훔친다 했다. 내가 가지지 못한 아름다운 마음씨를 훔쳐라하였다. 그래야 그대는 우주를 훔칠 수 있는 큰 도둑이 된다 했다. 김동길 박사는 좀도적이 아무리 훔쳐보았자 공짜(감옥) 밥이나 먹지만, 대도는 국민의 마음을 훔치니 국민의 주인이 되는 것이다. 그 곳(감옥)에 가보면 세상만사가 편

수명죽백(垂名竹帛)

하단다. 놀고 있어도 뭐라 안하고 밥3끼 꼬박꼬박 갖다주고, 옷도, 생활필수품 다 주고 전기료, 가스값, 수도세, 잠자리, 이불 모두 공짜니 이보다 더 좋은 곳이 어디 있으랴. 그곳에는 아무나 못 간다. 적어도 이재명같은 강심장이라야 갈 수 있다. 큰 사람의 물러날 때와 올인할 때를 잘 알고 머무를 줄 알아야 대도가 된다 했다. 물건 훔치기는 어렵잖아도 국민의 마음을 훔치려면 선행의 노력없이는 절대 불가능하다.

좀도적은 가슴으로 살아보지 못하고 머리로만 살았기 때문이다. 머리에는 두 눈과 두 귀와 두 코구멍과 입을 가지고 있으니 눈에 보이는 것만 보고, 귀에 들리는 소리만 듣고, 코로 냄새만 맡고, 입으로는 먹을 줄만 알기 때문에 가슴에 고인 눈물을 삭힐 줄 모른다. 독가스도 냄새만 좋으면 그냥 맡고, 눈은 겉만 번드르하면 그냥 취하고, 귀는 듣기만 좋으면 그냥 다 들어주고, 입은 쓴 약이 몸에 좋은 줄 모르고 달면 그냥 삼킨다. 팔이 안으로 굽는다고 앞에 보이는 사람만 끌어 안으면 등 뒤에 사람은 외면하게 된다면, 어떻게 국민의 마음을 훔칠 수 있는가.
내 몸하나 돌아서면 되는 것을.

누구나 실수는 한다. 그러나 같은 실수도 두번하면 신뢰가 떨어진다. 사람이 신뢰를 잃기는 쉽지만 회복하려면 열배 백배의 힘이 든다. 번데기는 무시형의 윤회를 거치지 않고는 절대 날개를 가질 수 없다.

푸슈킨은 "삶"이란 시에서,

　삶이 그대를 속이더라도 슬퍼하거나 노하지마라 했다. 기다리는 일은 사랑하는 일보다 힘들지만 추운 한 겨울이 깊을수록 봄에 꽃은 더 아름답다했다. 아무리, 뼈를 깎아 거름을 주고 피를 뽑아 영양소를 보충하여준들 겨울이 지나지 않으면 꽃을 피우거나 열매를 맺지 못한다. 어떤 때는 그리움 하나만으로도 책 한 소절을 수놓을 수 있고, 시 한수로도 따뜻한 겨울을 날 수 있다.

　배금주의자들은 시간은 돈이다라는 격언을 신봉하지만 글 쓰는 나에게는 해당되지 않는 것 같다. 누군가는 보이스피싱으로 많은 돈을 습득해서 요긴하게 쓴다는데 나는 봄에 300만원을 토요일 오후에 은행문전에서 주워서 일요일까지 고민하다가 공짜가 무서워 월요일 날 은행에 갖다주었다. 나에게는 공짜는 존재하지 않나보다. 삼백만원 오만원짜리 60장 새듯한 돈 은행에다 언제 토요일 몇시 몇분에 잃어버린 분 찾아주라고 하고 놓고 나왔으나 마음은 시원섭섭하고 허전하다.

　옛날에 상명여대 앞에 살 때 새벽에 집 앞 대로에 눈을 쓰는데 만원짜리 일곱장을 주워서 그냥 인마이 포켓했다(40년 전 그 때는 돈 주운 것이 죄가 되는 줄 몰랐다). 개미는 먹이를 발견하면 절대 그 자리에서 먹지 않는다. 혼자 끌다 끌다 안되면 동료가 올 때까지 기다린다. 그들은 소리가 없어도 먹이가 있으면 순식간에 수십마리가 몰라와 먹이를 끌고 간다. 하찮은 미물이라도 인간이 배울

점도 많지만 부끄럽게 만들 때가 많다.

혹시 자신의 수치나 추행을 글로 써 본적이 있나요? 모노耄老(
九拾)의 나이를 살지 않고는 절대 어려운 일이다. 나의 불손이 두
려워서가 아니라 다른 누군가가 나로 하여금 상처를 입을까 두려
웠다. 뒤돌아 볼 때 그리움이 복받쳐 눈물이 고일 때 그 때 풀어
놓아 보세요. 얼마나 아름답고 그리운 추억인가(九拾이 넘으면 알아
도 그만) 우리 인간은 세상과 소통하는 첫번째 단계를 마음의 흔들
림이라고 말하고 싶다.

세상을 사랑으로 물들이는 따뜻한 마음에 흔들림으로부터 고통
과 번뇌에 사로잡혀 갈등하게 하는 매몰찬 흔들림까지 작은 흔들
림 하나에서 나의 새로운 관계가 성립된다.

귀천을 쓴 천상병 시인도 스스로 가난을 사랑하지 않았던가. 그
러나 우리 국민은 티베트나 아프리카 밀림속의 아직 미개 민족과
는 다르다. 풍요의 맛을 길들여진 사람은 아무리 자유가 좋다해
도 돈없이는 못산다. 사치를 해 본 사람은 밥을 몇끼 굶으라면 굶
을 수 있어도 자동차, 명품백, 몸에 고급 장신구가 없으면 못산
다. 지금 한국 여성은 벌써 절약 단계를 넘어왔다. 그래서 빚 같
은 것은 두려워하지 않는다. 내일을 생각치 않는다. 오늘 현재의
만족만을 추구할 뿐이다.

그러나 글쟁이는 다르다. 밥은 굶을 수 있지만 글을 쓰지 않고

는 못산다. 어느 작가는 글을 한 소절도 못쓰는 날은 잠을 한 숨도 못자고 뜬눈으로 밤을 하얗게 지새운다 한다.

글은 마음에 안정없이는 한 소절도 못쓴다. 설혹 쓴다해도 결국 찌라시밖에 못된다.

글쓰기의 가장 큰 장애는 잡념이다. 한 소재를 잡으면 스토리가 끝날 때까지 조금이라도 다른 생각을 하거나 옆에서 말을 해서도 안된다. 기대한 길로 안가고 엉뚱한 길로 가게 된다. 그러면 열장을 썼더라도 모두 폐기처분하고 처음부터 새로 시작해야 한다. 그래서 글쟁이는 글을 쓰려면 고독해야하고 조용하고 그윽한 심산유곡을 찾는 것이다. 비슷한 소절의 글이라 하여도 책상에서 컴퓨터로 쓴 글과 아름다운 계곡이나 고독을 머금고 육필로 혼신이 깃들여진 글과는 천양지차이다.

촌철살인寸鐵殺人(작은 쇠꼬챙이로 마음을 찌름)이라는 말이 있다. 선시禪詩는 아름다운 흐르는 강물처럼 유연하고 깊은 세월에 풍경이 잠들어 있다. 그래서 내가 쓴 책은 사랑과 고뇌, 기쁨과 슬픔, 눈물의 강을 건너야 부드러운 영혼의 사색을 엿볼 수 있다.

누가 뭐라해도 우리의 소원은 통일이다. 통일없는 발전은 모래위의 돌탑이다. 성웅 이순신은 그의 난중일기에 먼저 할 일과 나중할 일을 잘 구분하라 했듯이, 통일이야말로 우리 민족의 숙원이다. 희생없는 성공은 없다. 어떤 고난도 언젠가는 우리 민족이 부담할 책무다. 문재인 정부에서는 북핵만 키워놓고서 지금도 민주당에선 9·19 선언을 지키자고 한다. 이런 소리는 안하려 했는데 완전 빨갱이나 할 소리를 하고 있다.

북은 핵만 완성되면 언제고 남침을 기회만 보고 있는데, 6·25란 침략을 실감하고도 아직도 정신을 못차리고 국회에서 핏대를 올리고 있는 민주당은 다시는 있어서는 안될 정당이다. 미국이나 소련서도 남한에 핵전술 무기배치를 반대하지 않을 것이다.

다만 중국이나 일본은 역사적으로 보아도 조용한 시대가 없었다. 일본은 지금이나 앞으로도 우리와는 좋은 이웃으로 지낼 수 있겠지만, 중국은 김정은 정권이 존재하는 한 한국을 적으로 생각할 것이고, 앞으로 북으로는 통일이 된다해도 종주국 취급할 것이다.

사람들은 누구나 행복해지기를 간절히 소망한다 하지만 간절하다고 모든 소망이 이루어지지 않는다. 사람은 목구멍이 포도청이라 했듯이 자기 주머니가 비어있으면 벗 간에 안부 한마디 전하는 일조차 부담스럽다.

무소식이 희소식이라는 핑계로써 애써 마음을 달래보지만 세상은 너무나 냉험하다. 인간답게 산다는 것이 빈민들에게 얼마나 악마적인 말인가. 가슴에 못박는 소리다. 누구는 이럴 땐 육체와 영혼을 달래주기 위하여 술도 마시고 마음도 가다듬어 보지만 결국 원하는 세상은 오지 않는다. 요즘에는 살기 힘들어도 억소리없으니 까무러칠 염려는 없어 좋다. 문정권 오년간 자고나면 억도 그냥 억이 아니고 몇십억, 몇백억 심지어 대장동 사건에서는 몇천억, 조 소리가 왔다갔다하여 나같은 가난뱅이는 숨도 제대로 못

쉬고 살았는데 나라님부터가 긴축하고 작은 정부를 운영하신다니 기운이 난다.

아무리 성장을 외쳐보았자 하마(대통령)가 아가리를 쩍 벌리고 잔고기까지 다 집어 삼키는데 우리같은 서민이 당할 재주가 없다.

기자님들 부탁하나 합시다. 문재인 집도 보기싫지만 제발 문재인 좀 TV에 비추지 마십시오. 똥을 밟아도 더럽다 안하는 저자의 성격인데 구린내가 진동하고 욕지기가 나서 못참겠습니다.

네 비록 공부도 못하고 돈도 못벌고 가난하게 살았어도 비관하거나 비루鄙陋함에 부끄럽지 않았고 "워드"한 자 칠 줄 모르고 육필로 끄적여 글을 쓰면서도 자존심은 잃지 않고 살았다. 온통 세상이 보이스피싱으로 사기가 판치고 은행에서마저 도둑이 득실대는데, 가장 수치에 공정해야 할 금융기관에서 수십억, 수백억을 빼 가는대도 먹튀가 다 끝난 뒤에서야 허둥대니 이게 말이 됩니까? 조직적 부조리가 아니고서야 있을 수 없다. 공공기관이 아니어도 부기란 대차대조표에 일원이 틀려도 일일결제가 안되는데 하물며 억단위가 틀린다는 것은 아무래도 결재자의 동의없이는 불가능 하다. 그런데도 하수인들만 목이 잘리고 대항을 안하는 것을 보면, 다같이 먹튀를 하지 않았나 싶다. 법에서도 신고자는 신변보호를 하는데 말단 직원도 50억씩 받고도 조용한데 결재자가 깨끗하다니 참 세상 공정치 못하구나. 벌써 몇년째 이게 뭡니까? 수사기관이 무능한지 또 시간만 끌다가 적당히 덮으려하는 건지 의심이 간다. 그나마 TV에서 앵커들이 꿰뚫어 알려주지

수명죽백(垂名竹帛)

않았다면 우리같이 검색못하는 무지랭이는 저들이 국고를 다 들어먹어도 모르고 그냥 속고 살 것이다.

더욱이 대장동 사건을 보면 여야 가릴 것 없이 모두가 변호사, 판사까지 끼어 해먹었으니 아무리 베테랑 수사기관이라도 홀딱 까기가 거시기 할 것이다. 법을 누구보다 잘 아는 자가 제 입으로 먹었을까 다른 놈이 먹고 똥 싸놓으면 핥아 먹은 것을 밝히기란 쉽지 않을 것이다. 더욱이 이재명은 연루자가 4명이나 죽었으니 불탄자가 말할 리 없고 재명이는 나는 모른다고 그들이 죽은거와 나와 무슨 관계냐 하니 검사들도 닭쫓던 개 지붕쳐다보기지 참으로 영악하다. 어쩌면 그리 태연하게 TV에 나와 개딸아비라고 큰소리칠까.

용유천수조하희龍游淺水遭蝦戱
호락평야피견기虎落平野被犬欺
용이 개천에서 놀면 새우에게 조롱을 받고
호랑이가 평지에 가 있으면 개한테 속는다

중국 맹자에 나오는 글이다.
내 비록 없이살아도 쓰레기통이나 뒤져 어질러 놓는 도둑고양이는 되지말자 했고 남의 집 뜰에 들어가 당겨 가마니나 뚫고 파먹는 똥개는 되지말자. 양심껏 살았어도 86세까지 어지러운 세상 바로 잡아 보려고 주야불출 손가락에 대못이 박히도록 글을 쓰고 있습니다.

　두려움 없이 앞만 보고 정신없이 달려오다보니 86년이 하루밤 춘몽과 같구나. 인생사에서 얽히고 설킨 인욕도 벗어버리고 나니 세간世間에서 일어나는 일들이 누워서 TV만 보아도 훤히 투시되는 구나. 그나마 글이라고 쓰다 보니 아무리 정신을 가다듬고 집중하여 보려해도 사회에서 회자되는 통속문자마저도 이제 아물아물하여 부인膚引(속 뜻은 모르면서 남의 글에서 인용함)하여 찾다보니 각인의 시간이 걸린다. 더욱이 현세에 염량세태炎涼世態 얽그러진 풍조風潮나마 바로 잡는데 마중물이라도 될까하고 마지막 노망을 부려보았습니다. 그러나 마음만 초조할 뿐 비결祕訣이 떠오르질 않아 권세에 굽히지 않고 옳다고 여기는 바를 직언도 하였습니다. 삶이란 매사가 좋기만 하다고 다 좋은 것은 아니다. 굴곡이 없는 인생만큼 밋밋한 삶은 없다. 찌개도 가진 양념이 잘 섞여야 맛이 나듯이 사람에도 희고애락이 곁들여져야 맛이 나는 것이다. 공허한 마음은 물질로는 채워지질 않는다. 조급할 수록 돌아가라 했다.

　법정法頂스님은 마음은 비움에서 채우라 했다. 어떤 일이 닥치더라도 마음을 추스릴 수 있는 느긋한 여유와 대범한 긍지를 가지라는 것이다. 이는 내가 평생 갈망渴望하는 신조이기도 하다.

2022. 10. 9

만남의 존재

　어느날 아내와 같이 여행을 다녀올 때다. 나는 그 날 내가 한 일이 정당한 처사인지 아닌지는 생각해보지는 않았다. 그냥 그때는 활기 왕성할 때라 뒷일은 생각지 않고 행하였을 뿐이다. 그런데 우연찮이 생긴 일이 평생에 친구가 될 줄이야. 청풍명월 송계계곡을 지나오는데 어떤 황소처럼 육중한 사람이 예쁜 젊은 여인과 마주 잡고 싸우는데 남자는 머리채를 거머잡고 여인은 바지가랭이를 잡고 싸우는데도 여인들이 다섯이나 모여앉아 있으면서도 말리지를 않는다. 내가 차를 세우고 내리니까 아내가 눈치를 채고 나를 잡고 그냥 가라고 한다. 내가 아내보고 안 싸워하고 옛부터 싸움은 말리고 흥정은 붙이라고 했는데 더우기 남자한테 여자가 맞는 것을 보고 그냥 가 하니, 공연히 남의 싸움에 경찰서에 불러다니지 말고 그냥가. 신체보니 저사람 넙적다리 하나 밖에 안 되는 당신이 두들겨 맞고 병원비 달래도 안 줄거야. 알았어 하고서 싸우는 옆에 가서 아주머니들 친구가 아니요? 하니 친구지요 한다. 그런데도 친구가 맞는데 보고만 있어요? 하니 말도 말아요. 말리다가 뿌리치는데 죽는줄 알았어요. 힘이 얼마나 센지 말리다 죽는줄 알았어요. 그러다 어디라도 다치면 저녁에 남편 보고 뭐라해요. 친구 싸움 말리다 그랬다고하면 남편이 남의 남자와 술이나 먹고 싸다니는 줄 알것 아니요. 아까 어떤 오토바이 아저씨가 지나가기로 신고 좀 해달라고 했어요. 경찰 올 때만 기다리고 있는 거에요.

내가 머리채 잡은 남자한테 다가가서 아저씨 여자 머리채 잡은 손을 잡으며 이 손 놓고 말로해요. 하니까 그 손으로 내 멱살을 잡으며 이건 또 뭐여하기로 아저씨 여인을 그렇게 때리면 어떡해요. 하니 너하고 상관 없으니 그냥 꺼져 한다. 아줌마들이 내가 맞을까봐 저 아저씨 어떡해 한주먹 짜리도 안 될 것 같은데 내가 멱살 잡은 손을 양손으로 힘껏 잡고 씨름배지기 하듯 팔을 어깨에 걸고 업어치기를 하니 육중한 놈이 쿵하고 나자빠지더니 내 허리부러졌네 하고 엄살을 떤다. 내가 무릎으로 가슴을 짓누르고 맞던 아줌마 보고 남편이요 하니 아니요. 그럼 애인이요. 아니요. 그럼 왜 맞고 있어요 하니 우리 동창 모임이라 노는데 저 사람이 오더니 끼워달라하며 허락도 안했는데 내옆에 와 앉더니 자기가 술을 얼마던지 사겠다고 하더니 술을 한 잔 마시더니 슬며시 내 치마 속으로 손을 넣더니 그곳을 만지잖아요. 그래서 뺨을 한대 갈겼더니 머리채를 쥐고 미어 박지 뭐요한다. 아주머니 지금 세 사엥 공짜가 어디있다고 남자하고 술을 마셔요. 처음부터 뿌리쳤어야지요 하고 내가 놓으니 벌떡 일어나더니 권투하는 식으로 잽을 몇번 날리더니 내 면상을 갈긴다. 내가 살짝 피하며 얼른 손목을 두손으로 잡고 뒤로 돌아서며 비트니 그제서 나와 게임이 안 된다는 걸 알았는지 남자끼리 못본척 그냥 가시오. 이제 안 싸울 게요. 내가 이사람아 여자 거기를 만졌으면 사과를 해야지. 저렇 게 가냘픈 여인을 때릴 곳이 어디있다고 때리는가 나같으면 실수 라고 죄송하다고 사죄하고 더 좀 때려 달라고 하겠다. 아마 그랬 으면 아줌마 손이 아파 못 때렸을 거다. 어떻게 여자를 힘으로 제 압하는가. 내가 마누라가 그냥 가자고 하는데 내린 것은 맞는 여 인이 너무 가련해서 내린 거여. 그리고 놓고 이사람도 이제는 안 그런다 했고 경찰도 온다했으니 그냥 갈게요. 전화번호 적어주면 서 무슨 일이 있으면 나한테 전화해요 하고 왔다. 얼마 있다가 전 화가 왔다. 누구시냐고 하니 그때 싸움 말려준 그 여인이라고 했 다. 왜 그러시냐고 하니 그때 너무 고마워서 그때 모인 친구들이 다 모여서 전화드리라 해서요. 뭘 당연한 걸 가지고 여자가 맞는 것을 보고 그냥 가는 게 비겁하지 그냥들 드시고 놀다 가시라하 니까.

또 다른 친구를 바꾸어 꼭 오라고 한다. 그래서 마포에 횟집으 로 갔다. 마포에 그렇게 큰 횟집이 있는지 처음 보았다. 그러고부 터는 완전히 친구가 되었고 여행갈 때도 여인들이 내 경비다 부 담하고 어딜가도 데리고 다녔다. 나는 그 여인들의 친구 겸 호위 무사가 되었다. 우리가 살아있다는 것은 동시적 의존 관계로 엮 어져 진행된다. 모든 존재는 인因과 연緣의 법칙에 의해 서로 연 결되어있다. 그날 일어난 일도 우연이라기 보다는 그렇게 인연이 되려고 내가 그 시간에 그 곳을 지나게 된 것이고 그것이 또 좋은 인연이 되었다. 어떤 만남도 우연히 혹은 독립적이고 개별적으로 존재하지 않는다. 나는 너의 원인과 조건이 되어있고 너는 나의 조건이 되어 줌으로써 우리는 함께 존재하는 것이다. 이것을 진리의 세계에서는 상호의존적 존재라한다. 내가 살아지면 너의 존재도 소멸되고 너의 존재가 사라지면 나의 존재 역시 소멸되어 버린다. 헤어지기 괴로우니 만나지 말자 그래도 만날 사람은 어떻게 던지 만나게 되어있다. 죽기 괴로우니 태어나지 말자한들 태어남도 내 의지대로 태어난 사람은 하나도 없다. 인간의 실존은 자신은 의지대로 어찌할 수 없는 조건화된 삶의 토대 위에 있다. 한 생에서 뿌려진 말과 행위의 씨앗들은 그 생애에서 끝나는 것이 아니다. 다음 생애로 이어지면서 생의 모습을 결정짓는다. 너와 나의 관계는 신의 장난처럼 우연히 이루어진 것이 아니라 전생에서 뿌려진 업의 결과이다. 내 생에 일을 알고 싶거던 현재 내가 짓고있는 것을 보라. 인생의 삶은 날실과 씨줄로 짜여나가는 한장의 천이다.

김동길 교수의 유언장

나비넥타이 신사 김동길의 영정사진

이철 의료원장, 2011년 10월 2일
내가 죽으면 장례식·추모식은 일체
생략하고 내 시신은 곧 연세대학교
의료원에 기증하여 의과대학생들의
교육에 쓰여지기를 바라며, 누가 뭐
래도 이 결심은 흔들리지 않습니다.
명 적으라거나 필요하면 머리 잘러주시
기 바랍니다.
　성명 : 김동길
　주소 : 서울 서대문구 대신동 92
　생년월일 : 1928년 10월 2일

생전에 작성한 김동길의 유서

사랑하는 국민 누이에게

누이야 너는 여자로 태어난 것을 후회스럽다 했지
그때는 너는 아직 철이 덜나서 그랬나보다
모든 역사는 어머니로부터 시작된다
여자는 약해도 어머니는 강하다 했지
너도 머지않아. 엄마가 되어.
한 지붕 아래 정화의 온기를 형성할 것이다
그리고 머지 않아 너의 온기는 이웃으로 번져 나가
한 사회를 청정淸定하는 청량제가 될 것이다.
역사적으로 볼 때 너의 있음은 절대적인 것이다.
있어도 그만 없어도 그만 그런 존재가 아니라는 것이다.
누이야
이 살벌하고 어두운 세상에 네가있어
너의 그 천정하고 현숙한 마음으로 인해서
살아갈 좋은 세상이 되도록 부디 슬기로워지거라
그것은 너만을 위한 것이 아니다
너는 장차 한 가정의 화목을 가져다 주고

수명죽백(垂名竹帛)

한 사회의 청정을 가져다 주고
한 나라의 기강을 바로하여 줄 것이다
그것은 제왕도 현자도 누구도 할 수 없는
여자만이 할 수 있는 것이기 때문이다
그것은 오로지 어머니 만이 할 수 있기 때문이다
여자는 여자이기 전에 지구이다

아름다운 이야기

사람은 무엇이든 몰입하게 되면 근심 걱정은 물론 치매痴呆가 안걸린다 하였다. 특히 글은 몰입하면 세월도 멈추어 서 있다. 87 늦깎이에 명작을 쓴다고 수명죽백이라고 서제를 장정裝幀은 하였으니 서제에 걸맞는 글을 채워 넣으려니 어떤 글을 쓸까 까마득하다. 평생 분신과 같이 애용해온 문구文具처럼 달달 외우던 문구文句마저도 석양의 오로라처럼 뱅뱅 맴돌뿐 정언正言이 안 떠오른다. 더욱이 환경의 변화나 지병이 없는데도 쓰르라미 울음 환청幻聽이 노경老境을 슬프게 한다.

다행히 아직까지 안경없이도 책을 읽고 쓸 수 있으니, 고마울 따름이다.

그나마 다행인 것은 글을 읽거나 쓰게 되면 환청이고 아픔이고 다 어디로 도망 가 버린다. 그래서 옛부터 현자賢者들은 시우詩友로 시정詩情을 노래하며 여생을 보냈나보다.

옛 글에 산山에 오르는 사람은 내려올 때를 생각하고 오르라 했다. 내 초대 대통령 이승만서 부터 역대 대통령 한분도 유업遺業을 남기고 내려오신 분을 한 분도 못보았다.

　　　　　　　　　　수명죽백(垂名竹帛)

김대중도 자식들로 인하여 업적을 다 상실하고 노무현이도 결국 가족때문에 불행한 종말을 맞이하였고, 그나마 문재인처럼 아무것도 안하고 그냥 즐기다 물러났으면 죄인은 면천했을텐데 기어이 검수완박이라는 오사汚史를 남기고 물러났다.

나야 원체 대갈통에 든 것이 없으니 아예 쳐다보지도 않고 살아왔기 때문에 내려놓을 걱정도 할 필요도 없지만 지금와서 보니 돈 많이 벌었다고 BMW에 운전기사 두고 사장소리 듣고 으시대던 친구도 70을 못살고 황천으로 갔고, 대학교수 한 친구도 코로나 하나 못이기고 삼년전에 잡혀갔고, 수산시장 사장하던 친구도 작년에 가면서 태근이를 보고가야 할 텐데하여 공연히 내 심기만 산란하게 하여 놓고 나도 좀 데려가라고 일년내낸 현관문 한번 안 잠그고 창을 열어놓고 살아도 저승사자가 번지수를 못찾나 감기 한번 안 걸려주고 늙도록 고행을 하는구나. 그래도 옛 선비들은 벼슬은 못해도 나라를 사랑하고 왕에 대한 충성은 관리 못지않게 다하고 바른길이 아니면 벼슬도 미련없이 버렸는데 요즘 정치판을 보면 한숨이 절로 난다.

여당 대표하겠다는 자가 대통령을 팔고 추태를 안부리나, 진짜 가신이나 충신은 대표자리를 다른 분에게 양보하고 조용히 내조를 해야지 연포탕인지 콩나물국인지 분간도 못하는 주제에 나경원 쫓아다니며 구걸하는 꼬락서니가 참으로 가관이더라. 지금보니 야당이 저 지경이면 대통령이 많은 업적을 지고 오셨음에도 50~60%를 얻어야할 민심을 40%도 못얻는 것이 자기 탓인줄 모르고 미역국이나 끓이고 있으니 걱정이다.

야당이야 문빠부터 개떼들 때문에 부산시장, 서울시장 보궐선거, 지방선거, 대통령선거 다 패하고도 명맥을 이어보겠다고 자당에서 승승장구하는 선거구를 빼앗아 가지고 국회의원 하나 당선되었다고 방탄국회나 하고 있으니 어쩌면 철면피도 그런 철면피가 있을까. 나 같으면 대통령하다 떨어졌으면 부끄러워 이낙연 같은 분 모셔다 자리깔아 드리고 조용히 나처럼 글이나 쓰며 살겠다.

하긴 요즘 개팔자가 상팔자라 하지만 식사도 사모님하고 전상하고 잠도 고급침대에서 식사도 영양가만 골라 드시고 고급 실크 옷에다 장신구도 사람것보다 몇 십배 비싼 것으로 아가씨 사모님품에 안겨서 세단만 타고 다니니 내 팔자보다는 훨씬 낫다. 하지만 개는 개일뿐입니다.

높으신 분들 개 좀 그만 사랑하시고 국민 좀 돌봐 주십시요. 이러다가는 사람 인구보다 개 인구가 많아지고 남편보다 개를 더 사랑하는 세상이 될까 걱정이 되네요. 옛날에는 도둑이나 지키고 똥이나 핥아먹는 동물이고 영양탕이나 해 먹는 가장 천덕꾸러기가 이제 안방 주인이 되었으니 이를 어쩌나. 하긴 개아비가 대통령을 하려고 날마다 법원 앞에다 모여 짖어대고 나 같이 글 쓰는 놈팽이는 평생 한번 뵙고 싶어도 못 뵙는 대통령과 동행하고 사니 참으로 세상 우습네요. 평생 질투고 샘은 가져본 적이 없는데 요즘 개를 질투하는 신세가 되었으니 정말 기가 막히고 우습네요.

요즘 대한민국이 세계에서 일등이 제일많으니 좋기는 하나 인구보다 개 숫자가 더 많은 국가가 될까 우려되네요. 대통령부터

수명죽백(垂名竹帛)

가 문재인도 가족보다 개 식구가 많았고 지금 대통령도 개 가족이 몇배 많으니 세계 제일이 또 하나 생길까 겁나네요.

노인인구 세계 제일, 독신 세계 제일, 저출산 세계 제일 0.7이라니 개는 4.5마리씩 낳으니 사람인구 앞지르는 것은 일 이년이면 가능하지요. 문재인이 김정은 오야지가 상으로 준 풍산개를 부양비를 월 125만원 안준다고 버리는데 이제 개 GNP가 사람 세 배는 높네요. 노인은 월 246,000원 주고 살라하고 개는 125만원을 드려 부양하는 나라 참 미치겠네요. 개만도 못한 인간으로 살아가다니 이게 사람입니까?

어버이날 토요일에 가족 20여명이 모여 고양 강강수월래에서 점심을 먹는데 큰 딸이 2차 찻집에 가서 차를 마시며 우리 형제들이 아버지, 어머니가 건강하시어 걱정이 없는데 자식들이 골골하니 부모 앞서갈까 걱정이라 한다.

그날밤 잠을 못잤네요. 저의 들은 강남에서 40~50평 고급 주택에서 월 생활비가 400~500도 모자란다 하면서 월 500,000원 가지고 사는 부모는 감기도 안앓고 정정한데 고급 자동차 두 세 대씩 가지고 살면서 왜 그러는지 모르겠네요. 내가 책을 쓰면서 묘지 잡아놓은 곳을 노송이 너무 예뻐서 사진을 찍어 넣었더니 편집하면서 편집국장이 소나무가 너무 좋아서 내가 거짓말하는 것 같아서 직접 가보고 사진을 찍어다 편집하면서 거기다 아내가 영면해 있는 곳이라고 써놓은 것을 시골 친구들이 정말 아내가 죽은 줄 알고 전화를 하여 나를 책망했어요. 그럴 수가 있느냐고. 아주머니를 모르는 것도 아니고 친한 친구사이에 아주머니가 돌아가셨는데 연락도 안했느냐고. 내가 네 놈들하고 내 마누라 죽은 것하고 무슨 연관이 있다고 연락하느냐 하니, 어 그래 에이 나쁜 놈. 네가 친구냐 하였다. 내가 아냐, 여차여차하여 그리된 거야 오해할 만도 하겠구나 하였다. 나는 지금 사는 집도 살 적에 아버님이 글 가르치시며 새끼 사랑하는 거야 동물이나 사람이나 다 똑같지만 사람이 다른 것은 재난을 피할 줄 알기 때문이라 하시며, 집이고 영지고 잘 가려서 살라하시었다. 그래서 집도 같은 곳에서도 다른집 시세보다 4,000만원을 더주고 구입했고 영지도 여러번 검토하여 사놓았으니 87년을 살아도 병을 모르고 병원 한 번 안가고 자녀들 다 대학원 수료하였고, 증손도 넷이나 보았고, 아들 손주도 우리나라 대기업에 일차로 합격하여 졸업과 동시에 본사에서 근무하고 아들, 딸 종업원두고 월급 주고 사니 이는 명당 혜택이 아닌가.

아무리 비가와도 물 한번 적셔본 적이 없었고 아무리 추워도 집에 들어오면 아늑하고 차대기 좋고 시장, 백화점 100m내에 있고 지하철 3호선, 6호선 3분이면 타고 집앞에 나가면 먹자골목 먹고 싶은 것 아무거나 가서 먹고, 묘지도 집에서 자가용으로 30분이면 가고 버스도 40분이면 가고 어찌 명당을 선호하지 않으리요. 내가 수명죽백을 쓰게 된 것도 우연이었다. 산에 갔다오다가 해우소가 그리워 어느 외진 곳에서 용무를 마치고 가랑잎을 집어들었는데 얼른 보이는데 벌레가 갉아 먹은 곳을 따라가 보니 하늘 천天이 분명하다. 벌레도 학자가 있구나 하고 여기저기 돌아다니다 또 임금 왕王자를 보았다. 나는 잠깐 해우소를 갔다가 곤충에

　　　　　　　　　　　　　수명죽백(垂名竹帛)

도 현사賢士가 존재한다는 것을 알았다. 그리고 그곳에서 무한한 진수眞髓를 맛볼 수 있었다.

석가께서 人生을 고해라 하셨으니 苦海란 괴로움이라.

요즘 사람들 태어나면 영양가 있고 좋은 모유를 두고 양 젖을 먹고 자라고(우리 아이들 5남매 우유 한 통 안사고 어미젖만 먹고도 아내 88세를 건강하게 잘 산다) 영아서부터 아늑한 엄마 품에서 못자라고 보모 밑에서 자라고 유아원부터 대학원 공부 마치면 30을 넘기고 군인 다녀와서 취직해 보았자 부모 유산이 많으면 다행이지만 벌어서 결혼하고 집 장만하고 하다보면 60이 다되니 석가의 말씀이 실상에 와 닿는다. 까딱 잘못하여 빚이라도 지면 우물쭈물하다 한 시절 다 보내고 이것이 人生이다.

강원도 삼척시 근덕면 궁촌리
천연기념물 363호, 수령 1,000년 추정

내고향 목계나루

백두대간 천이백리 돌아나온 용출수는

송리산 화양계곡 합수머리 창랑수滄浪水(푸른 물결)

충주에 젖줄은 아직도 그대론데

인적끊긴 나루터 노없는 빈배

강물은 유구한데 사공은 어디갔뇨

우륵의 절현絶絃 사연 김국환의 달래강도

천년 나루 흔적 없고 잡초만 무성쿠나

호서의 만담에는 사연도 많지만

탁세에 찌든 민심 한수에 씻겨내고

새로 생긴 가교架橋에는 이정표가 낯설구나

배길 따라 송림은 지금도 그대론데

노송밑 오솔길이 옛 나루터 일러주네

목계나루 능암온천 김용림의 노래말도

백두대간 뗏목사공 뱃노래 그립구나

※호서(湖西) : 단양 제천 충주를 이름 / 만담(漫談) : 전해오는 속담 / 탁
세(濁世) : 혼탁한 도덕 풍속이 난무한 세태 / 한수(漢水) : 한강물

수명죽백(垂名竹帛)

내가 바라는 행복

사람들이 불행한 것을 삶을 행복으로 목표하기 때문이다. 행복이란 마음 먹기에 따라 삶도 달라지는 것이다. 행복은 미래의 목표가 아니다. 현재의 선택이다. 사람들은 행복만을 추구할뿐 어떤 삶이 행복인지를 모른다. 돈이 행복을 가져다 준다면 재벌들은 모두 행복해야 할텐데 재벌쳐놓고 말로가 그리 편히간 사람을 나는 아직까지 못보았다. 대통령을 하면 행복한 것인가 역대 대통령이 하나도 행복한 것을 보지는 못했다.

그러나 재벌과 대통령은 삶에 목적이 다르다. 재벌은 돈을 버는 데만 치우치다 보니 욕망이 앞서게 되고 대통령은 국가의 안위를 걱정하다보니 근심 걱정이 떠나질 않는다. 그러기 때문에 행복하고 싶은 사람은 돈과 권력과는 담을 쌓아야 한다. 권력과 욕심은 한계가 없기 때문이다. 옛부터 아흔아홉가진 사람이 하나를 마져 갖기 위해 열을 버린다고 욕망이란 그렇게 무섭다. 돈 앞에는 부모고 형제고 다 소용이 없다. 그러기에 욕심은 만족이 없다. 아무리 가져도 성에 차지 않는다. 그래서 행복은 작은 것에서 얻는다 했따. 마음에서 부족한 것을 모를 때 마음이 비울 때 그때 행복이 있는 것이다 .높이 오르면 대통령에 오르면 더 걱정이 많다. 그땐 모두가 적이다. 정치란 어제가 동지가 오늘의 적이라 했다. 정치는 포용력이 없으면 어떤 지도자도 오래가지 못한다.

즉 가신이야 충성에서 주인을 받들지만 중립은 다르다. 아주 반대하는 사람이야. 아무리 회유해도 내 사람이 될 수 없지만 중도는 언제나 바른 정치를 하는 쪽으로 치우치게 되어있다. 그래서 정치는 가신정치는 반드시 실패하는 것이다. 언제나 중도를 포용하지 못하면 결국 실정하게 되어있다. 우리는 이와 같이 행복이란 물결에서 갖는 것도 아니지만 성공에서 갖는 것도 아니다. 그래서 행복은 단란한 가족에서 찾으라하고 싶다.

첫째, 내 삶을 다른 사람과 견주지 마라. 사람은 태생이 다르듯이 추구하는 마음은 다 다르다. 그가 느끼는 행복지수가 다 다르다. 어떤 누구라도 이 세상에서는 하나 밖에 없는 독립된 존재다. 나는 어디에 섞여있어도 나다. 누구와는 비교할 수 없는 절대적인 존재다. 사람은 추구하는 가치가 다를 수 밖에 없다. 그러기 때문에 행복을 추구하는 구도求道도 다를 수 밖에 없다.

둘째, 행복이란 어떤 일을 하던 자신이 원하는 일을 하라는 것이다 .일과 명예와 돈과는 결부시키지 마라. 그래야 일을 할 때 행복해진다. 돈이 되는 일이라고 하기 싫은 일을 억지로 하면 그것은 결국 사고의 원인이 된다. 사고란 위험에서 오기보다는 정신력에서 오기 때문이다. 운전할 때도 까딱 정신을 다른데 팔면 아무리 유능한 운전사도 사고를 낸다.

수명죽백(垂名竹帛)

또한 당신이 승진을 바라고 하는 일이라면 승진에서 탈락 했을 때 동시 폐업을 할 것이다. 즉, 보이기식 일을 하면 자신의 발전이 없다는 뜻이다. 어떤일이고 자신의 맡은 일에 충실했을 때 누구도 따라올 수 없는 기능이 완수 했을 때 자기 사업을 하여 오너가 될 수 있는 것이다. 오너가 아니더라도 그 분야에서 지도자가 되는 것이다. 개체個體를 뛰어넘어 전체와 연결되어 있어야 한다.

셋째는 취미다. 취미란 다 다르기 때문에 어떤 가정을 말하기란 불확실하다. 다만 자기가 꼭 하고 싶은 일이면 급여나 지위에 연연하지 말고 완전히 숙련하라. 그것은 공식까지도 달달 외우지 않으면 아무런 소용이 없다. 조리를 하는데도 자료와 순서며, 물량이 딱 맞아야 정상에 맛을 낼 수가 있고, 시계 하나 조립하는 데도 수백가지의 부품이 들어있다. 거기서 순서라던가 위치 하나만 틀려도 정상이 될 수 없다. 취미라고 그냥 시늉만 내는 취미는 아무런 가치가 없다.

무엇이던 내가 하고 싶다고 그냥 건성으로 하지마라. 어떤 것도 분야에 일인자가 되지 않고는 성공하지 못한다. 언제나 남의 수하에서 급여나 타먹는 공인으로 살건가. 그 일에 숙련하여 지도자가 되던가 자금이 뒷받침되면 스스로 주인이 되어야 한다. 어떤 취미던 건성으로 하지마라. 그리고 그 분야의 최고의 기능자가 되어라. 그러면 취직 걱정 할 필요도 없고 애써 행복을 구걸할 필요도 없다.

죽음과 고리

일찍이 프랑스의 철학자 '몽테뉴'는 죽음을 우주의 질서 중에 한 토막인 동시에 생명의 한 뿌이기 때문에 언제든지 누구나 기꺼이 맞이할 마음의 준비를 갖추어야 한 다라고 했다. 그렇다고 해서 죽음을 임의로 결정하는 것은 죽음의 자유와 순리를 방해하는 것이라고 했다.

최근 미국 예일대학 '셸리케이건' 교수의 죽음이란 무엇인가? 란 강좌가 세계적으로 큰 호응을 받고 있다. 우리나라에서도 그의 책이 번역되어 소개한바 잇다. 그에 의하면 모든 종교의 존재 이유는 죽음의 '망'을 쳐놓고 내세에 희망을 던지는 올가미가 되는 것이 아니다.

인간은 누구나 죽음을 피할 수는 없다는 사실을 인정한 후 어떻게 의미 있는 삶을 살아야 죽음의 공포를 줄이고 평안을 얻을 수 있는가? 혹독한 질문을 던지고 스스로 답해보라고 권유한다. 죽음을 올바로 깨닫고 인식하는 일이야말로 삶을 밝혀주는 등불이 아닐 수 없다.

100세 시대를 살아가는 21세기 인들이 새로운 삶을 설계하는

수명죽백(垂名竹帛)

데에 종교와 교육뿐 아니라 차츰 인생의 전반을 마무리하는 위치로 들어간다. 어떤 경기든지 제대로 승부를 보려면 팀 구성도 중요하지만 각자 힘의 에너지를 충전하는 것이 더욱 필요하다. 아무리 만족스런 전반을 마무리 한다 해도 건강을 잃으면 모두 다 잃는다. 그때는 후반을 살아낼 여력조차 모두 상실한다. 그래서 누구나 건강이 받쳐주지 않는 한 인생의 후반을 장담할 수 없다.

나는 많은 사람들이 최후를 마치면서, 건강에 대한 소회를 피력하는 유언은 그리 많이 보지 못한 것 같다. 글을 쓰다가도 열심히 쓰게 되면 기분이 상쾌하고 건강이 좋아지는 기분이 든다. 무엇이든지 땀 흘려 열심히 일에 몰입하면 단잠을 잘 수가 있다.

사람은 3가지만 충실하면 건강은 염려하지 않아도 된다. 첫째, 몸을 따뜻하게 하고, 둘째, 음식을 골고루 먹고, 셋째, 잠을 잘 자야한다. 잠을 잘 자려면 몸을 계속 움직여야 한다. 꼭 정해진 운동보다는 누워있지 말고 열심히 걷거나 무슨 일이든 몰입하면서 잡념을 버려야 한다.

열심히 땀 흘려 일하면 단잠이 오듯이, 삶을 진실 되게 살다보면 죽음이 조용하고 편안하게 찾아온다고 했다.

'삶이란 악마 속에서 헤엄치는 것이다'라고 했다. 우리가 사는 지구상에는 여러 종교가 있고 무신론자도 많다. 그런데 종교마다 믿음을 가지고, 각자 다른 예언을 한다. 대충 현대사회에 가장 많이 퍼져있는 기독교를 보면, 그 안에서도 많은 분파가 생기고 개신교가 생겨난다. 교리의 본질은 어디가고 교주가 신도를 생활의 수단으로 삼고 있다. 원교인 천주교보다 각종 개신교가 성행하는 이유가 개신교들이 교회를 사업장으로 교인들을 앵벌이로 이용하고 있다는 생각이 든다.

천주교는 예전의 건물만 그대로 유지할 뿐, 거대한 신축이나 일반 분교는 흔치 않다. 반면, 기독교의 개신교들은 무슨 물품을 판매하듯이 가정까지 방문을 하여 기도를 한다. 이제는 신성한 교회가 아니라 마을마다 작은 주택가까지 점유하고 있다. 그러다 보니 마을 주민들에게 피해가 많고, 주말이면 교통이 혼잡하고 주차 때문에 불편한 점이 너무나 많다.

나는 종교에 대하여 관심이 없기 때문에 교리에 대하여 쓸 수도 없거니와 알지도 못한다. 다만, 예수그리스도교는 어느 종파든지 하나님이 주인공으로 모든 생사고락이 믿음에 달려 있는 것처럼 되었다.

그러나 불교는 다르다. 불교는 천주교처럼 스스로 믿음을 찾을 뿐이다. 힌두교나 불교는 자아의 깨달음을 가지고 전생을 수신하고 선행으로써 극락정토 할 수 있다 했으니, 그리스도 교리와는 다르다. 하나님을 믿는 자에게만 천당에 가는 기회를 준다는 기독교, 불교에서는 선행에 따라 여러 형태로 환생한다고 한다. 절에 가면 사람이나 짐승의 그림이나 조각으로 자子, 축丑 인寅, 묘卯, 진辰, 사巳, 오午, 미未, 신申 유酉 술戌 해亥라 하여 사람이 태어난 년 운에 따라 만일 소해에 태어나면 축생, 열두 가지 짐승으로 태어난다 했고, 선행을 많이 하면 다시 인간으로 태어난다 했다.

또한 유교는 모든 인간의 원리는 나 자신으로부터 생성되는 것이라 하여 이는 조상을 숭배하는 것으로 유교사상인 '인仁 의義 예

禮 지智'로 되었다.

인의예지란 명심보감에서는 마음을 밝히는 거울이라 했다.

이는 교리가 아니고 인간철학이다. 일상생활에서 필요한 격언 格言을 인간내면에 접목시켜 바른생활에 지표로 삼았던 것이다.

여기에 나오는 금언金言들은 개인의 인간수련에서 시작하여 한 가정을 원활하게 이끌어 나가고 사회에 참여하여 국가를 다스리는 문제에 이르기까지 교라기 보다는 인생철학이라는 것이 더 옳을 것이다. 우리는 글 속의 진정한 의의意義를 체득함으로써 몸을 닦고 뜻을 세우며 학문을 성취하여 국가사회와 인류의 문화에 기여하고 우리의 삶을 풍요롭게하여 인생항로人生航路를 성공적으로 이끌어 나의 인생사의 좌표가 되기를 바라는 마음 간절하다.

어느 인디언의 기도문

바람 속에 당신의 목소리가 있고
당신의 숨결이 이 세상 만물에게 생명을 줍니다.
나는 당신의 많은 자식들 가운데
작고 힘없는 아이입니다.
내게 당신의 힘과 지혜를 주소서
나로 하여금 아름다움 안에서 걷게 하고
내 두 눈이 오래도록 석양을 바라볼 수 있게 하소서
당신이 만든 물건들을 내손이 존중하게 하시고
당신의 목소리를 들을 수 있도록
내 귀를 예민하게 하소서
당신이 내 부족사람에게 가르쳐 준 것을
나 또한 알게 하시고
모든 나뭇잎, 모든 돌 틈에 당신이 감춰둔 교훈을
나 또한 배우게 하소서
내 형제들보다, 더 위대해지기 위해서가 아니라
가장 큰 적인 내 자신과 싸울 수 있도록

수명죽백(垂名竹帛)

내게 힘을 주소서
나로 하여금 깨끗한 손 똑바른 눈으로
언제라도 당신에게 갈수 있도록
준비시켜 주소서

우리의 속담

　우리나라 옛 조상님들은 관리들의 부조리를 풍자諷刺와 해학諧謔을 통하여 가난과 생활의 찌들린 소회疏懷를 해소하고 어렵고 고단한 삶을 농담과 웃음으로 즐기고 살 았다. 어떤 것은 너무 노골적으로 참아 입에 담기조차 쑥스럽고 민망한가하면, 어떤 때는 보통 식견으로는 상상하거나 함축含蓄된 깊은 뜻을 공감하게도 한다.

　내가 살면서 들었던 해학을 두어 가지만 예를 들어보려고 한다.

　어느 무더운 여름날 종일 닭장수가 닭을 못 팔고 짐을 거두는데, 웬 남루한 선비가 옆에서 들여다보는데 갓은 낡아서 앞날개가 축 늘어져 눈을 가리고, 두루마기는 얼마나 오래도록 세탁을 안 했는지 소매에 때가 쭈굴주레하고, 낡고 달아서 주절주절 늘어졌고, 수염은 염소수염처럼 해가지고 닭장을 들여다보며 '닭이 얼마요?'라고 묻는 것이 아니라, '그게 뭐요?'하고 물었단다.
　닭 장수는 그러잖아도 날은 덥고, 장사는 안되고, 짜증이 나는데 당연히 닭인 줄 알 면서 이게 뭐냐고 물어서 "봉황이요"했단다. 그랬더니, '그 봉황이 얼마요?' 하길래 또 닭 값을 그대로 부르면 깎아달라고 할 줄 알고 일부러 두 배 값을 불러 '50냥이요' 했단다. 선비는 싸다 비싸다 말도 없이 싸달라 하더니 허리춤에서 쌈지를 꺼내더니 아무소리 안하고 50냥을 주기로, 사실은 그게 '봉황이 아니고 닭이요. 그리고 스물 닷냥(25냥)만 주세요.'하고 돈을 돌려주려는데 선비는 뒤도 안돌아보고 닭은 보자기에 싸들고 가기로 에라 모르겠다. 닭이라고 말했고 돈도 돌려주겠다고 했는데 그냥 가버린걸 난들 어쩌라. 가지고 가서 봉황으로 키우던 잡아 자시든지 내가 알 바 아니다. 그리고 짐을 거두어 집에 와서 막걸리를 먹으려 하는데, 동원에서 요상한 일이 벌어졌다.

어떤 초라한 선비가 보자기에 뭘 싸들고 와서 사또나리 뵙기를 청한다.

집사가 뭐냐고 묻자, 우리 원님이 고을 백성을 위하여 고생이 너무 많으셔서 봉황을 한 마리 가져왔다고 한다.

어떤 선비가 사또께 드릴 봉황을 가져 왔다며 뵙기를 청한다하니, 사또 자신도 이제껏 봉황을 보지 못했으니 봉황을 한번 봐야겠다고 한다. 사또는 선비를 '들라'한다. 선비는 들어와 사또 앞에 보자기를 풀자 커다란 수탉이 잡아맨 날개를 치더니 '꼬기오'하고 울었다고 한다. '네 이놈 어느 안전이라고 농각질을 하느냐'하니, 선비는 '지금 요 앞 시장에서 닭 장수에게 봉황이라고 200냥을 주고 샀는뎁죠' 하니, 당장 사령을 시켜 닭장수를 잡아 대령하니, 닭장수 자초지정을 이야기 하려고

'저 그게 아니고요' 하니, 사또 '이놈아 그게 아니긴 뭐가 아냐,

여기 물증이 있는데 네가 판 닭이 아니란 말이냐?'

닭 장수 '닭은 맞는데요. 그게 어떻게 됐는가 하면' 하니, 네놈이 봉황이라고 하지 않았느냐고 선비가 선수를 친다.

사또 '맞으면 돈을 돌려줘야지 무슨 말이 그리 많으냐!' 하면서 '저놈을 몹시 쳐라' 하니, 닭 장수 '예 예 돌려 드립지요'하고 지갑을 꺼내는데, 선비는 닭 장수 지갑을 획 낚아채더니 200냥을 꺼내가지고 사라진다.

닭 장수는 억울해서 '그게 아닌데 오십 오십' 하는데, 사또 '저놈이 아직 정신을 못 차렸나보다 더 쳐라' 하니 '사또 살려 주십시요, 잘못했습니다.' 변명도 못하고 돈 뜯기고 매만 맞고 나오면서 하는 말, '배운 놈이라 농각질도 철저히 잘 속이는 구나' 하고 무식을 한탄했다고 한다.

지금의 조정관리들 우매한 국민이라고 속이려 들지 마라.

지금 국민은 녹녹히 속지 않는다.

수명죽백(垂名竹帛)

추태醜態

술은 동서고금을 망라하고 인과관계나 관혼상제에서 없어서는 안되는 접대의 상징으로 사용하여 왔다.

관官 관사에서는 연회를 베풀거나 손님을 접대할 때 술이 빠져서는 안되었고 그것은 필연이다.

혼婚 결혼식에는 꼭 술이 빠지질 않았다.

상喪 사람이 죽었을 때 손님접대

제祭 제주는 언제나 빠지지 않는 예절이다.

※ 또한 한서(약제조청)에서는 술을 백약지장百藥之長이라하여 온 갖 약 가운데서 으뜸이라 찬미하였고

※ 사기史記에서는 주천지미록酒天之美祿이라하여 하늘이 현자賢者에게 내린 좋은 녹봉이라 하였고

※ 곡주는 주천자 위성인 탁자위현인濁者爲賢人이라하여 청주는 성인에 비유하고 탁주는 현인에게 비유했다. 또한 취중무천자醉中無天子라 하여 술취한 자者는 자신이 왕이라고 떠버리고 돌

아다녀도 크게 처벌하지 않았다한다.

※ 주유별장酒有別腸이라하여 주당은 아무리 배가 불러도 술 들어
가는 창자는 따로있다했다. 나는 술을 못 먹는다. 그런데 시향
에 가면 풍자되는 말이 있다. 술을 못 먹는다하면 가짜 영일정
씨라 한다. 영일정씨 집안은 대대로 술을 그만큼 좋아했다 한
다. 역사적으로 보아도 우리 국민이면 다 아는 분, 이 술로 인
한 정사를 그릇친 분이 있다.

고려말 충신 정포은(정몽주)은 이방원의 초대에서 읊은 시(단심가)

이몸이 죽고 죽어 일백번 고쳐죽어
넋이야 있고 없고
임향한 일편단심 가실 길이 있으랴

이방원이 같이 함께 정치를 하자고 하며
이런들 어떠며 저런들 어떠리
만수산 칠덩굴이 서로 얽혀진들 어떠리에 대한 답시였다 한다.
결국은 요동정벌 출정했다. 위하도중 말에서 떨어져 낙상한 이성
계 병문안 갔다. 방원에 계략에 술 먹고 선죽교를 건너다 기다리
고 있던 방원의 소장의 철퇴에 맞아 죽었다 한다.

나의 14대 할아버지 송강(정철) 좌의정께서는 술을 너무 좋아하
여 이전 회의에서까지 술을 드시고 참여하니 선조께서 커다란 은

　　　　　　　　　　　수명죽백(垂名竹帛)

잔을 하나 하사하시며 경은 앞으로는 짐이 내린 술잔 외엔 술을 마시지 말라하며 매 끼니마다 그 잔 한 잔 이상은 먹지마라 하였다 한다. 송강 한 잔으로는 갈증을 느낀 나머지 이를 어기면 왕명을 거역함이 되니 국가의 재상이 왕명을 어기지 못하고 은 잔을 얇게 두드려 펴 대접을 만들어 평생 왕명을 따랐다 한다. 지금도 충북 진천 송강 문학관에 가보면은 술잔이 망치로 두드려 찌그러진채로 보존되어 있다.

그는 장진 주사에서 보아도 송강이 술을 얼마나 좋아했는지 엿볼 수 있다. 한 잔 먹세그려 또 한 잔 먹세그려. 꽃가지 꺾어놓아 세어가면서 한 없이 먹어보세그려. 이 몸이 죽은 후에 지게 위에 거적덮고 새끼줄로 꽁꽁 묶어 짊어지고 가거나. 화려하게 꽃 상여에 실려 만인이 슬피울면서 따라간들 억새와 속새 무성하고 떡갈나무 사시나무 울창한 숲 속에 가고 나면 화창한 햇볕이 들거나 말거나 둥근 달이 뜨거나 말거나. 진눈깨비가 오거나, 폭풍우에 비바람이 몰아치거나, 북풍한설이 몰아친들 누가 와서 나와 한 잔 먹자할 건가. 무덤 위에 짐승들이 똥을 싸놓고 분탕질을 친들 두견이 처량하게 슬피운들. 그때 후회한들 무엇하겠는가.

다산 정약용丁若鏞은 과거에 낙방하고

강직한 선비는 머리 숙이기 부끄러워
초야에 버려짐은 달게 여기네.

세상 사는 것이 술 마시는 것 같아서

시작은 대가 몇 잔이라 여기지만

마시면 취하는 법이고

취하면 마음이 어지러워지네.

백병을 마셔 눈 앞이 캄캄해져도 거친 숨 내뿜으며

넘치도록 마시네 지혜로운 사람은 일찍

집 찾아 들지만 큰 후회남아 지나치지 못하고

남산골 그늘에서 헛되이 시간 보내네.

※남산골 : 가난한 선비들이 모여 사는 곳

6·25 후 있었던 일이라. 내 나이 17세 때니 확실하게 알고 있다. 그때 아버지는 매 식사마다 밥은 3술 이상 더 안 잡수셨다. 그리고 집에서 빚은 막걸리 한대접에다 새우젓 깨소금 섞어 쩌 내는 것 안주면 반찬도 필요 없다. 어느날 술 조사꾼이 떴다고 통보가 왔다. 급하게 술 항아리를 싸서 가마니에 넣고 잘 묶어 뒷간 나무땐 잿더미에다 묻어놓았다. 그러나 술 조사꾼은 기다란 쇠 꼬챙이를 가져다니며 땅도 찔러보고 집동 나무더미며 벼 가마 모두 찔러보고 뒷간에 가서 재더미까지 찔러보고 찾아내어 대청마루 기둥에 매어놓고 봉합(딱지를 붙여놓고)하고 사진을 찍었다. 어머니가 통 사정을 하면서 영감이 식사를 못하여 굶겨 죽게 할 수는 없어. 내가 빚은 것이니 용서해 달라고 싹싹 빌어도 막무내다. 사랑방에서 학동 글 가르치던 아버지가 나오시더니 이놈들아 너희

수명죽백(垂名竹帛)

는 부모도 없느냐 늙은이가 밥을 못먹어 살아보려고 빚어 먹는 것을 술을 팔았느냐 술로 정사를 망쳤느냐 하시더니 대청마루로 올라가시더니 봉합해논 술 항아리를 번쩍 들더니 술 조사꾼 3인 앞에다 패대기를 치니 술을 뒤집어 쓴 조사꾼도 너무 놀랐는지 아무 말 못하고 사진 찍어 경찰서에 고소한다하고 갔다. 아버지 일은 저질러 놓았으니 엄연히 법에 저촉되는 일이라 겁이 났는지 즉시 들어가 편지를 쓰더니 큰 형을 불러 바로 충주군청에 있는 군 내무국장 종조카 태이형에게 전해주고 도지사(정운갑) 종숙에게 전해달라하라 하였다. 그리고 3일 후였다. 양조장에서 술(모주) 전안이 두말을 지고 왔다.(그때 우리 마을에는 우마차고 자전차도 못 다녔다. 산골 소로길이었다.) 그리고 편지 한 장을 전하고 간다. 저의 직원이 어르신을 몰라 뵙고 무례를 하였습니다. 우선 술 새로 익을 동안 보내준 술을 드시고 아무 걱정 마시고 술을 담아 드시고 건강하시라 하였다.

나는 술은 안 먹어도 술값은 거의 내가 냈다. 술 취한 친구를 데리고 오려면 할 수 없이 술 값은 멀쩡한 내가 계산할 수 밖에 없었다. 그냥 먹게 두면 둘 수록, 술값만 올라가니까 나하고 절친인 광운대 교수가 있었다. 항상 술먹는 날은 나를 데리고 다닌다. 내 전장에 유언지에서 만난 여친들이 술을 좋아했다. 그러면 대학 교수 친구하고 술이 똑같았다. 그런데 이상하게 술을 마시면 밤 중이 지나고 술집에서 문을 닫는다 할 때면 완전히 간다. 여친은 여친 대로 보내고 친구는 내가 택시를 같이 타고 왔다. 집에 혼자 보내기도 그렇고 하여 내 방에다 같이 잤다. 새벽에 일어나보니 온데간데 없다. 잠자리를 떠들어보니 방사를 하고 미안하니 도망을 간 것이다. 나가니 주방에서는 아내가 북어해장국을 끓이고 있다.

아내는 멋도 모르고 아저씨 일어나시라고 깨우라하기로 그 친구 어제 밤에 갔다하면서 요 벗긴것 갖다 세탁기에 넣고 아내보고 돌리라했다. 아내는 어쩔 수 없이 세탁을 해다 널고 났는데 그 친구 아줌마가 아침에 쫓아왔다. 애들 아버지가 오줌을 싸놓고 왔다고 나보고 벗겨다 세탁하여다 드리라해서 왔다한다. 내가 아니오. 조금 실례했는데 다 세탁해서 널었어요. 그러잖아도 술 드셨다고 안 식구가 북어해장국을 끓였으니 갖다 드리라 했다. 아내가 주전자에 국을 담아주었다. 그 친구 집까지는 택시 타면 20분이면 갔다. 참으로 그리운 시절이다. 그 시절엔 친구끼리 그러고 살며 친구 일이 내 일처럼 아쉬워하고 살았다.

옛날 나 어릴 시절에는 구정이면 집집 마다 떡국을 좀 잘 사는 집에서는 돌아가며 구정 보름까지 명절을 즐겼다. 또 그 집 주인과 친구들은 저녁 반찬까지 다 얻어먹고 또 밤새도록 놀았다. 우리 이웃에서 있었던 일이다. 아주 친한 벗이 길 하나 사이 울하나 사이에 살고 있었다. 한 분은 경상도 영주에서 이사온 분인데 힘이 마을에서 제일 세었다. 우리가 10마력 짜리 기계 방아(쌀 짓고 보리 짓는) 그 바퀴가 200kg였다. 쌀 한 가마가 80kg이니 두 가마 반이었다. 그걸 옮기려면 그 분 밖에 지는 분이 없었다. 그런데

수명죽백(垂名竹帛)

그 분 절친은 또 꼭 이조공신 한명회처럼 생겼다. 장난을 좋아하고 놀기를 좋아하는 분이고 그 분은 방귀 잘뀌기로 유명했다. 그날 밤, 그 집에서 떡국 먹는 마을 잔치가 있었다. 몇 몇 친구끼리 모여서 술이 잔뜩 취해 놀다가 가만 있어 하기로 방귀를 뀌려나 하고 친구들이 저리 나가 뀌라고 떠미는데 뿌드득하더니 똥을 쌌다. 어쩔 수 없이 앞집 힘 좋은 친구가 번쩍 들고나가 샘에 가서 똥 싼 옷을 빨아 입혀서 정신 못차리는 친구라 자기네 사랑방에 누이고 이불을 덮어주고 자게 하고 다시 와서 사랑방에서 밤새도록 놀다가 새벽에 헤어져 친구가 사랑방에 재웠으니 안방으로 들어가니 마누라하고 그 친구하고 실오라기 하나 안 걸치고 끌어안고 자고 있었다 한다. 이 친구 하도 기가 막혀 앞집에 친구 부인을 깨워 남편을 다려가라 했다. 이 여인 와보니 앞집 친구 부인을 안고 자고 있으니 그집 힘센 남자를 끌고 자기네 집으로 가서 앙갚음으로 사랑놀이를 했다. 이 친구 실컷 자고 일어나보니 친구 부인과 동침하고 있었다. 그 날 밤 여자도 정신 없이 취했기 때문에 몰랐고 남자도 자기네 사랑방에서 잔 줄 알고 안방에 들어가 잔 것이다. 이 친구 부인 시원찮은 영감하고 살다 기운 좋은 장정하고 하여 보니 그냥 그 신랑한테 홀딱 빠져서 집에를 못 가게 계속 즐기고 있는데 앞집에서는 자기 아내가 모르는 줄 알고 여인도 자기 남편은 모르니 서로 망신이니 모르는 것으로 하자고 약속하고 이 친구 집에 가서 아내와 친구가 같이 붙어 있으니 아내 보고 그게 무슨 짓이야 하니. 당신 데리러 갔다 당신이 그러고 있어서 우리도 같이 하는 건데 뭐가 어때서 하였다. 그리고 거기서 끝냈으면 괜찮았을텐데 기어이 아내가 남편하고는 합방을 안하고 사랑 노름은 그 집 사랑에 가서 하고 오고 하니 자연히 앞집에서 더 버티지 못하고 어디로 이사간다는 말도 없이 야밤도주 이사를 갔다한다. 나중에 안 일이지만 집도 외부사람에게 이미 처분했다 한다. 술 먹은 개라하지만 이는 사고치고는 너무 크다. 지금 술 먹지 말고 운전하라 하지만, 기여히 술에 취해 사고치는 사람들 과연 술에 취하면 거기까지도 가능한지. 언젠가 무도장에서 어떤 아가씨와 놀고서 고마워서 저녁을 먹자하고 장어집엘 갔떠니 미끼하다고 술을 한 잔 하자한다. 한 병을 먹더니 한 병만 더 하기로 내가 머뭇머뭇하니 아까워 야 여기 돈 있어하고 오만원짜리를 꺼낸다. 할 수 없이 한 병을 더 시키니 한 병 더 하더니 네 병을 마시고 탁자에 엎으러진다. 할 수 없이 근처 호텔에 데려다 누이니 옷은 훌훌 벗어 던지더니 대뜸 여보 나 하고 싶어한다. 나는 그래 알았어. 씻고 올게 하고 가방 위에다 메모를 해놓고 술 깨거든 택시 타고 집에 가라고 돈 10만원을 놓고 왔다. 그 다음부터는 밥을 먹자 해도 싫다고 집으로 즉각즉각 간다. 그리고 나보고 볼적마다 고맙다 하고 오빠 최고라 한다. 그렇게 단번에 버릇을 고치는 사람도 있다. 그 날 실수가 전화위복이 되었다. 지금도 무도장 가면 나하고만 논다.

수명죽백(垂名竹帛)

자연과 자유

자연은 모든 생명의 원천이고 생명이 기댈 수 있는 영원한 속이다. 하늘과 구름, 이슬과 바람, 흙과 물, 태양과 바다, 나무와 푸르 길섶에 피어있는 모든 생명체는 주고받는 관계속에서 그 생명을 유지한다.

뿌리는 대지로부터 끊임없이 받아들이고 그 대신 꽃과 잎과 열매와 씨앗으로 대지에 돌려준다. 낮은 밤이 비춰주기 때문에 밝고, 밤은 낮이 비춰주기 때문에 어둠을 이룬다. 물질 만능의 덫에 걸릴 우리 인간들은 무지 때문에 지구 곳곳에서 우주질서와 순환의 법칙을 깨뜨리고 있다.

오늘날 심각해지고 있는 자연재해며 생태학적 위기의 원인이 바로 여기에 있다. 우리는 자연으로부터 끊임없이 무진장 빼앗으면서 쓰레기와 오물 밖에 돌려주지 못한다. 그래서 대지는 서서히 불모의 땅이 되어가면서 죽어가고 있다. 지구가 죽어간다는 것은 지구안에 존재하는 모든 생명이 다 함께 죽어가고 있다는 사실을 모르고 있다.

인간이 독립된 특별한 존재 같지만 인간도 지구의 한 부분일 뿐이다. 우리는 환경문제가 심각한 지경에 처해 있음에도 생태계에 대한 관심은 팽개친 채 지구를 오염시키고 있다. 우리는 얼마든지 생활 찌꺼기를 잘 가공하여 부식腐蝕(벌레 먹이나 산화되어 없어짐)으로 사용하던가, 부토塇土로 사용할 수 있게 하여야 한다.

특히 우리를 오염시키는 플라스틱이나 비닐은 절대 그냥 버리지 말고 전량 수거하여 정화조나 기계 부품으로 사용하여야 한다.

우리는 사용하고 마구 버리는데서 재앙을 낳는다. 문명이 발달할 수록 대량 폐기물을 발생시킨다. 날로 심각해지는 지구 환경과 오염은 자연을 파괴하고 서구식 개발에서 부의 축적에서 나오는 것인지도 모른다. 우리는 작은 것으로도 얼마든지 행복할 수 있으며, 인간의 삶 자체가 넓은 공간이 필요없는 것이다.

지금 지구에서 일어나는 재앙은 인간 스스로가 불러들이는 재앙이다. 나는 일찌기 책을 쓰면서 동물처럼 자연과 더불어 사는 방법을 생각해 보았다.

동물들이야 말로 자연재해를 누구보다 잘안다. 그래서 그 여파로 동물이 자연재해로 피해 보는 일은 없다. 역대 정부는 개발을 자치적으로 생각하고 자기 영달을 개발에서 얻으려 하고 있다.

자연의 질서와 조화를 무시하고서는 평화를 가질 수 없다는 사실을 명심하고 자연의 은덕에 보답하는 지혜를 펼쳐야 한다.

우리는 부보다는 가난부터 익숙해야 할 때가 왔다. 분수 밖의 것에 탐욕을 부리지 말고 자기 그릇에 만족하고 살았던 옛 선비정신이야 말로 밝고 맑은 세상을 만드는데 좋은 청량제가 될 것이다. 마태복음에 예수도 마음이 가난한 자에 복이 있나니 하였으니 가난 속에서도 은혜의 손길이 있는가 하면, 많이 가지고도 흙의 은혜마저 져버린 탐욕스런 배은망덕의 인간도 있다. 푼푼이 모은 돈으로 국가에서 주는 가난 보조금마저 사회에 환원하는 숨은 의협義俠가도 있다.

우리가 불행한 것은 경제적인 결핍 때문이 아니다. 따뜻한 가슴에 없기 때문에 불행해지는 것이다. 우리가 초라한 것은 크고 많은 것을 원하기 때문이다. 행복이란 거창한 것이 아니다. 산길을 지나다가 무심히 피어있는 한송이 꽃 앞에서도 얼마든지 행복할 수 있다.

인간이 소유물에 사로잡히면 정신의 문이 열리지 않는다. 적은 것과 부족함에서 만족할 줄 알아야 그것이 청빈이다. 청빈은 그저 맑은 가난이 아니라 나눠가짐이다. 그 단순함과 간소함 속에서 생의 기쁨과 순수성을 잃지 않아야 한다. 그것이 바로 삶을 즐길 줄 아는 것이다. 어려울 때일수록 낙관적인 생활태도를 갖는 것이 필요하다. 우리가 밝은 마음을 가지고 긍정적이고 낙관적으로 살면 밝은 기운이 밀려온다.

누구에게나 고민은 있다. 그것이 삶의 무게이다. 이웃에게 따뜻한 가슴을 여는 은혜의 손길이 있다. 우리는 밤에 일하는 환경미화원이나 작은 임금에도 항상 활기에 차 있고 자신의 하는 일에 정성을 다하는 외국 노동자를 보라. 그들은 그 일터마저 잃을까봐 노심초사하고 있다.

돈이란 쓰기에 달려있다고 한다. 적게 가진 사람은 적게 써도 부족한 줄 모르고 많이 가지고도 쓸 줄 모르면 매양 부족하게 마련이다. 그래서 돈이란 수단일 뿐 많다고 마냥 좋은 것도 아니고 적다고 실망할 필요는 없다.

사람이 무엇때문에 사는 지 어떻게 사는 것이 사람다운 삶인지 근원적인 물음 앞에 부끄럽지 않아야 한다. 우리는 이웃의 고통은 외면하지 않고 함께 나눠야 한다. 어려운 이웃을 보살피는 일이야 말로 인간이 취할 도리이고 인간이 품어야 할 궁극적인 목표다. 무사안일한 태평적인 삶 보다는 차라리 난세를 살아가는 것이 살맛 나는 세상일지도 모른다. 옛말에 형제는 싸우며 큰다고 하였다. 사랑과 평화를 밖에서 찾으려 하지말라. 시작이 있어야 끝이 있듯이 오늘의 어려움을 재충전의 뜻으로 받아들인다면 우리는 자신만이 지닌 무한한 잠재력을 일깨울 수 있다.

오르막이 있으면 반드시 내리막이 있는 법 우리는 자연과 같이 더불어 삶에서 행복을 찾자. 자연을 소유할 수 없듯이 우리는 자연 그대로 잘 보존하였다가 우리의 후손에게 아름다운 강산을 물려주자. 자연은 모든 것이 우리의 삶에 필요한 것이다. 지구는 우리가 살고 있는 생명의 바탕이다. 잠시 살다가 버릴 장소가 아니다.

우리가 대대손손 영원히 보존하여야 할 생명의 터전이다. 일찌기 살다간 우리의 조상들이 피와 목숨으로 지켜온 삶의 터전이다. 우리는 대지뿐 아니라 아름다운 시와 수필, 산문으로 후손들에게 아름다운 삶의 자취를 남겨주어야 한다. 미국의 철학자 마루쿠제는 우리가 살고 있는 이 시대를 풍요로운 감옥으로 비유하였다. 우리는 지구 속에 갇혀 살고 있다는 사실조차 까맣게 모르고 있다. 우리는 항상 자신의 삶이 어디로 가고 있고 무엇을 향해 가고 있

수명죽백(垂名竹帛)

는가 물을 수 있어야 한다. 누구든지 이 원초적인 물음을 통해서는 늘 중심에 머물러 있어야 한다. 그래야만 자신에 대한 각성을 추구할 수 있다. 이 세상에 저절로 되는 일은 없다. 내가 뿌리지 않으면 거두지 못한다. 이것이 우주의 질서다. 남보다 적게 갖고 있으면서도 단순함과 간소함 속에서 삶의 기쁨과 순수성을 잃지 않는 사람이야 말로 삶을 즐길 줄 아는 사람이라 할 수 있다.

사람이 아름답게 살기 위해선 무엇보다 자연의 도리를 삶의 원리로 삼아야 한다. 자연의 질서를 거스르는 것이 얼마나 무서운 죄악인가를 알아야 한다.

동물이나 곤충이나 꽃은 자신을 다른 것과 비교하지 않는다. 저마다 자기가 지닌 특성을 마음껏 드러내어 자연과 조화를 이르고 있다. 그래서 시샘과 갈등이 없다. 비교하지 않고 자기 자신의 삶에 충실할 때 순수하게 자기 자신이 존재할 수 있다. 사람마다 자기 그릇이 있고 자기 몫이 있다. 그 그릇에 몫을 채우는 것으로 만족해야 한다. 그래야 불화가 없다. 자기 몫을 채우고 넘치는데도 더 담을 여유가 없음에도 외세를 빌려서라도 더 채워 가지려는데서 부작용이 생기는 것이다. 누군가 내 인생을 대신 만들어 준다고 그것이 순수한 내 인생이라 할 수 없다. 남의 몫을 남보다 더 빼앗으려다 결국 추락하는 것이다.

지금 내가 살고있는 일이 정당한가 스스로 점검하고 돌아보라. 진리에 맞지 않으면 내 몫이 아닌 것을 억지로 내것으로 만들려는데서 욕심이 일어나는 것이다. 저마다 자기 그림자만을 거느리고 휘적휘적 지평선을 걸어가는 것이 진정 자기를 만드는 것이다.

순수한 삶을 이루려면 투철한 자기 억제와 자기 질서를 지켜야한다. 보지 않아도 될 것은 보지 말고 읽지 않아도 될 글은 읽지말 것이며 좋은 음식일 수록 적게 먹어야 한다. 그래야만 사람이성숙해지고 발전發展할 수 있다.

보다 적은 것이 보다 귀한 것이고 넉넉한 것이다. 그것은 지혜로운 선택이며 평화로운 인생이다. 그래야만 반짝이는 밤하늘을보고도 행복할 수 있고 저녁 노을만 가지고도 하루의 시름을 다잊을 수 있다. 행복이란 만드는 것이 아니다. 그냥 인간의 도리만다하면 되는 것이다. 조촐한 삶과 드높은 이상만을 가지고도 자기답게 살아간다면 어떤 상황 속에서도 행복할 수 있다. 넘침은모자람만 못하다는 진리를 우리는 배워왔다. 강물이 깊을 수록 헤어나기가 어렵고, 우리는 높이 오를 수록 삼가하지 않으면 추락의 충격을 감당하지 못한다.

우리는 평온한 삶이란 어려운게 아니다 간단하다. 많이 비움을써 삶의 공간이 넓다는 것은 다 안다. 내 집안에 내 방 안에 내가필요한 것이 과연 얼마나 될까. 내가 살아보아도 1/10밖에 없다열에 하나만 가지고도 충분히 삶에 지장이 없다. 그런데도 못 버린다는 것은 나 자신이 아직도 수양이 부족한 탓이다.

우리의 목표는 풍성하게 많이 소유하는 것이 아니다. 적게 소유하고 풍성하게 존재하는 것이다. 인간이 추구하는 것은 결국 자유다. 자유를 잃으면 아무리 금은보화가 많아도 가치가 없다. 자유란 아무 것도 장애물이 없어야 자유롭다. 재물은 오히려 자유를 억압할 뿐 누리지는 못한다. 물질에 정신을 빼앗기면 물질의

수명죽백(垂名竹帛)

노예가 된다. 종교도 예수교 같은 교는 자유가 없다. 인간은 일한 만큼 휴식을 가져야 하는데 예수교는 일요일에 기도를 드린다. 사람은 교회라는 소용돌이에 빠지면 헤어나기란 십배, 백배 어렵다.

사람은 항상 변화가 있어야 한다. 변화없는 삶이란 연못에 고여 있는 물과 같아서 침체되기 마련이다. 변화가 없는 삶처럼 따분한 삶이 없다. 그래서 성현들은 인생의 삶도 강물처럼 쉴새없이 흘러야 한다 하였다.

사람은 욕망이 더 큰 욕망을 낳는다 하였다. 무엇이든 거듭 시작하라 날마다 새롭게 피어나는 꽃처럼 그렇게 살 수 있어야 늙지 않는다. 내 삶이 궁핍하고 거의 원시인처럼 살기 때문에 누구를 훈계하고 지도指導할 역량力量에 미칠 수는 없지만 그래도 지금같은 냉혹冷酷한 사회를 살아나가는데는 작으나마 처세處世하는데 방비防備가 되리라 여겨 고사告辭(널리 알리는말)하였노라.

순수한 내 스스로 존재할 수 있고, 방랑시인처럼 나그네의 삶이 자유로워야 한다. 불교에 대장경도 이론에 불과할 뿐 누구도 대장경의 교전敎典을 다 알지도 못할 뿐 부처도 다 실천하기란 불가하다 하였다. 문고에 가보면 매일같이 쏟아져 나오는 문예창작이 하루에도 수없이 많은데 나같이 무명작가가 쓴 글이 같이 하길 바랄 수는 없지만 그래도 내가 살아있는 것이 상우尙友(옛 현인(賢人)을 벗하는 것 같다)같아서 한운야학閑雲野鶴(아무런 속박없이 한가한 생활로 유유자적하는 경지)하는 유현儒賢같아서 마음은 상쾌爽快하다. 가급적이면 내 일을 하라. 남에게 의존하여 급여나 기다리는 삶이 얼마나 지루하고 부지하세월不知何歲月인지 모를 것이다. 그래서 무슨 기능이든지 최고의 장인이 되어 작은 일이라도 내 일을 하라. 이것이 존재存在의 이유이다. 나의 둘째 사위는 공고 밖에 안 다녔어도 월급사장을 하다가 돈이 넉넉함에도 또 아들도 농학박사로 교수 및 세종종합청사에서 종자개발에 공직자로 근무하고 있어도 멀리 떨어져 정선 소금강 화암동굴 인근에 집을 짓고 가더니 영월, 원주 농기계 보수부터 공장 기계설치, 나무집짓기 공사를 전부 맡아 하느라고 낮에는 만나기가 어렵다. 모든 일을 틀림없이 하고 부지런히 공사를 단축하니 어떤 때는 서울에까지 와서 한달씩 기계설치를 하여주고 간다.

이렇게 자기 일을 하다보니 작은 기업체보다 수입이 낮다한다. 작더라도 내 일을 하는 것이 보람이라 사위를 적어보았다. 나는 자식 다섯에 두산그룹 상무 외엔 월급타는 일하는 자식은 하나도 없다. 다 월급 주는 것이지 막내는 한양공대 대학원까지 집에 돈 한푼 안 들이고 장학금으로 공부했고, 군생활은 대전 카이스트에서 5년 근무하고 처음 LG과장으로 취업했다. 미국 어학연수 2년 다녀와서 두산전자 익산공장장하면서 2018 상공인의 날 코엑스에서 이낙연 국무총리가 수여한 금상과 함께 금시계를 부상으로 받아 아비를 주어 나는 금시계를 죽을 때까지 찰 것 같다.

우주의 에너지는 다른 것끼리는 서로 밀어내고, 같은 것끼리는 서로 끌어당긴다 했다. 선하게 대해야 선한 요소들이 딸려오고 악하게 대하면 파괴적인 요소들이 몰려온다 했다. 따라서 우리가 어떻게 행동하느냐에 따라 선과 악으로 전락하게 된다는 것이다.

〈서산대사〉의 〈선가귀감〉에 이런 법문이 있다. 출가하여 수행하는 것은 편리하고한가함을 구해서도 아니요 따뜻하게 입고 배불리 먹고 한가하게 노니고자 하는 것도 아니며 명예나 재산을 얻고자해서도 아니다. 오로지 병노생사의 괴로움에서 벗어나려는 것이며 번뇌의 속박에서 벗어나고 인연을 끊으려는 것이고 부처님의 은혜를 이으려는 것이고 중생을 죄악으로부터 건지려는 것이다 하였다. 인도의 위대한 시인 까비르는 이렇게 노래한다.

나는 그냥 왔다가는 한 사람의 나그네
아무리 재산이 많고 부를 자랑하지만 떠날 때는
누구도 아무것도 가지지 못함이 똑같다
너나 나나 주먹하나 쥐고 이 세상에 왔다가
명이 다하여 손바닥을 펴고 갈 뿐이다
생명의 신비는 가슴으로 받아들인다
정진이라는 것은 탐구하는 것이 아니고
본래 청정한 그 마음을 지키는 것이다.
본래 때묻지 않은 맑은 마음을 지키는 것이다.

진정으로 세상을 살 줄 아는 사람은 한 해가 지난다고 해서 더 늙지 않는다. 수행자는 덧없는 세월을 한탄할게 아니라, 그 세월 속에서 우리가 얼마나 덧없이 살고 있는가를 되돌아 보아야 한다.

공직자는 청빈의 덕을 쌓아야 국민에게 보시하는 것이고 수행자는 머리만 깎고 먹물 옷을 입었다고 불제자라 할 수 없다.

맑은 얼굴이 빠져나간 얼굴은 빈 껍데기 뿐이다. 혼이 없는 얼굴은 숨쉬는 시체에 불과하다. 맑은 영혼이 깃들지 않은 미모는 마치 조각에 해 박은 유리눈과 같다. 이제 나에게는 마지막이 될지 모르는 가을이 오고 있다. 나무들도 겨울 준비를 시작하게 될 것이다. 참으로 오래 살았다. 삶에는 아무런 미련이 없다. 87년을 병원 한 번 못가보고 30년을 함께해 온 서재에서 마무리해야겠다. 돌아보면 인생이란 덧없다. 매순간 불필요한 요소들을 정리한다 하면서도 날마다 그대로다. 아까워서가 아닌데도 정리가 안된다. 매 순간을 자기 영혼을 가꾸는 일에 자기 영혼을 밝히는 일에 내 모든 기력을 쓰려한다.

우리가 두려워 하는 것은 죽음이 아니다. 녹슨 삶이 두려울 뿐이다. 녹슬면 어떤 것도 다 쓸모없이 허물어진다. 모자랄까봐 미리 걱정하는 것이 곧 모자라기 때문이다. 내 마음이 가난의 결핍缺乏때문이다. 내 마음이 결백潔白(깨끗하여 캥기는데가 없을)하거나 결벽潔癖(유난스럽게 깨끗한 척하다)했기 때문이다.

어쩌면 이런 삶이 나를 오늘에 있게 하였고, 어쩌면 그 결벽 때문에 내 시신의 영택塋宅까지 조경造景해 놓고 영면만 기다리고 있었는지도 모른다.

수명죽백(垂名竹帛)

맥아더 장군의 기도

저의 자식을 이러한 인간이 되게하소서

약할때 자기를 잘 분별할 수 있는 힘과, 어려울때 자신을 잃지 않을 용기를 가지고 정직한 패배에 부끄러워 하지 않고 태연하여 승리에 겸손하고 평온할수 있는 사람이 되게 하소서

그를 요행과 안락의 길로 인도하지 마시고 역경과 고통의 길에서 이겨낼 줄 알게 하시며 폭풍우 속에서도 일어설줄 알며 패한 자를 불쌍히 여겨줄줄 알게하소서

늘 마음을 깨끗이 하고 목표는 높게 하고 남을 다스리기 전에 자신부터 다스리게 하시며, 미래를 향해 나아가되 동시에 과거를 잊지 않게 하소서

그위에 유머를 알게하시어 인생을 엄숙히 살아가면서도 삶을 즐기고 풍요를 가질 줄 아는 마음과 자기 자신을 너무 드러내지 않고 겸손을 같게 하소서

또한 참으로 위대한 것은 소박한데 있다는 것과 참된 힘은 너그러움에 있다는 것을 항상 명심하도록 하소서

그리하여 그의 아버지인 저는 헛된 인생을 살지 않았노라,

나직히 속삭이게 하소서

나의 꿈

 당신이 바라는 꿈은 무엇입니까? 돈을 많이 벌어 쌓아 놓고 하고 싶은 것 마음껏하고 사는 것입니까? 공부 잘하여 벼슬을 높게 하는 것입니까. 좋은 배필만나 아들 딸 많이 낳고 건강하게 가정 이루고 사는 것입니까? 누구나 셋이 다 갖추어 진다면 그야말로 만부지망萬夫之望(모든 사람의 바램)이지요. 그런데 지금 젊은이들 어느 것도 이루려 하지 않고 결혼도 안하고 연애나 하고 자식 둘 생각은 안하고 빚이라도 얻어서 일탈逸脫로 벼락 부자나 꿈꾸고 있다. 그나마 기회를 잘 타면 다행이지만 남이 한다고 아무런 비전도 없으면서 막차를 타게 되면 부동산은 반으로 폭락하고 이자는 배로 뛰니 이러지도 저러지도 못하다. 평생 죽도록 고생하여 벌어봤자 이자 뜯어 갚다 인생을 다 보내고 막판에 부동산은 경매에 넘어가고 종말엔 신용불량자로 남게된다.

 사람이 하고 싶다고 다 된다면 얼마나 좋을까. 그러나 어떤 것도 내가 바라는 대로 되지 않은 것이 인생이다 .어느 광산촌 할머니가 아무 것도 없으면서 나라에서 주는 최하위차에게 주는 국민연금 마저도 사회에 전부 기부했다한다. 돈이란 쌓아두면 구린 내

수명죽백(垂名竹帛)

가 나고 근심 걱정이 생기지만 쓰고 나면 빛이 나고 보람이 생긴다 했다. 또 벼슬이란 놈은 오를 수록 낙마의 위험이 있고 낙마할까 두려움은 항상 마음에 그림자를 안고 산다. 월급 생활만큼 무력한 삶은 없다. 발전이 없다. 그냥 밥 세끼 먹고 그날 그날 맡은 바 똑같은 일만 반복하며 살다보면 인생이란 도구에 불과하다. 발전이 없다. 스릴이 없다. 내 자유가 없는 삶은 어떤 삶도 슬기롭지 못하다. 국회의원이 그나마 직업 중에는 가장 공직자로선 선택된 자리에는 틀림없다. 그들은 당선만 되면 대통령보다 낫다. 책임질 일이 별로 없다. 민심만 잘 관리하면 몇 번이고 연임을 할 수 있다. 특히 신분이 보장된다. 부정만 아니면 웬만한 실수는 다 그냥 넘어간다. 2023. 1. 26 목요일 낮 뉴스를 보고 너무나 충격적 뉴스를 접했다. 소위 금수저라는 부자집 아들과 이름만 대면 다 아는 대기업의 자녀들이 20여명이 무더기로 마약을하다 입건되었다 한다. 나는 전 정부 때 부동산 투기로 하도 억소리에 억장이 무너진다 하였더니 이제 서민들은 난방비에 날벼락을 맞고 있는데, 정유업자, 고금리로 이자로 벌어드린 돈을 가지고 성과급을 지급한다 하니, 이게 뭡니까. 공정한 사회란 이런 것입니까.

나라돈 가지고 장사해 먹는데 이익이 있으면 환수하여 나라에서 써야지 어떻게 개인의 성과급으로 지급하는가. 정부에서는 이 점 반드시 개선해야 할 것이다.

서민 대출에 금리를 탕감하던가. 국가에서 세금으로 환수하던가 하여 급여 외에 어떤 성과도 인정하지 마라. 그돈이 그들이 노력에 의한 돈이 아니잖는가. 나라돈 가지고 이자 놀이하여 번 돈

을 어떻게 직원에게 성과급이라 지급할 수 있는가. 이것은 은행에
잘못된 구조라 여긴다. 정부에서는 성과급을 잘못된 구조라 여긴
다. 정부에서는 성과급을 전원 회수하여 국고에 환수하고, 금리에
대한(대출금리) 비율을 낮추어 수효자에게 부담을 덜어주기를 바란
다. 지금 너무나 자유가 남발되어 인간이 닿는 곳마다 먹고 버린
쓰레기로 아름답던 산천 계곡이나 명승지가 몸살을 앓고 있다.

몇 해 전에 어려서 목욕하고 놀던 폭포수거리를 가보았다. 널레
바위가 200여평(600m²)가 앉을 자리도 없다. 불피워 개잡아 먹
은 뼈다귀, 닭 끓여 먹은 닭뼈다귀에다 여기저기 마구 싸질러놓
은 배설물, 여인들 기저귀까지 각종 비닐봉지, 그 아름답고 좋던
집 장판 보다 더 깨끗하던 넓은 바위가 시커멓게 그을리고, 싸가
지고 온 비닐봉지가 물에 잠겨 너절하게 뒹굴고 있다. 오히려 서
울 인근 계곡은 깨끗하다 여기에만 그런 것이 아닐 것이다. 전국
심산 유곡이 전부 이 지경일 것이다. 전국 유원지 뿐만 아니라 공
권력이 닿지 않은 곳까지 전수 회수하여 공권력으로 하여금 그런
곳에 쓰레기 투기자는 엄중한 벌칙이 따라야 할 것이다.

이제 우리의 꿈도 바뀌어야 할 것이다. 우리 나라도 달 탐사위
성이 달 표면에 안착시켰다 한다. 우리가 어려서 부르던 계수나
무 한 나무 토끼 한 마리 방아찍는 모습도 사라질 것 같다. 지구
온도가 요동을 치고 있다. 중국은 영하 58℃까지 떨어져 문에 성
에가 끼어 문이 안 열린다 하고 몰티핸가 어디서는 너무 더워 바
다에서 해수욕을 한다고 한다. 작은 한반도에서도 전라도 지방엔

식수마저 떨어진 곳이 있는가하면 수해로 몸살을 앓는 곳이 있다. 우리가 바라는 꿈도 이제 상상할 수도 없는 지경으로 변해가고 있다. 자연의 재앙은 어떤 권력도 어떤 부자도 막지는 못한다. 우리 인간은 너무 많이 먹고 너무 많이 버린다. 이제 자연까지도 열병을 앓고 있다. 이는 선진국이라고 예외는 아니다. 19세기 인디언이 밀림 속에서 살 때만 해도 서부 미국도 지금처럼 기후 변화는 없었다. 세계 최대 선진국에서도 토네이도, 산불, 홍수 등으로 사람이 수백명씩 죽어간다. 그곳도 해마다 주기적으로 닥치는 회오리 바람인데도 막지를 못하고 또 그곳에 다시 정착해야 되니 우리 나라에서도 매년 수해 지구를 나무를 심던가 공원화하면 어느 정도 수해 피해는 막을 수 있을텐데 뻔히 알면서도 또 그곳에다 안착하는 이유를 모르겠다.

TV에서 보아도 일부 연예인들 맛집 찾아 다니며 음식 선전하는데 그런 프로그램은 없앴음 좋겠다. 그들은 자비는 아닐테고 방송국에서 찌라시 행사일터인데 또 광고 대부분이 먹거리와 건강 식품이다. 어떨 땐 짜증이 난다. 본 방송 보다 선전 광고 방송이 더 긴 것 같다. 공영 방송만이라도 "근검" 절약에 대하여 광고가 있었으면 한다. 그리고 대중 음식점 양도 기준량을 줄이고 기호 식품도 빵이고, 모든 식품을 포장도 간략하게 잘 썩고 회수하기 좋게 하여야 할 것이다. 명절에 백화점 물품 선물이 왔는데 내용물은 얼마 안 되는데 포장은 산더미 같다.

우리는 조금씩 줄여 먹고 덜 버리자. 근면하고 검소하게 생활하

라. 부족하더라도 참자. 불편하더라도 참자.

　부자고 대통령이고 되고 싶지 않은 사람이 어디있으랴 잘 입고 잘 먹고 좋은 집에서 살고 싶지 않는 사람이 누가 있으랴. 그러나 그것은 하고 싶다고 다 되는 것이 아니다. 세상 살이가 하고 싶다고 다 되고 갖고 싶다고 다 가질 수 있다고 생각해보라. 결국은 전쟁만 끊이지 않을 것이다.

　농사는 누가 짓고 소는 누가 먹이고 쓰레기는 누가 치우랴. 환자는 누가 돌보고 병은 누가 고치랴 자동차에 물결에 밀려 꼼짝도 못할 것이고 돈이 쓰레기처럼 거추장스러워진다.

　옛부터 욕망이란 가지면 가질수록 행복은 도망간다. 마음을 비울수록 행복은 가득하다 했다. 우리가 덜 쓰고 덜 버리는 것도 좋은 일이다. 우리 주변에는 없어서 불행한 사람보다 많이 가지고 불행한 사람이 배로 많다한다. 그것은 마음이 물질에 빼앗겼기 때문이다. 마음에 갈증은 궁핍에서 오는 것이 아니고 물질에서 오는 것이다. 물질이란 아무리 많이 가져도 결코 궁핍에서 벗어나지 못한다. 자기가 노력해서 이룬 성공을 누가 탓하랴. 정신이 바른 사람은 큰 부자는 되지는 못해도 항상 부족함을 모르고 산다. 그러기에 욕망이 없기 때문에, 항상 마음이 평화롭다. 검소하고 근면하게 되면 모자람이 없다. 적으면 적게 먹고 적게 쓰면 되고, 다른 사람을 부러워하지 않으니 궁색을 모른다. 이들은 건강을 챙기지 않아도 건강하다.

　※정직한 사람은 어떤 삶에도 부족함을 모른다. 마음이 넉넉하고 여유로우면 걱정이 없다. 모든 것을 긍정적으로 받아드려

라. 억지는 마음만 괴로울뿐 실패의 원인이다. 무슨 일이던 두 번 이상 생각하고 행하라. 무슨 일이던 조급하게 서두르지 마라. 한 번은 실수라지만 두번은 이사구二寺狗(여기저기 기웃거리는 개와 같다 했으니) 신용을 잃고 삼고三苦 인고人苦 괴고壞苦 행고行苦에 시달리게 되는 것이다.

인고人苦 마음을 속인데서 오는 고통
괴고壞苦 신용을 잃은데서 오는 고통
행고行苦 허탈에서 오는 두려움

토끼와 거북이가 경주하면 누가 이길까? 다 알면서 질문을 던지는 것은 경계의 함수가 있다. 기도는 신을 위하는 것이 아니다. 자신을 위하여 하는 것이다. 입은 스스로 움직이지 않는다. 눈과 귀가 지시에 움직인다 하여 입은 허물을 지키는 관문關門이라했다. 혀놀림 조심하지 않으면 생명을 이어가는 관정灌頂이기도 하지만 남의 구설에 오르내리는 재앙이기도 하다. 또한 침묵은 내 몸을 지키는 갑옷이라 했다. 그래서 현인 말씀이 입을 신중愼重하라 한 것은 경솔하게 하지 말고 조심하라는 것이다. 언중유골言中有骨 말 속에도 뼈가 있다 하였으니 뼈는 씹을 수가 없으니 뼈를 씹으면 이가 부러진다. 말을 함부로 하지 말고 잘 가려보라 하였으니 입이 가벼우면 행동이 가볍고 입이 간사하면 마음이 혼탁混濁하다 하였고 입에 쓴 약일수록 정신을 맑게 하고 몸에 이롭다 했으니 듣기에 거북하더라도 충고에 말을 잘 들어야 내 몸에 이롭다는 것이다 .특히 정치하는 분들은 삼가 들을지어다.

만유시 慢遊詩

여보시게 중생들아 내말잠깐 들어보소
누구인들 험한 세상 그리워서 왔겠는가
인연따라 왔다가 인연다해 가는 것을
천하일색 양귀비도 불로장생 못하였고
석가예수 성현들도 고진감래 하였거늘
타고난 운명을 어느 누가 시비할까
한번밖에 못살인생 살아생전 보인하고
두루두루 공덕쌓아 큰 액운 면하시고
풍진세파 벗어나서 유유자적 누리소서
인생사 고달프다 하소연랑 하지마소
누구인들 부귀영화 바램이야 없을가만
생로병사 하는것도 인생사라 하는데
불로초의 진시왕도 한백년을 못누리고
삼천갑자 동방석도 흔적조차 무구한데
타고난 운명을 어느누가 바꿔주랴
두번다시 못볼세상 살아생전 호사하고
부처님전 보시하여 모든 억겁 벗어나서
풍진세파 벗어나서 유유자적 누리어다

수명죽백(垂名竹帛)

운명運命

먼저 명당에 대하여 설명하면서 명당에 집을 사고 영면永眠할 곳을 마련하고 나서 자손들이 모두 공부도 잘하고, 취업도 잘되고 부부가 말년에 대통령이 준 상품 시계와 국무총리가 준 상품 시계를 차고 있으니 영광이고 또 이글을 써, 베스트치면 윤대통령님도 시계 한쌍은 선물주시겠지 기대해본다.

사람이 일생을 살면서 자신이 겪은 것을 좋든 나쁘든 타고난 운명이라 할 것이다.

내가 생각해도 모두가 운명이라 생각한다. 내 인생속에서 확신할 수 있는 일들이 우연이라고 생각하기엔 꿈만 같았다.

앞서 보았듯이 충주에서 수해보고 나서 아무 것도 없이 빈손으로 상경하여 지금에 이르기까지의 모든 인과와 사연들이 돌아보면 나는 그 길로 인도한 것이 계획된 바도 아니고 누가 시킨 것도 아닌데 가다가 길이 막혀 어쩔 수 없이 돌아가다보니 그 길이 오히려 바른길도 되었고, 바른길이라고 직진 한 것이 장벽에 막혀 멈추거나 포기한 것도 다 나에게 주어진 운명이라 생각된다.

험난한 길이라도 어쩔 수 없이 그 길 밖에 다른 길이 없다면 아무리 높은 장벽이라도 넘어야 했고 망망대해에서 배가 파손되었다고 그 배를 버릴 수 없이 돛대 하나, 판데기 하나라도 붙잡고 앞으로 닥칠 수 없는 일은 운명에 맡길 수 밖에 무슨 뾰족한 수가 있단 말인가.

나는 일생의 운명 속에서 평생 잊을 수 없는 사연이 하나 있었다.

내가 농협에 군에 다녀와서 처음 취직한 곳이 충주 농협이다. 나는 한문만 읽고 학교 공부를 못해서 농협같은 공직은 꿈도 못꾸었다. 아내가 신부 시절에 미인이고 어딜가도 관심이 많았다. 충주 농협조합장집, 고택 행랑채로 들어간 것도 둘째 선아가 12m 우물에 빠진 것이 계기가 되었고, 처음엔 몰랐는데 살다 알게된 영일 정씨 아버지 항렬의 아저씨를 만났고, 원체 부자라 또 옛부자 집 고택 행랑채라 원로대신이 쓰던 방이라 세를 안내놓은 것을 그 당숙모의 주선으로 그 집을 얻어 이사하면서부터 나의 신분도 180도로 확 바뀐 것도 운명이었다.

어찌보면 아내는 나의 순교詢橋사이고 공관公館같은 존재였고, 수호천사守護天使이다. 아무것도 모르는 나를 공무직원을 만든 것이 아내였다. 막노동을 하는 남편을 농협 직원으로 만들어 준것이 아내의 내조였다.

안 주인 아줌마와 밥만 먹으면 같이 앉아 노닥거리며 먹고 살기도 바쁜데 저게 무슨 일이람 허구헌날 주인아줌마 말 동무나 하

수명죽백(垂名竹帛)

여주고 허송세월한다 했는데 어느 날 갑자기 이력서를 내라하니 노동자가 쓸게 없어 군에 입대하여 부관학교 인사행정반 수료하고 17연대 본부중대 인사과 서무계했다. 또 그것 밖에 더 쓸 것도 없었으니까.

그런데 다음날 출근하라고 통보가 왔다.

조합장님이야 한집에 사니 면접 볼 필요도 없고 서무계가 데려가더니 여기서 매일 영수증 정리나 하라한다. 군에서 장교교육대 급여표도 작성하고 급여도 지출하였으니 그깟 영수증 정리야 식은죽 먹기지 장부도 군대식으로 육하원칙에 의거 감사하기 좋게 하여 놓으니 매일매일 각 매장에서 들어오는 지출 영수증과 재고와 일원도 오차없이 정리부기하니 조합장님도 친히 정군 장부정리는 아주 똑 떨어지는군. 군대에서 배웠나 묻는다. 예, 매월 수억씩 나가는 봉급명세서를 작성했고 수치가 경리과 장부와 일원이라도 차이가 생기면 급여가 못나가요.

그렇게 철저학게 처음부터 교육을 받았기 때문에 장부정리만은 자신있어요.

됐어 하시더니 다음날 마누라가 칭찬을 한다. 조합장님이 사모님보고 학교를 안다녔데서 걱정했더니 군에서 배웠지만 장부정리 하나는 영락없이 똑부러지니 다른 직원들 보기도 미안하지 않다 하시며 사실 아내의 간곡한 부탁이라 어쩔 수 없이 특채는 했지만 실수라도 하면 직원들 보기에 면목이 없을 줄 알고 무척 우려했다 하시더란다.

첫 직장이지만 잘했다 하니 나도 기쁘다. 사람의 운명이란 한시를 모른다더니 이렇게 좋은 직장에서 급여도 많이 받고 이제 고생에서 벗어나 행복한 날만 있을 줄 알았고, 비록 남의 집이지만 그 집 할아버지가 높은 벼슬에서 물러나 쓰시던 방이라 고풍스럽고 운치가 있는 침이라 얼찬은 내 집보다 나았다.

물론 조합장의 추천으로 특채로 입사했으니 누구나 나를 폄하貶下한다거나 조롱操弄하지는 않았다. 오히려 공적기관이기는 하나 직접 선거가 아니고 조합원의 간접선거에 의하여 추대된 조합장이기 때문에 하자가 없는 한 인사에 대하여는 조합장이나 조합임원에 의한 추천이기 때문에 같은 당원과 같다 할 것이다. 이 또한 나의 운명의 한 부분이라 할 것이다.

운명이란 만드는 것도 아니고 개척하는 것도 아니다. 삶에서 의도했든 안했든 어쩔 수 없이 만들어진 윤예胤裔(따라다니는 옷자락)와 같은 것이기 때문에 누구에게나 운명이란 세월과 같은 것 누가 세월을 거역하랴.

내가 잊을 수 없는 인연을 맺은 것도 우연이 아니었다.

어느날 토요일에 당직이라 점심을 밥집으로 먹으러 있는데(농협에서 100m정도 거리에 가정식 백반집이 있는데 언제나 우리 직원이 밥을 먹으러가면 시간을 꼭 맞춰가기는 하지만 방금 밥을 솥에서 따끈따끈한 것을 퍼서준다) 농협 직원이 정해놓고 먹다보니 그 집 아줌마보고 우리 직원이 엄마라고 불렀다. 그 때 스물다섯 먹은 예쁜 딸이 있는데 잘 안나오는데 농협 직원 밥먹을 때는 꼭 나와서 심부름을 한다. 한꺼번에 직원 10여명이 몰려가니 엄마 혼자 바쁘니까 나와

수명죽백(垂名竹帛)

거들었다. 그래서 나이가 어리면 누나가 되고, 나이가 많으면 오빠라 불렀다.

나는 그냥 엄마 앞에서도 친동생 부르듯 명희야 막 불렀다. 명희도 존대가 없다. 친오빠 대하듯 오빠, 엉, 그렇게 다 갑자기 저녁밥을 먹는데 내 팔을 끼고 오빠 내일 뭐해 하기로 하기는 뭘해 그냥 낮잠이나 자는거지. 아까 어떤 아줌마가 그러는데 작은 새재, 묵밭에 나물이 지천이래 나좀 데려다주라. 40리를 자전거로 어떻게 가 하니, 싫으면 그만두던지 아냐 싫긴. 그럼 약조한거다. 알았어 하고 어머니 명희가 내일 나물 뜯으러 가자하네요. 왜 그걸 나한테 묻나 자네가 알아서 하지하니 거봐 엄마도 허락했잖아.

다 큰 계집아가 애인하고 가던지 늙은 오빠하고 무슨 재미로 다니니 하고 약속을 하고 즉시 자전차 포로 가서 뒤짐바리를 떼고 제일 폭신한 안장을 달아달라 하니, 아저씨 아가씨 태우고 놀러 가는구나. 하며 신세타령을 한다. 아저씨는 좋겠네 뒤에 아가씨 태우고 놀러가고 나는 일년 열두달 이게 뭐람 내가 아저씨는 자영업인데 문닫고 가면 되지요 하니 그러면 손님 다 떨어져요. 이것도 단골 한번 빼앗기면 회복하기가 힘들어요. 단골이 밤중에라도 두드리면 나가보아야해요.

귀찮다고 외면하면 다시는 안와요. 이 장사도 신용영업이라 조금이라도 손님에게 불쾌하게 하면 다시는 안와요. 이 장사야말로 손님이 밥인데, 손님 끄는 방법은 신용이요, 내가 고친 것이 완호해야 그 손님이 또 다른 손님을 모시고 오지 자꾸 고장이나 나고 부실하면 오히려 손님을 데려가요. 내가 배운 직업인데 어쩔 수 없지 않아요. 처자식 먹고 살려면 그 시절에는 목적이 처자식 먹고 사는 것이면 만족했다.

데모도 없고 내가 일 안하면 부모형제도 도움이 없다. 조상으로부터 부유층이거나 상류층이 아니고는 늙어 꼬부라져도 도움이라고는 쌀 한되박도 없다. 농사를 지어도 사철 일을 해야 한다. 하루 놀면 하루 굶어야 하기 때문에 일요일도 없다. 토요일도 공직자에게나 오전 근무만 하였지 노동자는 공휴일도 국공휴일도 없다.

나는 다음날 아침을 먹고 밥집으로 가서 명희를 태우고 시내를 달리니 명희도 좋아서 오호하며 손을 놓고 막 좋아서 어쩔 줄 모르다 시내를 벗어나 비포장도로에 들어서니 오빠 천천히 가 나 엉덩이 다 문들어졌어. 야 그럼 내려서 걸어가자 실의 할 수 없이 내가 내려서 걸어가고 끌고 작은 새재까지 가서 다왔으니 내려하니 내리더니 절름거리며 오빠 다리가 아파 못 걷겠다. 그래서 어쩌란 말이야. 이 고개를 업구가라. 응 업워줘. 야 자전차 타라 방뎅이만 맷돌 쪼개논 것 같은데 너를 어떻게 업고가니 끌고 가야지. 어쨌든 예쁜 아가씨와 도란도란 이야기하고 가다보니 힘든 줄도 모르고 새재입구 이대총장 별장입구까지 왔다.

거기서부터는 자동차는 못다니게 하였고, 경비실에서 자전차도 두고 가란다.

나하고 경비하고 이야기 하는 동안 명희는 벌써 저만치 뛰어가서 나 잡아봐라한다. 쫓아가서 잡으니 잔디밭에 벌렁 드러누워 아

수명죽백(垂名竹帛)

좋다 오빠 노는 날마다 오자.

이것이 나물캐러 가자해놓고 뭐하자는 거야.

어쨋든 예쁜 아가씨와 둘이서 울창한 산길을 걷는 것 만으로도 온 세상이 다 내것 같았다.

명희는 애인처럼 내 팔짱을 끼고 연실 조잘거린다. 오빠 아주 내킨 김에 고려 왕건 영화 세트장까지 갔다오자 그래 마음대로 해 걷는거야 어디든 상관없으니까. 2 관문을 지나가니 주막이라 써 붙여 놓았다. 그리고 이화령 노래가 스피커를 통하여 나온다. 가니 부친개도 옛 그대로, 소당을 걸어놓고 숯불에다 백김치 넣고 고사리넣고, 파넣고 부쳐주고, 얇게 부쳐서 반 쭉찢어 넣으면 고만이다. 막걸리도 호리병이 직접 누룩 띄워 담근거라고 표주박에 따라 먹게 하였다.

나는 술을 못먹어 한모금 먹는 둥 마는 둥 하는데 명희는 꿀꺽 꿀꺽 마시고 아 맛있다.

내가 야 조금먹어 술취하면 어쩌려고.

아냐 괜찮아. 이 까짓거 막걸리가 술이야.

나 여자가 술 그리 잘 먹는 것 처음 보았다. 혼자서 두 되(두 병)를 부친개도 다섯 소당이나 하고 이제 고만 먹어 하니 째째하게 돈이 아까워 오빠 내가 낼께하며 돈을 꺼낸다. 아냐하고 얼른 술 값을 계산하고 오는데 제 2관문을 지나 주흘산 입구에 오더니 목욕하고 가잖다. 야 아직 추워. 난 더운데. 아니 물에 들어가기가 나 일주일 목욕을 안했어 몸이 근질거려 못견디겠어. 그때만해도 집에서 목욕을 못할 때다. 수도도 마당 가운데 하나 밖에 없고 화장실도 다 재래식이라 시내 사람들도 여인들이야 일주일에 한번 가지 남자들은 한달에 한 두번밖에 안갔다. 그래서 그때는 목욕탕도 동마다 있고 목욕하러 가는 줄은 이웃도 다 안다. 비누, 치솔, 수건 다 담고 화장품까지 다 담아 가지고 간다. 그리고 목욕하고 나서 머리도 그냥 풀어 흐트리고 나와서 목욕하고나면 여인은 더 예뻐진다.

그래서 명희가 목욕하고 가자는데 이해가 간다. 그럼 나 여기서 앉아있을께. 저기 올라가 목욕해 하고 나는 앉아서 세수도 하고 발도 담그고 다리도 씻고, 팔도 씻고, 명희가 오빠 나 다 씻었는데 등 좀 밀어줘.

그 시절에는 목욕은 혼자 못했다. 등을 밀 수 없으니 이웃하고 같이가야 서로 밀고 아니면 때미리한테 밀면 돈을 따로 더 내야 한다.

그래서 집에서도 여름이면 낮에는 못하고 밤이면 온가족이 샘에 가서 바가지로 물을 퍼붓고 짚을 손으로 비벼 부드럽게 수세미를 만들어가지고 돌아가며 목욕을 하기 때문에 나 막내로 커서 누이 형수 등 다 씻어 주어야 했다. 그래서 명희가 등 밀어 달라고 하는데도 아무런 경계심없이 갔다 혼자 엎드려 가슴에다 물을 끼얹으며 등좀 박박 밀어봐 하기로 힘있는대로 쭉 미니 손이 미끄러지며 내가 등으로 엎어졌다.

명희는 술이 이제 오르나 보다. 얼굴이 붉게 상기되어 내 손을 끌어다 대도 싹싹 밀어봐. 등에서 국수가래 모양으로 때가 둘둘 말려나온다. 한참을 밀었는데도 아 시원하다 하면서 역시 때는 남

수명죽백(垂名竹帛)

자가 밀어야 돼. 아줌마들하고 같이 가면 미는 것이 시원찮아 아무런 재미가 없어. 오빠가 힘줘 미니까 너무 시원하고 좋다. 야. 이제 고만해 팔이 아파 못밀겠다.

무슨 놈의 남자가 아가씨 등 미는데도 그리 엄살이야 오빠는 복탄줄이나 알아. 어떻게 토실토실한 아가씨 살을 만져봐. 하긴 네 말이 맞다. 힘은 들어도 나도 기분은 짱이다. 이렇게 목욕을 하고 나니 오빠 배고파. 막걸리를 두 되나 먹고도 배고파. 응 뭐 좀 먹자. 그래야지 나도 40리 자전가 타고와 왕복 30리는 걸었더니 배고프다. 삼관문 못미쳐 보니 월악산 쪽으로 집이 한 채 있다. 가보니 음식장사 한단다.

암탉 한 마리 시키니, 그들은 현장에서 잡어서 하려면 빨라야 1시간 30분이라 한다. 뒤 숲속에 외딴방을 데려가더니 부분줄 알았는지 푹 쉬라고 하고간다.

막상 따뜻한 방에 들어오니 잠이 사르르 온다. 나는 잘테니까 너는 나가서 바람 쐬고와. 하고 골아 떨어져 잤다. 한시간은 잤나 깨어보니 명희가 언제 왔는지 옷은 벗어 여기저기 벌려놓고 속 팬티만 입고 내 팔을 베고 잔다. 깜짝 놀라 일어나서 깨워도 술이 취해서 그냥 너브러져 나체를 다 드러내고 잠들었다. 술김에 저의 집 방인줄 알았나 보다. 그냥 깨우면 민망해 할 거고 또 그대로 덤벼들기가 겁이 났다. 그냥 덤벼들면 더 이상 나도 주체主體할 수 없을 것 같았다. 집에 가족, 밥집에 엄마, 날 특채해준 조합장. 정신이 몽롱하다. 터질 것 같은 부풀어 있는 성선性腺 도저히 정상으로 바라볼 용기가 안난다.

내가 아버지로부터 인륜人倫을 안배웠다면 아니 내 먹는 밥집의 딸이 아니었다면, 나는 주저없이 욕망을 취했을 것이다.

나는 가만히 조심스레 팬티를 찬찬히 끌어올려 입혀놓고 나니 그나마 정신이 좀 든다. 치마는 한결 쉬웠다. 그때는 브래지어를 안했다. 안아 일으켜 내 무릎에 안겨놓고 속 런닝을 입히니 그제서 눈을 게슴츠레 해가지고 오빠 내가 벗을게 한다. 아냐 벗기는 게 아냐. 입히는거야.하고 옷을 다 입혀 놓으니 오빠 내 속 다 보았지 속엘 어떻게 봐 아무것도 못봤어. 그래 나 어때. 뭐가 어때 얼굴도 미인, 몸매는 더 아름답지 미스코리아 나가도 되겠더라. 히히 정말 그럼, 총각같으면 너를 아내 삼고 싶다. 정말 그래.

이 때 주인이 식사 다 되었는데요. 예 알겠습니다. 문을 여니 닭을 쟁반 큰데다 놓아갔고 주인 아줌마가 들어오더니 닭 속에 찰밥만 두그릇 밤, 대추, 인삼, 마늘 각종 보약이 가득하다. 고기도 먹기좋게 전부 뜯어서 쟁반에 놓으니까 닭한마리가 고기가 무척 많다. 못다 먹을 줄 알았는데 닭고기가 쫄깃쫄깃하고 고소하니 둘이 다 먹고 얼마나 많이 먹었던지 서로 쳐다보고 넌 계집애가 어떻게 그 많은걸 다 먹냐. 오빠는 식충이가 들어 앉았나봐. 서로 배를 쓰다듬으며 웃었다.

아이고 배부르다. 이제 가자. 잔뜩 먹고 실컷 자고 나오니 기운이 충천한다.

오늘 따라 봄 햇살이 유난히 싱그럽다. 우리는 손을 마주 잡고 동요를 합창하며 내려왔다.

수명죽백(垂名竹帛)

넓고 넓은 바닷가에 오막살이 집한채

지금은 진짜 남매처럼 참기 어려운 지경에도 슬기롭게 참아온 내가 너무 대견하고 존경스러웠다.

성리학자 서화담도 황진이의 매혹에는 무너졌다하는데 나는 그 유혹誘惑에도 참았다 생각하니 내 스스로 성자聖者가 된 기분이다.

나는 명희를 태우고 자전거를 끌고 수안보 온천 골목을 나오는데, 그 날 따라 사람이 만원이다. 관광차도 모텔이나 호텔이나 꽉 차 있었다. 강원도 고성서부터 전라도 목포, 부산, 전국에서 관광차가 다 왔다. 그냥 조용히 명희가 갈 줄 알았는데 또 기어이 끼를 발상한다. 오빠 우리 명성호텔에 가서 수영하고 갈까. 아까 씻었잖아. 나 씻고 싶어. 그냥 가. 아까 목욕하고서 오빠는 안했잖아. 나는 안해도 돼. 무슨 남자가 이렇게 무드가 없어. 지금 모텔 들어가면 오늘 집에 못가. 나는 너를 책임질 수 없어. 그리고 어머니가 날 믿고 딸려 보냈는데, 사람이 너를 아무 계집아처럼 데리고 놀 수는 없어. 너는 내 동생이야. 다른 놈이 함부로 찝적대도 나는 너를 지켜주었을거야. 오빠가 무슨뜻인지 알지. 그제서 명희도 알아. 그럼 아무 소리말고 조용히 집에 가. 이렇게 우리는 또 하나의 아름다운 추억을 만들었다.

나는 공부를 못했어도 사람이 지켜야 할 도리는 배웠다.

이를 인륜人倫이라 하였고 오륜五倫 행인의지도行仁義之道라 하여 한학에서는 동문선습부터 주역까지 모두 오행을 모체로 책을 편찬하였다.

그래서 한학을 한 사람은 누구나 인륜을 최상의 실천이라 여겨
왔던 것이다.

인륜이란 들어가면 들어갈 수록 그 깊이가 깊고 높으며 종장終
場에는 우주 삼라만상이 다 연결되어 있다.

그러므로 운명이란 어떤 생명체가 타고난 순명順命이다. 누구도
바꿀 수 없고, 아무리 발버둥쳐도 결국은 그대로 종착終着하게 된
다. 그래서 운명이 바뀌는게 아니라 그 사람이 의도했던 안했던
운명대로 종결終結되는 것 뿐 벼락부자가 되었다고 자기가 운명
을 바꾼 것처럼 으시대지만 그것이 타고난 운명인 것이다.

그럼 누구는 부자로 태어나고, 누구는 빈천貧賤하게 태어났는데,
살다보면 형국形局이 뒤바뀌어 형상이 바뀌었을때 흔히 나는 노력
도 하고 잘못도 없는데 왜 추락하고, 저 사람은 복권도 맞고 공부
도 잘하여 벼슬을 하는가. 모든 사람들은 죄없는 운명을 원망한
다. 그러나 그 사람의 근본을 찾아보면 그 연유를 쉽게 알수 있다.

즉, 사는 집에 가보면 작고 볼품없어도 집안에 들어서면 어머니
품속같이 아늑하고, 고요하고 정결淨潔하다. 그리고 어떤 자연재
해가 닥쳐도 걱정이 없다. 사태 날 염려도 없고, 물에 잠길 염려
도 없다. 살기가 편리하다. 편리하다는 것은 가족이 질병에 감염
되지 않고 건강하다. 이런 곳을 집터로 명당이라 일컫는다.

그 사람의 선영(부모 산소)을 가보아도 집터와 똑같다. 가서 있으
면 아늑하고 조용하고 경관이 좋고, 가뭄이 와도 잔디가 말라죽
지 않으며, 아무리 장마가 져도 물이 차지 않으며, 태풍이 와도
산사태가 없다. 그리고 크고 호화롭지는 않아도 항상 깨끗이 정

갈되어 있고 떼가 잘 갖춰져 있고 잡풀이 없다.

이는 자손이 자주 보살펴 잡풀은 뽑아주고 잔디를 잘 가꾸기 때문이다. 무엇보다 그 집 자손들이 공부도 잘하고 사람됨이 바로 되어있다.

사람들은 이를 두고 선영先塋이 잘 모셨기 때문이라 한다. 이런 곳이 명당이다.

나는 지금 생각하도 지금의 집과 묘자리 잘 잡아 놓은 것이 우리 가족이 번성하고 자손이 건강하고 공부도 잘 하는 것이라 생각한다.

공원에 가보아도 확실하게 증명된다. 명당같이 보이는 산소에는 늘 찾는 자손을 볼 수 있으며, 그 자손들 놀 적마다 잡풀을 깨끗이 뽑아주니 다 같은 장소의 묘라도 어느 곳은 떼 하나 없이 쑥대, 망초대만 한길 씩 자라고 묘지도 쓸쓸하다.

거기가 거기 같지만 땅에도 지혈이 있어 맥을 잘 이용한 산소와 아무렇게나 갖다 만들어 논 것이 그 자손을 보게 되면 알 수 있다.

모든 사물은 삼요소가 갖추듯이 땅도 마찬가지다. 방향, 봉우리와 맞닿은 산맥, 지질이 갖추어야 나무가 잘 자라고 이런 땅이 효소가 풍부하고 결실이 좋다.

삶에도 삼요소가 갖추어야 발원할 수 있다.

사람에게 혈血이 있듯이 땅에는 맥脈이 있다. 옛 사람들은 아무리 좋은 자리라도 맥이 없으면 명당이라 꼽지 않는다. 맥이란 줄

기다. 사람은 등줄기가 맥이다. 이와 같이 우리 조상들은 지관地觀에 의하여, 터와 영묘塋墓를 보았기 때문에 장마나 기타 자연재해도 물에 잠기거나 산사태 피해가 없었다.

지금 해마다 반복되는 장마, 태풍에 많은 이재민이 발생하는 것도 인재이다. 무분별한 땅의 투기로 집을 지어서는 안될 언덕 밑이나 산 밑에다 파고 집을 짓고, 바닷가나 낮은 곳에도 마구 집을 지으니 또 재해를 입었으면 그곳을 포기하고 안전한 곳으로 옮기면 매년 거듭되는 피해가 없음을 알면서도 영업이나 사유지이기 때문에 그 장소를 포기 못하고서 하늘을 원망하고 집권자를 원망한다. 또 지구온난화로 태풍이고 가뭄이 예전과는 비교가 안된다. 남극에 얼음산이 녹아 바닷물이 20~30cm 씩 불어난다 한다.

옛 사람들은 나보다는 후예, 자손들의 영화를 더 바라고 살았지만 현대인은 후일을 생각하지 않는다.

나 어릴 때만 해도 잘 살고 못사는 것과 관계없이 거의 일가에 자녀가 5~6명은 기본이고 어떤 가족은 아홉 열까지 낳았다. 그래도 자식 많이 두는 집을 부러워 한 것은 노동력이 많을 수록 수입이 많았다. 대한민국이 출산이 세계에서 가장 하위란다. 급작스런 연령증가로 무노동 인구만 늘어나고 저출산으로 인구만 줄어드니 걱정이다.

정치권에서도 이제 저출산의 인구감소가 우려되고 출산을 돕는 이벤트를 여러모로 연구, 개발한다 하니 다행이다. 하루 빨리 좋은 정책으로 옛처럼 집집마다 아기 울음소리가 나는 국가가 되었으면 좋겠다.

수명죽백(垂名竹帛)

나 시골에 있을때만 해도 우리 면만도 동갑내기 모임이 60~70명이나 되었다. 남자 모임만도 면 인구가 1000~2000에서 그러하니 남여를 1:1 비율로 쳐도 120~140일 것이다.

　인구가 아무리 많이 늘어나도 우리나라같이 곡창지대가 별로 없이도 쌀이 1/3밖에 소비가 안된다 하니 걱정이다. 나부터 하루 1끼 밥을 안먹는다. 아침 사과 반쪽에 커피 한 잔, 빵 한조각 먹고, 점심만 밥해 먹고, 저녁은 사먹기도 하고 고구마나 옥수수 등, 막걸리 한 잔 등으로 때운다. 그래도 영양부족은 모른다. 우리 같은 늙은이도 그러는데 직장 젊은이들은 아예 아침은 안먹고 다닌다 한다. 그냥 이것 저것 기호식품으로 하루하루 적당히 때운다 하니 심지어 쌀값 싸다고 일년 농사를 벼알 채로 갈아엎는 농민을 보고 언젠가는 식량기근이 올날이 있을거라 단연하고 싶다.

　야속한 말이지만 먹는 곡식을 함부로 하는 것은 죄악중에서도 가장 악랄한 행동이다. 모든 생물이 그렇듯이 살기위해 먹는 것이고 먹거리 가지고 분탕질 하는 것은 인간이 아니다. 먹거리가 무슨 잘못이 있는가. 모두가 사람이 잘못이지 모두가 유념하기 바란다.

풍문風聞으로 들었소

  몸이 안좋아 금년에는 부모님 산소 성묘를 못가서 죄 지은 것 같아 마음이 울적했는데 큰아들이 성묘를 가자하여 어쩌면 내 생에 마지막이 될지도 몰라 따라나섰다. 큰아들은 가끔 저 혼자서도 할아버지 산소에는 자주 다닌다. 그런 큰아들이 다른 자식들보다 믿음직스러웠다. 간 김에 아랫 마을 능암온천 앞에 한우 먹는 곳이 있어 갔다가 동창 친구를 만났다. 이 친구도 대학교수로 있다가 정년퇴임하고 고향에 땅이 많아 낙향한 제일 친한 3우중에 하나다. 반갑기도 하고 점심이나 같이 먹자고 하니 일행이 다섯이나 된다고 하여 모두 같이 가자고 했다. 고기는 농협 매장에 가서 직접 사가지고 오라하여 7인이 먹을만큼 달라고 하니 4근은 가져야 한다며 2kg 400g을 주고 이십사만원이라 한다.

  내 형편에 부담은 갔지만 어쩌랴 그렇다고 내가 먹자하고 째째하게 맛만 보일 수는 없지 않은가. 식당 밥값 40,000원 하고 오랫만에 고향故鄉에 가서 신고식을 톡톡히 치뤘다. 친구가 커피를 산다고 하여 마을회관에 들어가서 TV를 트니 온통 대장동 사건으로 김용 구속이야기만 나온다. 국내 정세 뿐 아니라 국제 정세

수명죽백(垂名竹帛)

까지도 너무 잘 알아 나는 사상思想교육을 받고 왔다.

시골에서는 일하고 잠자는 시간을 빼고는 밤·낮 모여 앉아 TV만 보기 때문에 아나운서나 유명인물은 나보다 더 잘안다. 옛부터 민심은 천심이라 했듯이 그 곳 민심은 여론조사와는 100% 다르다. 완전 윤석열 대통령을 지지한다고 한다. 어떤 자들이 여론조사를 하는지는 모르지만 충주지방에서 한다면 80~90%는 윤대통령을 지지할 것이라 한다. 그들도 문재인은 북에서 온 자者의 자식이니 빨갱이라고 하며 지난 정권때는 문재인이 김정은 비서를 해서 무척 걱정했는데 지금은 대통령이 국가수호에 강인한 정신을 가지고 있고, 미국, 일본이 같이 합동훈련을 하는 것을 보니 안심이 된다고 한다.

지금 만에 전쟁이 나면 자식들 내려와 향토를 지키라하고 노인들이 나가 싸우겠다고 한다. 아무럼 나이만 먹었지 총들고 적과 싸우라면 젊은 애송이보다 나을거라하여 나도 마찬가지라 했다. 만일 손주를 소집하면 내가 대신 나가서 싸울 것이라고 기운으로 싸우는 게 아니고 요령으로 싸우는 것이니 총알맞고 안 죽는 놈 보았느냐 한다. 대통령이 선제타격도 불사하겠다하니 마음이 놓인다 하며 B2P(B-1B)가 두대만 폭탄을 쏟아 놓으면 그깟 놈들 씨도 없이 뒈질것이라 한다. 민주당 잘하라고 국회의원까지 당선시켜주었더니 5년 동안 김정은 뒤치닥거리 외 뭘 한게 있다고 떠들어 대느냐고 한다.

그러면서 오히려 현 정부를 걱정한다. 저의들 생각은 안하고 좌석이 많다고 막무가내로 호들갑을 떨고 있으니 다음 총선까지는 윤대통령도 아무일도 하기가 힘들것이라 하면서 윤대통령이 얼마나 피곤할까. 걱정을 한다. 하나를 보면 열을 안다고 자기네 사람이 네명이나 자진을 했는데도 그들 죽은 것과 나하고 무슨 연관이냐고 하는 것을 보고 이재명이란 사람 참으로 독하구나하면서 저런 사람을 대통령으로 뽑았다면 많은 사람 죽었을 것이라 하면서 겉으로는 살살 웃으며, 착한 척은 다 하면서 속은 짐승만도 못한 인간이라 하면서 저런 몰인정한 인사가 어떻게 거대 당대표가 되었을까. 전재수, 조응천 같은 분들이 나와야 할텐데. 오히려 시골 노인들이 정부 걱정을 한다.

옛부터 집안이 잘되려면 사람이 잘 들여야 한다했는데 지금 민주당 하는 꼴을 보니 다음 총선 끝나면 해체될 정당이라 하면서 지금 시골와서 여론조사하면 80~90%는 윤석열 대통령을 지지할 거라 한다.

지난 선거에는 그래도 충주사위라 하여 표를 몰아주었는데 예향의 고장 충주사위가 저런 패륜자라 하면서 충주딸이 너무 아깝다고 한다.

내가 쓴 책 가본을 보라고 주니 나토 정상에 가서 찍은 사진을 보고 이렇게 정숙하고 예쁜 우리나라 영부인을 헐뜯느냐고 하면서 나라 일은 안하고 남 비방이나 하는자는 총선에서 한 표도 찍지 말라고 광고하라 한다.

그 밥에 그 나물이라고 최고 지도자란 者가 품성이 그 모양이니 원내대표고 대변인이고 국민이 부여한 정치는 안하고 시정잡배들이나 하는 남의 집 아낙내 치마꼬리나 잡고 매달려 똥짜가리에 뭐

수명죽백(垂名竹帛)

하나 떨어진 것 없나 하고 있으니 다음 총선에서 국민에게 어떤 정치를 하겠다고 할까. 엄연히 대한민국은 법치국가인데 죄가 있으면 검찰이 알아서 처벌할 일이지 저의들이 벌 주란다고 벌을 줄까?

천망회회소이불루天網恢恢疏而不漏라 했다. 하늘의 그물은 코가 크고 엉성해 보여도 작은 것 하나도 놓치지 않는다 했다. 이재명이 아무리 영악한 법꾸라지라 하여도 하늘의 그물은 벗어나지 못할 것이다. 다음 총선에 다만 몇석이라도 얻고 싶거든 정신 좀 차리고 국정에 전념하라. 죄가 없으면 사면되겠지. 국민은 다 아는 것을 왜 그리 호들갑을 떠는가. 요즘처럼 가설假設이 난무하고 비속어鄙俗語가 홍수처럼 넘쳐나는 염량세태炎涼世態속에서도 내 故鄕의 民心은 한결같다.

시골에서 산다고 어리석어 보여도 세태풍월世態風月을 논설을 쓴다면 지금 대학생 못지 않을 것이다. 나야 풍문으로 들은대로 쓰다보니 글이라고 하기도 부끄럽지만 사상思想만은 투철透徹하다. 그래서 나는 오늘 글의 화두를 풍문으로 들었소로 던져보았다. 세상에는 어느 것도 공짜가 없다했듯이 영원한 것도 없다. 사람은 수시로 자신의 삶을 돌아볼 줄 알아야 한다. 그래야 떳떳한 인간으로써 살아갈 수 있으며 값진 삶을 영위營爲할 수 있다.

진정한 배움은 길을 통해서가 아니라 몸소 겪는 체험을 거쳐서야 이뤄진다.

법정法頂스님은 영면드시며 당신의 말과 글을 세상에 빚으로 남기고 싶지 않다 하시며 평생 집필하신 모든 흔적을 시신과 함께 가져간다 하시고 책을 통용을 금지하라 하셨다. 그분으로써는 심령을 바쳐 쓰셨지만 사회에 도움이 안되었기 때문이었을 것이다. 지금 어느 곳에 계신지는 모르지만 이 책을 보신다면 기뻐하실까? 노여워 하실까?

언젠가 이 세상을 떠나야 할 우리들은 영원히 다시 만날 수 없다 삶이란 누구나 돌이킬 수 없는 존재이므로 人生이 더욱 숭배崇拜하고 사람답게 살아야 한다. 그래야 죽음에 이르러서도 여한도 없을 것이고 생에 대한 미련도 없을 것이다. 우리 인간에게 죽음이 있다는게 얼마나 다행인지 모른다. 만약에 죽음이 없었다면 사람들이 얼마나 오만하고 방자하고 무도할 것인가. 우리는 빛나고 값진 생을 가지려고 얼마나 의지意志적인 노력을 기울였던가?

살인 강도 대량학살 고문 폭행 등 비인간적인 범죄자가 의식이 마비될 정도로 그 도가 심각하다. 그러나 다른 한편 이웃의 불행에 대해서도 모른 척하지 않고 알게 모르게 따뜻한 손길을 펴는 사례를 보면서 그래도 인간 세상은 아름답구나 하는 생각이 든다. 그리고 잃었던 긍지를 되새기게 된다.

사람은 태어날 때부터 인간이 되어 있는 것은 아니다. 처음엔 모든 생과 똑같이 사람으로 태어날 뿐이다. 하루하루 성장하면서 그가 행한 행위에 따라 인간이 될 수도 있고, 비인간으로 타락할 수도 있다.

오직 인간다운 행위에 의해서만 인간으로 형성되어 간다. 사람은 독립적인 존재가 아니다. 관계를 통해서야 비로소 사람이 될 수 있다.

이 세상에 나올 때 무엇하나 가지고 나온 사람 있던가. 또한 살

수명죽백(垂名竹帛)

만큼 살다가 인연이 다해서 이 세상을 떠날 때, 자기 것이라고 해서 무엇 하나 가지고 가는 사람 보았는가. 물질적으로 여유가 있는 부자만 나누어 가질 수 있는 것은 아니다. 가난한 사람도 얼마든지 나눌 수 있다. 나누어 가지는 것이 어찌 재물뿐이겠는가?

부드러운 말 한마디, 따뜻한 눈길 함께 걱정하고 기뻐하는 것도 나누어 가짐이다. 그러므로 많이 가지고 있다해서 부자가 아니다. 마음을 나누어 가질 수 있는 사람이야말로 진정한 부자다. 사랑한다는 것은 곧 주는 일이요, 나누는 일이다. 주면 줄수록 나누면 나눌수록 넉넉하고 풍성해지는 것이 마음이다.

받으려고만 하는 사람은 곧 포만飽滿하여 시들어지게 마련이다. 우리들 마음 속 깊이 깃든 사랑의 신비는 줄 때에만 빛을 발한다. 그러니 우리가 누군가를 사랑한다는 것은 우리 마음에 깃든 가장 아름답고, 어진 인간의 마음을 가꾸는 일이다.

사람의 심성은 마치 샘물과 같아서 퍼낼 수록 맑게 고인다. 퍼내지 않으면 흐리고 썩는다. 우리는 사랑을 받기 위해서가 아니라, 그저 주는 것이다. 지금 젊은이들은 대부분 덕을 쌓으려고 하지 않는다. 눈앞의 이해관계에만 급급한 나머지 인간의 마음을 가꾸려고 하지 않는다.

자기 가족을 아끼고 사랑하는 일은 짐승도 다 할 수 있다. 사람이기 때문에 타인까지도 사랑으로 그들의 일에 관계를 가지려는 것이다. 내 마음이 열려야 열린 세상과 하나가 된다. 개인은 한정된 존재다. 특정한 나라에 살면서 특수한 문화, 독특한 사회, 각기 다른 종속에 소속된다. 나는 가난한 탁발승이요, 내가 가진거라고는 물레와 교도소에서 쓰던 밥그릇과 염소젖 한 깡통, 허름한 요포 여섯장, 수건 그리고 잠잘 때 깔고 잘 평판뿐이요. 마하트마 간디가 1931년 9월 런던에서 열린 제2차 원탁회의에 참석하기 위해 가던 도중 세관에게 소지품을 펼쳐보이면서 한 말이다.

K. 크리팔라니가 엮은 〈간디어록〉을 읽다가 이 구절을 보고는 몹시 부끄러웠다. 내 가진것이 너무 많았고 너무 사치스럽지나 않나 비교가 된다. 과연 그가 일국의 특사로 대인도의 대표자인가. 그와 같이 검소하고 순수한 나라를 김정숙 여사는 대통령 전용기에다 수행원 수십명을 대동하고 옷을 사치하고 갔으니 그 나라 국민들이 얼마나 비웃었을까. 다른게 꼴갑이 아니다 이런자를 꼴갑한다고 한다. 법정스님이 계셨으면 얼마나 통탄을 했을까.

인간의 역사는 어떻게 보면, 소유사所有史처럼 느껴진다. 보다 많은 자기 몫을 위해 끊임없이 싸우고 있는 것 같다. 소유욕에는 한정이 없고 쉴 틈도 없다. 오로지 하나라도 더 많이 갖고자하는 일념으로 출렁거리고 있는 것이다. 물건만으로는 성이 차질 않아 사람까지 소유하려 한다. 그런 사람이 제 뜻대로 되지 않을 경우에는 끔직한 비극도 불사하면서 제정신도 갖지못한 처지에 다른 사람을 가르치려 한다. 소유욕은 이해와 정비례한다.

그것은 개인뿐만 아니라, 국가간의 관계도 마찬가지다. 어제의 맹방이 오늘에는 맞서게 되는가 하면, 서로 으르렁대면 나라끼리, 친선사절을 교환하는 사례를 우리는 얼마든지 보고 있다. 만약 인간의 역사가 소유사에서 무소유사로 그 방향을 바꾼다면 어떻게 될까? 아마도 싸우는 일은 거의 없을 것이다. 주는 일에 싫어할

수명죽백(垂名竹帛)

사람은 결코 없을 것이니까.

우리의 소유관념이 때로는 우리들의 눈을 멀게한다. 그래서 자기의 분수까지도 돌볼새 없이 들뜬다. 그러나 우리는 언젠가는 한번은 빈손으로 돌아갈 것이다. 아무리 많이 가진 부자라도 아무리 높은 권력을 가진 사람이라도 어떤 방법이라도 구하지 못할 것이다. 크게 버려야 크게 얻을 수 있다 했다.

물질로 인해 마음을 상하고 있는 사람에게는 한번쯤 생각해 볼 말씀이다. 아무것도 갖지 않았을 때 비로소 온 세상을 갖게 된다는 것은 무소유의 또 다른 의미이다. 말보다 침묵이 더욱 귀하게 여겨질 때 입 다물고 침잠寢暫하고 싶어진다.

말이 의사 표시의 하나듯이 침묵도 의사 표시의 한 방법이다. 말과 침묵의 상관관계 안에서 자기 자신을 들여다 보는 삶의 내밀한 오솔길이기도 한다. 절이나 교회에서 나를 찾으려 하지마라. 내 어깨가 그대의 어깨에 기대어있다. 인도의 성스러운 불탑돌 속에서도 교회의 찬란한 사원에도 나는 없다. 그대가 진정한 나를 찾고자 한다면 지금 이 순간을 놓치지마라. 바로 지금 이 순간에 나를 만날 수 있다. 우리는 무엇을 믿는가?

머리로 믿는 종교는 공허한 이론에 지나지 않는다. 그럼 부처님과 신은 어디에 존재할까요?

마음 밖에서 찾으려하지 마세요. 마음 밖에 있는 것은 모두가 허상입니다. 불교는 부처님을 믿는 종교가 아닙니다. 인과관계를 비롯한 우주 질서와 존재의 실상을 철저히 인식하고 본래의 자애에서만 눈뜬 온전한 사람이 되는 것입니다.

마음을 살피는 이 과정에서 순간순간 삶의 실체를 발견하게 될 것입니다. 안으로 살피고 지켜보니 일이 없다면 우리들의 마음은 거친 황무지가 되고 말 것입니다. 진리는 그대 집안에 있다. 그러나 그대 자신은 이것을 알 지 못한 채 이 숲으로, 저 골짝으로 쉴 새없이 헤매고 있다. 계절이 바뀌어도 우리들의 삶에 전혀 변화가 없다면 계절과 우리는 무연한 것이 되고 만다. 살아 있는 모든 생명체는 굳어있는 것이 하나도 없다. 굳어 있다면 그건 이미 숨이 멎어버린 상태이다. 살아 있다는 것은 곧 움직임이요, 꿈틀거림이며, 순간순간 새로운 탄생을 뜻한다.

계절이 바뀔 때 살아 있는 것들마다, 옷을 갈아 입는 것은 우리 인간이 봄, 여름, 가을, 겨울 옷을 갈아 입는 것과 똑같다. 그것도 모든 생물의 삶의 지혜다. 지나온 삶의 자취를 되돌아 보는 것도 단순한 회상이 아니라 어떻게 살아왔는지 스스로의 물음이다.

이 또한 삶의 지혜가 아닐 수 없다.

나쁜 짓하지 않고 착한 일 행하기가 말은 쉬워도 얼마나 어려운가. 우리가 살아 있는 이 세상에는 고마운 다리도 놓여 있지만 또한 어두운 함정도 수없이 많다. 제 정신 바짝 차리지 않고는 언제 어떤 함정에 빠질지 알 수 없다.

저마다 서있는 자리를 똑똑히 살펴볼 일이다. 나는 이제껏 살아도 세월이 온다는 소리는 못들었다. 철학자들의 표현을 빌리자면, 시간속에 사는 우리들이 오고갈 뿐 인간이 변해가는 것이라 했다. 우리들의 삶 중에서 60까지는 나이를 먹고 살지만, 60 이후부터

수명죽백(垂名竹帛)

는 내 생에서 한살씩 빠져나가는 것이다. 그러기 때문에 가치를 부여할 수 없는 시시한 일에 시간을 낭비하면 우리 생이 무척 아깝습니다.

세월은 흐르는 물과 같아서 여류세월이라 하지만 한번 지나간 세월은 영원히 되돌릴 수가 없다. 사람은 너나없이 모두가 부자가 되고 싶어한다. 그것은 욕심이 아니다. 삶에서 오는 소망이다.

부처님은 옳게 쓰면 덕을 쌓고, 잘못쓰면 복을 감한다 했다. 우리가 살만큼 살다가 세상과 작별하게 될 때 무엇이 남는가. 불교에서는 생에 지은 모두를 업이라 했다. 살아 있는 모든 것은 때가 되면 그 생을 마감한다. 이것은 그 누구도 어쩔 수 없는 생명의 질서이며, 삶의 신비이다. 만약 삶에 죽음이 없다면 삶은 그 의미를 잃게 될 것이다. 죽음이 삶을 받쳐주기 때문에 그 삶이 빛날 수 있다. 잘 죽는 것이 잘 사는 것보다 어렵다.

그렇다. 이 풍진 세상을 살아가는 일도 어렵지만 죽는 일 또한 쉬운 일이 아니다. 순조롭게 살다가 명이 다해 고통없이 가는 것은 다행한 일이지만 오랫동안 병상에 누워 본인은 물론 가족들이 함께 시달리게 되면 잘 죽는 일이 잘 사는 일보다 훨씬 어렵게 느껴질 것이다. 그래서 잘 죽는 것도 복을 타고나야 한다고 한다.

살만큼 살다가 명이 다해 가게 되면 병원에 실려가지 않고 평소 살던 집에서 조용히 죽음을 맞이하는 것이 지혜로운 선택일 것이다. 이미 사그러진 잿불같은 목숨인데 약물을 주사하거나 산소호흡기를 씌워 연명한들 공연히 고통만 더할 뿐이다.

어차피 인간이란 앞서거니 뒤서거니 하면서 홀로남게 마련이다. 이 세상에 올때도 홀로 왔듯이 언젠가는 혼자서 먼길을 떠나야 한다. 이것이 엄연한 우리가 가야할 길이고 덧없는 인생이다.

사람은 나이가 들수록 보다 성숙해져야 한다. 나이 들어서도 젊은 시절이나 다름없이 생활의 도구인 물건에 얽매이거나 욕심을 부린다면 그의 인생은 추하다, 모든 것을 담담하게 받아들일 수 있는 삶의 지혜와 따뜻한 가슴을 지녀야 한다.

나이에 관계없이 항상 배우고 익히면서 탐구하는 노력을 기울이지 않으면 누구나 삶에 녹이 슨다. 가령 아름다운 꽃을 보고도, 중천에 뜬 밝은 달을 보고도 반길 줄 모르는 무뎌진 감성, 저녁 노을을 바라보며 지나온 자신의 삶을 회상할 줄 모르는 무감각 상태, 넋을 놓고 TV앞에서 허물어져가는 암담暗澹한 이런 현상이 곧 죽음에 한걸음씩 다가가고 있는 것이다.

돌아보면 한 생애도 이처럼 꿈결처럼 시냇물처럼 덧없이 정처 없이 흘러가고 있으리라.

이것이 인생이다.

이것이 가야할 길이다.

2022. 10. 22
정태근 절필絶筆

수명죽백(垂名竹帛)

못생긴 산 속의 나무

못생긴 산 속의 나무는
거들떠 보는 이가 한 사람도 없지만
제 생긴 그대로 살아간다.
어여쁜 새는 조롱 속에 살면서
많은 사람들의 사랑을 받지만
좁은 새장 안에서 주는 모이만 먹다가
생을 마친다.

정민의 산문 〈돌 위에 생긴 생각〉중에서

땅의 철학

인류와 마찬가지로 우리 민족의 역사도 원시시대부터 그 흔적을 찾아볼 수 있다. 원시시대 우리 선조들은 한반도와 만주지역을 주무대로 활동하였다는 것이, 생활 도구에 따라 구석기, 신석기 문화를 거쳐 청동기 문화로 발달하였다. 우리 겨레가 청동이라 부르는 금속도구를 처음 사용한 시대는 기원전 1000년 무렵이라고 한다.

요녕성과 길림성 일대를 아우르는 중국동북부와 한반도 여러 곳에서 청동기를 가지고 생활한 흔적이 발견되고 있어, 우리 겨레의 활동 무대를 짐작케 한다. 이때 남만주에서 한반도에 걸쳐 청동기를 누리고 살았던 주민이 중국문헌에 나오는 예족과 맥족, 즉 예맥족이다.

이들이 바로 우리의 조상이다. 그런데 도구와 기술이 늘어나자 남성들이 사회의 주도권을 잡기 시작했다. 남성들은 자신이 일해서 수학한 것을 자신이 관리하고 여러가지 도구와 재물도 자신이 소유했다.

이때부터 원시 공동체가 무너지고, 부와 가난한 자가 생기고 부

수명죽백(垂名竹帛)

를 가진 자가 권력을 쥐고 가난한 사람을 부려먹는 지배자가 생겼다.

그렇다보니 부유하고 권세 있는 이들은 재산을 매체로 그 집단의 우두머리가 되었을 뿐만 아니라 그 자손이 지배층(추장)이 되었다. 청동기 시대 지배자들의 권위를 상징적으로 보여주는 것이 고인돌이다. 지금도 남한에서 가장 쉽게 볼 수 있는 곳이 강화와 임진강 유역이다. 탁자 모양의 고인돌은 요동에서 한반도의 서북 지방에 몰려있어 일대의 정치세력(고조선)의 사회상을 이해하는데 많은 것을 시사한다. 힘과 재산이 많을수록 많은 집단을 모았고, 그들 무리가 터를 잡은 곳이 물이 풍부하고 땅이 기름진 강가 평야에 터를 잡았다.

그들은 그때부터, 많은 사람들을 감시하기 위하여 법(규율)을 만들었고, 힘 있고 영리한 사람을 선택하여 조직을 관리하도록 직위를 주었다. 여기저기 작은 집단이 생기고 늘어나다보니 자기네 무리를 보호하기 위하여 군대를 두게 되었고, 병장놀이 싸우는 연습을 하였다. 놀이 싸움이 발전하면서 힘센 집단이 이웃집단을 싸워서 빼앗기 시작했다.

한반도에 이렇게 처음 생긴 사회집단이 고조선이다. 고조선은 7세기 무렵부터 기원전 108년 한나라에게 망할 때까지 집권하였고, 이것이 우리 한민족이 처음 국호를 사용한 것이다.

조선이라는 명칭이 처음 나오는 문헌은 중국 한나라 때 씌여진 관자管子라는 책이라고 한다. 그때 고조선은 중국 춘추시대의 제

나라와 교역을 했다고 한다. 이후 〈전국책〉, 〈사기〉 등에는 기원전 3~4세기 무렵 조선나라의 지배자가 스스로 왕이라 칭하며 상당한 세력을 이루어 중국의 연나라와 그 힘의 우위를 다투었다고 적혀있다. 고조선 사람들은 남만주의 요동 일대와 한반도 서북부를 중심으로 살았는데 주로 예족과 맥족인, 이곳 주민들은 어머니와 풍속이 서로 비슷했으며, 일찍부터 한반도 서북부와 남만주 및 발해만 일대에 퍼져 살았다. 처음 한반도는 대동강 유역에 자리 잡은 고조선은 점차 세력을 키워 국가로 형성하면서 요동지역까지 관장하게 되었다. 각 족장들이 힘을 키워 그에 따라 중앙의 왕도 족장들을 이끌 수 있는 실력을 갖추게 되었다.

고조선에서는 박사와 대부라는 관리가 왕을 도와 정치를 했다. 기원전 4세기경, 당시 역사를 적은 〈위략〉이라는 책에서는 중국 동쪽의 제후국인 연나라가 제후라는 칭호대신 더 높은 "왕"이라는 칭호를 쓰자 고조선의 우두머리도 "왕"이라고 했단다.

이후 중국에서 전국시대를 통일한 진에 이어 등장한 한나라가 국가체제를 정비하는 와중에 연나라 왕 노관이 북방의 흉노 국으로 도망간 사건이 있었다. 당시 부관인 위만은 고민하다가 고조선의 변방으로 와서 고조선 준왕의 신하가 되었다.

준왕은 위만이 지혜롭고 사람들을 잘 통솔하므로 고조선 서북 땅 100리를 주고 그 지역 지방을 다스리는 추장을 주었다.

위만은 고조선 변경지대에 이주해 오는 중국 사람들을 모아 정착시킨 다음 그 일대의 조선 백성들을 잘 보호하니, 자연히 신망이 높아졌고 힘이 커지자 기원전 194년 무렵 자신을 따르는 관리들의 힘을 빌어 준왕을 몰아내고 왕위에 올랐다. 위만 조선은 중국 한나라에 철기문화를 바탕으로 진번 같은 주변족속을 정복하고 북방에 사는 흉노족과 손을 잡고 중국의 손에서 벗어나 위만 조선을 독자적으로 통치자가 되었다.

한나라의 지배자인 한무제는 흉노와 손을 끊도록 고조선을 회유하기 위해 섭하를 사신으로 보냈다. 그러나 고조선은 한무제의 뜻을 따르지 않자, 고조선과 경계를 이루는 청천강 주변을 관리하도록 섭하에게 고조선과 경계선 요동 땅의 군사책임자로 다스리게 하였다. 이에 분노한 고조선의 왕우거는 군사를 보내 섭하를 단칼에 죽였다.

이 사건을 계기로 고조선과 한의 관계는 극도로 나빠졌다. 한무제는 정벌군을 조직하여 기원전 109년 고조선을 대대적으로 침략했다.

한나라의 누선장군 수군 7000명, 좌장군 순제는 육군 5만을 이끌고 고조선을 공격했다. 그러나 고조선은 군사를 험한 곳에 매복시켰다가 협공을 하여 5만 대군을 격파시켰다. 그러나 전쟁은 교착상태에 빠졌고, 고조선의 왕자가 투항하니, 고조선의 대신 성기가 성안백성을 모아 끝까지 항전하였으나, 성안의 반란군이 적장의 사주를 받고 성기를 사살하면서 고조선은 멸망했다.

한무제는 고조선에 낙랑, 임둔, 진번, 현토라는 4개 군을 두어 통치하였으나, 나중에 모두 낙랑으로 합하여 존속하다가 313년 고구려에 흡수되었다.

기원전 1세기경 중국 동북방에 자리 잡은 부여에서 자라난 주몽은 무리를 이끌고 남쪽 압록강 유역으로 내려와 나라를 세웠다. 고구려는 시조 동영왕 때부터 비류국과 행인국, 북옥저를 무력으로 정복하고 선비족과 말갈족을 물리치고 이미 주변 개마국, 구다국, 낙랑군 등, 인근 부족을 합병하여 영토를 넓혀 나갔다. 나아가 태조대왕은 한나라의 요동을 공격하여 여섯 현을 빼앗는 전과를 올리고, 2세기 후반 고국천왕 때에 이르러 왕위계승이 형제에서 부자 상속으로 바뀌었다.

고구려의 대외 팽창은 4세기에 접어들면서 큰 전기를 맞았다. 이에 고구려는 국가체제를 재정비하고 광대한 영토와 많은 인구를 좀 더 효율적으로 통치하기 위한 일련의 개혁을 추진하였다. 소수림왕 때, 율령을 반포하고(373년) 태학을 설립하여 불교를 공인하였다.

주몽의 아들이 설화에 따르면 비류와 온조가 무리를 이끌고 내려와 미추홀(지금 인천), 위례(지금 서울)에 각자 터를 잡았다가, 비류가 형 온조와 합류하여 나라를 세운 뒤, 한강 유역 세력들을 정복하여 백제를 건국 하였다.

북으로는 평산, 평강 소양강 서쪽, 춘천, 양평, 여주, 진천, 천안, 아산, 대두산성까지 백제를 만들었다.

신라는 한반도 동남부, 소백산 이남, 문경세재, 경산, 창령, 황산벌까지, 신라는 백제와 달리 사로국(러시아)에 살던 6촌이 알에서 나왔다는 '박혁거세'를 왕으로 추대했고, 6촌의 토착민과 협세하여 신라를 다스렸다.

수명죽백(垂名竹帛)

신라의 초기 지배자는 '거서간 차차웅'이라 불렀다. 신라는 먼저 동남해안에 울산 동래 촌장들을 점유하고, 연이어 낙동강 유역 기름진 평야를 정복했다. 그리하여 북으로 강릉 이남쪽 소백산 남쪽, 4세기 아립간 대장군 김춘추가 왕위에 오르며, 왕실의 위력이 강화되었다.

신라는 가까운 일본과 중국 당과 무역을 활성화하여, 백제 가야와 동맹을 맺어 고구려와 대항해 왔다. 가야도 신라와 마찬가지로 춤을 추고 놀다가 하늘에서 황금알을 얻었는데 가장 먼저 나온 아이가 김수로였고, 여섯 아이가 각각 부족을 만들어 왕이 되었다고 한다. 가야의 여섯 국은 통합을 이루지 못하고 낙동강을 경계로 한 신라와 전쟁에서 계속 패하였고, 532년 법흥왕 때, 김해의 금관가야가 신라에 복속되자 주변 추장들이 의식을 느껴, 대가야로 통일하여 백제와 화친을 맺었다. 그리하여 554년 신라와 백제 사이에 관산성전투가 벌어졌을 때, 백제를 지원했다. 그러나 신라가 승리함으로써 관산성에서 백제와 가야의 연합군을 무찌른 장수는 '김무력' 김유신의 할아버지였다. 가야가 남해평야를 가지고 가장 좋은 여건을 가졌음에도 멸망하고 역사의 뒤안길로 사라진 것은 정치적 구심점이 없이 통합을 못했기 때문이다.

이때부터 땅은 국력확장에 디딤돌이 되었다. 고구려는 삼국 가운데 제일먼저 국가체제를 갖추고 군사를 양성하여 삼국 사이에서 주도권을 가지면서 광개토대왕, 장수왕, 문자왕 때는 눈부신 발전을 이루었다.

평양으로 수도를 옮긴 장수왕은 다시 남쪽으로 화살을 돌려 광개토대왕에 이어 장수왕은 만주와 요동벌을 점령하고 백제와 신라를 굴복시킴으로써 중원대륙과 세를 겨누었다. 남으로는 요하까지 북으로는 동부여 하얼빈까지 영토를 넓혔다.

삼국시대말기에 벌어진 치열한 대결 끝에 백제와 고구려는 결국 나당 연합군에게 멸망을 하고 말았다. 이후 신라는 당을 몰아내기 위한 전쟁을 치러 마침내 대동강 이남의 땅만 차지하는 명목상 삼국통일은 불안전한 통일이었다. 신라는 결국 백제 고구려의 유민들과 힘을 합쳐 당군을 몰아내는 과정에서 하나의 민족이라는 의식도 생겼다. 또한, 고구려의 옛 땅에는 고구려 장군이었던 대조영이 세운 발해가 자리잡고 있었다.

698년에 건국된 발해는 926년 멸망 때까지 옛 고구려의 견줄만한 영토와 강한 국력을 가진 해동성국이라 불렀다.

당의 두 번째 황제 당태종도 고구려를 굴복시키려고 오랫동안 준비한 대규모의 군대를 요동으로 출발시켰다. 천리장성을 경계로 한 고구려의 거센 저항을 뚫고 그 일대의 성을 다 함락하고 개모성, 사비성도 다 점령하고 안시성만 남았다. 요동을 지키는 최후의 보루인 만큼 급박해진 고구려 정부는 고연수와 고혜진에게 군사 15만을 주어 안시성을 구원하도록 하였다.

그러나 구원병마저 당군에 대패함으로써 안시성은 고립 무원 상태에 빠지고 말았다.

이때 성주 양만춘 장군이 당나라에 맞섰다. 당태종이 직접 이끄는 삼십만 대군은 사흘 동안 계속 공격을 퍼부었으나, 그러나 수

수명죽백(垂名竹帛)

많은 사상자만 냈다. 중국의 역사책인 〈자치통감〉에는 퇴각하는 당군의 참담한 모습을 이렇게 쓰고 있다.

'요수에 이르자 길이 온통 진흙탕에 막혀 수레나 말이 나가질 못하고 나무를 베어 길을 덮어 다리를 놓고 강을 건넜으나 눈보라가 몰아쳐 군사들이 옷이 젖어 얼어 죽는 사람이 속출하고, 당태종도 고구려의 작은 성 안시성을 탈출 못하고 눈물을 삼키며 돌아서갔다'고 했다.

당나라는 한번 실패로 끊임없이 군사를 내어 안시성을 공략했으나, 결국 고구려를 무너뜨리지 못하고, 전략을 바꾸어 신라와 나당연합군을 동맹으로 남쪽과 북쪽에서 계속 협공을 하여 양면에서 적을 맞은 대 고구려도 서서히 멸망의 길로 접어들게 되었다.

668년 고구려를 점령한 당나라는 신라까지도 빼앗아 수중에 넣으려 했다. 결국 당의 배신행위는 신라인들의 분노를 불러 일으켰다. 고구려 유민들도 사방에서 들고 일어났다. 이에 힘입은 신라지배층은 다시 당군을 몰아내기 위한 전쟁을 시작하여 8년에 걸쳐 신라와 당나라 간에 전쟁이 끊이질 않았다.

675년 신라군은 당나라 대군 20만을 지금의 서울, 연천 매소성에서 무찌르고 전마 3만여 필을 빼앗는 큰 전공을 세웠다. 이어 다음해 김포벌(임진강하구) 전투에서 당나라 해군을 크게 무찌르는 등 대동강 이남에서 당나라 세력을 완전히 몰아내는데 성공 했다. 이에 당나라가 안동부호를 요동으로 옮기며 양국 간의 전쟁은 끝났다. 이는 우연히 아니라 고대 한반도 사회가 하나라는 일념아래 적과 싸울 때는 언제든 협력하여 당군을 몰아내는데 일조했다.

이때 오랜 전쟁으로 당군의 약세를 틈타서 각지에 흩어졌던 고구려 유민과 말갈이 합세하여 발해국을 세웠다. 발해의 영토는 만주 동부지역을 중심으로 동쪽으로 연해주 서쪽으로 만주중부, 남쪽으로 한반도 남쪽, 사방 5,000리에 이르렀다. 이것은 통일신라가 가로 1,000리, 세로 3,000리보다 8배 이상 크고 당나라와 일본, 이렇게 영토가 네 나라로 나뉘어 졌다.

9세기말 각 지방에서 반란이 일어났고, 반란의 주체는 백제의 '견훤'과 고려의 '궁예'이다. 견훤은 지금의 광주에서 농민 반란군을 이끌고 지금의 완주, 전주를 도읍지로 하여, 후백제라고 하였다. 궁예는 지금의 송악(개성)에 도읍을 정한 후, 901년 후 고구려라 했으나, 911년 철원으로 옮기고, 국호를 마진이라고 하였다가 다시 태봉국이라 하였다. 그러나 궁예가 난폭한 행동을 하자, 918년 홍유, 배현경, 복지겸, 신숭겸 등이 궁예를 내쫓고 왕건을 왕으로 추대했다. 왕건은 국호를 '고려'라고 하고, 연호를 천수라 했다. 이듬해 도읍을 송악(지금 개성)으로 옮겼다.

그러다가 927년 견원이 신라에 침입하여 친 고려적인 경애왕을 살해하는 사건이 일어났다. 이때, 왕건은 신라를 구원하러 가다가 대구 부근(지금 팔공산) 전투에서 참패를 당하고 말았다. 왕건은 신숭겸과 김락 두 참모를 잃고 간신히 도망쳐 목숨을 구할 수 있었다.

이때, 견원이 여세를 몰아 진주를 공격하여 영역을 넓혔다. 왕건은 상당한 수세에 몰렸으나, 930년 지금의 안동전투에서 승리

수명죽백(垂名竹帛)

를 거두면서 상황은 크게 바뀌었다. 934년 지금의 충남 홍성전투에서 후백제는 고려군에게 패하고 왕위 계승으로 내분이 일어나 935년 견원이 넷째 아들 금강을 후계로 삼으려 하자 큰 아들 신검이 정변을 일으켜 견훤 왕을 폐위 한 다음 김제의 금산에 가두고 스스로 왕이 되었다.

이에 견훤은 나주로 탈출을 하여, 935년 6월 고려에 망명하였다. 926년 발해가 거란에게 멸망하자 고려 계통의 지배계급이 고려로 귀순해 왔다. 고려는 초반부터 옛 고구려를 복원하려고 북진 정책을 추진했다. 거란 또한 중국대륙을 공략하고자 먼저 배후에 있는 발해를 926년에 멸망시켰다. 이어 북진정책을 추진하면서 고구려의 옛 땅을 회복하려는 고려와 마주쳤다. 거란은 성과의 전쟁에 앞서 성종 12년(993)에 소손녕이 이끄는 수십만 대군을 보내 고려를 침입하였다. 거란의 성종은 현종원년(1010)에 직접 보병과 기병 40만 대군을 이끌고 고려공략에 나섰다.

결국, 개성을 거란에 점령당하자, 현종은 나주로 피해갔다. 이렇게 고려와 거란은 8년의 전쟁 끝에 현종 9년(1018) 소배압이 군사 10만을 거느리고 고려로 진격했으나 고려의 끈질긴 저항으로 10만군에서 살아 돌아간 거란군은 몇 천 밖에 안 되었다고 한다. 이처럼 예나 지금이나 전쟁을 하고 나면 국력은 약해질 수밖에 없었고, 국력이 약해지면 또다시 다른 부족이 나라를 세우곤 했다. 그때, 함경도 일대 두만강 하류에 여진족이 생겼다. 고려는 윤관을 보내 여진족을 제압하려 했으나 여진족에게 패하고 겨우 화친 조약만 맺고 왔다.

숙종에 이어 왕위에 오른 예종은 숙종의 뜻을 이어받아 여진정 벌군을 일으켰다. 예종 2년(1107) 10월 윤관을 도원수로, 오연총을 부원수 17만 대군으로 하여금 동여진을 정벌하였다. 대승을 거두어 여진의 촌락 135개를 점령하고 여진군 5000명을 포로로 잡았다. 이때부터 아라비아 상인들(당시 페르시아)이 모시, 인삼, 화문석, 나전칠기, 종이, 붓 벼루 등을 수출했다. 반면, 송으로 부터 비단, 옥, 차, 향료, 약재, 서적, 악기, 화폐, 상아 등을 수입했다. 이때부터 아라비아 상인들은 100여명에 이르렀고, 그들이 고려를 '코레아'라고 불렀다.

삼국을 통일한 고려는 일본과 원나라 교역을 하면서 고려의 국제적 위상을 높아졌다.

그 후로도 고려는 남으로는 외적의 침탈과 북으로는 홍건족 끊임없는 영토분쟁은 계속되었고, 결국 이성계의 위화도회군으로 마침내 공양왕 4년(1392), 조준, 정도전 개혁파의 이성계를 추대함으로서 고려왕조는 34왕으로 475년만에 막을 내렸다.

조선 정부는 농경지를 개간하기 위하여 4군과 6진을 개혁했다. 세종 16년(1434)에 대장군 김종서는 10년에 걸쳐 여진족을 정벌하고, 지금의 조선 반도를 압록강과 두만강을 경계로 하였다. 그후 조선은 1876년 일본과 수호 조약을 맺음으로써 문호를 개방했다. 고종은 국호를 '대한제국'으로 고치고 개혁을 추진하였으나 큰 성과를 거두지 못했다. 결국 청일전쟁과 러일전쟁에서 승리한 일본의 침략이 본격화함에 따라 대한제국은 일본의 식민지가 되었다.

1930년 제2차 대전이 격렬해지자 많은 한국인이 전쟁에 동원되었고, 일본은 한국을 일본에 동화정책을 추진했다.

1945년 일본의 패전으로 우리나라는 해방을 맞이하였으나, 미국과 소련이 38도선을 경계로 점령준의 통치로 북은 김일성, 남은 이승만이 통치를 이어받아 결국은 영토분쟁은 조선을 분단국가로 만들었다.

땅에 대한 분쟁은 동양만의 분쟁이 아니었다. 1885년 미합중국의 군대가 미국 서북부의 워싱턴주 지역에 평화로이 살고 있던 인디언 수와미족의 땅을 강제로 매수하기 위하여 대포를 앞세우고 달려왔을 때, 인디언 추장인 시애틀은 미국 대통령 프랭크린피어스 앞으로 이런 편지를 보냈다고 한다.

'나는 당신들이 우리 땅을 돈으로 사려고 하는 것이 도무지 이해할 수 없다.

당신들은 저 푸른 하늘을 날며 지저귀는 새들의 울음소리를 팔고 살수 있는가?

당신들은 계곡을 흐르는 맑은 시냇물 소리를 팔고 살수 있는가?

이른 봄 파릇한 싹이 돋는 들판의 싱그러운 아지랑이들이며, 대기에 충만한 따사로 음이며, 나무줄기 속을 흐르는 수액의 신선함을 알고 있으며, 저 푸른 솔잎이며, 해변에 모래톱이며, 어두컴컴한 숲속의 안개며, 신선한 공기와 졸졸 흐르는 개울물이를 돈으로 사고 팔수 있는가?

어머니의 품안에 고이 잠든 어린아이의 쌔근쌔근 잠자는 숨소리를 그 성스러운 것들을 어떻게 지폐로 거래할 수 있다는 말인가?

당신들은 이 땅을 게걸스러운 식욕으로 마구 먹어치운 다음, 대지를 황무지로 만들어 놓을 것이다. 숲이 사람들의 냄새로 가득차고 산열매가 무르익고 언덕에 인간들의 발자국 더럽혀질 때면 그것이 바로 삶의 종말이요 죽음이 시작될 것이다.

서독 새의 아름다운 노랫소리와 한밤중 시냇가에서 들려오는 개구리 울음소리를 듣지 못한다면 삶에 무슨 의미가 있겠는가.'

땅은 우리에게 이 모든 것과 같은 것이다. 또한, 땅은 우리에게 아름다운 새들의 노랫소리며 맑은 시냇물의 흐름을 주고 봄 안개 속에 피어오르는 아지랑이며, 자연의 품에 편안히 잠든 어린 생명의 호흡과도 같은 것이다. 그것은 어느 누구도 혼자 소유할 수 있는 것이다. 저 밝은 햇빛처럼 나뭇가지를 스쳐 흐르는 가을바람처럼 모든 생명체에게 삶을 주고 있다.

삶에 주어진 땅과 해와 공기와 물은 자연이 준 선물인 것이다. 서구의 미지의 문명을 알지 못하는 미개한 인디언 추장이 담담하게 설파한 "땅의 철학"은 오늘의 문명인들에게 무거운 수치羞恥를 안겨주었다.

미국의 아름다운 도시 시애틀(Seattle)은 바로 이 인디언 추장의 이름에서 따온 것이라 한다. 그로부터 120년이 지난 오늘 드넓은 북미대륙의 자연과 환경에서 문명에서 소외된 미개인의 추장이

비 문명 언어로 노래한 모든 사람의 것인지 아니면 문명이라는 사슬에 속박된 이기심 많은 자들의 것이 되어있는지를 가리는 것은 현세를 살아가는 우리들로선 다시 한번 각성할 일이다.

지금 우리나라는 어떤가. 세로 2,000리 가로 600~700리 밖에 안 되는 작은 땅에서 그나마도 남북으로 갈라져 있는데, 남쪽에는 자본주의라는 미명아래 마치 땅을 정권의 수혜로 삼아, 특히 고위 공직자들이 다양한 정보를 이용하여 투기의 대상으로 만들어 놓고 국민의 의사와는 관계없이 자기들의 입맛대로 선거 공약으로 이용하고 있다. 더욱이 사리사욕에 치우쳐 마구 난개발로 아름다운 계곡이며 하천이 쓰레기더미로 훼손되고 변형되어 내가 살던 고향마저 어디가 어딘지 분간을 못할 지경이다.

삼면이 바다에서 많은 국민들의 생계터전을 매립하여 생계마저 위협하고 자연재해를 유발하고 있다. 정권의 수혜자들은 이를 치적이라고 상대방의 이론을 무시하고 설복說服시키려 하고 있다.

세기의 코로나19로 국민은 고황膏肓속에서 기갈飢渴 직전인데 가증스럽게도 국민은 집합 금지인데, 대통령과 국무위원이 총출동하여 쓴 웃음으로 국민의 속을 긁어 놓는다. 거기에 한술 더 떠서 여당에서는 가덕도 공항을 이웃 대구에서 반대 한다는 이유로 대구공항, 광주공항까지 만들자는 발상이 참으로 한심한 일이 아니겠는가. 현재 나라부채가 산더미 같은 현실을 가볍게 여기는 우리나라 정치, 빚과 재원도 문제만 좁디좁은 땅에다 필요도 없는 공항만 만들자고 하는 것은 국민의 피를 빨아먹겠다는 수작에 불과하다.

땅은 영토 확장으로 필요하기 때문에 우리 한반도는 초강대국 틈에 끼어서 헤어나지 못하고 계속 전쟁을 해왔다.

이러한 우리나라에 땅 투기를 막는 방법은 토지공개념으로 토지를 공유하고, 공공주택처럼 사적으로 양도하지 못하게 하고 사유지를 모두 국유로 하여 공장이나 공공기관이 적소에 공장이나 공공건물을 유치하는 방법이다. 사유지로 알박이 땅을 가지고 공공건물이나 도로에 그냥 흉물로 방치하는 일이 없게 하고, 도시도 역세권 취락지구를 몇몇 토지주의 반대로 개발을 방치하는 일이 없도록 국가시책에 의거, 공공시설인 수도, 도로, 전기, 하수도, 통신 등 시설을 무조건 강제로 강행하여 대도시에 취락건물이 없도록 친환경 도시로 만들어야 할 것이다. 지금 짓는 집은 앞으로의 100년 대계이다.

옛 부터 땅은 나라의 것이지 국민의 것은 없는 것이다. 그리고 새로 짓는 아파트나 모든 건축물은 최대한 자연미를 살려서 편안하고 부담 없는 주거시설로 만들어 국민들이 편안하게 살수 있다면 누가 반대할까. 또 한 가지 바람이 있다면, 실업자들에게 쓸데없는 무직수당 같은 것 주지 말고 농촌으로 보내어 노후주택 개축해 주고, 산림 가꾸기, 쓰레기 수거 등, 농촌 환경 정비사업 같은 일거리를 주고, 자신이 노력해서 보수를 받는 최소 임금제라도 하여, 우리 국토를 정화淨化시키는 큰 도움이 되고, 실업자도 꼭 도시에서만 은거할 이유가 없지 않을까. 그렇게만 된다면 농촌도 발전이 되고, 농촌 학교에도 교통 편리와 급식 같은 수준을 높여 도시 학교와 마찬가지로 환경이 만들어 진다면 학생들이 많

수명죽백(垂名竹帛)

아질 것이다. 그렇게 되면 교사들도 많이 필요하게 될 것이다. 농촌에 가서도 얼마든지 잘 살 수 있도록 만들어야 한다. 농민이 땅을 가지고 능력껏 농사를 지을 수 있도록 토지를 지원해주면 좋을 것이다. 농촌의 땅은 농민이 농사를 짓는 데만 사용할 수 있도록 철저한 감시가 필요하다. 사유지는 없애고, 공장 부지도 공장이 원한다면 시설을 갖추어 지상권만 거래할 수 있도록 하게 되면, 지금처럼 마음대로 농경지를 메꾸고 가건물을 지어 사리사욕을 하는 일이 없을 것이다. 그렇게 해서 돈 많은 투기꾼들의 의해 외국 투기꾼들에게 넘어가는 일은 없을 것이다.

그래야만 미개인 인디언들의 말처럼 청정지역을 유지할 수 있을 것이다.

고사古事에서
공公사事의 근간根幹

춘추시대 진 나라에 범소란 재상이 있었다. 조정에 빈자리가 있어 범소는 그 자리를 자기 가신으로 앉히려고 친한 친구인 관리에게 부탁을 하였다. 그러나 친구 왕생은 즉석에서 거절하고 장유삭이란 사람을 추천했다. 범소는 깜짝 놀라 친구 왕생을 보고 장유삭은 자네와 몹시 증오하는 원수지간이 아닌가? 어찌 내 부탁은 단칼에 거절하고 원수를 등용한단 말인가, 하니 왕생이 지금 나는 나라의 중책을 맡을 관리를 뽑는 것이네. 나와 적대관계이지만 장유삭은 매사에 공정하고 바른 사람이니 나와 친하지 않다고 인재를 버린다면 어찌 나라의 기강이 바로 서리오. 인재를 등용함에 사적으로 좋은 사람이라도 그 허물을 덮지 말며, 사적으로 적대관계라도 바른 인재를 배척하지 않음이 공사의 근간이라 했거늘 어찌 공과 사를 가르리오.

－ 춘추좌전 맹공 5년(BC 490) 공사의 근간에서

수명죽백(垂名竹帛)

첫사랑

  내가 성정숙이를 만난 것은 열다섯살 때였다. 우리 동네는 원체 산골에 몇 집 안되는 산골동네이기 때문에 누네집이 몇 식구고 숟가락이 몇이인 줄 다 알고 있는데 어느날 가재를 잡으러 갔다가 우리논 옆 도랑 뚝방 밑에서 가재를 잡는데 뚝방 찔레나무 밑에서 '아야' 하는 여자 아이 비명소리가 나서 달려가보니 처음보는 아가씨였다. 손을 들여다보고 아파하기로 가서 일으켜 잔디밭으로 데리고나와 보니 가시가 세 개가 박혀있다. 너 처음 보는 아이인데 어디서 왔느냐 물으니 어저께 웃말 이씨댁으로 엄마가 오는데 따라왔다 한다. 이웃 아줌마가 이곳 둑에 가면 달래가 지천이라 해서 달래캐러 왔어요 헌데 검불이 너무 많아 걷어내려고 하는데 땅에도 가시가 있나봐요

  그래 원체 찔레나무는 가지가 땅으로 덤불을 뻗으며 뿌리를 내리기 때문에 모르고 검불을 손으로 긁어내다가 나도 여러번 찔렀다. 그리고 우리 형이 가시를 빼는데 찔레나무 가시는 살을 헤집고 빼려면 못뺀다 하면서 가시 박힌곳에서 피가 맺히면 그곳이 곪을 때까지 가시를 못찾아 못빼니 땅에 박힌 말뚝을 빼듯이 가시 머리를 자꾸 흔들어주면 저절로 솟아오른다 하였다 하면서 너 옷핀 가진 것 있지. 응 이리줘봐 하고 옷핀 끝으로 그냥 한 손으로 가시

부위를 꼭 튀어나오게 눌러쥐고 한손으로 옷핀끝으로 가시 머리를 이리 저리 흔들어 주니 10분 가량 하니 가시만 톡 튀어나온다.

가시 세 개를 다 빼고나니 30분은 걸렸다. 그리고 나부터 소개를 했다. 나 저기 보이는 방앗간 큰집 보이지 그 집이 우리 집이야. "반갑다 너 이름이 뭐니" 하니 성정숙 한다. "어디서 왔니" "장호원에서 왔어요."

"몇살이고." "열세살이야요." "나는 열 다섯 살이니 내가 오빠네. 내일 윗말로 놀러갈게." "내일은 학교 가야해." "아 그렇지. 그럼 학교 다녀올 때 나하고 만나자. 내 우리집 앞에서 기다릴께." 나는 다리고 다시 찔레나무 밑으로 가서 달래를 한바구니 가득 캐 담아 주었다. "오빠 고마워요." 하여 "뭘 애들끼리요." 하니 "요자 빼고." "너 그냥 오빠 그래." "고마워 하면되지." 하고 자세히 보니 쌩긋 웃을 때 양볼에 보조개가 꼬챙이로 찌른 듯이 패이는 것이 너무 예쁘다. 이제부터 태근오빠라 불러 이웃 동생들이 다 태근오빠 부르니 . 그렇게 정숙이와 나는 찔래나무 밑에서 처음 만났고 다음날 부터 정숙이 학교갔다 올 때면 같이 쫓아가 놀아주곤 하다보니 정숙이도 이 마을에 들어오며 나를 첫 번 만났고 다른 아이들은 만나지도 못하고 오로지 내가 유일한 이성 오빠이고 친구가 되었다. 다음해 초등학교 졸업하고 부터는 매일 밥 숟가락만 놓으면 정숙이하고 붙어있다시피 하다 보니 3년을 남의 눈 의식도 안하고 만났다. 원체 초등학교 다닐 때 만났으니 매일 만나놀아도 아무도 뭐라 안했다. 계속 그렇게 매일 만나다보니 이웃 아줌마들도 식상이 되어 만나서 같이 있어도 아무도 뭐라 하지도 않았고 우리도 누가

수명죽백(垂名竹帛)

보거나 말거나 마을 가운데 연자방아간이나 디딜방앗간에서 무슨 이야길 했는지 지금은 기억도 안난다. 그냥 계속 만나다 보니 이제는 하루만 안보아도 보고 싶어서 안달이 나고했다.

삼년을 만나다보니 내나이 18살 훌쩍 자라 청년이 되었고 정숙이도 16살이 되니 양 가슴이 불룩하게 솟아 요르고 목으로부터 가슴사이로 예쁘게 굴곡이 확연해지고 얼굴은 활짝피어 완전 미인이 되었고 잘록한 허리에 엉덩이는 펑퍼짐하게 퍼져서 완전 성숙된 처녀다. 그래도 매일 만나다 보니 실제로 변하는 멋을 느끼질 못했다. 그냥 오빠 동생으로만 여겨왔지 또 다른 이성간의 사랑이라던가 달리 좋아한다는 생각은 없었다. 그래서인지 그리 매일 만나서도 따로 만나 속닥이든가 누가 본다고 숨기거나 안하니 그냥 이웃오빠동생으로 알고 있었다.

18살 되던 해 정월 어느 날 정숙이가 오빠 내일 모레 정월대보름날 내가 오곡찰밥 해줄게 놀러와 그래 가야지 하고 점심때 되기전에 갔더니 어른들은 다른 집으로 떡국 잡수러 가시고 정숙이 이웃친구들이 와 있었다. 정숙이하고 나하고 짝하고 친구둘이 짝하고 화투놀이를 하는데 친구들이 떠들썩하며 정숙이네 마당까지 들어오더니 태근이 신 여기있다 하더니 나를 부른다. 대답을 하려고 하는데 정숙이가 얼른 내 입을 손으로 막으며 오빠 여기 안왔는데 한다. 친구들이 신발이 태근이 신발인데 하드니 봉당으로 올라온다. 그리고 문을 열려고 문고리를 잡는다. 이 때 정숙이가 벌떡 일어서드니 나를 치마 밑으로 밀어넣고 서있다.

친구들이 문을 벌떡 열고 들여다 보니 좁은방에 어디 숨을 곳도 없는데 아가씨 셋이서 있으니 저의들도 정숙이가 남자를 자기 치마속에 숨겼으리라고는 생각하지 못했을 것이다. 그냥 문을 닫더니 빨리 가지도 않고 신발을 가지고 자꾸 의심을 한다. 신발이 아저씨 신발은 아닌 것 같은데 태근이가 없네 어디 갔을까? 얼른 나가던지 그 집 마당에서 상의를 하느냐고 떠들어대니 나는 치마밑에서 나갈 수도 없고 장바구니는 아가씨 엉덩이를 받치고 있으니 땀은 비오듯 하고 또 그 아가씨 무명 팬스도 축축히 젖어 내머리로 흘러 내리고 이래저래 숨이 막혀 죽을 지경인데 친구들은 짖궂게도 빨리 사라지질 않는다.

한참만에 친구들이 저만치 사라진 것을 확인하고 치마 밑에서 나오니 내 머리는 땀에 젖어 머리 감은 것 같고 정숙의 친구들은 박장대소를 하고 웃어대고 정숙이는 어떨결에 치마 밑에다 밀어넣긴 했으나 커다란 머리가 엉덩이를 떠받치고 있으니 죽을 지경이다. 얼떨결에 숨기기는 했으나 얼마나 무안하고 부끄러운지 그제서야 홍당무가 되어가지고 뛰쳐나가더니 씻고 들어오며 젖은 수건을 갖다주며 닦으라한다.

정숙이는 친구들을 붙잡고 통 사정을 한다. 우리 엄마 알면은 나 맞아죽어 친구들은 알아알아 안할게 다짐을 하고도 3일을 못넘기고 마을에 소문이 파다했다. 태근이 총각이 정숙이 치마밑에 숨었다 나왔다고 친구 둘중에 퍼트렸지만 서로 아니라하니 그렇다고 싸울 수도 없고 정숙이가 나 이제 오빠 못만나 마을에 소문이 이상해 엄마가 꼼짝도 못하게 하고 나도 창피해 얼굴을 들고 못다니겠어. 나도 내가 왜 그랬는지 몰라 어떻게 오빠 뭐 어떻게 해 뭐 둘이서 있었던 것도 아니고 너도 얼결에 나를 숨기려다 보니 치마밖에 감출곳이 없었겠지 오빠는 남자니까 흉이 안되지만 나는 다 큰 계집아가 총각을 엉덩이 밑에다 숨겼다고 하면 무슨 상상은 안하겠어 그리고 오빠가 내 엉덩이를 보았다 생각하니 소름이 돋아 어떻게 처녀가 남자를 엉덩이 밑으로 밀어넣어 어구 끔찍해 나는 좋기만 하더라 오빠 그런말이 나와 뭐 다 가지고 있는 것인데 내 엉덩이 보여줄까 보고 싶으면 말해 나 농담할 기분 아니거든 엄마한테 혼난 것은 아무것도 아니야.

알아 내가 주의할게 하고 바라보니 언제 저렇게 자란지도 몰랐는데 예쁜 선녀같은 처녀가 다 되었다. 그제서야 국민학생 정숙이가 아니고 어엿한 처녀라 생각하니 정신이 번쩍 난다. 그후로 나도 만나러 가지도 않았고 정숙이도 따로 만나지는 않았다. 그냥 오가다 마주치면 오빠 안녕하고 나 역시 그냥 평상에 주고받는 잘 있었니 하고 말았다. 보아도 둘이서 따로 이야기를 하거나 피하지도 않았다. 그냥 다른 이웃 동생과 똑같이 대해주었다. 정숙이네 집에는 정숙이보다 서너살 아래 새 아버지 아들이 있었는데 아이가 착하고 아무것도 모르는 푼수였다. 그런데 나를 무척 좋아하고 따랐다. 그리고 나하고 저의 누나가 좋아하고 만나는 것을 누구보다 좋아했다. 그 후로 못 만나도 그 아이를 통하여 그날 그날 정숙이의 동향은 다 알고 있었다.

하루는 헐레벌떡 오더니 형 우리누나 보고 싶어? 그럼 보고 싶지. 그럼 지금 저 아래 논둑길로 가봐 누나가 지금 그리로 가고 있으니. 나는 두말없이 우리 논 논둑길로 달려가니 저만치서 정숙이가 다라야에다 새참을 이고 온다. 정숙이네 전지를 가려면 우리 논둑길이 아니면 배는 돌아야 하기 때문에 언제든지 그 길에 가 있으면 정숙이네 가족은 만날 수 있다. 정숙이 동생은 숙맥 같아도 그런 머리는 잘 돌아간다.

나는 정숙이를 보자마자 얼마나 반가운지 바싹 다가서서 너가 보고싶어 죽는 줄 알았어 그래서 너의 집 보리밭 매기로 너 올줄 알고 기다린거야. 나도 오빠가 보고싶어 미칠것만 같았어 고마워 나와 주어서 그 때 정숙이는 무릎에 닿는 몽당 치마에다 브레지어 대신 어깨에 걸치는 쪼끼치마에다 적삼을 입었는데 양팔을 들어올려 다라를 잡고 있으니 쪼끼가 떠들려 예쁜 가슴이 거의 다 들어보였다. 그 때는 브레지어가 없을 때라 엄마들 아기 젖먹이는 모습부터 여인의 가슴이야 매일보지만 열여섯 아리따운 가슴은 처음이라 꼭 인형에서 그림을 보는 것 같이 환상적이었다. 정신없이 내가 바라보는 것이 부담을 느꼈던지 한 발을 헛딛어 어머나 하고 비틀비틀 할적에 내가 뛰어가 안으니 나까지 안고 정숙이는 아래 논바닥으로 넘어지고 나는 정숙이를 끌어 안은채 정숙이 위에 어프러졌다. 서로 얼굴을 마주보니 서로 계면쩍어 빙그레 웃고 일어났다. 그 지경에서도 나가 실지를 안은 것 같았다.

참그릇은 산산이 너부러져 흩어져있고 정숙이는 등서부터 치마 엉덩이까지 흙투성이다. 물막이 물고로 다리고 가서 말끔이 씻겨주고 그릇도 깨끗이 닦아서 도로 집으로 돌려보내고 나는 정숙이 엄마한테가서 같이 넘어졌다고는 못하고 정숙이가 논둑길에서 미끄러져 넘어져 참을 다 엎질러 점심해갖고 온다고 다시 집으로 갔

수명죽백(垂名竹帛)

다 하니 일하는 아줌마들이 참 안먹으면 어때 점심 해오면 먹지
하고 나도 집으로 왔다.

저녁을 먹고 앉아 있는데 일하는 형이 들어와서 밖에 나가봐 한
다. 나는 멋도 모르고 바깥마당으로 나가니 다짜고짜 정숙 엄마
가 따귀를 때린다. 결국 내가 안고 어프러진 것이 들통이 났구나
하고 때리거나 말거나 아무 소리도 안하고 가만히 있으니까 또 손
이 올라오는데 정숙이가 쫓아와 저의 엄마 손을 잡으며 오빠는 아
무 잘못이 없다는데 왜이래 엄마 자꾸 그러면 나 확 죽어 버릴 거
야 하니 그제서 어이구 저년이 아주 이제 남자 편을 들고 있네 하
더니 정숙이한테 끌려 돌아갔다. 나는 아가씨 한번 안아보고 뺨
한 대와 교환했다. 고의는 아니었어도 안은 것은 확실하니 한 번
에 뺨 한 대씩이면 날마다 안아보고 싶다. 그러고 나서부터 더 만
나기가 어려웠다. 이렇게 두 번의 커다란 사고가 있고나니 삼년
을 아무런 거리낌 없이 그저 이웃오빠 동생으로 만남도 이웃사람
들 눈치가 보인다. 또 나도 18살이 되고 나니 언제인지도 모르게
헌출한 청년이 되었고 정숙이도 예쁜 처녀가 되었다.

그래서 나도 그제서야 아무리 좋아도 이제부터는 여자로 만나
야 하겠다는 생각이 들었다. 정숙이 엉덩이 밑에 숨었다 나온 후
부터는 정숙일 보면 남자로서 안아주고 싶은 생각이 자꾸 생겨 더
이상 오빠 동생으로 유지하기가 힘들 것 같았다. 그러던 단오전
날 그네를 매고 낫는데 푼수 정숙이 동생이 왔다. 내일 밤 누나
그네 뛰러 온다고 형도 나올거냐고 알아보래 누나가 그러디 응. 그
런데 동리 아주마 친구 다같이 올거 아냐 그건 걱정마 내가 다 생

각한게 있으니까. 어떤 생각을 내가 누나보고 제일 나중에 뛰라고 할테니까 누나 그네뛸 때 숲속에 숨어서 형이 이렇게 하면 내가 도깨비다 하고 전부 몰고 도망을 갈거니까 그 때 누나를 데리고 가 놀다와 괜찮을까?

괜찮아 누나는 그네에 매달려 있을거고 또 내가 누나한테 말해 놓을게 형이 올거라고. 고맙다 처남. 형 우리누나하고 결혼할거야. 응 하고 싶어 누나도 날 좋아하니까?

요사이 누나도 형이 보고 싶어 죽겠다고 해 이렇게 약조하고 나는 성냥을 한 곽 가지고 캄캄한 숲속에서 숨어서 때가 오기만 기다리고 있는데 과연 풍수가 하는 말이 다 맞는다. 아줌마들은 아기 젖 주어야 한다하고 또 신랑이 일찍 들어오라 했다고 다 들어가고 단짝 아가씨 셋만 남았다. 이때다 하고 성냥개피 10여개를 꺼내어 성냥곽 화약에다 대고 꾹 누르고 아가씨들 지켜보고 있는 앞으로 힘껏 튕기니 치지직 하며 불꽃이 사방으로 흩어 나가니 품수가 도깨비다 하고 소리치며 누나 어서 도망가 하고 떠민다. 도망가면서 정숙이 하니 누나는 내가 데리고 갈게 누나들이나 어서 가 하고 쫓고 저도 같이 사라졌다.

정숙이는 그네 뛰다 비명소리를 듣고 그네에서 내리려고 하다가 그네에 끌려가 저만치에서 엎어졌다. 나는 불이나케 쫓아가 안아 일으키며 그냥 있지 왜 내리는거야 엎어져 어디봐 하니 양 무릎이 까여 피가 철철 흐르는데도 괜찮아 한다. 내가 얼른 런닝구를 벗어서 쭉 찢어서 양무릎을 싸매주고 업어 하니 널름 등어리에 업히더니 아 좋다. 오빠 등이 이렇게 푹신하고 편한줄은 이제야

수명죽백(垂名竹帛)

알았네 진작 알았더라면 날마다 업어달라고 할 것을 무릎을 까고도 그런 말이 나오니. 오빠에게 업힐 수만 있다면 날마다 무릎을 깔까보다. 그렇게 내 등이 좋으니. 응 너무좋아. 오빠가 키가 커서 그런지 비행기 타고 가는 것 같아. 너 비행기 타보았니. 아니. 그런데 비행기 탄 것 같으다하니 그냥 상상으로 해본 말이야 나도 너를 업고 있으라면 날마다 너만 업고 살아도 하나도 싫지 않을 것 같다. 오빠 천천히 가. 왜그리 빨리 가. 느티나무부터 정숙이네 집까지 400~500m 사이니 몇마디 말하다 보니 금방 왔다.

헤어지기가 섭섭해서 인지 왜이리 빨리왔느냐고 나무란다. 너의 집에서 어른들 궁금해할 터인데 빨리 가야지 하니 집에가기 싫다. 그냥 나업고 동리同里한 바퀴 휭 돌아가자. 나도 그랬으면 얼마나 좋을까. 아주 밤새워 업고 너하고 둘이만 있고 싶다. 그런데 그러면 어른들이고 네 친구들에게 너무 미안할 것 같아서 이렇게 이야기하다 보니 정숙이네 대문간이다.

그네 뛰러 왔던 아주마가 다 모여있다. 푼수는 어디로 숨었는지 안 보인다. 엄마가 내가 업고 들어오는 것을 보더니 또 너야 하드니 이번에는 들처도 안보고 들어갔다. 정숙이가 뭐라고 변명을 하는데도 들은 척을 안한다. 이때 푼수가 내 뒤를 따라오면서 대신 변명을 하여준다. 내가 겁이나서 형을 불렀어 그래서 형이와서 보고 런닝구를 벗어서 찢어서 매주고 업고 온거야 지가 다 뒤집어 쓴다. 정숙이도 누가 묻지도 않는데 맞아 내가 엎어지는걸 보고 오빠를 동생이 가서 불러온거야 실제로 우리집과 느티나무와 거리는 100m도 안된다. 약 70m, 80m 밖에 안되고 여름철에는 밤

낮 내 놀이터다. 날마다 낮에는 자리펴고 글도 읽고 밤에는 혼자 앉아 쉬기도 하고 이렇게 동생이 증인으로 변명을 해도 아줌마들은 삐죽삐죽 웃으며 귀에다 대고 서로 속삭인다.

전과가 있으니 그러는 것도 당연하지.

아니나 다를까 이튿날 아침을 먹고 있는데 정숙이 새 아버지가 우리집 마당에 와서 꼭 술 주정하듯이 목령이를 부린다. 큰 소리로 아니 남의 집 처녀와 잠까지 잤으면 무슨 이야기가 있어야지 시치미 떼고 있다가 애라도 가지면 어쩔라고 하면서 떠들어대니 사랑에 있던 우리 아버지가 문을 열고 내다보며 할 이야기가 있거던 들어와 해 보시게 하니 그러지요 하고 사랑방으로 성큼 들어선다.

우리 아버지가 아까 한말이 그게 무슨 말인가 그 아이들이 자는 것을 누가 보았는가. 어이구 어르신도 아! 동네 사람이 다 아는걸 혼자만 모르고 계셨구나. 그거는 아이들에게 확인하여 책임질 짓을 했으면 책임지도록 하겠네만 자네는 자식들 연애 하는 것까지 살피고 다니나. 나는 내 자식이라도 저의들이 만나는 것은 한 번도 뭐라 한적이 없네. 젊은것들이 처녀 총각 좋아하는데 왜 간섭인가. 그리고 이웃간에 모르는 척하고 지내는 것보다 정답게 지내면 더 좋은 것이 아닌가. 그거야 그렇지요 걱정말고 돌아가게. 자식들 얼굴에 오물 들이붓지 말고 부모가 처녀총각 좋아 만나면 잘 사귀도록 도와주지는 못하고 훼방이나 놓아서야 쓰는가. 내 자세히 알아보고 이야기하여 줌세. 조용히 돌아가시게 그렇게 서슬 시퍼렇게 소리 지르던 정숙이 새아버지도 아버님에 말씀을 듣더니 그냥 굽신 굽신 어르신 말씀대로 하겠습니다 하고 돌아갔다.

수명죽백(垂名竹帛)

그리고 태근이 이리와 앉거라 하시더니 지금부터 아비의 묻는 말에 한치의 거짓이 있다면 아비는 크게 실망할거다. 정직을 가르치는 아비로서 거짓말하는 자식을 두고 산다면 누가 아비를 학자로 대하겠느냐 그러니 아비는 네가 연애를 하던 무엇을 하던 나쁜 짓만 안하면 아무말도 하고 싶지 않았다. 그런데 아까 정숙아비가 와서 하는 말이 이해가 안되는구나. 부끄러워 자기 자식이나 조용히 타일러야지 그런일이 너 혼자 저지른 일이 아닐터 나한테까지 와서 따질때는 확실한 증거가 있는 듯한데 아비에게만은 한 치의 거짓이 있어서는 안될 것이며 네가 하는말에는 전적으로 신뢰하마. 아비가 자식의 말을 못 믿으면 누가 내 자식을 신뢰하랴.

　　너 그 아가씨하고 어떤 사이냐. 좋아하고 있어요. 그래 장하다 사내자식이 예쁜 여자보고 못 본척하면 사내가 아니지. 나도 내 자식이 그런 못난이라면 실망했을 것이다. 그러나 내가 사랑하고 좋아하는 여자라면 또 그 여자를 끝까지 지켜주는 것도 남자다운 행동이니라. 남자가 잘못을 저질렀으면 솔직히 고백하고 반성하고 그에 대한 책임을 지는 것이 도리란걸 아비는 이제껏 가르쳐 왔고 네가 그런 아들이란걸 믿고 싶다. 남녀가 아닌 처녀 총각으로서 남에게 부끄러운 행동을 했는지를 묻는 것이다.

　　그 아이도 저도 한번도 3년을 만났어도 좋아한다고는 말해 보았어도 어떤 부끄러운 행동은 절대 없었습니다. 그냥 예쁘고 착하고 그 아이도 나를 좋아해서 만난 것 뿐입니다. 그래 알았다. 그럼 언제 그 아이 혼자서 날 좀 보자고 하여라. 나는 아버님이 허락하시려고 부르는 줄 알고 즉시 푼수를 통하여 통문을 했다. 그

집에서도 야단이 났다. 그 다음날 우리집 앞을 지나가기로 어디 가느냐고 하니 머리하러 간다고 한다. 머리도 하고 화장도 새 신부처럼 하고 나니 열여섯 처녀답지 않게 못알아 볼 정도로 예쁘게 변했다. 그리고 아버지 앞에 와서 공손히 예를 들인다. 성정숙이라 합니다.

오냐 참 예쁘구나. 내 아들이 너같이 예쁜 아가씨와 사귄다하니 나도 기쁘구나. 어쨌든 네가 내 아들하고 같이 와서 허락을 받으러 왔다면 기쁘게 승낙했을 것이다. 허나 너의 아버지는 승낙을 논하기 전에 너희들의 행위부터 따지더구나. 그래서 묻는 것이니 너는 당사자일 뿐만 아니라 네 인생에 중요한 덕행일 수도 있으니 조금도 숨김없이 대답하여라. 너도 내 아들을 좋아하느냐. '예'. 그럼 다른 사람이 알면 부끄런 일이 있었느냐. 아닙니다 오빠가 먼저 결혼전에는 누구고 오빠도 손도 한 번 안 잡고 저를 지켜주겠다고 다짐을 하였기로 저도 오빠를 믿고 부담없이 만났습니다. 그 말은 내 아들 말과 똑같으니 믿으마. 내 아들도 아직 이제 막 성년이 되었고 총각이고 너도 아직 나이 어린 처녀이니 만나는 것이 너무 아름답구나. 나도 너희들이 정다워 하는 것은 눈치 챘다. 너를 내 며느리로 데려온다면 너무 예뻐할 것 같았다. 그러나 아직 너희는 결혼까지 말할 나이는 멀었다. 그러니 지금처럼 남매처럼 아름답게 지내거라. 사람의 인연은 억지로 되는 것이 아니니라. 너희가 인연이 되려면 다른 사람이 아무리 갈라놓으려 해도 갈라 놓을 수 없을 것이다.

다만 남의 입에 오르내리는 부끄러운 행동은 없길 바란다. 내

수명죽백(垂名竹帛)

며느리가 혼전연애로 여러 사람의 이야기꺼리가 되는 며느리를 보고 싶지 않다. 예 알겠습니다 명심하겠습니다. 그럼 가 보아라. 나도 정숙이도 허락은 못 받았어도 예뻐해주시고 싫어하지는 않으셨으니 다행이다 그리고 앞으로도 아름답게 연애를 하라는 말씀이 더욱 기뻤다. 그리고 또 한해를 지났다. 이제 우리는 만나더라도 다른 사람이 뭐라할까 부담이 되어 더욱 몸조심을 하였다.

다음해 정월에 5촌 당숙이 세배를 왔다. 아버지가 당숙을 마주앉아 술잔을 나누면서 내 이야기 하는 소릴 들었다. 나이는 19살이니 혼사는 서두르지 않아도 되겠지만 요즘 저 놈 때문에 마음이 안놓이는구면 사귀는 아가씨가 있는데 그 아이 하나만 놓고보면 나무랄데가 없는데 그의 부모를 보면 사돈은 절대 삼을수가 없으니 걱정이네. 저들이야 혼전엔 아무 일도 안 저지르고 깨끗이 연애를 하겠다고는 하지만 젊은것들이 저러다 일이라도 저지르면 그때는 어떡하나. 책임 안진다고 거절할 수도 없고. 그러니 동생이 인물은 흉물만 아니면 되고 먼저 부모부터 나하고 같이 앉아 사돈간에 술잔을 나눌 수 있어야 되지 않을까 다 맞추기는 내 욕심이지만 기왕이면 저희들도 좋고 부모도 서로 마음이 통할 수 있어야 하지 않는가.

그러더니 나도 모르게 두 사촌끼리 숙덕숙덕 몇 번 오가더니 이웃면에서 훈장을 하시는 손녀딸과 나보고는 일정 상의도 없이 다 결정하고 어느 날 당숙이 와서 내 사성을 받아가더니 혼인날을 받아가지고 왔고 결국 아버님 말씀을 거역 못하고 한 번 얼굴도 못 본 아가씨와 그 해 겨울 음 11월(동지달) 27일에 결혼했다.

바보의 불치하문

바보는 자기가 바보인줄 모른다. 어떤 어리석은 바보가 절에 스님이 지나가면 남여노소 가리지 않고 공손히 인사하고 반기는 것을 보고 마음에 저 분이 대단하신 분이구나. 절에 가서 스님을 찾아뵙고 나도 스님처럼 모든 사람에게 존경 받는 사람이 되어 보리라 하고 절로 스님을 찾아가서 사람이 부끄럽지 않으려면 어찌해야 합니까하고 물었다.

　스님 : 불치하문不恥下問하라 했다.
　　※ 아래 사람에게 묻는 것을 부끄러워마라한 것인데 누구하고 인사할 때면 불치하문이라했다.

　또 여자는 울면서 립스틱을 바르고 이별하면서도 거울을 들어다 보는데 그건 무슨 뜻인가요.
　스님 : 아역불문지견我亦不聞之見니라.
　　※ 나 역시 듣도 보도 못한 것을 어찌 알겠느냐하니

　바보 : 립스틱 바르는 여자만 보면 거울 보는 여자 보면 아역 불문견이라했다.

또, 저는 가만히 있는데도 예쁜 여인만 보면 저의 신근腎根이 벌떡거리는데 어찌된 일입니까?

스님 : 가만히 말대꾸를 해주니까 자기를 가지고 놀리는 것 같아 이놈아, 네 놈이 모르는 것을 불여접不女接의 승려가 어찌 알겠느냐, 가거라 했다. 이자 중만 보면 불여접이라 놀렸다한다.

부전자전父傳子傳

〈아내〉

책만 펴면 꾸벅꾸벅 조는 남편보고서

칭얼대는 아기에게 책을 펼쳐 보이니

울음을 딱 그치고 새록새록 잘도잔다

애비 자식 아닐까봐 잠조차 닮았구나

〈남편〉

당신은 아기울면 책을 펴서 보이더라

어린 것이 뭘 안다고 책가지고 장난이야

이놈도 애비 닮아 책을 보면 자거든요

씨앗은 못속인다 하더니 헛말이 아니네요

부전자전

　옛날사람들은 유전자 검사란 것이 없어도 얼굴이며 좋아하는 음
식과 행동만 보고도 누구 자식인지 정확히 가려냈다. 어느 마을
에 아기 없는 여인이 절에 가서 기도드리고 다녀와서 자식을 낳

　　　　　　　　　　　　　수명죽백(垂名竹帛)

앉다한다. 인근에 자식 못둔 부인들이 그 소식을 전해듣고 여럿이 절에가 기도드리고 와서 자식을 낳았는데 한결 외모나 행실이 형제같이 똑같아서 다른 사람들이 부처님 자식이라 했단다.

그 절에 기골이 장대한 중이 무척 음흉하여 기도 오는 젊은 여인이 기도할 때만 부처 뒤에 숨어서 여인이 기도에 기진맥진할때 계시를 내렸단다. 절 밑에 내려가면 큰 바위굴 앞에 삼경에 얼굴을 가리고 엉덩이만 쳐들고 벌리고 있으면 신령님이 오셔서 아기를 점지하고 갈 것이니 절대 누구에게 발설하거나 돌아보아서도 안될 것이라 했다.

이 여인 절에 지쳐 언뜻 졸고 있을 때 앞에 있는 부처님이 선몽하시는 것으로 알고 누구에게도 말 안하고 살며시 삼경(한밤중) 바위 앞에가서 치마로 얼굴을 뒤어쓰고 엉덩이만 내어벌리고 있을 때, 홀연이커다란 그것이 들어오더니 양기를 무수히 쏟아놓고 가니 이 여인 흐를세라 가랑이를 오므리고 집에 와있으니 과연 배가 불러왔다 하였고 인근 마을에서도 그 소릴 듣고 여러 부인이 아기를 두었다한다.

오매불망 자식 갖기만 소원하던터라 여인들도 절에서 부처가 시키는대로 배란기가 오면 깨끗이 목욕하고 절에가서 기도하고 나오다 삼경까지 기다려 그곳에 가서 엉덩이만 내놓고 있으면 영락없이 신령님이 오셔서 여인의 음부에 양기를 쏟아 넣고 가니 절간에서 여인 접촉이 없던 장대한 중이라 여인들끼리는 다 알아도 비밀은 자기 자식을 위해 지키니 그 중 자식이 고을에 수십명이었다고 한다.

옛날이야말로 유전자 검사도 못했으니 누가 뭐라 할 수 있으랴 그 부인이 난 자식만은 틀림없는 사실인데 씨가 누구 씨면 어떠랴 남의 씨 얻어다 내 밭에 뿌렸다고 그 곡식 씨 임자 것이라 할까 내 밭에서 걷은 곡식 내 것이 분명커늘 부처님은 만인의 어버이신데 얼굴이 같은 것은 당연하지 씨앗이 누구 씨앗이든 내가 잘 가꾸어 잘 키우면 되지 그렇게라도 자식을 얻어서 행복하게 살아라.

알프스의 해발 4,000m에서 본 호수

수명죽백(垂名竹帛)

정선 아리랑

내 나이 10세 때 나보다 세살 더 먹은 어떤 아이가 사랑방에서 글(한문)을 읽는데 아버지 앞에 나타나서 선생님 밥좀 주세요 한다. 아버지께서 왜 밥을 얻어먹고 다니느냐 어디든 의탁해서 일을 배워야지 밥을 굶은 것 같은데 우선 밥부터 먹거라 하고 안에다 형수를 부르더니 이 아이 데리고 가서 밥을 먹이고 다시 이리도 데려오라 하신다. 안에 들어가 밥을 먹고 나오더니 선생님 고맙습니다 하니 아버지께서 거기 앉거라 하시더니 내 너 하는 것 보아서 줄 것이니 그리 정처없이 돌아다니며 밥이나 얻어먹지 말고 우리집에서 소나 거두어라 그렇게하여 우리집에서 13살 먹은 아이가 한가족같이 지내게 되었다. 첫해에는 쌀 15말을 주었고 그 쌀을 장리쌀을 놓아(쌀 10말 한가마 가져다 쓰면 가을에 15말을 가져온다. 이것을 장리쌀이라 했다) 그렇게 13살에 와서 15년을 우리집에서 있으며, 나중에는 8가마까지 받았고 쌀이 100가마가 넘었고 이웃마을 아가씨와 혼례까지 시켜서 살림을 차려주었다. 또 아버님께서 사람은 어디가서 무슨 일을 하고 살더라도 편지는 읽을 줄 알고 이름 석자는 쓸 줄 알아야 된다 하시며 한문 공부도 가르치고 언문도 가르쳐 주었고 그 아이도 열심히 공부하여 한문도 소학까지 읽었고 시도 쓸 정도로 통달하였다.

그런데 그 어린 아이가 어디서 배웠는지 정선 아리랑을 처량하고 구슬프게 잘 불렀다. 목청이 타고난 음성으로 다른 사람은 그 아이처럼 구슬프게 부르지 못하고 머리가 좋아서 그 긴 정선 아리랑을 빼놓지 않고 잘 엮어대니 칭찬이 자자했다. 그리고 사람이 붙임성이 있어 누구와도 잘 소통을 하고 친밀하게 지냈다.

나도 그 형이 부르는데 따라 부르다보니 정선 아리랑은 나의 레파토리가 되었고 내가 운전할 땐 80까지도 매년 정선 장날 양 4월 20일 경에는 정선장에 가서 일년 먹을 고사리, 더덕, 취나물을 사왔다. 나물도 맏물이래야 연하고 향이 좋다. 더덕도 산더덕이라야 더덕향이 좋고 맛도 좋다. 그리고 정선 장날에는 꼭 민속 배우들이 와서 공연을 한다. 정선장은 3일, 8일이다. 정선군에서 공연장을 만들어 놓고 하루 종일 연속 공연을 한다. 그때는 장소팔이 와 여가수와 가락을 주고 받으면 아줌마, 아가씨들이 더 즐겨본다.

우리집 서방님은 잘났던지 못났던지 얽어매고 찍어매고
장지다리, 곰배파리, 노가디 나무 지게 위에 옆전 석냥 짊어지고
강릉, 삼척에 소금사러 가셨는데 백복령 구비구비
부디 잘 다녀오세요.
아리랑~ 아라리오, 아리랑 고개로 나를 넘겨주오.

수명죽백(垂名竹帛)

그 시절에는 소금이 가장 귀하였다. 장 담그려면 소금없이는 못 담그니 소금을 사려면 충주 목계 아니면 강릉 삼척엘 가야 살 수 있었다. 충주 목계나루는 중원 물류기지로서 강원 서부 원주·영월, 단양, 문경, 영주에서 인삼·황기 약초를 지고와서 목계와서 소금과 바꿔갔다. 그리고 태백, 소백산 홍송·적송은 서울 집짓는 재목은 정선에서 뗏목을 엮어 서울 광나루, 마포나루에 팔아 서울에서 비단·패물 등을 구입하여 가니 비록 뗏목사공일 망정 사공은 돈은 제일 잘 벌었기 때문에 정선에서부터 서울까지 선착장마다 포주들이 사공 때문에 먹고 살았다. 홍송·적송은 궁궐뿐 아니라 대가집 짓는데는 없어는 안될 좋은 목재다.

영감은 할멈치고 할멈은 아치고 아는 개치고
개는 꼬리치고 꼬리는 마당치고
마당 윗전에 수양버들은 바람을 안고 도는데
우리집 저 멍텅구리는 날 안고 돌줄 몰라

옛날부터 50년, 60년 전 팔당댐이 생기기 전까지 차가 없을 때라 오직 물류운반이 한강이었다 마포나루에서 소금을 싣고가면 충주까지밖에 왕래가 안되었다. 물살이 세어 충주부터는 배가 역류해 올라가지 못했다. 그래서 옛부터 목계나루가 중심지로 물류창고가 목계나루에 운집되어 있었다.

충주까지 일정때도 버스는 있었으나 목탄차로 아침에 출발하면 저녁에 서울 도착했다, 그러니 오히려 서울다니는데는 강이 빨랐다. 내려갈 때는 물살하고 똑같이 내려가니 또 강이 얕아 삿대로 밀어가면 자동차보다 빠르다. 정선에서는 배가 충주서부터 역류가 안되니 내려올 때만 뗏목으로 오고 갈때는 걸어가야 했다. 정선에서 서울 마포나루까지는 천이백 팔십리라 했다.

뗏목은 하루에 얼마 못간다. 일부러 천천히 가야지 빨리 가려다 물살에 밀리면 세우지 못하기 때문에 하루에 40~50밖에 안간다.

그래서 사공들이 머무는 곳 나루마다 포주가 있다. 〈영월 덕포나루〉, 〈충주 목계나루〉, 〈여주 이포나루〉, 〈팔당 양수리〉, 〈광나루〉, 〈뚝섬〉, 〈마포나루〉가 종착역이다.

눈이 올려나 비가 올려나 억수장마가 지려나
만수산 비로봉에 먹구름이 막 모여든다.
아우라지 뱃사공아 배 좀 건너주소.
싸리골 온 동박이 다 떨어진다.
떨어진 동박은 낙엽에나 쌓이지
잠시 잠깐 임그리워 나는 못살겠네
아리랑~ (후렴)

물명주 단속곳은 허리유통에 걸고서
장부의 일천간장을 다 녹여내네
삼사월 긴긴해에 점심을 굶으라면 굶었지
동지섣달 긴긴밤에 임없이는 나는 못살겠네
아리랑~ 아라리오 (후렴)

수명죽백(垂名竹帛)

태산준령 험한 고개 칡넝쿨 엉크러진 가시덤불 헤치고

시내물 굽이치는 골짜기를 휘돌아서

불원천리 허덕지덕 허무단심 그대를 찾아왔건만

보고도 못본채 돈담무심

아리랑~ (후렴)

아지라울 찾아가자니 한도 정도 바이없어

고둣치듯 잊으려고 산간절벽 찾아가니 풍두바람

쓸쓸환데 두견조차 슬피울어 귀촉도 울어가듯

너도 울고 나도 울어 시삼경 깊은 밤을 같이

울어 새어볼까 산적적 월황촌에

임생각이 사무쳐 전전반측 잠못일제 창밖에 저 두견은

피나게 슬피울고 무심한 저 구름은 달빛조차 가렸으니

산란한 이내 심사 어이하여 풀어볼까

아리랑~ (후렴)

시집간지 삼일만에 바가지 장단을 쳤더니

시아버지 나오더니 엉덩이 춤을 추고요

시집간지 나흘 만에 부뚜막 장단을 쳤더니

시어머니 나오더니 가재미 눈이 되었네

아리랑~ (후렴)

앞산에 살구꽃은 필락말락하는데

우리집 서방님은 정은야 들락말락 하누나

고추밭 매는 줄 뻔연히 보면서

무슨 밭 매느냐 왜 묻나 수수밭, 삼밭 숲풀속

다 지나놓고서 빤빤한 잔디밭에서 왜 이리 졸라

아리랑~ (후렴)

정선 읍내야 백모래 사장에 이슬비 오나마나

나 어린 신랑 품에 안겨 잠자리 하나마나

정선 읍내야 물레방아는 물살을 안고 도는데

우리집 저 멍텅구리는 날 안고 돌줄 왜 몰라

앞 남산 딱따구리는 생나무 구멍도 잘 뚫는데

우리집 저 멍텅구리는 뚫어진 구먼도 못찾네

아리랑~ (후렴)

노세 노세 젊어서 놀아 늘고 병들면 못노나니

우리가 살며는 얼마나 사나 더 늙기 전에 먹노나 노세

내 주머니 돈 있을땐 나만 좋다 하더니

내 주머니 돈 떨어지니 비렁뱅이 취급하네

억만금을 주어도 못사는 세월 촌음의 만남도 허송을 마라

석자 베적삼 도랑처마를 입었을 망정

낫자루 호미로 만년필 쓴다.

아리랑~ (후렴)

수명죽백(垂名竹帛)

화로에 박주기장은 오글박작 끓는데

시어머니 잔소리는 부싯돌 치듯 성화네

우리집 시어머니 염치도 좋지 저 잘난 것을 낳아놓고 날 데려왔나

우리집 시어머니 꾀주머니 잠자는척 생코를 골더니

아들 며느리 회동을 보면 긴 한숨을 내쉬네

아리랑~ (후렴)

정선이 좋다해도 딸 주지는 마라

강냉이밥 사철치기에 어금니가 다 빠졌네

한치 뒷산에 곤드레 딱주기 임이야 맛만 같다면

그것만 먹고도 살아가련다

우리집 서방님은 뗏목타고 돈벌로 갔는데

황새여울 된꼴가리 부디 잘 다녀오세요

강원도 금강산 일만이천봉 해금사 법당 뒤

칠성당 모아놓고 팔자에 없는 아들 딸 낳아달라고

백일기도를 맡고 타관객지 외로운 나그네 괄시를 마라

(후렴)

원로작가 신경림은 〈달 넘어에서〉 조물주는 에누리가 없어 아름다운 산과 눈부시게 맑은 물을 주었지만 그 대신 모진 산바래지와 가파른 돌밭밖에 주지 않았다. 밭이나 매면서 한과 가난을 노래로 푸는 겁쟁이라 어리석다 말하지 마라.

노산 이은상 십장생

鷺山 李殷相 十長生

故鄕을 잃어 버린 외로운 나그
네여 이따끔 山 기슭에 내려와
쉬는듯이 되돌아보면 萬里蒼空
을 自由로히떠다닌다 淸江에
여윈학이 씨은듯 희고희다
굽은등 푸른눈은 하늘을닮았
으니 一片心 붉은머리야 어
느적에 변하리 샘솟아 흐르는
물 여흘여흘 노래하고 고여
서 湖水되면 달과별이 잠겨
놀고 限바다 이루고나면 潮
湯하리라 깊은밤 不老草야
人間萬事비었는가 靈芝로 빛

284   수명죽백(垂名竹帛)

은 술을 아침저녁 마셨으니 아
무리 세상이 바뀐들 늙을줄있으
랴 넓은하늘에서 길을잃을가
봐 億萬年 한길로만 다니는 바
보가있다 비구름 첩〈疊〉가리
워도 제갈길로간다 물맑은 시
냇가에 어여쁜 저사슴아 누구
도 冠이 네뿔보다 빛날건가 뭇
짐승 길러준 頌德이야 길일말
이 없을소냐. 곧다곧다한들 너처
럼 곧들라고 비바람불어쳐도
껄껄 웃음웃고 차라리 꺾어질
망정 굽힐줄모르는다 거북아 녀
의 나라엔 渴望〈희망〉이란말이

말이없고 죽는단 말을 쉰다고
한다지 거북은 고개만 꼬덕꾸덕
况文〈다른표정〉이 전혀없다
벼랑끝에 바위틈에 휘굽어진 늙은
솔아 눈속에 묻혔다도 털고나면
더푸른데 닳밝고 바람맑으면
네 事綠이 "길례라 山마루 바위
덩이 千年가도 하루같 네 불이
엉키고 불이 뭉쳤는냐 金 들고
銀든줄은 갈라보면 알겠을

수명죽백(垂名竹帛)

환상幻想

　人間은 누구나 행복해지기를 간절히 소망한다. 요즘 봄인대도 영 잠이 잘 안온다. 이럴 땐 막걸리라도 한잔 걸치고 나면 잠이 스르르 온다. 술은 옛날에는 고독을 치유하는 영약으로 마셨고 지난 날엔 고독을 해소하는 수면제로 마셨는데 지금은(87세) 고통을 초대하는 독약으로 느껴진다. 잠이 안 와 리모콘을 집어들고 올리다 보니 27번 범죄도시에서 에로씬에서 남녀 실오라기 하나 안 걸치고 Sex 장면을 그대로 묘사한다. 나이가 들어도 그런 장면은 어쩔 수 없이 고정시킨다. 그 다음에는 네 발가락(한국영화) 깜짝 놀라 내 발가락을 세어 보았다. 한쪽은 다섯 개 두쪽은 열개가 틀림 없는데 이건 또 무슨 개소리야. 개 발톱은 안세여 보았으니 뭐라할 수도 없고, 타성을 따라 살아가는 인간은 현실에 자신을 재단하고 일을 합리화 하면서도 현실을 부정하는 특성을 버리지 못한다. 그대의 인생은 절대적으로 그대가 경영할 권리가 있다. 하지만 그대는 혹시 그대의 인생을 방기放棄(팽겨처 돌보지 않음) 하고 살지는 않았나. 주관대로 人生을 살아가기는 어려운 법이지만 주관 대로 살아가는 인간으로 발전하기 위해 부단히 노력하지 않는

자는 세상을 원망할 자격도 없다. 큰 뜻을 이루고자 하는 자는 빨리 이루어지기를 기대하지 않는 법 그대가 젊은 나이에 인생역전을 로또 따위에 의존하고 살아가는 인간이라면 그대의 인생은 끊임없이 그대에게 잔인한 시련을 요구할 것이다. 그러니 세상을 불평하기 전에 그대를 먼저 개선하기를 권유한다. 그대여 로또로부터 깨어나라. 그대의 비굴함에 스스로 전율을 느끼면서 변화의 그날을 기다리지마라. 밤을 습관처럼 새워본 사람은 하루의 人生을 소상히 알고 있다. 그 중에서도 새벽이 人生 얼마나 외롭게 만드는가를 누구보다 절감하게 됩니다. 이제 겨울이 다 지나가도 메밀묵 찹살 떡은 소리가 없구나 지금 3시 삼십삼분 사방이 적막한데 귀천에는 벽 속에서 이름 모를 벌레 울음 소리가 환청으로 들려온다. 나이 들어 갈 수록 人生도 깊어가기를 소망하면서 마음의 본성을 리모델링 하려고 합니다. 하늘은 밤마다 아름답지만 날마다 푸르지는 않다. 더러는 천둥 번개, 요란할 때도 있다. 가는 말이 고와도 오는 말이 추하다면 용서가 오히려 죄악이 될 수도 있다. 차라리 질타가 자비가 될 수가 있듯이 남의 심기를 불편하게 만듦으로써 자신의 존재적 가치를 드높이고자 하는 정신질환자들에게는 나의 이글이 아무런 도움이 되지 않을지도 모른다. 그 사실이 나를 더 안타깝게 만든다. 그러나 나는 알고 있다. 이 세상에 그 어떤 악질적 존재에게도 아름다운 마음의 본성은 간직되어 있음을 어째서 자신들의 고독과 아픔은 그토록 안쓰럽고 타인의 고독과 아픔은 안중에도 없는 것이냐고 내 인생에도 별이 보이게 하여 주소서 수백번 수천번 빌었겠만 하느님 아버지는 제 기도를 씹으셨군요. 그토록 제가 미우신가요. 그런식으로 씹어버리신다면 부처님 앞으로 이적할 수도 있습니다. 늙은이 부탁 하나도 못 들어주는 걸 보니 그다지 대단하신 존재는 아닌 것 같은데 이쯤되면 당신도 가까이 하기엔 너무나 먼 당신으로 여길 수 밖에, 지나치게 욕망에 강한 사람들은 안타깝게도 타인의 입장은 전혀 고려하지 않고 자신의 입장만을 내세우는 일에만 주력합니다. 이런 사람들은 어떤 일에 실패를 초래해도 절대로 자신의 책임이라고는 생각하지 않습니다. 하지만 간절하다고 모든 소망이 성사되지는 않습니다. 세상에서 가장 불행한 인간은 자기 밖에 모르는 人間입니다. 인간답게 살아가려는 사람들에게 현실은 얼마나 악마인가. 추억마저도 평소보다 몇 배나 빨리 녹슬어 퇴락해버린다. 문득 술이 마시고 싶다. 딱 한 잔만 내 육체는 당분간 대 수리 중(이빨이 11개가 몽땅) 소망하던 세상은 오지 않고 다시 한 해가 지나갔다. 한 그루의 나무도 심어보지 않은 자가 어찌 푸른 숲의 주인이 되기를 꿈꾸랴. 비록 늙어 눈 덮힌 고산에 고사목처럼 앙상한 뼈만 남아있어도 아직도 이렇게 글을 쓸 수 있다고 생각하니 감사할 따름이다.

2023. 2. 5. 3시 30분

나의 추억

① 북당골 고사리

내가 어릴적에는 유난히 우리 마을에는 나물이 많았다. 그 때 시골사람이 봄철에는 봄나물을 시장에 갔다 팔아서 옷도 사입고 세간을 장만하였다. 우리 집에서 강쪽으로 마주 보이는 안산이 있고 그 안산 남한강 쪽으로 끝자락에 설렁(돌무더기)진 곳이 이 마을 사람들은 북당골이라 불렀다.

북당골은 마을과도 2km는 떨어져 있어 나물이 많이 나와도 아줌마들은 자주 안간다. 그 때만 해도 그곳에는 호랑이가 있다고 하였고 북당골 바위굴 앞에는 짐승들의 뼈가 수두룩했다. 나는 초등학교 다닐 때 큰 형수 따라갔던 곳이라 어느 이슬비 내리는 새벽에 혼자갔다. 고사리는 비오고 다음날 가면 하룻밤 사이에도 20cm, 30cm씩 자란다. 고사리는 먼저 간 사람이 지나가면 다음은 허탕이라 그 곳 사람들은 비가오면 거의들 새벽에 간다. 새벽에 꺾어다 두릅(열두묶음)으로 엮어다 장호원 시장가면 최고로 값을 제일 잘쳐준다. 그만큼 맛이 일품이다.

그래서 나 혼자 커다란 다라키에 호신용 조선 낫 그리고 가시덤

수명죽백(垂名竹帛)

풀 만져도 가시 안 박히는 소가죽 장갑 애들때니 2km 쯤이야 번
적하면 가는 곳이지 그곳에 도착하니 아직 날도 홀딱 안샜고 더
군다나 가랑비 온 끝이라 안개가 자욱하여 100m도 안보인다. 고
사리 나는 곳은 이상하게도 다른 곳은 아름드리 소나무가 빈틈없
이 숲을 이뤘는데 고사리 밭에는 윤달미(갈다리종류 유한풀) 풀만 있
고 습기가 많아서인가 시영풀 같은 것이 가득차 있는데 어저녁에
자란 고사리가 100여평에 밭을 이루고 있다.

　다라키는(싸리로 만든 채그릇) 옆구리에 단단히 차고 조선 낫으로
앞을 헤치고 나가며 고사리를 꺾는데 얼마나 굵고 실한지 몇 개
안꺾어 한묶음이다. 정신없이 꺾어가는데 앞에 꺼먼 나무토막 같
은 것이 보이기로 자세히 보니 독사가 꼬리만 땅에 박고 몸둥이
는 20cm 서서 대가리를 꼬부리고 노려보고 새까만 혀를 10cm
이상 내밀고 날름거린다. 나는 그만 그 자리에서 경직되고 말았
다. 나물이고 뭐고 우선 물리면 그곳에서 즉사다. 낫과 눈으로 그
놈이 움직이며 사정없이 베어 버릴려고 나와 눈싸움을 하고 있을
때 갑자기 내 옆에서 주먹보다 더 큰 개구리가 꽥하며 2m언덕아
래로 내려뛰는데 그뱀이 확날으며 공중에서 개구리를 물고 낙하
한다. 그제야 그 뱀이 그 개구리를 노린 것이다. 생각만 해도 진
땀이 솟는다. 나는 무사히 그날은 나물을 한 다라기 가득 꺾어왔
고 다음부터 한번도 안가다가 몇십년 후에 찾아갔더니 참나무가
빼곡이 숲을 이루었고 고사리는 구경도 못했다.

② 이무기 노인

6·25 전이니까 내 나이 13세때 같았다. 아버님이 생선 조림이 없으면 영 진지를 못드셔서 나는 아침에 글(한문) 읽고나면 고기 잡으러 가는 것이 일과나 다름없었다. 그곳은 우리 마을 뿐만 아니라 다른 산 계곡에서마다 작은 웅덩이가 있고, 남한강까지 양 골짜기로 계곡이 4개가 있다. 계곡은 계곡마다 거리가 거의 1km, 2km다. 강이 가까워서인지 고기는 다 있다. 미꾸리 수수미꾸리 참매조 모래무지 진거니 퉁바귀 꾸구락지 피라미 중타리 메기 뱀장어 가물치 털게 고기도 그날 재수다.

잘 걸리면 많이 잡을 때도 있고 어떤땐 헛수고다. 고기도 장마 전에나 잡지 장마가 가고나면 못 잡는다. 대개 봄 가뭄에는 고기가 웅덩이로 모여서 잡기가 수월하다. 대홍수가 가고나면 도랑도 해매다 바뀐다. 그러나 오직 안바뀌는 곳이 폭포수다. 그곳은 완전히 너래 바위라 오히려 장마가 가고나면 깨끗이 씻겨가고 청소한 듯 깨끗하다.

내가 어려서부터 형으로부터 이어받아 매년 한번씩 물을 퍼서 고기를 잡는 웅덩이가 있다. 바로 폭포수 밑에 웅덩이 깊이는 한 길 남짓 양가로 넓직한 바위가 있고 가뭄에는 그 바위가 반은 물에 잠겨있고 반은 드러나 있다 ⅓ 정도 약 1m 물에 잠긴다. 그런데 그곳엔 물을 일년에 한 번 폈다하면 고기를 양철 박께스(일본말, 물통)으로 반씩은 잡았다.

어느 가뭄이 대지를 달구는 봄날 혼자서 삽과 하이바(철모 속에 쓰는 가벼운 모자) 박께스를 갖고 폭포수 거리로 갔다. 먼저 늘 하는 방법은 자연 요법으로 웅덩이 앞을 10m 전부터 똘을 1m 이상 쳐서 들어와 물을 타놓으면 수심이 1m 이상 낮아지고 갓으로 뺑돌려 문이 생긴다. 그러면 폭포에서 떨어지는 물을 받아 갓으로 돌려 내보내는 작업을 한다. 그게 제일 큰 작업이다.

굴 바위만 빙 둘러 떼를 떠다 단단히 막고 나서 하이바로 정신 없이 물을 푸니 바위앞 깊은 곳으로 바위가 드러나기 시작하니 바위 굴속에서 야단이 났다. 각종 고기가 물을 따라 나오며 등이 드러나니 막 꼬릴치며 푸덕여댄다. 나는 나오는대로 연실 웅켜서 박께스에 담았다.

정신없이 물을 푸고 나오는 대로 줘 담다보니 벌써 박께스가 반은 차 올랐다. 막 신이난다. 그때다 꼭 천둥치는 줄 알았다. 나는 너무 놀라서 큰 굴 바위밑을 쳐다보니 시꺼먼게 얼마나 굵은지 겁이났다. 내 팔뚝보다 굵다. 마음을 가다듬고 손에다 힘을 다하여 목을 양손으로 움겨쥐니 꼬리를 꾸불텅 치는 바람에 얼마나 힘이 센지 내가 넘어졌다. 그러나 아무럼 제가 힘이 센들 나도 씨름판에 가면 꼭 상을 타든 체력인데 안놓고 갔다. 박께스에 넣으니 그 한 마리가 여직 잡은 것보다 더 많아 보였다.

나는 배도 고프고 오늘 수확이 쏠쏠하여 다음을 위하여 웅덩이를 막아 전과 같이 복구해 놓고 하이바는 머리에 쓰고 한손엔 고기통, 한손엔 삽들고 폭포 위로 올라왔다. 폭포 위에는 폭포 옆으로 난 비탈길 위에는 아름드리 갈참나무와 그 밑에 상나무가 있고 상나무는 왼새끼로 둘둘 말아져 있고 각종 색색의 헌겁이 달려있고 참나무 밑에는 앉았다. 쉬어가도록 누군지 예쁘고 반들반들한 돌을 의자처럼 몇 개 놓았다. 하천(도랑과는)과는 1m 아래 도랑이다. 나도 허덕지덕 올라오니 갓쓰고 도포입고 선비의 정장을 한 노인이 턱 수염이 하얗게 가슴까지 내려와 있다. 소문으로만 듣던 신선이 앉아있다.

나는 그 노인 보느라고 미처 돌부리를 못보고 채이는 바람에 앞으로 엎어지며 고기통이 기울어졌다. 얼른 일으켜 놓으려는데 그 뱀장어가 퍼득 나르며 폭포수 물과 함께 사라진다. 이제 할 수 없다. 아깝지만 어쩌랴 그리고 정신을 차려보니 방금 앞에 있던 노인이 온데간데 없다. 나는 인사를 하고 앉아 쉬어갈까 했는데 흔적 없이 사라졌다. 그 시각 어디로 갈 겨를도 없었는데 이상하다 생각하고 부지런히 도랑가로 외길을 따라 올라가니 마을 어른이 나무지개를 지고 내려온다. 저 친구 이름을 부르며 "아버지 금방 갓 쓰고 올라가는 노인 못보셨어요." 하니 날보고 "싱거운 아이 다보겠네 갓 쓴 노인이 통행길도 아닌 산 속 나무꾼 다니는 길을 뭐하러 왔겠나. 이 사람아 어른하고 장난하면 못써." 꼼짝없이 장난친 것 같이 다른 변명이 없다. 나 혼자만 본거고 눈 깜짝 사이 흔적 없이 사라졌지 않는가.

집에 와서 아버님 식사 하시는데 오늘 일어난 일을 상세히 말씀

드리니 "참 다행이로구나. 그게 뱀장어가 아니고 이무기다. 이무기는 신령을 가진 영물이니 너를 현혹시켜 놓고 도망가기 위하여 일부러 네가 엎어지게 한 것이다. 너도 조금도 다치지 않았으니 네 몸도 도와주고 이무기도 도망갔으니 다행이다. 만에 그 뱀장어를 먹었더라면 평생 우환을 면치 못했을텐데 이제 네 건강은 걱정할 필요 없다." 하시었다.

그 덕분인지는 모르겠으나 87세가 되도록 지금까지 병원은 모르고 살았다. 직장 다닐 때부터 의료공단에서 하는 신체검사도 요즘 5년 동안 한 번도 안 받았다.

공연히 아무렇지도 않은데도 피 뽑고 몇시간씩 기다리는 것이 싫어서 매년 의료보험공단에서 건강검진 받으라고 통지서는 와도 안 받는다.

시인은 죽지 않는다

그대는 언제까지 자신의 모습을 숨기고 살 것인가. 그대는 언제까지 실없는 엉터리로 방랑자로 살 건가. 이제껏 그대가 사용하던 모든 사물과 시간들은 무채색으로 퇴락해가고 있다. 그대는 현실적이고 개인적인 욕망을 싸구려 로션처럼 쳐바르고 존재의 이유를 상실한채 날마다 지리멸렬한 일상을 반복하고 있을 것인가? 갈수록 세상은 썩어문드러지고 갈수록 우리 인간은 비굴해진다. 역시 그대와 무관하다고 말하지마라. 그대가 조금이라도 양심이 살아있는 인간이라면 당연히 그대에게도 아픔이 있어야 한다. 하지만 그대는 저급한 이기의 갑옷 속에 자신을 안주시킨채 가급적이면 고통과 슬픔을 외면한다. 한 번씩 눈이 내리면 한 편의 시를 쓰고 싶었던 기억을 유아기적 낭만으로 치부하면서 삼류 연속극으로 대리만족을 느끼거나 이유 없이 전락轉落해지는 노망을 걱정하면서 엄살 같은 한숨과 변명으로 자신을 변호하고 있는가?

타락의 고통 끝에 쓰여진 글 따위는 도처에 뿌려지는 할인마트 전단지보다 무가치하다. 자신이 변하지 않으면 운명도 변하지 않는다는 충언도 무용지물이다. 변화가 반듯이 진보는 아니다. 그러나 때로는 변화가 생활의 청량제가 되는 경우도 있다. 그래서 하느님은 인간에게 계절별로 업그레이드 해주는 모양이다. 나는 얼굴이 못생겨서 내 스스로 거울을 보는 예는 없다. 그런데 2023. 2. 3 어떻게 아래 앞니 걸었던 이가 여덟개가 한꺼번에 몽창 빠져서 그냥 굶어 죽을까도 했는데 아내가 이를 해주겠다고 해서 새로 임플란트 3개 박고 먼저 어금니와 같이 걸어서 11대를 새로하기로 하고 5,450,000원 나왔는데 현금처리하기로 하고 깎아서 5백으로 하였다. 늙은이가 되다보니 한푼이 아쉬웠다. 이제 나에게도 임플란트 5개다. 웃 이는 전부 틀니고 아래 좌측 어금니 3개 밖에 본 이는 안 남았다. 사람도 일반 기계와 마찬가지다. 나이가 들어가면서 어쩔 수 없이 부품을 하나 둘 갈아끼워야한다. 사람의 이가 제일 먼저 절단 나는 것은 당연한 일이다. 평생 하루도 쉬는 날이 없는 기구는 이 밖에 없을 것이다. 그것도 이는 누구도 중노동이다. 아침 점심 저녁 외에도 계속 닦아 줘야하니까. 그러잖아도 늙으니까 잠이 안 와 걱정인데 앞니가 통 비고 삭은 이를 다섯 개나 빼고 임플란트 다섯 개 박고하니 꿰맨 자리에서 실밥이 혀에 걸려 신경 쓰다 보니 잠을 한숨도 못 잤다. 내가 그 놈의 모기 때문에 잠을 설쳤는데 옛날에는 이, 벼룩, 빈대, 파리가 투성이였는데 지금은 다 박멸되고 오로지 모기인데 옛날 아버지는 모기는 처서만 지나면 혀가 꼬부러져 못 문다했고 파리채도 없고 모기약이 없이도 모기 때문에 잠 못 자던 않았는데 지금은 모기도 진화했는지 여름에는 없다가 장마가 끝나야 그제서 들쌀을 대고 모기도 그전 모기와 다르다.

새까맣게 잘 눈에 띄지도 않다가도 불만 키면 감쪽 같이 숨고 모기향을 뿌려도 효능이 없다. 그리고 초겨울까지 들쌀을 대다가 동지가 지나고서야 없어졌다. 의사님들 달나라는 좀 늦더라도 모기 퇴치약 좀 개발하였으면 좋겠습니다. 진드기도 풀 밭에는 안 다니니까 아무 걱정 없는데 이제 이 세상에 피를 먹고 사는 짐승(곤충)은 모기 밖에 살아있는 것은 없습니다. 적어도 우리나라는 모기만 박멸하면 해충 걱정은 안해도 될 것 같습니다. 오늘날 사회 풍조風潮(시대의 흐름)가 노력 없는 대가만을 바라는 날강도나 거지근성이 만연해있다. 나는 공짜가 싫다. 그래서 길거리에서 주택 같은 거 선전하면서 무언가 그냥 주는데 나는 그런 거 한 번도 안 받는다. 꼭 공짜에는 어떤 음흉陰凶 한 것이 숨겨져 있는 것 같아서. 그리고 시중에서도 싼 것은 사고 보면 먹거리도 집에 들어오자마자 썩거나 밤 같은 것도 전부 버러지 통이다. 내가 올갱이(다슬기)를 무척 좋아한다. 연신내 시장 앞을 지나 오는데 만원에 한 보따리를 주기로 사왔는데 그냥 버렸다. 어떻게 알이 삐쩍 마른 게 삶아서 파내니 입술만 딱딱한 게 떨어져 나오고 알은 하나도 없고 국도 맹물 국이나 마찬가지다. 잡아서 말려두었다. 그냥 내다 파는가보다. 사실 주천 별장에 가있을 때는 1kg 20,000원씩 줘야 샀고 사다가 마늘 잎 넣고 된장 아욱국 끓여놓으면 몇 일을 두고 먹어도 시원하고 구수한 맛이 국 중에 올갱이 국보다 더 맛있는 국은 없다고 했는데 서울에서는 다시는 다슬기 안 사먹는다. 먹고 싶으면 원주 풍물시장 가서 사다먹는다. 원주 구역에서 나리면 중앙시장 앞 풍물시장에는 항상 올갱이가 있다. 싼 것이 비지떡이라 했듯이 노력 없이 대가를 바라는 사람들에 의해서 사회가 황폐해지고 대가 없이 글을 쓰는 작가들에 의해서 사회가 아름다워집니다. 사랑과 행복은 절대로 얻어지는 것이 아니다. 만들어 가는 것이다. 통속通俗한 안목을 가져야 공허空虛한 마음에서 벗어나 전락하고 있는 자신을 지킬 수 있고 투명透明한 사회를 만들 수 있다. 책을 읽지 않고서 자신의 人生에 사랑과 행복이 도래하기를 바라는 사람은 마른 나무에서 꽃이 피기를 기대하는 사람이나 진배 없다. 만약 마른 나무에서 꽃이 피는 날이 온다면 그때는 바로 모든 문인 학문이 무용지물로 전락해버리는 날이 될 것이다. 역사 이래 처음으로 중국에서는 영하 58℃가 되어 문 틈으로 성에가 얼어 붙어 사람 사는 집에 문이 안 열리고 미국 플로리다 주에서도 세기 이래 영하 78℃까지 떨어져 오줌 줄기가 고드름이 되었다 한다. 사실 지구에서는 달 착륙하는 진 풍경도 있지만 지구 곳곳에도 매일 같이 진풍경이 벌어진다.

 지구는 내일은 또 어떤 모습으로 변동할지 아무도 모른다. 인간은 아무리 달을 착륙하고 영토를 점령하고 싸워도 인명은 장담 못한다. 나는 글을 쓰는 사람이 되다보니 보편적인 관점에서 글을 쓸 수 밖에 없다. 세상을 살면서 욕심 없이 어떻게 생명을 유지할 건가. 나 역시 없음을 겪고 보니 법정法頂의 무소유란 승가에서나 할 수 있는 것이지 人間世上에서는 절대 불가한 일이다. 그러나 이것만은 확실하다. 마음에서 욕망은 버려라. 즉, 옛날처럼 자식들에게 재산을 물려주기 위하여 축적蓄積은 하지마라. 세계는 언젠가는 공정한 사회가 될 것이다. 국민이 그렇게 만들어 놓을 것이다. 내가 가진 것은 없어도 평생 빚을 안지고 살아보니 주머니가 통통비어도 근심 걱정이 하나 없다. 먹고 입는 거야 지금 같은 세상에 걱정이 안되니 사치만 못할 뿐이지 먹고 입고 사는 것은 부자나, 고관이나 똑같다. 그러나 부자나 고위층이 나처럼 편하지는 않을 것이다. 부자는 항상 지킬 궁리에 걱정이고 관리는 늘 떨어질까 오를까 걱정이다. 즉 오른다는 것은 떨어질까의 정비례가 되기 때문이다. 실제 더 올라보았자 결국은 똑같은 것이다. 정년 퇴직하고 모여보니, 대학교수한 자나 장사한 자나 나나 농사짓는 자나 먹고 입고 사는 것은 똑같다. 단 너무 많은 것을 가지려고 빚내서 땅 사놓고 좋은 자동차 가지고 있는 친구는 날마다 사고다.

자동차가 긁혀서 몇 백이 들었느니 난방비가 집이 크다보니 700만원이 나왔다 하고 직원 급여를 못주어 은행에서 몇 억 대출을 받았느니, 땅 값이 폭락했다느니, 진작 팔아버릴 것을 그들의 삶에는 하루도 안심할 날이 없다. 관리도 무슨 일이 한 번 터지면 수습하는데 집권 내내 부메랑이 되고 마음 편한 날이 없다. 이태원 참사가 가시기도 전에 무인 비행기 침투에다 배 침몰사고 어쩔 수 없이 책임이 돌아오게 되니 그렇다고 나하고 무슨 관련인가 하지만, 6일 새벽 배침몰로 9명이 죽었으니, 세상은 언제 어떤 모습으로 변할지 가정이 안선다. 그러나 이런 말이 있다. 시인들은 죽었지만 시들이 살아있으므로 시인들은 영원히 죽지 않는다 했다. 그

　　　　　　　　　　　수명죽백(垂名竹帛)

래서 시인들은 죽고 나서 자신의 시구詩句에서 아름다운 훈초가 싹트기를 바랄 것입니다. 한국 사람들은 정력에 좋다는 소문만 나면 어떤 혐오 식품이든지 가리지 않고 왕성하게 먹어치우는 습성을 가지고 있습니다. 옛날에는 주로 수캐 신이나 물개 신이 거금으로 팔렸고 근자에는 까마귀가 거의 멸종이 되니 이제는 유명 가수는 쏘팔메토로 힘자랑을 하네요. 나도 지금부터라도 글쓰기 다 때려치우고 쏘팔메토나 지고 다니며 지구력 장사나 할까보다. 요즘 양기는 옛 사람과 다른 모양이다. 옛날엔 육신의 양식이 중요했지만 지금은 정신적 영혼의 양식이 더 중요하다한다.

또 거의 보통 사람들은 육식적 양식을 선호하지만 작가들은 오로지 육신의 건강을 더 소중하게 강조하고 정신적 마음에 양식을 더 선호한다. 그래서 성에 집착하는 현실과 끊임 없이 갈등하고 투쟁해야 하는 존재들이다. 알고 보면 작가 역시 인간이기 때문에 개인의 영양만으로 만들어지는 존재가 아니다. 이상에 갇혀있는 무기는 이기성이다. 二氣(음양)는 순리와 조화에 역행하는 특질을 가지고 있다. 이런 무리는 자기 재능이나 부귀를 믿고 남을 업신여기고 멸시하는 습성을 가지고 있기 때문에 이들을 깨뜨려 줄 수 있는 비난과 질책이 오히려 그들에게 자비다. 깡패는 남에게 폭력을 휘두를 때 자기의 존재감과 성취감을 느낀다. 그들의 임무는 맞기 아니면 때리는 경우에만 쾌감을 느낀다. 글쟁이는 어떤 글이든지 깊이 음미하는데서 울어나는 맛에서 쾌감을 느낀다. 음식은 육체적인 건강을 좌우하지만 글은 정신적인 건강을 좌우

한다. 어쩌다 대한민국(백의민족)이 세계에 짝퉁공화국으로 전락해버렸나. 명품 마저도 짝퉁 손에 들어가면 짝퉁이 되고 도리어 짝퉁이 명품대접을 받는 경우가 비일비재하다. 그러나 짝퉁은 간사한 기술을 바탕으로 조작된 것이라 지내봤자 늘 고린내가 나기 때문에 마음까지 짝퉁이 되고 만다. 모든 진품의 숭고한 정신으로 창조하여 만들었기 때문에 마음이 폭신하다. 늘 사치하지 않아도 마음이 상쾌하다.

대한민국 문화는 음미의 문화다. 기름진 소고기국보다는 담백한 청국장이 더 맛깔나고 비릿한 회보다는 구수한 올갱이 아욱국을 더 좋아한다. 우리는 글을 읽으며 작가의 정신을 진진하게 음미하지 않으면 글이 시사하고 있는 깊이 내재된 운치를 발견하지 못한다. 그러면 책을 읽어도 음미를 느끼지 못한다. 글도 창조다. 어떤 글도 남에 글을 모방하여 베껴 쓰는 것은 죄악이다. 바꿔 말하자면 모방은 이미 다른 사람이 만들어 놓은 것을 본떠서 만든 것이라 물건의 짝퉁과 같다. 따라서 창조적 관점에서 지금 내 글은 순수한 노옹의 人生이 깃들여진 명품이라고 장담하고 내글을 폄하貶下한다는 것은 예술에 대한 모독이다. 한국 사람은 신 바람이 나면 거의 불가능하다고 여기는 일도 가능하게 만드는 경우가 허다하다. 나도 처음엔 왜 이런 쓰잘데 없는 글을 써서 자식들이 용돈 주는 거 다 버리고 이 좋은 세상에 여행도 한 번 못 다니고 방구석에 밤낮 꾸려 업드려 손가락에 대못이 박히도록 육필로 고행을 하고서도 마누라한테 핑퉁이나 먹고 인생은 점점 저물어 붉

　수명죽백(垂名竹帛)

은 노을도 사라졌는데 새벽까지 잠 못 이루고 창밖 골목길 가로등 밑에서 누군가가 손등으로 눈시울을 훔치고 서서 기다리고 있을 것 같은 예감에 도취해 잠을 뒤척이는 내 모습이 처량하다 해야하나.

  행여나 벌떡 일어나 창문을 열어제치고 나면 자욱한 미세먼지와 쾌쾌한 자동차에서 내뿜는 탄산가스 냄새만 코 속을 파고든다. 지구상에 존재하는 생명체 중에서 글을 쓰는 존재로 등단하였다는 자부심에 고무되어 찌그러진 입가에 골자 웃음이 더 민망하구나. 따라서 독서를 게을리 하는 자는 인간이기를 포기하는 것과 다르지 않다. 가끔은 사치에 젖어진 모습이 부러울 때도 있지만 그것을 혐오하게 생각할 때가 더 아름답다. 또 한 해가 가고나니, 또 팔육에 더움이 하나 더 언치는구나. 새해가 온다고 달라지는 것이야 없지만 이번만은 대박 터트려 지인들을 놀라게하고 근사한 곳에 가서 한 턱 내고 싶다. 사람은 양심이 복 받일 때 솔로몬의 재판을 지혜로운 재판이라 말합니다. 한 명의 아기를 서로 내 아기라 주장할 때 솔로몬은 아기를 반으로 나눠가지라 했지요. 가짜는 회심의 미소가 있겠지만 진자 엄마 가슴에 대못이 박히는 줄 왜 모르고 그런 가혹한 재판을 내립니까. 나경원이야말로 국민의 힘의 친엄마인데 왜 그 같은 모진 말을 하십니까. 솔직히 김기원을 대통령이 지지한 것은 사실이지 않습니까. 단심丹心 말하자면

  ※단심(丹心) : 직설적으로 말을 함.

안철수는 천오백억을 기부하지 않았습니까. 절대 국민이 알고 있는 사실을 속이려하지 마십시오. 안철수를 만에 토팽한다면 나도 국민의 힘도 이재명보다 더 나쁜 정당이라 할 것입니다.

  내 나이 임이 삶에 경계境界에 이르럿거늘 두려울 것이 없을줄 알았는데 나경원에서 안철수로 이어가는 것을 보면서 이런저런 참사에 이어 인사까지 수면으로 올라오는 것을 보면서 언행 하나도 조심해야 하겠구나. 하고 자식 손주들에게 할애비의 업고業苦가 따르지나 않을까 우려가 된다. 부처님께서는 빈자지일등貧者之一燈이라하시었다. 가난한 생활 속에서 신불神佛에 바치는 등불 하나는 만석군의 만등보다 공덕이 크다하였다. 내 비록 빈곤하여 나눌 것은 없지만 남에게 피해는 주지 말자는 정신으로 폼 내지는 못하더라도 비루鄙陋하게는 살지말자. 맹세하고 거듭 맹세했습니다. 우리는 삶에 필요 없는 것을 너무 많이 가지고 산다. 아기 양육비가 어른 생활비보다 많이 든다하고 개 사육비가 한 마리에 125만원이라 하니 그러잖아도 인간이 버리는 쓰레기에 지구가 몸살을 앓는데 더 못 먹어 안달이니 언제나 정신을 차리려나 자식을 끔찍히 사랑하면서 자식의 건강을 바라면서 왜 젊은 엄마들의 영양가 최고인 모유를 안 먹이는가. 우리는 지금 빈곤에서 오는 갈증보다는 포만飽滿에서 오는 고통이 얼마나 큰지 왜 모르는가. 민심이 천심이라 했다. 아무리 국민을 속이려해도 국민은 다 알고 있다. 자기는 속일 수 있어도 국민은 속지 않는다. 김기현이 어찌 안철수를 비방할 수 있단 말인가. 고얀지고 지금 국민은 어리석지 않다. 민주당에서 돈을 그렇게 풀어 먹여 놓고 여북하면 스스로 개딸이라 자칭했을까. 개는 주인이 먹이만 주면 좋아하고 충성한다. 개에게는 양심이나 의리 따윈 없다. 개는 개일뿐이다. 옛날에는 개를 어미서부터 3대를 새끼내어 먹이고 하면 새끼도 어미 등에 기어올라 그짓거리를 한다. 그래서 옛부터 나쁜 여를 개 같은 X이라 했다. 당 대표란 사람이 개딸이라고 자기 지지자 떼거리를 칭하여 불렀다. 왜 하필이면 그 많은 말 중에 개딸이라 했을까. 돈만 주면 알랑거리니 그랬는지는 몰라도 하긴 지금처럼 개가 존경 받은 세상도 없을 거니까. 대다수 국민이 못 누리는 것을 누리고 사니까. 그러나 개는 개로써 취급을 해야지 사람하고 똑같이 취급하는 것은 인간 말종이다. 개가 양기가 좋다는 것은 옛부터 전해오고 있었다. 그 전에 표수가 우리면 소재지에 살고 있었다. 그런데 그 집 사냥개가 장정 허리만큼 컸다. 그런데 그 집에서 그 개를 얼마나 아꼈는지 겨울에는 부부자는 방 웃목에다 재웠다한다. 하루는 그 집 안에서 개가 막 짖어대고 여자의 비명소리가 나서 이웃에서 하도 이상해서 담을 넘어 들어가 무슨 일인가 하고 방안을 엿보니 남편을 출타하고 없는데 주인 아줌마 등에 그 큰 개가 올라타고 개하고 붙어서 있더란다. 원체 개는 한 번 교미하면 두 세 시간을 한다. 그 후로 결국 그 곳에서 살지 못하고 미국으로 이민을 갔다. 바람 피운 것도 아닌데 자연히 소문은 퍼졌다.

이것은 글을 쓴다기 보다도 짐승도 부부가 행위할 땐 감정이 생겼나보다. 어떻게 사람에게 그런 행위를 할 수 있었을까. 남편이 집에 와서 그 날 바로 죽었지만 그래도 그 개는 사람과 사랑을 나누고 갔으니 행복했을 것이다. 옛날에 나쁜 일을 당했을 때 미친 개한테 물린 셈 하라고 위안의 말을 했다. 나도 어려서는 그게 무슨 뜻인지는 몰랐다. 그리고 그때 그런 소리가 퍼져다녀도 나는 어려서였는지 그게 무슨 말인지도 모르고 아무런 생각 없이 살았다. 그런데 요즘 동물학대니 뭐니하여 개를 너무 존경하는 것을 보면서 옛날에 생각이 나서 써보았다. 요즘은 그런 큰 개는 못 보지만 일정 때는 세바트는(사냥개) 호랑이도 잡았다한다. 그만큼 힘이 세었다. 우리 집 앞 산에서 돼지를 송아지만 한 것을 잡았는데 개가 목덜미를 물고 산 돼지를 끌고 집 근처까지 나려왔다. 고기가 200근이나 나가는 산 놈을 목덜미를 물고 끌고 나려왔으니 그 힘이 얼마나 센가. 대통령님도 이제 개만이 먹이지 말고 애완견 한 두마리만 먹이고 국민에게 신경써주십시오. 보기 안 좋습니다. 그리고 가신 정치는 이제 놓으십시오. 국민은 어렵다는데 날마다 집에 불러 만찬을 한다하니 바라보는 국민은 격조隔阻감이 생깁니다 .그럴 여력은 단돈 10원이라도 불우이웃에다 쓰십시오. 급여 다 쓰셔도 아깝지 않으실 것입니다. 국민은 은혜는 꼭 갚으니까요. 인간 쓰레기도 넘치는데 개쓰레기까지 치우는 집은 쓰레기비 10배는 더 받아야 합니다.

나의 14대 조부 송강 정철

모든 생명은 외도했던 안했던 나면 죽는 것이고 자연도 낮에는 해가 있고 밤이면 달이 있어 세상을 밝힘으로 모든 생과 사가 있는 것이고 생과사가 순환함으로써 자연은 보존하는 것이다.

오래된 성찰省察이다.

천박淺薄한 지식을 가지고 책을 쓴다고 허세하고 세월만 낭비하였구나. 미안하다.

나의 사랑하는

'딸 사위', '아들며느리', 그리고 눈에 넣어도 안아픈 손주들 건강하게 잘 살아줘서 고맙다.

그리고 할아버지가 잘해주지 못해서 미안하다.

이제 할아버지는 다시 만날 수 없는 자연으로 돌아간다. 모든 욕망에서 벗어나 아무것도 필요 없는 조용히 잠드는 곳으로 돌아간다.

삶에서 누려온 가식 진실 의심나는 질문 시비는 이 책 속에 다 묻어놓고 떠난다.

또 삶에서 인간관계, 모든 가치관도 이 노트에 적어 놓았다.

또 미처 너희들에게 못다한 이야기들, 실수, 모두 사과하고 자연이 가르키는 곳으로 조용히 순응하고 나 이제 가련다.

내가 태어난 곳은 충청북도 충주군 앙성면 상영죽리 산 45번지다(지금 충주시 앙성면 상영죽리).

할아버지의 아버지는 1남 3녀다.

누이하나 동생하나 혼외 여동생 하나다.

누이는 남양홍씨. 안성면 당뜰 홍진사댁이고, 아래 누이는 서울 이문동 안동권씨이다.

아버지의 고종사촌은 아들 셋, 딸 하나.

권희철, 권희경, 권회필, 누나는 권희정으로 충주 음성 반기문 형이다.

할머니는 달성서씨 약봉자손이고 처녀 때 천주교 세계를 받아 돌아가시면서 서마리아 천주교 장으로 앙성면 상영죽 선산에 할아버지 합장.

아버지의 형제는 아들 5형제, 딸5형제 중 하나는 혼외 딸이다.

아버지는 넷째로 동생은 반벙어리였는데 열 여섯에 죽었고 혼외 누나는 나도 어려서 나를 무척 귀여워했는데 일본 총독부 경감하고 살다가 해방되고 소식 없으니 일본으로 갔을것이다.

그 누나가 지금 가수 백지영과 똑 같이 예뻤고 일제 말에 하얼빈으로 장사하며 독립자금 전달책을 했다. 일본 경감하고 산 것은 만주까지 다느니냐고 위장결혼 시켰다. 아버지가.

아버지의 선향은 영일정씨 문청공 송강松江 정철鄭澈로 인조의 후궁 정숙의의 셋째 동생이다.

선조의 아버지 명종과는 가장 친한 친구사이로 경원대군과는 소꿉친구로 왕실에서 숙식도 같이하고 공부도 10세까지 세자 선생에게 같이 배웠다 한다.

어머니는 죽산안씨 안팽수(대사간)의 딸이고 할머니는 전남 평창 갑부의 딸 문화유씨로 1536년 12월 6일 지금 서울 종로구 청운동(청운국교 앞에 정송강 생가와 비석이 있음)에서 태어났고 10살에 을사사화로 막내누나(왕의 조카) 계림군이 간신의 연루로 사화에 연루되었다하여 참형 당하고 아버지를 따라 함경도 회령서부터 걸어서 전남 담양까지 걸어서 유배를 떠났다.

마지막 무등산 입구 광주호 기슭 담양 창평 당지산 지실 마을에 은거하게 되었고 지금도 지실 마을에 문학관이 있다.

그때 병조참의로 벼슬 과거 준비를 하던 둘째형이 벼슬도 과거도 다 포기하고 전라남도 순천 처가에 내려와 은둔하고 있을 때 형이 보고 싶어 10세 소년이 혼자 순천을 가느냐고 광주호 상류 사미천을 지나며 너무 더워서 너레바위에 옷을 벗어 놓고 목욕을 하는데 그때 전남의 성리학자 원로 대신인 사미천 위(100m) 정도 산기슭에다 정자 환벽당을 짓고 후예들을 가르치고 있을 때 졸음이 와 잠깐 잠이 들었는데 비몽사에 사미천천에서 용 한 마리가 노니고 있는지라 깨어보니 꿈이 하도 선명하여 동자를 불러 내려가 보고 오라 하였다. 내려가 보고 온 동자가 웬 처음 보는 아이가 목욕을 하고 있어요 했다한다.

환벽당 김윤제 선생이 가히 여겨 직접 내려가 데리고 올라와 말을 물으니, 10세 소년 어린이 답지 않게 대답을 하는데 큰누나가

인조숙의 정숙의라 하고 작은누나가 계림군으로 을사사화에 연루되어 장인인 아버지가 귀향길을 따라 내려왔다하니 김윤제 선생이 오늘부터 여기서 먹고 자고 나한테 공부를 하라하여 다시 학문을 닦게 되었다.

여기서 송강은 나의 선조라기보다 그분이 남기신 언문 가사 성산별곡, 관동별곡, 사미인곡, 속미인곡, 장진주사 등 주옥같은 글들은 지금도 내가 성산을 방문했을 때 대학생들 40여명이 선생의 현장 강의를 듣고 있었다.

나는 여기서 송강의 숲길을 거닐면서 우리는 참으로 흥미로운 사실을 실감하게 된다.

송강은 불같은 개성으로 불꽃같은 생애를 살았지만 그가 역사의 대지 위에 남긴 행적들은 400년이 지난 지금까지도 그의 깊고 푸른 강물을 이루어 오늘을 살아가는 우리 곁을 유유히 흐르고 있다.

작든 크든 강은 근원이야 저마다 다르겠지만 맑은 산골짝에서 솟아나 흘러 모여 흐르는 강물처럼 우리 인간의 삶도 그렇게 시작된다.

처음 어느 바위 밑 언덕바지에서 방울방울 모여 소천을 이루고 굽이굽이 계곡을 돌아 흐르면서 바위를 만나면 맞부딪치고 꺾이고 웅덩이마다 머문 흔적을 남기면서 점차 자신이 지향하는 삶의 물줄기를 갖추어 간다. 그리하여 마침내 또 다른 물줄기와 섞여 하나가 되어 흐르는 강을 이루게 된다.

그가 환벽당에서 처음 머무르며 이렇게 소외를 노래했다.

수명죽백(垂名竹帛)

산골에서 솟아나 흐르는 물아(流水峽中出)

멀리 멀리 가느냐 어느 곳으로(迢迢何所之)

네 능히 큰 강물에 이를 양이면(兩能達江漢)

그윽한 내 생각 부치고 지고(吾欲寄幽思)

또 밤길을 가다 내를 건너며

궁궐산마루에 달이 뜨자 시냇물 건너가니(嶺月初生度夜溪)

모래와 돌이 환이 보여 동서가 분명터니(分明沙石谷東西)

소쇄원 그늘진 산기슭엔 밝은 빛이 오지 않아(淸輝不到陰崖裏)

골짜기를 들어서니 갈 길이 희미하네(入谷還愁去路迷)

궁궐에서 거침없이 뛰놀다 갑자기 산비탈 길을 가며 처음 건너
보는 밤길 개울 돌다리를 건너며 어두컴컴한 산골짜기에 접어든
심경을 노래 한 것이다.

송강은 16세까지 창평 무등산 기슭 당지산 환벽당에서 아무 딴
생각 없이 전남의 맹주들 하서 김인후 고봉 기대승 송순 임흑령
양응정 김성원 고경명 등과 문학을 논하며 공부에 열중 하였고 김
윤제 외손녀 창평 부호의 딸과 선생 외조부의 주선으로 결혼을 하
여 그 곳에 거처를 마련하였다.

17세 되던 해 어려서 소꿉친구 명종이 아들 선조를 낳으면서 사
면을 받고 본가 청운동으로 돌아와 율곡 이이를 만났고 율곡과는
동서간 당은 달라도 우정을 돈독히 하였고 서울 와서 율곡의 벗으

로 성혼 우계와 사암 박순 이들은 일찍이 화랑 서경덕(1489~1546) 문하생으로 죽을 때까지 정치의 운명을 같이했다. 율곡 이이와는 생일이 20일 차이로 율곡이 얼마나 두터웠으면 동인에서 서인으로 정적을 바꾸었다 한다.

송강은 26세에 문과 장원급제 하였고 명종이 송강 장원급제 논설문을 쳐들고 내 친구가 장원급제 했다고 춤을 둥실 둥실 추고 장원급제 잔치하라고 궁중에서 직접 왕의 지시로 수라간에서 음식을 만들어 장정 일곱에게 지워보냈다 한다. 일년.

송강은 1536년~1593년 58세로 강화도 바닷가 송정촌에서 운명하였다.

송강은 좌의정으로 영의정 이산해 동인 우의정 유성용과 함께 세자책봉을 맏아들 광해로 추대 하자고 약속하고 다음날 영의정 이산해와 우의정 유성룡이 감기 몸살이라 어전회에 참석 못 한다 하였으나 그때 후궁의 아들 영창대군을 왕이 무척 사랑하는 것을 알고 동인 후궁의 오라비 김안도를 시켜 후궁 김씨에게 오늘 세자책봉을 임금께 주청한다하니 동인은 참석치 말라 했고 임금에게 세자가 책봉되면 영창이 어린 것이 언제 죽을지 모른다하며 통곡을 하니 왕도 영창을 예뻐하였기로 내 허락 안할 테니 걱정 말라하고 어전회를 열었는데 다른 영의정 동인 이산해, 우의정 유성용이 몸살이라는 핑계로 불참하니 그 내막을 모르는 송강 혼자서 광해를 세자책봉을 상계하니 왕이 불가라 하였고 다음날 서인을 모조리 외부 한직으로 전부 내치니 송강은 사직을 냈다.

동인東人 여기서 그치지 않고 기어이 송강을 역모로 몰아 죽이

수명죽백(垂名竹帛)

라고 했으나(그때 왕정에서 왕이 젊은데 세자를 거론하면 역모로하여 죽였다) 왕은 아버지 문종이 죽으며 송강은 나의 절친이고 삼대 선왕의 총애를 받은 충신이니 어떤 일이 있어도 죽여서는 안된다하였다 한다.

그래서 선조는 죽이지를 못하고 동인 등살에 못 이겨 함경도 강계에 유리안치 되었다한다.

송강은 유배를 오면서 가시울타리에 들어가며 이렇게 시를 지었다 한다.

세상을 살면서도 세상을 모르고(居世不知世)
하늘을 이고서도 하늘보기 어렵네(載天難見天)
내 마음 아는 건 오직 백발이든가(知心惟白髮)
나를 따라 또 한 해가 지는구나(隨我又經年)

이제는 다시는 돌아가지 못 할 것을 알고 송강은 모든 것을 운명에 맡기고 어차피 가는 인생인데 구명을 할 생각지도 않고 글이나 주역을 읽으며 적막감에 젖어 쓸쓸히 등잔불을 바라보고 있을 때 가을밤 슬피 울어대던 귀뚜라미 소리가 딱 그치더니 그의 처소로 한 여인이 찾아들었다.

여인이 조심스럽게 방문을 두드린다.

깜짝 놀라 방문을 여는 순간 송강은 어안이 벙벙했다.

예쁜 여인이 다소곳이 송강을 쳐다보고 방으로 들어와 인사를 드리며 순진한 미소를 짓는다. 송강이 그대는 누구이며 어떻게 가시울타리 안까지 들어왔는가?

　여인은 다소곳이 나직한 목소리로 소녀는 강계의 동기로 진옥이라 하옵고 대감의 글을 읽고 흠모하던 나머지 대감께 머리를 올려달라고 왔습니다.(그때 동기는 처음 만난 남자가 머리를 올려주었다)

　나의 글 가운데 무엇을 읽었느냐?

　그러자 여인은 가야금을 무릎에 얹더니

　여기 들어와서 지은 시를 읊는다.

　참으로 뜻밖의 일이었다.

　그날 후로 진옥은 함께 먹고 자며 수발을 들었고 기방에 가서 술도 가져다 먹어가며 시도 짓고 노래도 하며 가야금을 타며 송강을 외롭지 않게 하였고 소생도 송강의 적자에 올렸다한다.

　어느 날 송강과 술을 마시다. 그 건아해진 송강이 시 한수를 읊을테니 답하여라 하고

　'글'(송강이 먼저)

　옥이玉 옥이라 거늘(직옥) 번옥燔玉(사제품)으로만 알았더니 진옥眞玉 일시 분명하다.

　내게 살송곳 있으니 뚫어볼까 하노라.

　'진옥이'

　철이正澈 철이라 거늘 석철錫鐵(주석철)로만 여겼더니

　이제야 보아하니 정철正鐵 일시 분명하다.

　내게 쇠를 녹일 만한 골무陰膣 있으니 녹여볼까 하노라.

　이와 같이 노골적인 농담을 하며 세월을 보냈다.

이때 임진왜란(1592~1598)이 일어났다.

조정에서는 서인 황윤길을 통신사로 보내며 확실히 하기 위하여 동인 김성일을 함께 일본의 의중을 알아보려고 화친을 핑계로 일본을 갔다. 돌아와서 황윤길은 일왕 토요토미가 눈빛이 광이나고 야망이 많아 언제 어떤 마음을 먹을지 매우 위험한 인물이라고 고변하니 동인 김성일은 정반대로 눈은 썩은 동태눈처럼 허멀어 가지고 매일 술에 취해 여자 치마폭에 싸여 방탕하고 있으니 침략은 고사하고 왕 자리도 보전하기 힘들다 하여 율곡이이가 죽고 서인 정송강 마저 유배가고 동인 뿐이라 김성일의 고변을 채택하여 지방에 10만 양병을 시작하다 성곽증축까지 전부 멈추라 명하였다.

이를 눈치 챈 일본은 통신사를 보내 중국 대륙을 도모할 것이니 조선 길을 틔어 달라고 청을 하였고 조선 조정에서는 이를 건방지다 참형하였다.

일본 왕은 이 소식을 듣고 대마도(부산에서 제일 가까운 도서) 수장을 도원사로 하여 20만 대군을 삼군으로 나누어 조선침략을 도모했고 부산 성주는 싸우지도 못하고 기습당하여 도망갔고 일본 본군은 추풍낙엽과 같이 거침없이 서울을 바라보고 승승장구하고 올라오니 조정에서는 다급한 나머지 궁궐 호위병 도원수 신립을 병력 5,000을 보내어 충주에서 문경에 머무는 일본과 마주치게 되었다. 소장들의 간곡한 권유로 문경새재 요새에다 방어선을 하고 일본군과 싸우자 권하였으나 신립은 조선군은 기마병이니 산속이 불리하다하며 충주 벌판을 앞에다 두고 탄금대를 강을 배후

삼아 전투를 하였으나 일본군은 문경새재가 요새임을 알고 조선 군과 마주하면 골짜기라 양쪽 바위절벽 우 월악산 좌 새재 평풍 바위 꼼짝없이 패할 거라 알고 보은 쪽으로 돌아 증평 쪽으로 며칠 늦더라도 돌아가려 했는데 척후병이 신립이 충주호를 배수진으로 탄금대에 진을 차렸다는 소식을 듣고 지체 없이 새재를 넘어 충주벌에서 전투가 벌어지니 조총을 든 일군에게 기마병은 완전 표적이 노출되어 싸워보지도 못하고 참패하고 신립도 탄금대 열두대 돌계단 지금도 그대로 있음 칼이 일본군 칼과 부딪쳐 달아지면 강물로 내려가 강물에 담궈 식혀가지고 싸웠다. 비석에 적혀 있다.

결국 5,000 결사가 장렬히 전멸했다. 강이 깊어 후퇴도 못하고 탄금대서 대원사 정예군 5,000을 몰살한 일군은 이제 거침없이 3일 만에 서울 도성을 포위하니 다급한 선조는 그냥 중신 몇 만 데리고 평양을 향해 도망가는데 송도에(지금 판문점 개성) 다다르니 백성의 전부 나와 왕을 가로막고 간신을 처단하고 송강을 데려 오라하니 왕이 할 수 없이 아들 광해를 보내어 위리안치에 가서 송강을 데려오게 하고 서인 윤두수를 영의정에 삼고 평양성에서 정송강과 합류하였다.

이에 선조는 광해를 세자에 봉하고 송강에게 양호재찰사(왕을 대신하여 전쟁을 평정하라는 교지)를 내리며 친히 송강의 손을 잡고 짐이 용열하여 간신의 말만 믿고 어진 신하를 내쳤으니 후회 막급하다 하며 모든 군령은 경이 마음대로 추천하여 쓰라하고 왕은 영의정 윤두수와 의주로 가고 송강은 태자 광해와 서울을 향해 내

수명죽백(垂名竹帛)

려오며 먼저 왕에게 엎드려 원하옵건데 절대 요하는 건너지 마십시오 하며 왕이 백성을 버리고 명나라로 들어간 것을 알면 조선 국민이 적과 싸우려 하지 않을 것이라 당부하고 영의정 윤두수 보고도 조선 땅에서 죽더라도 왕이 요하를 못 건너게 하라하며 즉석에서 명 천자에게 구원병을 보내 달라는 칙서를 써서 명나라로 보내고 충청도 청주까지 내려왔고 세자는 수원성에 머물게 했다.

이때 토요토미 히데요시가 직접 지휘를 하고 부산포까지 와서 해군을 독려하여 전라도로 제삼군을 침투시켰다. 제1군 제2군은 이미 서울을 점령하고 제2군은 평양까지 점령하였으나 전라도는 아직 한산도 앞을 못 넘고 고전을 하고 있었다.

그때 좌수영을 이순신이 지키고 있었다.

일본은 다시 일본으로부터 10만 대군을 데려와 배 300척으로 전라 좌수영에서 이순신 3,000군과 싸웠으나 대패하고 목숨만 살아 도망가며 자기 부하에 이순신 같은 장수가 없음을 한탄했다 한다.

문신인 송강으로서는 옆에 동행할 장수 하나 없고 방금 위리안치에서 풀려났으나 전쟁이 어떻게 돌아가는지 알 도리가 없었다. 왕과 작별한 송강은 평소 각별한 중봉 조헌이 충청도에서 의병을 일으켜 승승장구 전공을 세운다는 소식을 듣고 이와 같이 편지를 써서 조헌에게 보냈다 한다.

나 송강은 주군의 은혜를 입어 안죽고 살아 돌아왔으나 백성들의 처참함을 보니 조복으로 눈물을 닦으니 피가 나오는구려.

공이 의병을 일으켜 국가에 공을 세운다하니 흠모하여 탄식할 뿐 어느 곳에 계시며 전황이 어떤지 알지 못하여 답답하구려.

나는 영을 받들어 충청도 청주에 지금 있으니 앞으로 군사상의 모든 크고 작은 일을 장군과 상의하여 서울 탈환작전을 도모하고 자 하니 헤아려 즉시 나와 만나 주시오. 하고 전령을 보냈으나 다음날 전령이 돌아와 어제밤 금산 전투에서 편지를 받기 전 전사하였다 한다. 송강은 즉시 상소를 올려 전란으로 황폐된 민생이 파탄의 지경이 있고 극악무도한 일군이 남자는 남근 여자는 귀를 잘라 주군에게 전리품으로 바치니 고을마다 의병이 벌떼처럼 일어나 합류하니전하는 걱정 놓으시고 명에서 구원병이 오거든 함께 도성으로 오십시오. 소신은 수원성으로 가며 의병을 전부 거느리고 세자 광해와 합류하여 서울 남부 도허捯虛(적의 허점을 노려 침)를 할 것이니 전하는 명 후원군과 북문을 치십시오. 전령을 보내어 명군이 선조와 북문으로 입성하고 세자와 송강은 남문을 접수하여 연합작전으로 서울을 탈환하였다.

결국 위리안치에서 풀려나며 앉아 보지도 못했는데 명나라 사은사로 보낸다. 5월 한 더위에 명나라에 간 송강은 결국 구토 설사를 만나 3개월 만에 겨우 살아 돌아왔으나 명군는 일장과 회담 후 일군을 부산포로 전부 후퇴하는 조건으로 명나라로 돌아간 것을 동인들이 또 들고 일어나 송강이 명군을 철수시킨 것이라하니 좌의정 벼슬을 그대로 두고 선조께 몸이 아파 쉬어야겠다고 강화 바닷가 송정마을에 작은 집을 장만하고 심복 하나 수발여인 하나만 데리고 그의 마지막 생전의 글에 조정에서 논박함은 털끝만큼도 사실이 아닙니다 라고 선조에게 그러나 천명을 어찌하리오. 액군이라 달게 받아들일 뿐이라 편지를 보내고 노을진 바다를 바라

보며 왕이 내리는 좌의정 녹봉도 도로 돌려보내며 어찌 일국에 정
승이 국난을 맞아 나가 싸우지는 못할망정 국록을 받을 수 없다.
되돌려 보내고 내 하나의 국녹이면 병사 300명은 먹고 싸울 것이
니 전쟁터로 보내어 장병을 주라하였고 강화군수가 보내온 곡물
마저 돌려보내며 강화군수가 보내온 술을 한 잔씩 먹으며 연명하
였고, 그는 죽기 전 막역 친구인 송순에게 나는 나라에 죄인이라
죽어 마땅하나 나를 따라 온 심복 마저 굶어 죽게 할 수 없으니 구
명 곡식을 조금 보내어 주시게 하고 편지를 써 보내고 풍진에 허
덕이며 삶의 뒤안길에서 이제 세상살이 늙고 지친 몸을 뒤척이며
탄식하는 신음소리가 밖에서도 들렸다 한다.

　그러나 다시 돌이킬 수 없는 지난날의 자취들만 눈에 가물거린
다 하며 자연과 유한한 자신의 인생을 대조하면 누구도 뿌리칠 수
없는 인생길 황혼녘의 비애를 잔잔하게 읊조리면서 싸늘히 식은
두 줄기 눈물이 양볼을 타고 내린다.

　마지막 송림 숲에서 먼 바다를 바라보면서 아무리 크고 깊은 강
도 바다에 이르면 저 노을처럼 사라지는 것 속세와 이별을 하겠
으니 아들 보고 술이나 한잔 가져오거라 하며 이제 세상만사 싫
은 것도 없고 좋은 것도 없구나. 다 귀찮구나. 술이나 한잔 따라
다오.

　내 청렴하게 살려다 보니 정승이란 벼슬을 하고도 생애 첫 걸乞
자를 쓰는구나. 미안하다. 부끄럽다. 나무도 병이드니 정자라도
쉴 수 없다 하시며 호화이 서신세는 올라가리 다 쉬더니 잎지고
가지 꺾어니 후난새도 아니 앉는다.

노재상의 죽음 앞에 담담함이 눈에 선이 보인다.

　송강은 아내에게도 미안하오. 강계의 여인이 비록 기녀지만 가시울타리 속 나를 위하여 몸을 다한 여인이요 그의 자식도 당신의 자식과 똑같이 받아 주시오. 하고 아들 보고 어머니라 부르라고는 안 하마. 그러나 비록 배다른 형제지만 그 여인은 처녀로 위리안치 속에서 내가 머리를 올려주었다. 너의 형제와 똑같이 하라고는 안 하마. 죽기 전에 너의 집에서 평생을 지내도록 해라.

　마지막 말을 남기고 바다에 노을을 바라보며 참 아름답구나 하시며 운명하시어 아들이 장지를 입으로 잘라 피를 입안으로 흘려드리니 빙그레 웃으시며 이 아이가 쓸데없는 짓을 하는구나 어서 가서 손에 피나 못 나오게 지혈시켜라 하고 운명했다.

　고양군 신원리 선영하에 장을 모셨다가 그로부터 70년후 1665년 현종 6년 우암 송시열이 직접 상주로 충청북도 진천군 관동면 지장골 지장산에 이장하였고 송강 문학관도 새로 지었다.

　지금도 송강 아버지 선영(경기도 고양군 신월리) 아래 전 송강 무덤 옆에 유씨부인과 나란히 묘가 있다. 지금도 후손들이 그 여인도 똑같이 시묘를 하고 시제를 모신다 한다.

　나도 시제에 참석한지가 오래되어 어사무사하다 원당에서 북쪽으로 한 4km 정도 걸어 들어간 것 같은데….

그 사람이 보고 싶다

나에게는 의도치 않은데서 내 인생에 잊을 수 없는 일이 생겼다.

먼저 이 글은 지금으로부터 45년 전에서부터 되돌아볼 수 밖에 없다. 어느 해 내가 소장으로 근무하던 APT에서 일본대사관 관사가 다섯 가구가 있었다. 그런데 관리인이 거의 매일 오다시피 다녀가며 대사관 직원 가족 시장까지 다 참견하는 전 일본 한국 거주 가족에 살림을 돌보는 일을 하였다.

자연이 관리소장인 나와는 친밀할 수밖에 없었다. 관리비며 수리비 등 전부 그 사람이 직접 지불을 하였으니까.

그 사람이 이촌동 닭칼국수를 좋아해서 일주일에 세 네번은 나하고 같이 식사를 했다.

술 안 먹는 것과 면 좋아하고 회 좋아하는 것이 식성이 거의 같다보니 오면 횟집 아니면 닭칼국수 집이었다.

밥을 먹다가 그 사람 기사 처가가 외연도라는 섬인데 가을에 장모생일에 같이 가면 자연산 회 직접 잡은 것 실컷 먹을 수 있다고 같이 가자하는데 그들 부부 가는데 나 혼자 쫓아 가기도 그렇고 정소장 같이 갑시다 한다.

나보다 나이도 세 살밖에 차이 안 나니 둘이 있을 때 반말도 하고 친한 사이였다. 그래서 그럽시다 하고 여름휴가를 안 쓰고 11월 초에 썼다.

사실 나는 초보라 내 차를 안 가져가려 했는데 그 사람 차는 대사관 관용이라 사사로운 휴가에는 차를 가져갈 수 없다하여 나는 아직 장거리 운전이 서투르다 하니 내 기사가 BMW 세단만 몰았기 때문에 운전 걱정은 말라 해서 넷이서 같이 갔다.

서해고속도로가 없을 때라 경부고속도로 호남고속도로 익산을 거쳐 군산부두에서 점심을 먹으며 바로 저기 건너다보이는 곳이 바로 배를 타는 장흥항이라 한다.

군산에서 바다가 쑥 들어온 것이 얼마 안 되는 것 같은데 육로로 돌아가니 벌써 해가 뉘엿뉘엿 한다. 부두에 가서 배를 물으니 아침 10시에 출항하여 외연도까지 4시 30분 걸려 2시 30분 외연도에 정착했다가 1시간 후 3시 30분에 돌아온다 한다.

원체 손님이 없어 개인이 운영을 못하고 충청남도에서 운영하기 때문에 운임은 싸다 한다. 그 소리를 들으니 외연도가 취약 섬이라는 것은 확실하다. 선착장에서 가까운 여관에서 자고 아침을 먹고 나서 고기 사가지고 온다고 두 내외 가더니 겨우 돼지 앞다리 하나 사 가지고 왔다.

나는 속도 모르고 장모 생신에 가는 사람이 돼지고기가 뭐야 소갈비라도 한 짝 사 갈 것이지.

그리고 대사관 직원이 표를 끊어 배를 탔다. 그래야 1인당

수명죽백(垂名竹帛)

8,000원씩 4인이란 32,000원이다.

섬도 하나 안 보이는 망망대해를 쉬지도 않고 갔어도 4시 30분이니 차만큼 빠르진 않아도 서울서 대전거리는 갔나보다.

외연도에 도착하니 방파제에 해녀 3명이 고기를 파는데 하나는 삼치 70~80cm 몇 마리 놓고 한 마리 20,000원 또 한 해녀는 해삼 다섯 마리 큰 것 20,000원 또 한 해녀는 전복 다섯 마리 큰 거 20,000원이다. 나는 빈손으로 들어가기가 민망해서 전복 3마리 해삼 3마리 하여 20,000원 삼치 600m 깊이 낚시로 금방 잡은 것 산 것 20,000원 하여 40,000원을 주고 사가지고 들어갔다.

이곳 거주민 거의가 고기잡이가 생업이라 가족은 다 군산 장흥에 있다 한다. 학교 때문이고 이곳에서는 살림을 하기가 곤란하단다.

아이들 학교도 그렇지만 우선 수돗물이 해경에서 바닷물 정제한 것 제한급수라 목욕을 할 수 없고 첫째 불이 없어 난방을 못 하고 물을 데우지 못한다. 그러니 목욕도 일주일에 군산이나 장흥 나와서 하고 간단다.

전기도 해경의 발전기에서 저녁 두 시간 7시에서 9시까지 그것도 1가구 등 하나, 또 화장실도 재래식으로 차면 각기 퍼다 버리는데도 집 인근에 구덩이 파고 묻는다 한다.

그날 저녁에 그들은 돼지고기만 가스레인지 불에 푹 삶아 텃밭에서 기른 고갱이 없는 잎배추에다 수육으로 쌈장해서 비개덩이를 그냥 먹는다.

그리고 내가 사간 전복 해삼 삼치는 서울서 간사람 넷이서 저녁

으로 먹었다. 그제야 왜 사위가 돼지 비개덩이만 사 간 이유를 알
았다. 매일 바다에 나가 고기 잡으며 거의 쌈장하고 회만 먹고 라
면만 먹어 동물 기름을 먹어야 했고, 또 물 생선은 하도 먹어 거
의 집에서는 안 먹는다 한다. 그 처남은 아이들은 할머니하고 장
흥에 살고 두 내외가 고기 잡는다 한다.

그래서 그날 밥은 구경도 못하고 거기 가족은 돼지고기만 먹고
서울서 간 일행은 회만 먹었다. 초장은 그들의 필수 간이니 맛있
게 만들었다.

자고 일어나니 아직 해가 안 떴는데 주인이 옛날 막걸리잔 알미
늄 양재기 하나 굴 까는 칼 하나씩 주며 남자 3인이 굴 따러가자
한다. 거기 사람들은 안 따 먹는데 그네도 매부나 오면 데리고 가
서 딴다 한다.

능선이라야 집에서 50m 남짓 오르면 된다. 지형이 남쪽으로 전
라도 마이산 조개껍질 박힌 화석산이 마이산 서쪽 봉과 똑같이 솟
아있고 거기서 서쪽으로 방파제가 50m 가량 있고 방파제 끝나면
여객선 승선하는 곳이다.

포구가 건너 산까지 약 100m 수영 잘하는 사람은 충분히 건너
다닐 수 있고 산 밑으로 길을 닦아 해경이 1개 소대가 주둔하고
그곳에 대형어선 선착장도 있고 마이산 같은 데는 더덕 덤불이 전
체를 덮었다. 더덕 향이 입구에 들어서니 진동을 한다. 더덕은 캐
지를 못한단다.

계속 씨가 떨어져 싹은 돋아나나 화석에 뿌리가 박혀 한 뿌리도
캐진 못 해도 싹에서 향내는 진동을 한다.

거기서 약 200m가 모래 능선인데 갈대만 몇폭 무더기로 있고 모래 능선에서 50m 가량 내려오면 집이 길따라 두 줄로 늘어서 있다.

인분은 길과 능선사이 50m에다 파고 묻어도 과이 표시가 안난다 하기로 나는 올 때 알았다.

밥을 안 먹어서인지 3일 동안 소변 두 번 보고 대변은 한 번도 안 봤다.

선주들이 새벽에 고기잡이 나가면 잡은 것을 장흥 군산 부두에 내려주고 거기서 저녁 먹고 기름 넣고 와 자니 거의 용변도 집에서는 어쩌다 한번이기 때문에 재래식이라도 그냥 말라 붙어 1년에 몇 삽 떠다 버리면 된다 한다.

그리고 가운데는 삥 둘러 동백나무 숲이고 야트막한데 아름드리 몇 천년 된 것이라 밀림은 볼만한데 들어갈 수가 없다.

못 들어가도록 가시철망에 한 군데 표지간판이 있고 안에는 졸대 밭인데 각종 새 분비물이 수 천년을 덮어 콘크리트 쏟아 놓은 것 같아서 한 발짝도 들어갈 수가 없었다.

외연도의 유래는 옛날중국 연나라 재상이 정변을 피하여 조각배로 이곳에 와 정착하여 처음 사람이 살았다 하고 안개 낀 날이면 파도가 잠잠할 때 중국의 상동반도에서 닭 우는 소리가 들려서 고향을 그리며 애환을 달래며 살았다 한다. 그 동쪽 등성이 아래로는 바둑돌 만한 자갈인데 바닷물에 깎이고 깎여 반들반들 한데 그 색깔이 여러 색이다. 보라서부터 검고 희고 붉은색까지 해경이 지키는데, 200m 해변으로 감시카메라가 세 군데나 설치되어 있다.

햇살이 돋기 시작하니 바둑돌이 박람회 때 롯데 아쿠아 해수관 바닥에 깔아 놓은 연마석 같다. 빛이 발해서 반짝반짝 영롱하게 구슬 같다. 그걸 한 개라도 줍거나 줏어 던지면 바로 즉결에 넘긴다 한다. 국가의 보호지역이라 그 마을 사람도 아직 하나도 반출한 적이 없다 한다.

입구에다 신 옷 다 벗어 놓고 팬티만 입고 들어가 바다와 거리 40m 밖에 안 된다. 물에 들어가지 않고 바위에 앉아 손톱만한 바지락이 다닥다닥 붙은 것을 한자리에서 까 담으니 금방 한양재기 까 담았다.

나와서 해경 감시하에 옷을 입고 집에 와서 씻으려고 하니 씻지 말란다. 바닷물이 깨끗해서 씻을게 없다 한다. 그게 아침이다. 내가 잡은 것 초장 넣고 비벼 나 혼자 먹었다. 다 각기 자기 잡은것 자기가 먹었다. 그리고 밥도 없이 그게 아침이란다.

그렇게 아침을 먹고 세면하고 이 닦고 마을구경이래야 200m 호숫가에만 갔다 오면 갈 곳도 없다. 그런데 가옥 맨끝에 다방간판이 세집이 있다.

저기 들어가 커피나 마십시다 하니 저기는 커피 파는 곳이 아니에요.

그런데 왜 다방 간판을 붙였나요.

그건 여종업원을 두기 위한 행정적 수단이지요.

실제 차는 안 팔고 인신매매 하는 곳이지요.

아니 고기잡이해서 아가씨 찾아다닐 만큼 수입이 되나요.

아니요.

이 마을 사람은 받지 않습니다. 만약에 이 마을 청년을 받으면 가만히 있겠어요. 부인들이 다 뒤집어 엎지요.

예약 손님만 받아요. 마도로스 선장들은 1년에 휴가가 한 달 밖에 없으니 백령도에서 북해 알라스카까지 오가는 선장들이 가장 쉬었다 가기 좋은 곳이 이곳이에요.

수심이 깊어 부두에 배 정박이 수월해요.

수심이 깊어서 그리고 배길에 접해 있어요. 대게 원양어선은 고기를 잡는 즉시 냉동선에 넣어야하기 때문에 작은 배는 냉동실이 없으니 연평도서부터 고기를 받아 남해를 거쳐 부산에 가서 하역하고 알라스카에서 받아 싣고 부산에 하역하고 이렇게 서에서 동으로 가고 동에서 서로 가며 고기를 어선에서 받아 싣고 어업 조합에서는 어부 통장으로 입금하고 하지요.

마도로스는 제들하고 하룻밤에 최하가 100만 원 마음에 들면 천만 원도 준다고 해요.

그런 아이는 아예 그 선장만 받고 애인처럼 다른 선장은 안받는데요.

여기에 민박집은 없나요 하니 있기는 한데 방만 따로지 화장실 세수도 주인하고 같이 써요.

그래서 민박집을 찾아갔다. 방 두 칸 밖에 없는데 하룻밤 만원이라 한다. 그런데 나하고 인사하며 혹시 충청도가 고향이세요 한다.

예 충주가 고향이요.

어이구 반갑습니다. 이곳에 오는 사람도 없지만 40년 만에 처음 고향 분을 만났네요. 반갑습니다.

인사를 하고 마누라를 부른다.

여보, 저녁 밥 좀 해. 식사 못 했지요 네. 이곳에 오면 밥을 못 먹어요. 우리는 고향이 충주라 하루에 밥 한 끼씩 먹지만 젊은 사람들은 가족이 다 육지에 있어 혼자는 밥을 못 해 먹어요. 우선 반찬이 없잖아요. 밥이야 가스레인지에 물 부어 얹어 놓으면 되지만 반찬을 하려면 다 장흥 가서 시장 봐 와야 하니 젊은이들이 어디 그래요. 육지에 나가면 먹고 새벽부터 고기잡이 나가면 밥 먹을 시간이 없어요. 그때는 이곳에 전기가 없어 냉장고가 없을 때다. 그저 배고프면 가스레인지에 라면이나 하나 삶아 먹고 빵 등으로 떼우지요.

옛말에 고향 까마귀만 보아도 반갑다더니 고향 분을 만났으니 너무 반가웠다. 돈 만 원을 주니까 안 받는다. 아무리 고기나 잡아먹고 살아도 어찌 오랜만에 만난 고향 사람에게 돈을 받고 재워요. 어차피 비어 있는 방 얼마나 더 잘 살겠다고.

참으로 어른다운 말씀에 눈물겨웠다.

그리고 나의 삶을 뒤돌아보게 된다. 나는 다른 사람에게 여지껏 호의 한번 해 본 적이 있나 아무리 돌아봐도 없다. 그분의 말씀에 부끄러운 생각이 든다.

삼일째 되던 날 처남내 집엘 가니 내일 가신다면서요 한다.

예. 출근 때문에.

오늘 제가 선상파티를 준비해 놓았습니다.

선창으로 나가니 해녀 둘이 와 있다.

수명죽백(垂名竹帛)

노는대도 구색이 맞아야 흥미롭지요. 저의 매부하고 저희는 부부가 가는데 손님은 홀로 가자 하면 무슨 재미가 있어요.

그래서 예쁜 해녀 두분 모셔 왔으니 두분 오늘 하루는 마음대로 파트너 하시오.

아이고 고맙습니다. 사실 남자끼리 놀면 재미 없지요. 조물주가 함께 하라고 남녀를 만들어 놓은 것인데.

짝이라기보다 그냥 오늘 하루 친구지요.

어이 미스고 연애 하고 싶거든 해.

그러잖아도 집 나온지 오래돼서 신랑이 보고 싶은데 까짓거 합시다.

해녀들이 화끈하다. 무슨 소리를 해도 웃고 받아준다. 배로 거기서 1시간을 남쪽으로 나갔다. 새까만 작은 바위섬에 갈매기가 가득하다. 배를 대고 하는 소리가 여기는 해초가 많아 아무나 못 들어온단다. 보다시피 저기서부터 100미터는 해초가 쭉 깔려있어 잘못하면 배가 파손된다 한다.

그리고 저 자라목이 이곳의 보고란다. 남쪽에서 파도가 몰려오며 저곳으로 한데 몰려 넘으오며 여울이 생기고 여울 밑에는 각종 해산물이 무진장이라 이분들이 이곳의 단골이라 다른 사람은 이곳에서 물질을 못 한답니다. 그래서 저는 배로 잡은 거 싣고 가는 파트너입니다.

배를 대더니 해녀가 옷을 훌훌 벗더니 쉬를 한다. 여인들 넷이 일제히 엉덩이를 내리고 배 밖으로 내밀고 용변을 본다.

남자들도 다같이 반대쪽으로 늘어서 오줌을 누었다. 어쩔 수 없다. 그렇다고 기관실에 들어가 볼 수도 없고 배에서는 어쩔 수 없기 때문에 한배 탔다는 말이 여기서 생긴 말이라 한다.

큰 배야 화장실에 따로 있지만 고기잡이배는 그냥 바다로 흘려보내야하기 때문에 남자고 여자고 어쩔 수 없이 다 보는데서 해결할 수 밖에 없다 한다. 해녀들이 용변부터 보는 것은 잠수복을 입으면 용변을 못 보기 때문에 으래 물길 들어가기 전에 해야 하는 행사라 한다.

용변을 보더니 바로 잠수복을 입어 부표 달린 허리에 메고 고기망태기를 옆구리에 차고 여울목 속으로 뛰어든다. 해녀들이 부표를 차는 것은 있는 장소를 언제든지 배에서 감시하고 어떤 변고가 생기면 즉시 구조가 가능하다. 물속에서 언제 어떤 일이 벌어질 지 모르기 때문에 만약을 위하여 대비한다 한다.

그리고 산소통 모자를 얼굴에 쓰고하니 해녀도 무척 장비가 여러 개다. 실제로 잠수복도 꼭 끼는 고무 옷이라 살이 조여 무척 답답하다 한다.

그리고 물안경 달린 산소 모자도 배의 산소통과 고무호스로 연결되어 무척 무겁다 한다. 해녀도 이와 같이 오랫동안 예행연습이 있어야 파견근무 한단다. 여기 해녀들은 다 제주에서 왔단다. 우리나라 해녀는 거의 제주 해녀란다.

다 벌어서 가족 먹여 살리려고 몇 달씩 파견나와 이렇게 해서 일년 가족 생계비를 벌어 간단다. 그래서 이렇게 파견근무자는 해녀 중에도 특급이라야 아무 해협에 가도 물질을 하지, 초년생은 늘 하던 바다에서는 하지만 처음 하는 곳에서는 물질을 못한다 한다.

수명죽백(垂名竹帛)

둘이 잠깐 잡았는데 한 망태기씩 들고 올라온다. 해삼 전복 바닷가재 성게 문어도 무척 크다.

다 고기잡이니 남자들이 순식간에 손질하여 회로 먹게 썰어놓고 문어도 가스레인지에 물을 끓여 살짝 데쳐 숨만 죽여 썰어 놓는다. 그러니까 큰 문어도 연하게 씹힌다.

술 소주 한 박스 맥주 한 박스를 다 먹었다.

술에 취하니 노래도 부르고 춤도 추고 정말 평생 할 수 없는 선상파티를 그것도 해녀와 종일 놀았다. 선장이 어떻게 연애 한번 할래하니 아저씨들 돈 많이 가져왔어. 그냥 돈이 먼저다.

그러더니 나 보고 아저씨 연애 한번 합시다.

우리는 둘이 빈털털이인데 하니 에이 재미없어, 뭐 연애를 돈으로 하나 연장만 좋으면 되지.

막상 배에서 내려서 안녕히 가세요 인사하고 사라진다.

그제서야 분위기 살리기 위해서 해녀들이 척척 다 받아 주었을 뿐 절대 아무나 만나고 하지를 않는다 한다. 그들은 가정에 대한 애착이 누구보다 크기 때문에 오로지 돈벌어 집에 보내는 생각 외엔 절대 외도 같은 것은 없단다.

그런 거 밝히고 하면 물질을 못 한다 한다. 하루하루 바다와 싸우고 고기를 낚아야하기 때문에 언제나 몸을 단정히 하는 것이 그들의 바다에 대한 예의라 한다.

나는 못 먹는 술을 한잔 했더니 그냥 와서 떨어져 잤다. 거의 12시가 되었는데 주인이 정씨 하면서 문을 두드린다.

예 아저씨하고 캄캄한데 문을 열고 내다보니 아가씨와 주인 아저씨가 서 있다. 내가 뭐라 하려하니 쉬하고 못 떠들게 하고 들어가 말씀드려 하고 아가씨를 들여보낸다.

사연인즉, 인신매매로 깡패들한테 잡혀와 이곳에 갇혀 있는데 돈은 많이 벌었으나 영영 탈출을 못하면 폐물이나 되야 내보내 줄텐데, 그때 나가서 자식도 못 낳고 무슨 재미로 살아요. 그러니 나 좀 탈출시켜 주세요. 저도 집이 충주예요. 그래서 아저씨에게 부탁해 놓았고 언제라도 탈출할 수 있도록 배도 마련했고 장흥 가서가 문제에요. 나 없어진 줄 알면 바로 SOS로 연락이 갈 거고 택시기사도 다 그들하고 연결이 되 있어서 여기서 탈출해도 장흥에서 잡혀 도로와요.

아저씨가 탈출만 무사히 하여준다면 내 돈 다 가지셔도 되요. 아저씨 차도 갖고 왔다면서요. 아저씨 저 좀 살려주세요.

이렇게 이런 곳에서 몸이나 팔며 일생을 보낼 바엔 그냥 죽을 거예요. 무조건 매달린다.

알았어요. 장흥 선착장에서 여관이 빤히 보이니 내가 누구든 막으면 선제공격 하여 쓰러뜨리고 차로 갈 것이니 뒤도 돌아보지 말고 뛰어가 여관 근처 숨어 있다 내가 차 문 열거든 바로 나와 올라타요. 일단 차만 타면 무조건 달려 대전으로 갈거니까.

그 자리에서 대번 오빠다. 고마워 오빠.

고맙긴 누구라도 당연하지 한 인생에 대한 죽느냐 사느냐인데 외면할 수 없지. 이를 외면한다면 사람도 아니지 나도 선착 공격하면 웬만한 놈 하나 둘은 따돌릴 수 있어.

그리고 가더니 1시경에 슬리퍼를 질질 끌고 잠옷 입은 채로 가방 하나 날름 들고 왔다.

화장실 간 줄 알라고 옷도 벗어 놓은 채로 신도 문 앞에 그 대로 놓고 잠옷바람으로 왔어. 배도 탈출 시킨 줄 알면 이곳에서 고기잡이도 못한데 폭력배와 다 연결되어 있기 때문에 그들이 알면 어떻게든 복수를 한데. 그래서 고기잡이 배 나갈 때 좀 일찍 나가고 또 장흥에 날새기 전에 닿아야 하기 때문에 4시로 택했다 한다. 시간 놓칠까 봐 한숨도 안자고 캄캄한 방에서 앉아 이야기만 했다. 4시 10분 전에 나가니 선장이 기다리더니 배와 연결된 줄을 잡고 드럼을 타고 배에 오르며 그렇게 줄에 메달려 드럼을 타고 당기면 된다 하여 그대로 10m 앞 배에 탔다. 갯벌이라 배가 10m 전까지 밖에 못 들어 온단다.

몰래가기 때문에 선창에다 배를 맬 수도 없고 배전에 오르자마자 손을 잡고 끌어올려 바닥에 문을 열더니 밀어 넣는다. 배바닥에 선장이 쉬는 곳이란다. 나는 키가 커서 꾸부리고 앉을 수가 없어 돈 가방을 베고 누웠고 아가씨도 내 팔을 베고 눕는다. 둘이 누우니 꽉 낀다. 혼자 밖에 못눕는 곳인데 나처럼 덩치 큰 장정이 누우니 둘이 누우니 꽉 낄 수밖에. 선장이 전속력으로 달리면 배 위로 물이 날려 들어오니 절대 문을 열지 말란다. 문을 열었다가 파도물이 덮치면 다 죽는다고 엄포를 놓는다. 엄포가 아니다. 실제다. 4시까지 안 잤더니 눕자마자 잠이 온다. 아가씨도 긴장이 풀렸는지 코를 골고 잔다.

얼마나 있다. 나오라고 해서 나오니 이제 동쪽에 먼동에 틀려고 붉으래하다. 선착장에다 안 대고 부두가 횟집 가판 앞에다 댔다.

얼른 내리니 조심해 잘 가라하고 배는 쏜살같이 사라진다. 내 점퍼를 벗어 머리에 씌우고 여관 10여m 앞에 왔는데 누군가 당신 뭐야 한다. 가방을 주며 가 하고 물어볼 새도 없이 남자 국부를 힘껏 걷어차니 나 죽는다 소리치며 저저저 한다.

그러거나 말거나 뛰어가 차 문을 여니 날쌔게 올라타서 그냥 컴컴한데 익산 쪽으로 달렸다.

순식간에 한 10리는 왔나 보다. 아가씨도 말 한마디 없다.

그재서 그 사람 뭐 하는 사람이야 한다. 모르지 쳐다 볼 새도 없었어. 나도 모르게 팔을 잡기로 돌아서며 사타구니 정조준하여 걷어차니 그냥 주저앉으며 말도 못 하고 저저 소리만하기로 그대로 달려와 차를 탔기 때문에 뭐 하는 사람이지는 몰라도 그 시간에 돌아다니는 것 보아 순찰 아니면 밤손님이겠지. 아 아니다. 밤 손님이면 먼저 숨을 텐데 내 소매를 잡는 것으로 보아 순찰 인가봐. 말이라도 건네도 나야 하나도 꺼릴 거는 없지만 너 보자 할까 봐 그냥 때려 기절시킨 거야 조금 있으면 괜찮을 거지만 제가 순찰 같으면 경찰에 신고할 것이고 그러면 귀찮을 테니 무조건 이곳을 벗어나는 수 밖에 없어.

다행히 밤손님이면 신고는 못 했을 거고.

무조건 이른 새벽길이라 또 시골길이라 차가 없으니 150~160 놓아도 하나도 거침없이 익산까지 갔다. 시내를 거의 다가다 보니 아침 식사 됩니다 소머리해장국이라 써 붙여 있다. 들어가 앉으니 먼저 온 손님이 두탁자 있다. 해장국 둘하니 따뜻한 천엽하고 생간을 서비스라고 갖다 준다. 그 집은 육고간을 직접하고 매일 소를 잡기 때문에 아침 손님에게만 천엽하고 간을 조금씩 준다고 한다. 오랜만에 먹으니 정신이 번쩍 난다. 그리고 소머리국밥을 한 뚝배기 먹고 나서 기분이 확 솟는다.

그 아가씨도 몇 년 만에 고기를 먹어 본단다. 거의 라면 빵만 먹다가 고기를 먹고 나니 죽었다 살아난 기분이란다. 왜 안 그렇겠어. 어저녁부터 죽기 살기로 마음을 졸이다 이제 군산 영역을 벗어나 국밥까지 먹었으니 긴장도 풀리고 배불리 먹고 죽다 살아난 기분이라도 과언은 아니지. 거기서부터 웃기도 하고 그제서 얼굴을 보니 너무 미인이다. 엊저녁부터 같이 있었으나 전기 불도 없는 곳에서 컴컴한데서 만나 장흥 와서도 탈출하느라 얼굴 볼 새도 없었는데 아침 먹으며 처음 밝은 곳에서 바라보니 너무 예쁘다. 더욱이 파자마 바람이니 잠자고 집에서 나온 여인처럼 순수해 보이는데다 긴장이 풀리니 너무 좋아가지고 연신 오빠 오빠다. 꼭 부부 같다.

대전 와서 점심을 먹으며 야 옷부터 사 입어야겠다. 잠옷만 입고 다닐 수 없지 않아. 그래서 신도 구두를 사 신고 옷도 정장으로 사 입고 먼저 미장원부터 가서 드라이를 하고 화장을 하고 나니 꼭 귀부인 같다. 우아하고 아름답고 교양이 뚝뚝 떨어지고 내가 이게 누구야 하니 오빠여자 한다.

그건 아니지 야 은행 문 닫기 전에 돈부터 예금하자.

오빠 내 이름으로 못해.

왜.

주민증도 그들이 뺏어갔고 또 통장을 하면 주소도 적어야 하는데 거처를 어디로 해. 오빠 이름으로 하면 안 돼.

되긴 되지만 네가 괜찮겠어. 인감하고 비밀번호만 알면 입출금은 얼마든지 할 수 있잖아.

아 그렇겠구나. 그래.

내 이름으로 하자하고 도장포에 가서 상아로 예쁘게 도장을 새겨 가지고 국민은행을 들어가서 예금 하러 왔다고 하니 통장하고 돈 주세요 하기로 돈을 좀 많이 해야 하는데. 얼만데요. 1억 하니 그 아가씨 억 하더니 지점장실로 들어간다.

차 가져오라 하고 내 이름을 보더니 깜짝 놀라며 지점장 귀에다 뭐라 뭐라 하니 아이고 이를 어쩌나 식사 대접을 하고 싶은데.

아니요 먹었습니다.

가서 통장을 만들어 와 주며 괜찮으면 횟집에가 식사라도.

아닙니다.

그때 APT 관리비 적립금 사위 사업자금 모두 내가 가지고 있을 때라 거의 10억은 되었다. 그때 10억이면 지금 1,000억은 될 거다. 그러니 은행 직원이 억하고 은행장이 저녁까지 사 준다고 하지 않는가.

아마 그 아가씨도(명희) 놀랐나 보다.

내가 정신 없이 달려왔더니 이제 긴장이 풀려 오늘은 더는 운전은 못 하겠다. 나는 자고 내일 올라갈 테니 이제 너 가고 싶은 데로 가거라 하니 오빠 나도 같이 가 자면 안 돼. 나야 좋지 옛말에 열 계집 마다하는 사내 없다고 너처럼 예쁜 아가씨가 같이 가 준다면 마다할 남자가 어디 있니. 아이고 오랜만에 목욕을 한다 생각하니 금방 날아갈 것 같다. 얼른 가자. 목욕 얼른 하고 싶어.

그렇게 호텔에 들어 목욕을 하고 저녁도 안 먹고 푹 쉬고 나니 아침이 딴 세상 갔다. 날아 갈 듯 상쾌하다. 서울로 가면 오빠 날마다 보고 싶을 거니까 나 부산으로 가서 천천히 생각해 볼래. 그래 너 좋은 대로 해라 하고 부산행 기차에 오르는 것 보고 나도 서울로 와서 잊고 살았다.

그 아가씨도 탈출시켜 준 은혜 갚는다고 나하고 하룻밤 잤을 뿐인데 특별하긴 하지만 나는 아이들 손주까지 있는데 까맣게 잊고 살았다. 그간 전화도 한 통화 없으니 잊을 수 밖에 돈이 있으니 어디 가든 잘 있겠지. 또 그렇게 예쁜데 결혼 했는지도 몰라. 잊고 살기로 결심했다.

세화하유치향歲華何有之鄕이라 했던가.

사람은 어떠한 의도도 하지 않아도 세월은 자연의 순리대로 흐르는구나.

어느덧 세월은 덧없이 흘러 자녀들 다 저희들 보금자리 찾아 뿔뿔이 떠나고 사회생활로부터 외면당하는 할아버지라는 노물老物로 영원히 진세塵世 방구석에만 묻혀 살 줄 알았는데 아들 며느리 손주 온 가족이 외유를 갔다. 미국 하와이 다음 두 번째 가보는 가족여행이다.

필리핀 세이브 샹그릴라. 필리핀에서는 5성급 호텔이라 했다. 무엇보다 해변가까지 내려가는 공원이 더 멋있었다. 해수욕은 매일 했어도 그날은 가족이 모두 시내 구경하고 찜질방 다녀온다고 해서 나는 가기가 싫어서 혼자 떨어졌다.

　무료하여 바다에나 가 놀다 오려고 나가서 수영장비를 착용하고 혼자.

　가에는 칼돌이 많기로 100m 이상 멀리 들어갔다. 멀리 들어와 숨을 좀 돌리려고 물안경을 벗는데 어떤 수영하던 아가씨가 오빠 하고 부른다.

　누가 머나먼 타국 땅 바다 가운데서 나를 부르랴 하고 그냥 나오려는데 나 명희야.

　나도 너무 반가웠다. 15년 전 대전역에서 부산행 열차에서 아쉬워 손을 흔들며 작별한 외연도라는 작은 섬에서 의도하지 않게 우연히 만난 그 여인을 수만리 타국 땅에서 수영을 하면서 만나다니.

　옛말에 인연이란 아무리 갈라놓고 싶어도 만난다 하더니 너와 나 인연은 인연인가보다. 어떻게 여기서 벌써 15년 전인데 어떻게 금방 알아 보았니.

　어떻게 내가 오빠를 잊어. 죽으면 모를까.

　난 줄 금방 알아보았어.

　그럼 뒤에서 보아도 알겠더라 참 너무 반갑다.

　일행은.

　남편하고 딸하고.

　아 그래 다행이다. 그래 어떻게 지냈어.

　그 길로 부산에가 내려 호텔에 들어 뭐라도 해야 하겠어서 자갈치 시장 근처에 가서 여자가 가장 구하기 쉬운 써빙을 구한다 하기로 일하겠다 하니 즉석 OK하여 일을 열심히 하니, 손님들이 팁도 많이 주어 돈도 잘 벌었는데 8개월을 하고 몸이 좀 안 좋아서 그만두었어.

왜 어디가 아파서.

아냐 그냥 조금. 이렇게 3년을 쉬다가 그 집에 또 일을 할까 찾아 찾아갔더니 명함을 주면서 이분이 여러 번 와서 있는 곳을 아느냐 물어 모른다고 하니 혹시 만나거든 이 명함으로 꼭 전화를 해 달라고 부탁을 했다 한다.

명함을 보니 모기업 대표이사라 혹시나 오빠가 생각하고 경비실에가 물었더니 사장님 맞는다하기로 전화를 했더니 불이나게 나와서 보니 횟집에 있을 때 팁 주던 사장님이야. 그 곳을 그만두었다 해서 결혼 했나 궁금했어. 어쩐지 보고 싶더라 하면서 그렇게 만나서 몇번 만나보니 사람이 너무 좋아보였어.

나보고 결혼하재. 전처가 3년 전 죽었대. 아기도 없대. 그래서 결혼했고 나라면 꼼짝 못 해 그래서 내가 말했어. 살다 혹시 오빠를 만나더라도 오해하지 말라고 외연도 이야기는 안했지만 오빠한테 신세를 많이 졌다고. 고향 오빠인데 무척 좋은 사람이라고.

그리고 신랑 인사 시켜 줄게. 딸하고 신랑하고 파라솔 아래서 무슨 이야긴지 재미있게 한다. 나하고 옷을 입고 가서 내가 말한 고향오빠 수영하다 만났어.

신랑이 반색을 하며 그렇잖아도 아내가 이야기해서 언제 한번 찾아뵐까 했는데 여기서 만나다니요.

나도 반갑습니다 하니

애 우리 딸.

어 그래 하니 안녕하세요 하는데 깜짝 놀랐다. 꼭 셋째딸 말소
리와 똑같아서.

내가 중학생 하니, 예 열 다섯 살이에요.

그래 엄마 아빠 닮아서 무척 예쁘구나.

아빠는 탤런트 김성원이 꼭 닮았다.

좀 앉으세요. 여보 뭘 좋아하시나 내가 가 사 올게.

아닙니다. 저희 가족이 아홉 명이 나 왔어요. 시내 나갔는데 올
시간 되었으니 가 봐야지요.

나는 아무런 생각 없이 그럼 잘 다녀가세요 인사를 하고 오는데
50m까지 쫓아 오길래 왜 와 신랑 딸 있는데 어서가 봐 하니 그때
눈물을 글썽 하더니 그때 하며 무슨 말을 하려다 말고 오빠 저아
이 자세히 보고가 하여 돌아보니 그 아이도 나를 빤히 쳐다본다.

왜 그래 나도 아파하니, 저애 이름이 나라 정 외연도 연 예
쁠 연자 배주자 정연주야.

그리고 열다섯 살이야.

그럼 대전서.

맞아. 말할까 말까 망설였어. 그런데 또 언제 볼지 모르는데 딸
이름은 알아야지. 나도 눈물이 주르륵 흐른다. 진작 알았으면 아
까 손이라도 한번 잡아 볼 걸. 쟤 때문에 신랑하고 아기 안 낳고
저것만 키우기로 했어. 그 대신 성은 남편 성으로 갈기로 하고,
그래서 딸은 저의 아빤 줄 알아. 또 다른 자식 낳으면 오빠보기
미안할 것 같아서.

잘 키워 줘서 고맙다. 어디 있든 성의 무엇이든 무슨 상관이냐 건강하게 잘 크면 되지.

저거 하나라 저의 아빠도 저거 크는 재미로 산대. 공부도 잘해. 그리고 그때 오빠 이름으로 예금한 것 통장 그대로 있다.

이제 잔금이 50억 이야.

뭐 50억 어떻게.

신랑이 주는 돈 다 그 통장에 넣었어? 연주 결혼할 때 주고 너희 아빠가 주고 갔다 자랑할 거야.

무슨 말이야 모르고 잘 사는 아이 분란을 자초해. 지금까지 아무것도 모르고 저의 아빠가 최고로 알고 살았는데 엄마가 혼전 자식이라 해 봐. 그 아이가 얼마나 충격을 먹겠어. 집에 가는 대로 당장 저 아이 이름으로 바꿔 놔. 나도 자식들이 혼외자가 있는 걸 알면 당장 난리가 날 거야. 다 잊고 행복하게 살자. 나한테 미안해하지 마. 지우지않고 혼자 낳아 저렇게 예쁘게 키워준 것 만으로 나는 너무 행복해. 또 생각지도 않았던 딸을 만날 수 있는것 만도 감사해. 내 말 잊지마. 응 약속했다.

응 오빠.

신랑 봐 울지 마. 나도 울잖아. 어서가.

나는 이게 마지막이라 생각하고 그리움이 사무쳐도 가슴에 깊이 숨기고 또 10여 년을 다시는 생각말자 다짐하고 다짐하며 살았다.

그런데 어느 날 모르는 전화가 왔다. 하도 보이스 피싱으로 돈 뜯긴 사람이 많다고 하고 내 친구 대학교수도 고향으로 내려가며 국민은행에 있는 돈 시골 농협으로 이체 하려고 농협에 가서 통장을 만들고 있는데 전화가 와서 그 통장으로 자동이체 입금시켜주겠다고 농협 계좌 번호를 불러 달라 하여 불러줬더니 4천만 원을 다 빼갔다 한다. 농협에 가 입금 확인하니 안 들어와 국민은행에 확인해 보니 농협 번호로 이체 되었다 하여 고스란히 내가 돈 빼서 안겨주었다 하여 모르는 전화는 끊으려 하는데 아저씨 연주하기로 깜짝 놀라 누구냐고 하니 연주 이모예요. 안녕하세요.

연주 엄마한테 충주에 이모가 산다는 이야기는 들었어요.

아무래도 언니가 저희 아빠는 만나던 안 만나던 알고는 있어야 될 것 같다고 알려만 드리라고 해서요.

뭔데요.

연주가 검사가 되어 서울 서초 검찰청에 있대요. 보고 싶으시면 만나 보시래요. 그 아이에겐 아직 말 안 했대요.

알았습니다. 고맙습니다 알려 줘서. 이제 언니보고 다시는 연락하지 말라고 하세요. 연주는 내가 알아서 하겠다고요.

내 나이 이미 종명終命에 이르렀거늘 두려워 할 것도 꺼리길 것도 없지만 그래도 염치는 아는지라 앞으로 일어날 아비에 대한 실망을 생각하면 가슴이 무너진다. 이 또한 내 인생의 운명인 걸 어쩌랴.

그 아이 엄마는 사람이 친 아빠가 멀쩡히 살아 있는데 모르는 척 할 수 있는가 하지만 아무리 그래도 나는 도저히 수용할 수가 없었다. 인간의 탈을 쓰고 자식의 불행을 뻔히 알면서 그 아이에게 알린다는 것은 나로서는 도저히 용납할 수가 없었다.

지금 엄마 아빠가 다 없다지만 오로지 아빠 엄마만 사랑 받고 살았는데 혼란을 준다는 것은 아비를 떠나서 인간으로서는 할 수 없는 일이다.

나는 이때껏 이 말을 누구에게도 꺼내 본 적이 없지만 책에라도 내 심정을 다 털어 놓고 나니 가슴이 뻥 뚫리는 것 같다.

시원하다. 아마도 이 글을 그 아이가 읽는다면 필리핀 샹그릴라 호텔 해수욕장이 생각날 것이고 내가 누구라는 것은 알겠지. 나도 내가 어찌하면 좋을지 대답이 없다.

그저 물음표만 있을 뿐이다.

나는 누구인가?

나는 오늘 마지막 족두리봉에 올랐다.

서초동을 바라보면 한없이 눈물이 쏟아진다.

이제 기억마저 아물아물 사라져 가는데 그저 답이 없구나.

건강해라. 사랑한다. 미안하다. 사람이 늙으면 뻔뻔해진다더니 하루에도 수 없이 마음이 오락가락하여 지는구나.

이러다 무엇이 옳고 무엇이 그름을 판단을 못하면 어쩌나.

걱정이 이만저만이 아니구나.

아직 책을 쓰는 것을 보면 멀쩡한 것 같은데 또 오늘 한 일을 생각하면 겁이 난다.

나는 오늘 그렇잖아도 이 책을 쓰면서 심기가 어수선하고 그 아이가 보고 싶어 미칠 지경인데 아내가 또 책이냐고 싫은 소리를 퍼붓는다. 나는 그만 아내 앞에 여직 안하든 망언을 했다.

책에는 마치 선사禪師처럼 써놓고 이놈의 여편네 또 지랄이야

소리를 지르니 아내가 하도 질려서 말도 못하고 두 눈에 눈물을 주르르 흘리며 자기 방으로 들어간다.

저 착한 여자에게 해서는 안 될 욕을 질러댔으니 내가 안하던 짓을 하니 망령이라도 든 줄 알고 욕먹은 것보다 나를 더 걱정하는 것 같았다. 누구한테 인지 전화를 하며 너희 아빠가 좀 이상하다 한다.

나는 이 책을 처음엔 유고집遺稿集이라 수명죽백垂名竹帛이라 썼다가(입신양명하여 명예로운 이름을 후세에 남김)으로 했다가 박근혜 대통령 옥중편지가 완판이 되는 것을 보고 마음이 바뀌었다. 그래서 선거홍보에서 사진을 오려서 표지에 붙이고 책명도

내가 바라는 나라

내가 그리는 대통령이라 했다.

왜냐하면 아직 치적이 없으니까 대통령이 이렇게 하면 좋겠다고 썼다.

인사 개관정人事蓋棺定이라 했듯이 사랑의 진정한 평가는 그가 죽은 후라야 내릴 수 있다 하였으니 더 이상 망언만은 안하고 죽어야 할 텐데.

다시 한번 마음을 다잡아 본다.

2022. 3. 24. 泰根拜

여행旅行

2023. 6. 5 TV뉴스를 보다보니 지중해 크로아티아에서는 사적 연구학자 외 일반 관광객은 받지 않는다 한다. 관광으로 얻는 이익보다는 관광객이 버리고 가는 각종 쓰레기가 깨끗한 都城과 海岸線을 더럽혀 놓는다한다.

정보화, 산업화를 살아가는 우리 人間에게 정신적 풍요豐饒는 定立된 삶의 단계段階일 뿐이다. 모두가 바쁘게 살아가는 사람들에게 여행은 힐링의 역할뿐 아니라 공상을 해소시켜주고 공론公論을 정당화시킬 수 있는 매개체로써 삶에 安定과 웃음을 가져다주고 지식을 북돋아 준다. 바쁜 일상 속에서 잠시 여가를 내어 떠나는 여행은 삶의 활력소로도 충분하며 가장 탁월한 여가 활동이라 여겨진다.

급변하는 시대에 자기만의 個性을 살려 역사를 배우고 글쓰기를 즐길 수 있는 좋은 기회도 여행보다 더 좋을 수는 없다.

오히려 많은 장비와 소지품은 여행에 부담만 될 뿐 아무런 희소가치가 없다.

좋은 동시녹음 카메라와 note와 pen 하나면 족하다. 눈으로만 기행을 고스란히 담아 온다는 것은 불가능하다. 더욱이 외래어에 서투른 학식으로는 메모없이는 외우기가 불가능하다. 특히 古蹟 탐사 여행은 더욱 메모가 절실하다 현지 가이드가 설명보다 더 확실한 것은 없다. 아무리 해박한 학자라 하여도 낱말 하나하나까지 숙지한다는 것은 불가하다 흔적의 기록과 촬영과 합성하여 기행문을 쓰다 보면 애써 작가가 되려하지 않아도 출세出世의 명작을 쓸 수 있다. 세계적인 명소를 직접보고 느끼며 형상화하다보면 어느 배움보다 값진 역사적 가치가 잠재되어 있다.

지금같이 다양화 된 여행지는 어딜가도 다 산재되어 있지만 지중해에 위치한 발칸반도 크로아티아를 권고하고 싶다. 아드리아 海岸을 끼고 있는 너무도 깨끗한 순백純白의 유리처럼 맑은 블루 코발트 빛 바다며 아름다운 섬들이 點點히 떠 있고 半島와 灣으로 이루어진 긴 海岸線에는 達摩寺院을 뒤덮은 千年의 우산 소나무며, 山비탈 절벽에 세워진 사이프러스 나무가 太陽에 불타는 海邊을 시원하게 가려준다. 내 친구따라 그때 여행이 없었더라면 내 人生에 이보다 더 아름다운 생이 어디에 있을까? 첫번째 都市 두브로브니크 시가지며 눈에 들어오는 유적지와 지중해의 푸른 바다가 그냥 상상만 하여도 가슴속까지 시원하다.

저 멀리 펼쳐진 앞바다로 옛날 유라굴로 광풍까지 뚫은 사도 바울이 복음을 들고 유럽으로 건너갈 때 역사가 토인비는 "어둠의 대륙에 아침해가 떠오르고 있었다"라고 비유했다.

언듯 나그네들의 낙원같지만 이곳에도 긴 역사의 激浪은 避할 수 없었고 유고내전에는 세르비아의 폭격으로 폐허가 된 적도 있

수명죽백(垂名竹帛)

다. 지금까지도 그때의 아픈 傷處가 傷痕으로 남아 묵묵히 痕蹟을 證言하여 주고 있다. 역사는 다 지나간다. 밀라노 대성당 꼭대기 글귀처럼 즐거움도 슬픔도 모두 한 瞬間처럼 지나갔다. 중요한 것은 永遠이다.

이 땅을 지배했던 로마제국도 오스만제국도 합스부르크제국도 다 사라졌고 유고 연방도 다 깨졌다. 지금도 都城안에는 로마처럼 역사박물관을 방불케하는 유적들이 즐비하다. 유일하게 이슬람 유적이 없는 것은 오스만 제국의 영향보다 비잔틴과 합스부르크의 영향을 더 많이 받았기 때문이다.

그러나 사람들의 관심은 유구遺構한 역사 유물보다 빵빵하게 드러내 보이는 색다른 人種들의 胸部를 보는 것이 더 좋은 觀光이었다.

도저히 옛날 장비로는 세울 수 없는 척박瘠薄한 해변 자락에 신비의 성을 세우고 지나가는 商船들의 쉬었다 가는 海岸 바울을 만들고 侵略하는 敵을 막기 위해 쌓아놓은 不可思議한 城채를 보려 보 온 세상사람들의 人種 展示場이 되었구나. 요즘은 지중해 사람들이 아닌 온세상 각종 인종들 이곳으로 다 모여들어 사람 장사하는 別天地 都城이 되었구나. 유람선에 올라 두브로브니크 해변을 바라보는 해변에 세워진 요새 성벽의 난공불락은 바벨론 성과 같은 지구상에 또 어떤 古城이 있을까. 스르자산에 벼랑진 山 비탈에 붙어 있는 그림같은 집들은 여인의 섬섬옥수로 수 놓은 그림처럼 아름답고 막힘없이 탁 트인 끝없는 바다 수평선 너머로 인간 사유를 무한세계로 이끌어 들게하고 바다 위에 피고 진 문명들의 이야기가 발길을 멈추게 한다. 나는 배움이 부족하여 古적 하나 읽지는 못했지만, 진작에 오늘이 있음을 알았더라면 좀더 촘촘히 메모를 하였을 것을 크로아티아의 섬들 중에서도 왕섬이라는 로크룸 섬은 여기에 또 다른 아름다움이다.

고기 뿐 아니라 사람들마저 발가벗고 노는 에덴동산이 여기말고 또 어디 있는가? 신비한 수림으로 뒤덮인 로크룸 섬은 太古의 식물원이요 원초 인간들의 낙원이다. 숲속의 공작들의 짝짓기나 싱싱한 젊은이들의 숨김없는 연애행각은 또 다른 이곳의 볼거리다. 밤이면 해변 망루에 올라 망월에 비치는 人間世上은 삶이 아무리 힘들어도 여행이야말로 인간만이 누릴 수 있는 극치가 아닌가. 이 성루에는 옛날 오스만제국의 술탄 2세가 콘스탄티노플을 점령하고 읊었다는 비문은 내 자세히 읽지는 못했어도 황제가 머물던 왕궁에는 거미줄만 엉겨있고, 사마르칸트 망루 위엔 귀곡조가 슬피운다. 스르자산이 아무리 좋다한들 차마고도에서 내려다 보이는 깎아지른 절벽 아래 오스만 도성이야말로 꿈속에서나 보아왔던 신기한 별천지요 비경의 요람이로구나.

뒤로 둘러싸인 알프스 山脈은 한 여름에 냉장고요, 병풍처럼 둘러싸인 바위산은 만고의 요새라 그 앞에 펼쳐진 평원에 뒤덮인 소나무 숲은 초원처럼 푸르고 아름답구나.

푸른 창공에 떠 다니는 뭉게구름은 국경도 없이 자유자재로 정처없이 넘나다니고 옛날 유럽의 꽃이라는 크로아티아의 철학자 버나드 쇼조차 지상의 낙원이라 극찬하지 않았나.

수천년이 지난 都城은 이제 황제는 어디가고 처마 밑에 거미줄

수명죽백(垂名竹帛)

과 주춧돌 아래 풀벌레 소리만 을씨년스럽구나. 세상에 어느 도통한 신선인들 이토록 장엄하고 찬란한 대자연을 이용하여 웅대한 문명을 글로써 표현하고 화폭에 담아 예술로 표현하여 온 세상에 알려줄 수 있을까. 다시 태어날 수 없는 초로 인생이기에 사랑하는 자녀들에게 만이라도 이곳을 다녀와서 出世의 紀行文을 쓴다면 애서 苦行하지 않아도 불후의 명작이 될 거라 확신한다.

2023. 6. 5
할아버지가

제일 산신 기도도량 계룡산 신원사

충남 공주 신원사新元寺

매월 한 두 번은 드라이브를 겸해 교외로 우리내외를 데리고 나가는 사위와 딸이 고맙다.

오늘은 계룡산국립공원의 공주 신원사 탐방 길에 올랐다. 전부터 내가 한번 가보고 싶어 했던 것을 알고 있는 사위의 배려였다. 공주, 특히 계룡산鷄龍山 둘레에는 동서남북으로 고찰이 하나씩 있어 이른바 계룡산 4대사찰로 꼽히는데, 동쪽엔 비구니사찰로 유명한 동학사, 서쪽으론 추갑사秋甲寺라 하여 경치 좋다는 갑사가 있고, 남쪽엔 계룡산 산신령을 모셨다는 오늘의 탐방사찰 신원사가 있다. 북쪽에는 구룡사라는 절이 있었으나 폐사가 되었고 지금은 당간지주幢竿支柱만 외롭게 남아있다. 이밖에도 계룡산자락에는 여러 전통사찰들이 있다. 계룡산은 주봉인 천황봉을 비롯해 연천봉, 삼불봉, 관음봉, 형제봉등 20여 개의 봉우리로 이루어졌는데, 전체 능선의 모양이 마치 닭볏을 쓴 용의 형상을 닮았다해서 계룡산으로 불린다고 한다. 풍수지리상으로도 우리나라 4대 명산으로 꼽혀 조선 태조 이성계가 이 산 기슭, 신원사 동쪽의 신도안新都內에 새 도읍지를 건설하려 했던 역사적 사실은 다아는 일이다. 당시 궁궐 조영 공사를 하다가 중단한곳으로, 지금도 다듬어진 초석이 많이 남아,있어 충남유형문화재 제66호로 지정되어 있기도 하다.

특히《정감록鄭鑑錄》에는 이곳을 십승지지十勝之地, 즉 큰 변란을 피할 수 있는 장소라 했으며, 이제러한 도참사상圖讖思想으로 인해 한때 신흥종교 배뱅이 굿이 생겼다.

수명죽백(垂名竹帛)

세월강 건너보니

미처 보지못한 글을 읽으면
좋은 벗을 얻은것 같고
이미 본 글을 읽으면
옛 친구를 만난것 같다

좌우명座右銘

장점과 단점은 누구에게나 존재한다.

따뜻함과 서늘함이 어찌 모두가 같을 수 있을까.

쓸데없는 생각은 현실성 없는 헛된 생각이니 신기루蜃氣樓와 같이 토대없는 사물과 같으니라.

재앙이라도 넘치면 떨림도 더 크고 겸손謙遜이야 말로 가장 큰 이익이니라.

남을 손상損傷하면 내 손실이 더 크고 남의 세력勢力에 의존하면 다른 사람을 통제할 힘이 없느니라.

어질고 어리석은 것을 분별하고 무식한 자를 꾸짖지 말고 용서와 아량을 베풀라.

남의 그릇된 것을 보거든 나 자신을 먼저 돌아보고 남의 결점을 함부로 말하지 말라.

모든 일에는 너그러움을 쫓으면 그 복이 스스로 두터워 지느니라.

수명죽백(垂名竹帛)

군자君子

아무리 큰 사업이나 빛나는 문장도 그 몸이 사라짐에 따라 함께
사라지고 그 사람의 정신만은 만고에 걸쳐서 항상 새롭다. 부귀
와 공명은 세상 인심 따라서 수시로 바뀌지만 규율規律, 도덕道德
은 千萬年이 지나도 변함이 없다. 이치가 이러하니 어찌 생각있
는 사람이 事業이나 功名에 따라 變할 수 있는 것이냐.

千萬年이 가도 하루같이 변함없는 기절을 지키라.

354   수명죽백(垂名竹帛)

후목분장 朽木糞牆(나무가 썩어서 조각할 수 가 없음)
(쓸모없는 늙은이의 기도)

내가 쓰는 글이 유훈遺訓이 되게 하소서.

죽는날까지 가치있는 글을 쓰게 하소서.

글로써 아픔이 치유되고

깊은 잠에서 깨지 않게 하소서

욕심을 버리고 마음을 비우게 하소서

무엇이든 다른 사람에게 도움을 주고

항상 검소하고 겸손함을 잃지 않게 하소서.

제가 가진 지혜와 용기를

약자를 돕는데 쓰도록 하여 주옵소서.

죽는날까지 아무렇게나 살더라도

글을 쓸 수 있는 건강을 주소서.

연밥

돈짝을 포개인듯
꽃피어 맺는 연밥
배보다 더 크리니
크다고 쓰일듯
걱정이다.
萬百姓을
다 고치라

수묵죽백(水墨竹帛)

진작에 알았더라면

오늘이 있으리라는 걸 진작에 알았더라면
좀더 품위 갖추고
너그럽게 살것을
내가 미련한 줄 진작에 깨달았더라면
좀더 아름답게
고민 안하고 살것을
사랑이 소중한 걸 진작 알았더라면
좀더 아내를 아껴주고
아이들을 보살펴 줄것을
다 지나간다는 사실을
진작에 깨달았더라면
좀더 자중하고 신뢰하며
초라한 삶을 살지 않았을 것을

마태복음

예수께서 가라사대
나는 부활이요
생명이니
나를 믿는 자는
죽어도 살겠고
무릇 살아서
나를 믿는 자는 영원히
죽지 아니 하리니
이것을 네가 믿느냐

수명죽백(垂名竹帛)

극치 克治
〈사욕私慾을 이겨내어 잘못된 생각을 고침〉

남의 허물을 성토하기 전에
내 주변부터 돌아보아라.
많이 갖고 사치하지 말고
가난한 사람에게 베풀어라.
남보고 비우라하지 말고
내 마음부터 비우라.
하늘을 원망하지 말고
평소에 선행을 많이 하라.
고독하거든 술담배 피우지 말고
연애를 하여 자식을 낳아라.
세상사 무정하다 탓하지 말고
정태근 작가의 수명죽백을
읽으라

로마지지 老馬之智

잠이 안올 때는 수면제를 한 알 먹고
머리가 아프거든 진통제를 먹고
눈꼽이 끼거든 Zi 안약을 넣고
목이 아프거든 골택 감기약
종합 감기약은 핀택 감기약
사랑하고 싶거든 에로영화를 틀고
감정이 무디거든 콜라텍을 가보고
입맛이 없거든 틀니를 빼버리고
가슴이 아프면 이별가를 부르고
배가 아프거든 소화제를 먹고
오줌이 시원찮거든 남진에게 처방받고
등골이 아프거든 맨바닥에 누워자고
허리가 아프거든 척추병원엘 가보고
치질에는 치맥이요
간경화엔 독주가 명약이요
치매에는 박치기
강간에는 돌려차기
외로우면 장가가고
놀고 먹고 싶으면 자식을 여럿두라

수명죽백(垂名竹帛)

잊어야 한다면

가는 사람은 붙잡지 마라.

돌아오지 않을 사람을 기다리지 마라.

절대 눈물은 보이지 마라.

울려거든 보이지 않는곳에 가서 혼자 울어라.

지울 수만 있다면 수세미라도

박박 문질러 흔적하나 남기지말고

말끔히 지워버려라.

절대 앞은 모습은 보이지마라.

거짓이라도 약이 올라 죽을만큼 웃어 보여라.

이것저것 가리지 마라.

재산은 땡전한푼 주지마라.

속이 시원할때까지 안 보이는 곳에

숨어서 실컷 울어라.

보는 앞에서 데이트를 하여라.

김삿갓 망할 놈의 시

스무 나무 아래 낯선 나그네가
망할(四=死=亡)놈의 집에서
쉰밥을 먹게 되었다.
인간 세상에 어찌 이런 일이
있을 수 있겠는가?
고향집에 돌아가 설은밥을
먹느니만 같지 못하다.

　　　　　　－金 笠

　　　　　　　수명죽백(垂名竹帛)

잠언箴言

세상에 소란함과 서투름 속에서 너의 평정을 잃지마라.

침묵속에 어떤 평화가 있는지 기억하라.

너 자신의 진리를 포기하지 않고서도

모든 사람과 좋은 관계를 유지하라.

다른 사람들의 이야기가 사소할 지라도 함부로 흘려듣지 마라.

세상에는 너보다 못한 사람도 있지만 너보다 나은 사람이 더 많다.

네가 하는 일이 보잘 것 없더라도 네가 좋으면 계속하여라.

나이든 노인의 조언은 친절히 받아들이고

젊은이들의 말에는 기품을 갖고 따르라.

어떤 불행에 처해서도 자신을 잃지 말고

지킬 수 있도록 정신에 힘을 키우라.

세상의 고통으로 자신을 괴롭히지 마라.

부끄럽고 힘들고 나의 꿈이 깨어 젖어도

두려워말고 즐겁게 살라.

두보의 시를 보면

십년을 경영하여 초가삼간 지어내니
나 한 칸 달 한 칸 청풍 한 칸 맡겨두고
강산은 드릴 곳 없으니 둘러보고 살리라
벽이 무너져 동서가 트이고
추녀가 성글어 달무리가 가깝다
쓸쓸하다고 말하지 말게
바람을 맞이하고 달과 별이 맞이하니
유명幽冥의 삶이 이 아니 만족한가

수명죽백(垂名竹帛)

노인독설老人毒說 Ⅰ

늙은 이는 말로 늙는다.
삶에서 발생하는 시행착오도
흉설로써 퉤퉤 뱉어내고
실수로 감당하기 어려운 아픈 상처도
다른 사람에게는 안타까운 고문은 하지마라.
마음 깊은 곳에서 일어나는 정갈한 대화로
더 많은 여인들과 애뜻한 스토리를 만들라.
어떤일이 닥치더라도 주저하지마라.
어떤것도 너무 심각하게 생각하지마라.
좋은것이던 나쁜것이든 긍정적으로 받아드려라.
그것이 인생을 헛되게 허비하지 않는 것이다.
탐사 여행으로 식견을 넓히고
흔들리거나 포기하지마라.
이상理想에는 다다르지 못하더라도
추잡하고 유치한 풍자라도 군중의 시선을 끌어라.
패악한 자에게는 주저없이 망신주라.
그래도 참회하지 않으면
이렇게 나처럼 시詩 집으로 까발려라.

서산에 늬엇늬엇
해 지려는데
북소리 둥둥
재촉하는 내목숨
황천가는 길은
여숙도 없다던데
오늘밤 나는
뉘집에 자고가나

－成三問

수명죽백(垂名竹帛)

독설

평상 생활속에서는 느낄 수 없는 문화文化를 창조하고
남의 죄가 없을을 사실대로 고하고
그 시대 사람들의 사상과 흐름을 사조하고
사람들의 마음을 이끌어 담을 수 있는
감성을 주고 분통을 터뜨려서라도
지식인들과의 소통을 만들라.
그리하여 정치인들이 퍼트리는 공약이
얼마나 허구虛構라는 것을 깨우쳐주고
풍자와 해학으로 매장하고
역사와 시대를 증언하라.
추상적 관념 〈Idea〉을 가지고 궁상을 떨지마라.
비리는 숨김없이 발본색원하여
주저말고 고변하여라.
부정 부패 척결剔抉 없이는
밝고 바른 공정한 사회를 이룰 수 없다.
자신의 불선을 부끄러워 하며
남의 불손을 깨우쳐주고 깔끔히 토해내고
산란한 국민의 마음을 보듬어 주어라.

※허구(虛構): 실제 없는 일을 사실처럼 역어 만듦

세월

바람에 구름 가듯 세월은 흐르는데
고생살이 힘들어도 지나가니 아쉽구나
병원 한 번 안가고 보약 한 채 안먹어도
무병장수 하고 산들 남는 것이 없어라
부귀영화 누려본 들 한 백년을 더 못살고
고난과 고통도 지나가니 추억된다
청운의 푸른 꿈도 한 두밤의 꿈이었고
풍진의 세월도 한 번 가면 아니온다
좌고우면左顧右眄하지 않고 시시비비 안가려도
타고난 운명은 바꿔지지 않으니
성심으로 선행하고 지성으로 참회하면
모든 업고 벗어나고 천재지변 면할거라

수명죽백(垂名竹帛)

알아 맞춰봐

내가 믿는 곳에 누가 있을까?

나는 알지

선약이 없이도 아무때나

불쑥불쑥 나타나 나를 안아준 사람.

인상을 안보아도 발짝소리만 듣고도

문을 열어주는 사람.

사전예약 없이도 무사통과 하는 사람.

밤이나 낮이나 가리지 않고

아무런 보답없이 나를 지켜준 사람.

아무리 오랜세월 같이 있어도

싫증이 안나는 사람

고향에 가고파라

시골집 막걸리 팁 하다고
비웃지 말아라.
풍년들어 손님오면
닭 돼지 잡아 안주로 삼아보소
산첩 물겹
길이 없나 하였더니
버들 컴컴하고 꽃이 환한
마을이 또 하나 있네
통소 불고 장구치며
따라 다닐 봄철도 가까와지고
옷차림들 가벼워
옛날 풍습 남아 있네.
이제부터 틈나는 날
얻게 된다면
지팡이 짚고
때도 없이
밤마다 대문
두드릴 것이다.

수명죽백(垂名竹帛)

시詩 란

나와는 아무런 인연이 없는것이라 알았는데
좋은 풍경에서는 마음을 머물게 하고
고통속에서는 치유의 약이 되어주고
실연속에서는 외로움을 달래주고
만남에서는 이별을 아프게 하고
늙음에서는 백발을 함께 하고
투박한 주름살에는 그리움을 낳는다.
삶속에서도 죽음을 동경하고
죽음이 있음에 영혼이 살아있게 한다.
아....... 시란
어느 것과도 비교가 안되는
나의 영원한 친구이며 애인이다.

고향으로 돌아가다

오고가고 사람의 길
운영에 있고
이내 뜻 몸사람
근본 아니오
고운님께 물려감
글월 올리고
시골로 돌아가는
외론 몸일세
변치못한 이내재주
갈음(耕) 알맞고
임 못잊는 그린 꿈
대궐 감도네
오막살이 옛터전
다시 이룩해
한평생 가난함께
즐겨서 보리

수명죽백(垂名竹帛)

탐욕

노자는 도덕경에서 이렇게 말했다
죄악 중에서도 탐욕보다 더 큰 죄악은 없고
재앙 중에서도 만족할 줄 모르는 더 큰 재앙은 없으며
허물 중에서도 가득 채우려는 더 큰 허물은 없다
분수에 지나친 욕망도 탐욕에서 나오고
비열鄙劣한 성격도 탐욕에서 나오나니
그래서 경전에서는 탐욕은 생에 저주라 하였다
따라서 마음이 넉넉하면 가지지 않아도 풍족하고
마음이 궁핍하면 황금이 억만금이라도
빈천에서 벗어나지 못한다
어려운 때 일수록 낙천지명樂天知名하라
그래야만 덜 가지고도 더 많이 존재하고 더 많이 누릴 수 있다
우리는 검소하고 작은 것에서 기쁨을 느껴야 행복하다
인생에서 참으로 소중한 것은 지위나 신분이나 소유가 아니라
자신이 누구인가를 알아야 한다
그래야 내가 지니고 있는 지위나 돈이나 재능을
가지고 어떤 일을 하고 어떻게 살고 있는가에 따라서
삶의 가치가 결정된다

변방에서

수국水國에 가을 빛
짙어 가는데
추위에 놀란 기러기떼
높이 나르네
나랏일 걱정되어
잠못 이룰제
싸늘한 달빛이
활과 칼에
비추네.

수명죽백(垂名竹帛)

부자

자식이 많은 사람
긍정적인 사람
마음이 넉넉한 사람
비울 줄 아는 사람
아무거나 잘먹고
잘싸고
잠을 잘자고
글을 잘 쓰는 사람

수명죽백(垂名竹帛)

소녀상

비가 오나 눈이오나
사시사철 주저앉아
길섶에 핀 풀꽃처럼
낮과 밤 가리잖고
먹지도 않고 입지도 않고
자지도 않고 울지도 않으며
홀로서 데모하는 애국 아가씨.

나도 한때는 예뻤노라고
갈래 머리 댕기머리 빗지도 않고
80년을 한결같이 변하지도 아니하고
삭풍한설 모진 바람.
5·6월 뙤약볕도 안가리고
나라가 부강해야 외침도 없다고
혼자서 데모하는 순정아가씨.

사랑

어둠 속에서도
훤히 빛나도
절망속에서도 키가크는
한마디의 말
얼마나 놀랍고도
황홀한 고백인가
우리가 서로
사랑 한다는 말을

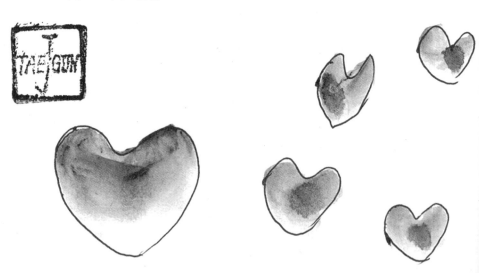

378

수명죽백(垂名竹帛)

소망

1. 명작을 한편 써 보고 싶다.
2. 아름다운 여인과 데이트를 하고 싶다.
3. 심산유곡에서 반려견과 숨박꼭질
4. 김삿갓처럼 시 한수로 여인의 마음을
5. 봉이 김선달처럼 남한강 물도 팔고
6. 홍길동처럼 의적도 하고
7. 김정은처럼 백마타고 백두산 모르고
8. 한라산 백록담도 오르고 싶고
9. 콜롬부스처럼 대서양도 건너보고 싶고
10. 마피아처럼 마약도 하고
11. 문재인처럼 짜까파티도 하고 싶다.
12. 이재명처럼 개딸도 갖고 싶다.

제비꽃

380

수명죽백(垂名竹帛)

제비꽃

질량의 크기는
부피와는 비례하지 않는다.
제비꽃 같이 앙증스런 계집아가
복사꽃 같이 화사한, 웃음으로
지구 같은 큰 가슴으로 유혹하며
억센나를 바보로 만들었다.

사랑의 힘은
몸과 마음과는 비례하지 않는다.
반지꽃 같은 순결純潔한 계집아가
장미꽃 같이 붉은 입술로
고사리 같은 가냘픈 손으로
육중한 나를
뉴턴의 만유인력 같이
품속으로 올인하였다.

시詩 란

사람들의 감정을 표현하여
마음을 다스린
논객論客이 뿌려놓은 찌라시다.
예쁜것을 보면 가슴이 두근 스근
추한 것을 대하면 머리가 질근 후끈
민망한 것에 처하면 "손" "발"이 부들 부들
취객이 뱉어내는 가래침이다.

세월을 원망하고
자연을 풍자諷刺한 눈물이다.
가냘픈 것을 보면 감싸 안아주고
거대한 것을 대하면 취하고 싶고
찌질한 모습을 보면 내 팽개쳐버린
바르게 살아가라고
현모賢母가 낳아놓은 훈계다.

고향故鄉

떠난지 三十년에
고향이라 돌아오니
알던 사람 없어지고
눈익은 집 다 헐렸네
푸른 산 말은 없고
봄 하늘을 저무는데
두견이 한소리만
멀리로서 시름짓네

수명죽백(垂名竹帛)

오름길

오르막은 어렵고 힘들지만
그 길은 人間만의 길이고 정상에 오르는 길이다
내리막길은 편리하고 쉽지만
마지막 길이고 구렁텅이로 떨어지는 길이다
만일 우리가 평탄한 길만 걷는다고 생각해보자
그 생이 얼마나 지루하고 밋밋하고 스릴이 없을까
오르막을 통해서만 뻐근한 삶의 저항을 느끼고
정상에 오를 수 있는 긍지를 갖고
창조의 의욕도 생기고
새로운 의지도 생기고
자유의 메아리를 외칠 수 있다
우리는 항상 오르기 위하여
인생의 어려움도 참을 수 있고 인내할 수 있다

어떤 어려움과 부딪혔을때 마지막이라 생각지마라
우리 인생에 전과정에서 볼 때
통과하여야 할 하나의 관문일 뿐이다
우리는 한 생애에 하나의 관문만 있는 것이 아니다
또 하나의 어려운 고비가 있다
그러한 어려운 관문을 하나씩 통과할 때마다
정신적인 경륜이 쌓이고
육체적인 나이를 먹고
정신적 두 고비를 넘길 때마다 인간이 성숙해진다

봄의 향기

복사꽃 붉게
떨어질 때
배불리 먹고 자리에
누워 책을 읽노라

수명죽백(垂名竹帛)

나의 영지〈묘지〉에 비문

영봉가는 길 어렵고도 힘들구나
억울하다 매달려도 들어줄 이 하나없고
세월을 아껴본들 멈춰지질 않으니
다한 인연을 난들 어이 피세彼世할까

가슴을 짓누르는 돌덩이 내려놓고
소원성취 하여본들 쭈그렁 살 인생길가
백세인생 하루밤 꿈이라 하는데
일출 황혼을 내 어이 다시 볼까

山莊村에 머물러

수명죽백(垂名竹帛)

촉루 燭淚

어쩌다 너와 나는 세상 광영 다 버리고
서로를 의지하는 밤벗이 되었는가
촉루가 전신타고 밤새도록 흘러도
아픈줄도 모르고 시름겨워 울고 있네
스산한 밤 접두견은 뉘 그려 슬피우나
임 떠나온 이 심사를 너는냐 아느냐
너도야 잠들면은 함께 지려질 것을

어쩌다 궁벽〈벽촌〉속에 너와 함께 은둔하여
밤마다 바라보는 그리움이 되었는가
뼈를 태워 밝혀주는 고마움도 잊은 채
혼자서 외로운 양 너를 원망하노니
울적한 밤 귀곡조는 닐 보내고 통곡하나
가련한 이 심정을 네 어찌 알랴만
나도야 사라지면 네 모습도 없을 것을

수명죽백(垂名竹帛)

고향생각

외롭고 쓸쓸할 때 그리운 내고향
도랑쳐서 가재잡고 웅덩이 퍼 고기잡아
올갱이 〈건져다가〉아욱국 보리고개 넘겼지요
한가위 달빛 아래 풋콩까서 송편빚고
애박벗겨 염포탕 토란국 끓여놓고
할배 손주 삼대 함께 화목넘친 우리집

외롭거나 아플때 가고픈 내 고향
저녁연기 자욱한 아늑한 시골동네
마을회관 모여앉아 옛 이야기 꽃피우고
세상인심 험악해도 인정이 넘쳐나는
네집 내집 담장없이 빈천없는 우리마을
형제 자매 따로없이 서열따라 누이 동생

동정

달이 떠 있고
바람이
水面에 닿을 때

모든 맑은
意味를
터득하는 것은
몇 사람 뿐일러라

수명죽백(垂名竹帛)

남촌南村

춘향이 깊어지니 마음이 심숭쿠나
휘영청 달빛아래 총각 처녀 연애하고
부엉이 바윗골에 자귀야 울지마라
싸리골 양순이는 시집을 간다는데
동막골 먹쇠는 툇마루에 걸터앉아
개다리 소반에다 쌈밥만 먹고 있네
문지방 밑 고양이는 졸면서 하품하고
뜰아래 검둥이는 밥숟갈만 세고 있네
외양간 송아지 어미찾아 엄메우니
헛간 담장 둥지에선 알낳다고 꼬꼬댁
장독대 앵두나무 아기씨 놀이터
복궁둥이 떡감나무 홍시가 붉었구나
물넘어 석굴 앞엔 백여우 두마리가
곰삭은 뼈를 갖고 캉캉 끽끽 싸우는데
봉당에 할망구는 물레돌다 졸고 있다

불타버린 낙산사(1986년 봄)

기와시불 십만원 하였더니
아내는 날 보고 좁쌀영감이라네

수명죽백(垂名竹帛)

선善

작은 선이라도 외면하지 마라.

하루에 한가지씩 찾아서 향하라.

작고 미미하다고 포기하지 마라.

작은 것이 모여서 큰 것을 이룬다.

그것이 설혹 내 삶에 걸림이 되더라도 낙심하거나 주저하지 마라.

선이란 행동을 통해서만 가능한 것이지

많이 배웠다고 경전을 읽었다고 행해지는 것이 아니다.

권력이 있다고 법을 통달하였다고 할 수 있는 것도 아니다.

세상을 즐겁고 아름답게 살아가려면

하루에 어떤 것이라도

좋은 일을 하거나

좋은 말을 하거나

착한 행동을 할 수 있다면

어떤 삶을 살더라도 외롭지 않다.

살라하네

수명죽백(垂名竹帛)

출처 : 연합뉴스

영주 청량산

수명죽백(垂名竹帛)

청빈清貧

풍요豊饒는 타락墮落하기 쉽고
맑은 가난은 인간들에게 마음의 평화를 준다.
올바른 마음은 청빈에서 온다.
모든 공직자가 사회생활에서 꼭 품어야할 소신이다.
욕망과 집착으로부터 벗어났을 때만이 가질 수 있다.
〈청빈〉은 절제된 마음의 아름다움이며
사람을 만드는 기본 조건이다.
깨어있는 정신이란 자신의 삶을 절제된
마음으로 가꾸어가는 것이다.
〈청빈〉은 따뜻한 가슴을 지녀야 하고
〈청렴〉한 마음에서만 나온다.
사람은 머리만 갖고는 살 수 없는 존재다.
머리는 언제나 냉혹하고 차가웁다.
온갖 비리와 부정과 사기에는 간교한 머리가 있다.
그래서 머리는 다른 사람을 품을 수 없다.
사람은 가슴이 있어야 선량하다.

괴산 연풍면 신선봉 할미봉 연어봉은 가는잎향유의 가장 큰 자
생지로 알려져 있고 가파른 산을 오르지 않아도 조령산 자연휴양
림 주변 수옥정 주변에서 쉽게 찾을 수 있는 식물이다.

나의 추억이 가장 많이 남아있는 곳. 충주에서 40리

수명죽백(垂名竹帛)

난관 難關

어떤 어려움에 부딪혔을 때
그것이 마지막이라 생각해서는 안된다.
막다른 길이라고 거기서 낙심하지 마라.
다시 돌아서면 앞이 보이는 이라.
우리의 생의 전 과정을 돌아볼 때
그것은 내 인생에서 꼭 통과해야 할 관문이기도 하다.
그것이 내가 다시 재기할 수 있는 기회이기도 하다.
우리의 생에서 그런 관문이 있을 때마다
통과할 수 있어야 성숙해진다.
그런 관문을 통과할 때마다
육체적인 나이만 먹는 것이 아니고
정신적인 지혜가 쌓이는 것이다.
우리는 어렵고 험난한 길을 걸어보아야
정신적인 노하우가 쌓여간다.
그곳을 통해서만 새로운 길이 열린다.
그래야 내 삶이 성숙해진다.
그래야 내 인생이 아름다울 수 있다.

경주 장항리사지 초의선사가 옥돌로 삼천불사를 모셨다는(과거 천불, 현재 철불 미래천불) 옥돌로 된 기림폭포

파랑새
〈할머니 며느리 손주며느리 대화〉

할머니 : 에미야 빗방울 떨어진다. 빨래 좀 걷어오렴. 우째 나
　　　　　는 빨래만 하면 비가온다.

며느리 : 다음에는 저한테 물어보고 하세요.

할머니 : 그러게 무슨 비법이라도 있니?

며느리 : 이상하게 애비가 돌아누워자면 비가 오고, 저를 보고
　　　　　자면 날이 쨍쨍해요.

손주며느리 : 아버님이 똑바로 누워잘 땐 어떡해요?

할머니 : 뭘 어떡해. 그땐 여자가 배 위로 올라가려무나

세가족이 하 하 하 할머니는 호 호 호

손주며느리 히 히 히

하하 호호 히히

사모곡思母曲

힘들고 고생된다 넋 놓고 있으면
어느 누가 내 자식을 보듬고 보살피랴
부딪히고 멍 들어도 궂은 일 마다 않고
한 평생 자식 걱정 뒷바래 하시다가
모진고난 속에서도 원망 한 번 안하시고
세월에 무뎌진 거칠어진 손으로
성그런 등설미를 안타깝게 매만지며
어미가 용열庸劣하여 자식하나 못 거두어
고생을 너무시켜 뼈마디만 남았구나
못 먹이고 못 입혀서 미안코나 눈시울 지며
손수 지어두신 모시수의 갈아입고
부엉이 울음골 소풍 떠난 어머니
주소도 없고 길도 없는 황천길 떠나시며
"어디보자 내새끼" 울먹이는 그 말씀
그 모습 그리워 애타게 불러봅니다
어머니 그리워 애타도록 보고싶습니다

사부곡思父曲

낮에는 들일하고 밤이면 자리치고
고도래 돌 장단맞춰 사서삼경 읊조리며
너머지고 부러져도 병원에도 안가시고
모진 아픔 참으시고 괜찮다 웃으시며
우울하고 속상해도 자식보면 힘난다고
인생사 별거더냐 공수래공수거인데
욕심 걱정 나려놓고 근면 검소하여라
이 아비가 박복하여 자식하나 못거두고
공부도 못 시키고 재물마저 못 남겼구나
엄마가 지어둔 삼베수의 갈아입고
소쩍새 울음골 소풍 떠난 아버지
주소없고 길도 없는 저승길 떠나시며
조급하게 살지말고 쉬엄쉬엄 살거라
마지막 하신 말씀 쟁쟁하게 사무쳐
그 모습 그리워 애타도록 불러봅니다.
아버지 그리워 애타도록 불러봅니다.

귀촌

술이 없어졌거든
그대여 다시 사오지 말게나
병이 바닥이 나면
나는 곧 떠날 것이네
도시는 너무 시끄러우니
산에 돌아가
밝은 달이나 희롱 하려네.

수명죽백(垂名竹帛)

유명무심

버려진 추억들이 이슬에 맺치어
잊혀진 사람에 물방울 되었나
가지끝에 매달려 새벽을 노래한다.
언젠가는 내 가슴에 사라져야 할 사람.
아쉬움이 남는다해도 보내주리라.
석양이 지려진다 서러워마라.
성그러진 오로라는 다시 돌아 온단다.
성가신 세월을 돌아온 들 무엇하리.

한사閑士가 성주醒酒깨니 술값이 두려워
절절한 설 가슴을 두드려 탄식하며
다 타버린 몸둥이를 야멸차게 짓밟고서
매캐한 타르 연기 허공에 날리며
이리보고 저리보고 흠흠이며 흙적이고
끽연喫煙에 여백이 이토록 허무한가
산사山士에 얼간이도 추억을 그리며
잃어진 세월을 돌이킨들 무엇하리

※한사(閑士) : 가난한 선비
　성주(醒酒) : 술을 깨니
　산사(山士) : 글쓰기를 좋아하는 사람

청산에 사르리라

졸 졸 졸 도랑소리 들으며 반석에 누웠으니
청천백일에 별 빛이 영롱夾曨하네
빛 그림자 없어도 녹수가 투명하고
심산유곡에는 산나물이 지천이네
속세가 좋다하나 추잡하고 풍파이니
순미純美와 둘이서 천풍노숙 하더라도
산삼주山蔘酒 밀대 꺾어 고추장 찍어가며
유홀悠忽하며 사는 것도 이 아니 즐거운가
청록수 심연深淵에는 산그림자 춤추고
천산단애巉山斷崖에는 철쭉꽃이 아름답다.
인간계人間界 좋다하나 경우耿憂가 끝이 없고
일조명日照明 없다하나 산수화 잠겨있고
하늘이 높다하니 심연에 누웠으니
국화주 걸러놓고 니도 한잔 내도 한잔
유명무심幽冥無心하고 삶도 이 아니 기쁨인가

※순미(純美) : 순진한 아름다운 여인
　유홀(悠忽) : 빈둥거리며 허송세월 보냄
　심연(深淵) : 깊은 물 웅덩이
　천산단애(巉山斷崖) : 험준한 낭떠러지
　경우(耿憂) : 근심 걱정에 잠 못 이룸
　유명무심(幽冥無心) : 이런저런 생각없이 살아감

송시松詩

십오세 심은 나무
팔십칠에도 늠름한데
네머리나 내머리나
백발이 성글구나

이별

너와 함께 보는 황혼
그리도 붉더니
너없는 설산은
왜 이리 적막하노

410

수명죽백(垂名竹帛)

설악산 단풍구경

금강산 시집가다 떨어뜨린 울산바위
시집도 못가보고 물망리物望嫠(구경꾼과부) 되었네.
동해바다 거센파도 하늘과 닿았으니
늦가을 속새바람 옷깃을 파고드네.
흔들바위 힘자랑든 친구야 보고싶다.

권금성 귀두龜頭바위 낙수로 목축이고
깔딱고개 올라보니 낙조가 장엄구나.
대청봉 바라보니 타다남은 잎새들이
만추산 영봉마다 오색단풍五色丹楓 붉게 탄다.
구룡폭포 용미박아 무지개로 불꺼볼까.

※내 나이 40대니 벌써 40년 전이다. 동창모임에서 설악산 단풍 구경 갔
  다가 먼저 울산바위를 다녀오며 흔들바위를 흔들어 힘자랑 하던 수산(노
  량진)시장 사장 친구가 2022. 8월에 먼저가며 태근이가 보고싶다 했는
  데 황천가면 만나려나 설악장관은 석양노을 단풍이라. 마지막 케이블
  카로 권금성 올라가서 귀두바위에서 똑 떨어지는 물로 목축이고 깔딱
  고개 올라보니 늦가을 봉우리마다 단풍이 석양빛에 붉게 탄다. 건너다
  보이는 구룡폭포에도 무지개로 호수삼아 불을 꺼볼까 하였노라.
                                                            −일기장에서

미녀배우 최진실 〈팔당〉

그토록 싫거든 오지나 말던지
공연히 왔다가 상처만 남기고
그렇게 갈길을 뭣하러 왔는가?

수명죽백(垂名竹帛)

어머니
〈나 어릴때〉

엄마 나 어디서 났어
아래 말 섭다리 밑에서 주어왔지.

엄마 나 배 아파.
자금 처 먹지.
엄마손은 약손.
네놈 배는 똥배.

너무 높고
너무 깊어
헤아릴 수가 없네요
어머니 보고 싶습니다.

※시골에서 처음 서울 아들집에 오셔서 공기밥 먹는 것보고 양식이 없어서 줄
  여 먹는 줄 아시고 밥 한술 뜨시고 내 앞으로 밀어주시며 "애비 더 먹어라. 잘
  먹고 건강해야 처자식 먹여살리지."

어머님·아버님

아내(김희중)와 함께

수명죽백(垂名竹帛)

효孝

아가들아 이리와서 할배말 들어보렴
열달품어 낳은자식 부모걱정 안하시게
어긋나지 안이하고 건간하게 잘자라서
자주자주 찾아뵙고 용돈많이 드리시게

여보시게 젊은이들 할미말 들어보렴
애지중지 기른자식 부모걱정 안하시게
밝고 맑게 처신하고 가정이뤄 자식낳아
손자손녀 함께가서 재롱보여 드리시게

※효란? 마음이다.
　그냥 즐겁게 하여 드리는 것이다.

여로

잠자리에 들기 전에
달빛을 보니
서리가 내린 것처럼
희기에
고개들어
산위에 달을 보니
머리숙여 고향생각에
잠겼구나.

인생사 人生事

인생사 고달프다 한탄恨歎을 마라.
고난도 슬픔도 지나면 추억된다.
잘 살고 못 사는 건 타고난 팔자인데
근심걱정 내려놓고 건강하게 살아가세

인생사 무정하다 원망마라
아껴산들 남을거며 쓰고간들 모자르랴
부귀영화 누리어도 백년을 못 살 인생
한번 밖에 못 살 인생 즐기고 살아가세

※"삶"이란 참 우습지요.
  부귀영화 누려도
  수명은 더 못살고
  지지고 볶고 살아도 제 명은 다 살지요.

정선 소금강에서

혼연히 봄술을
따라 마시며

남새밭의 나물을
뜯어 안주로 한다.

보슬비가 동녘으로
부터 뿌려오니

상쾌한 바람이
함께 불어온다.

윤회 輪廻

이 세상에 태어날 때, 골육생명 주신 부모
한순간도 잊지말고 성심으로 봉양하소
청정하늘 빛이나고 대자연이 봄을 맞듯
순리대로 살아가면 흥복되어 돌아와요.

돌고도는 생사윤회 지은 업을 따르나니
물이 얼어 얼음되고 얼음녹아 물이 되듯
선행하고 보시하면 인생팔고 벗어나고
정성으로 기도하면 태평성대太平聖代 누리리다.

山寺

산길을 헤매다가
가야사를
만남이여

행장을 보니
비에 젖은 흔적이랴
서로 바라보며
싱긋이 웃을 뿐
마주 대하고도
아무말이 없어라

420

수명죽백(垂名竹帛)

여보 장보러 가자

엄마 아빠 정답게 손에 손잡고
동네마트 재래시장 장보러 가자.
싱싱하고 잘 익은 것 골라 담아서
장바구니 가득히 건강 담아 와야지.

오빠누나 정답게 손에 손잡고
백화점 풍물시장 장보러 가자.
우리가족 정겹다고 덤으로 얹어 준
장바구니 소복히 행복 담아 와야지.

송강 정철鄭澈

우수수 떨어지는
나뭇잎 소리
성글은 빗소리로
착각 하고서

아해를 불러 문밖에
나가 보랬더니
달이 시냇가에 나뭇가지
남쪽에 걸렸다 하네.

수명죽배(垂名竹排)

소망

솔숲동산 남향자락 목조너와 집을 지어
백양나무 숲길두어 망부석 세워놓고
숲길따라 반려견과 숨바꼭질 하면서
알밤 줍고 대추따며 망향가 부르리.

앞개울에 어항놓고 촉구처서 고기잡아
빠가사리 보리새우 꾸구락지 올갱이국
양념듬뿍 다져놓고 돌미나리 매운탕
할배손주 삼대모여 웃음꽃 피우리.

선사禪士

밭갈일
낚시간 쓰고
약을 캐며
青春을 산다.
물이 있고 山이 있는
이 곳 사람은
영화도 없거니와
치욕도 없다.

수명죽백(垂名竹帛)

박새 한 마리

셋째딸 정희자

앙상한 가지 끝에 박새 한마리
머리를 조아리고 누구를 기다리나
동지섯달 설한풍 깃털 속 파는데
둥지찾아 아니들고 떨고 있느냐

창너머 전주 끝에 박새 한마리
사랑님 어디가고 홀로 우느냐
산등에 걸린 달이 기우려 가는데
임맞이 아니가고 울고 있느냐

수명죽백(壽名竹帛)

술의 독백

한잔하세 또 한잔 술 이슬을 먹는구나
먹다보니 취해지고 술이 술술 넘어간다.
갈지다 걸음으로 육두문자 주절대며
제 몸도 못 가누고 부녀자를 희롱하네

사랑을 불태우고 시름을 잊게하고
고독을 달래주는 감로주라 하면서
술잔 속에 어리는 이태백의 시 한수를
제가 무슨 오마로하인냥 주절대고 다니네.

무인도

바닷가에
봄빛이 시동하는데
변방이라서
나그네가 다니지 않는구나
풀은
끝없이 푸르고
달 밝기는
고향과 타향이 같구나
나그네 여로
노자는 떨어졌고
고향 생각에
흰머리만 났구나
사나이
여러가지 소망이
특히
공명만은 아니다

그리움

그대 지금도 누군가를 그리워하고 있나요
그렇다면 그대는 참 괜찮은 삶을 사네요
그리움에는
여백이 있고
낭만이 있고
운치가 있고
눈물이 있잖아요.

그대 지금도 이별의 아쉬움이 남았나요.
아직도 아쉬움이 남았다면 아름다운 삶이이에요.
아쉬움에는
회한이 있고
상처가 있고
외로움이 있고
비애가 있기 때문이에요.

금빛으로 華麗한 집은

붉은 노을이 떨치고

龍이 스친 구름 길엔 뭇

神仙이 내리네

靑山은 또한 人間世上이 싫어

저 푸르디 푸른 萬里 밖에

하늘가로 날아 들었구나.

명죽백(茗名竹帛)

고독

고독은 혼자 있을 때 그냥 다가오는 거에요
고독은 씹어서도 안되고
고독은 먹어서도 안되고
고독은 버려서도 안되요
그냥 품고 사세요

고독은 특이한게 아니에요 그냥 즐기세요
뺏길 염려도 없고
잃어버릴 염려도 없고
갖고 싶을 땐 아무 때나 오고
내가 싫다면 언제고 떠나지요.

수명죽백(垂名竹帛)

잊혀진 사랑

그대 잠잘 때 팔배게 되어주고
그대 노래할 때 피아노 되어주고
시리고 서른 가슴 달래주려 했는데
세월강 건너가고 돌아오지 않는가

그대 시릴 때 이불이 되어주고
그대 슬플 때 눈물이 되어주어
외롭고 고달플 때 친구가 되어주렸는데
요단강 건너가고 소식이 요원쿠나.

여로

이슬비 나리는
외딴 마을이 저물고
지는 잎속에
가을 강이 차다.
벽에는
爾 내 이름이 쓰여있고
하늘 멀리
기러기 소리가 흐른다.
도를 배웠으니
진력盡力(통달하지)치 못하였고
갈림길에서
늦근심이 있도다.
경제사업
모두 가지고
산속에 가서
묻혀나 지낼까?

수명죽백(垂名竹帛)

실패失敗

어떤 성공에도 마음에 안차는 사람
어떤 노력에도 완수하지 못한 사람
너무 높은 곳만 바라보고 있는 사람
너무 깊숙히 들어와 있는 사람
시작만 하고 끝을 맺지 않는 사람
무엇이든 다 혼자만 가지려는 사람
아무것도 안하면서 복권만 사는 사람
욕심이 많은 사람
부자가 되고 싶은 사람

인생人生 Ⅰ

少年은 늙기 쉽고
學問은 이루기 어려우니
한 순간의 짧은 시간인들
가볍게 여길 것인가
지당池塘(못둥치)에 봄 풀이
꿈도 깨기 전에
섬돌 앞에 오동잎이
이미 가을 소리를
내더라.

수명죽백(垂名竹帛)

#36

인생人生 Ⅱ

혼자 왔다 혼자 가는 것
먹고 옷입고 잠자고
일하고 쉬고 놀고
사랑하고 미워하고
울고 웃다
구름처럼 떠돌다
바람처럼 사라지는 것

유유자적

일하고노라니 天下뜻
굽닐어 가고
儒生의 가난함도
즐거움도다.
富貴公明 시샘많아
손댈 수 없고
숨어 살음 是非없어
몸이 편쿠나
산나물 물고기
배가 부르니
뜨는 달 부는 바람 시원하여라
하나 하나 알게 되어
의심 풀리니
百年사람 헛되움을
免하였구나.

438

수면제熟眠劑

배고픔은 참을 수 있어도
불면은 참을 수 없어
번민을 잊게하는 밤의 영양제

고통을 참을 수 있어도
외로움은 참을 수 없어
고독을 달래주는 밤의 진정제

구원

개었다 비가오다
오다가 다시 개니
날씨도 이렇거든
世上人心 어떠하리
나를 좋다 하던 이가
나를 문득 미워하고
功名싫다 하던 사람
공명찾아 헤매느니
꽃이야 피건지건
봄철은 알리 없고

구름이 오던가던
山은 그리 탓을 않네
여보게 사람들아
새겨두고 잊질마세
두고두고 求하여도
부귀영화富貴榮華 어려우니

수명죽백(垂名竹帛)

운명運命

쉬워 보이는 일도 해보면 어렵고
어려워 보이는 일도 시작하면 다 이룬다.
쉽다고 얕볼 것도 아니고
어렵다고 두려워 하지 마라.
당신이 내리는 선택이
당신의 인생을 만든다.
화살이 과녁을 찾아가는 일은 절대 없다.
운명이란 타고나는 것이라 했지만
알고보면 자기 스스로 만드는 것이다.
운명이 피해가는게 아니라
자기가 운명을 포용하지 못하는 것이다
비겁한 자는 자신의 나약함은
생각지 않고 운명이 자기를 버렸다 한다.

우수

시냇가 오두막에
홀로 한가로이 사니
달은 밝고 바람은 맑아
흥취가 많아라.
바깥 손님은 아니오고
산새는 지저귀는데
대밭에 평상에 옮겨
누워서 책을 보노라.

수명죽백(垂名竹帛)

"삶"이란

자신을 창조하는 일이다.
무엇이고 창조가 멎었을 때
사람이든 짐승이든
나무든 풀이든
물이든 자연이든
움직임이 없으면 병들어 죽는다
나무는 겉보기에 담담히 서 있는 것 같지만
속으로는 한시도 쉴틈없이
창조의 흐름을 멈추지 않는다
땅의 은밀한 숨쉼에 귀 기울여 보면
계절의 바꿈을 말하고 있다.
새봄의 새싹을 보라
얼음속에서도 계절을 놓치지 않는다.
진정한 삶이란 계절을 놓쳐서는 안된다.

세상에서 가장 현명한 사람은
모든 사람으로부터
배울 수 있는 사람이요
가장 사랑받는 사람은
모든 사람을 칭찬하는 사람이요
가장 강한 사람은
자신의 감정을
조절할 줄 아는 사람이다.

수명죽백(垂名竹帛)

노인자각 老人自覺

故老加年無事逸　非人非鬼亦非仙　고로가년무사일　비인비귀역비선
脚筋無力行常蹶　眼乏昏迷坐禪睡　각근무력행상궐　안핍혼미좌선수

팔구십을 살면서도 이뤄논 것 하나없고
사람도 아니고 귀신도 아니고 신선도 아닌데
다리에 힘이 빠져 걸핏하면 넘어지고
눈은 어둡고 정신은 혼미한데 앉으면 조네

思慮行動皆妄念　悲哀歡樂無感覺　사려행동개망념　비애환락무감각
將猶一縷氣槪餘　讀書三昧怳惚瓊　장유일루기개여　독서삼매황홀경

생각하고 행동함이 모두 망념이고
슬프거나 즐거워도 감각마저 없으니
그나마 한가닥 기개는 남아있어
책읽는 재미로 즐기고 산다네

석류

석류의 의미로 보통 다산의 상징이지만
영생, 생명, 부활의 뜻이 있다.

446

수명죽백(垂名竹帛)

취중무천자醉中無天子
〈술취한 동안은 두려움이 없다〉

天上去無執　花老蝶不來　천상거무집　화로접불래

丘發野秋菊　枝影半生臥　구발야추국　지영반생와

하늘이 너무 높아 잡을 수도 없고

꽃도 시드니 나비도 안오네

언덕바지에 들국화는

가지를 느러뜨리고 누워있네

突風霧散無　江湖居散人　돌풍무산무　강호거산인

酒興豪放遊　滿月傾何懼　주흥호방유　만월경하구

돌풍에 안개처럼 사라질 인생

벗과 함께 조용히 자연이나 즐기며

술이나 취해서 노래도 불러가며

서산에 걸린 달이 기우려진들 무엇이 두려우랴

삼강오륜을 상징하는
서귀포 대정향교 곰솔과 팽나무

고색창연한 회녹색 이끼가 낀 곰솔(2021. 1. 23.)

수명죽백(垂名竹帛)

생로병사生老病死

〈生〉

尿丹湖水嬋舟遊　月宮恍惚執旋風　요단호수선주유　월궁황홀집선풍

婆娑門侵生擒執　胚獄十月脫退人　파사문침생금집　배옥십월탈퇴인

요단강 호수에서 예쁜이 뱃놀이할제
너무나 황홀하여 궁속에 파도일 때
성녀문 배회하다 사로잡혀 갇혀서
열달간 배옥살이 쫓겨난 인생

〈老〉

老境無事讀書筆　盲者正門精力盡　노경무사독서필　맹자정문정역진

老儒不定慾追放　遊佚道樂三毒不　노유부정욕추방　유일도락삼독불

늙어서 할 일없이 글이나 읽고 쓰려 했는데
무능한 늙은 선비가 기력이 다하였구나.
죽음이 앞에 와 있는자가 욕망을 못버리고
놀고 즐기줄만 알고 삼독을 못 버렸구나.

※삼독(三毒) : 탐독, 진독(성냄), 치독(집착)

시와 수필

〈病〉

無病長壽考志命　白髮耄耈耳鳴症　무병장수고지명　백발모구이명증
疝痛症勢耶困疲　無病自生苦役痛　산통증세야곤피　무병자생고역통

병없이 오래사는 것도 내 뜻이 아니었거늘
백발에 검버섯에 이명인들 어쩌랴
간헐적으로 일어나는 어지럼증세도
몸에 지닌 병이 없어도 고통은 마찬가지다.

〈死〉

人命在天運命縣　生死愨省撫摩可　인명재천운명현　생사각성무마가
故鄕舊友孤皆死　老朽看做稱頌德　고향구우고개사　노후간주칭송덕

사람에 운명은 하늘에 달렸다 하는데
죽고 삶이 조심한다고 막아질까
고향이 옛 벗은 다 죽고 나만 홀로 남았는데
쓸모없는 늙은이를 덕이 많다 칭송하네

정삿갓鄭笠詩

天衾地席山枕倒　천금지석산침도
月燭雲屛詩窖格　월촉운병시교격
笠帽袈裟付一杖　입모가사부일장
一鉢千家征處遊　일발천가정처유
禪師盡懣菩堤求　선사진무보시구
靑天虛空無內外　청천허공무내외
自然思考眞如理　자연사고진여리

하늘을 이불삼아 땅을 자리삼아 산을 베고 누웠으니
달을 촛불삼아 구름을 병풍삼아 움막속에서 글을 쓴다
삿갓모자 장삼에 지팡이 의지하고
이집 저집 한끼빌어 정처없이 다녀도
선승의 깨달음을 얻고져 함이니
밝은 천지에 안과 밖이 없듯이
세상살이 이치를 깨닫고저 함이니라

그림자

影兄何故進退隨　영경하고진퇴수

儂汝酷似實非儂　농여혹사실비농

日午庭影笑矮容　일오정영소왜용

月斜影面似見猿　월요영면사견원

枕上若尋無去來　침상약심무거래

起動光明忽相逢　기동광명홀상봉

不映光明去絶蹤　불영광명거절종

魂飛魄散汝鬼神　혼비백산여귀신

그림자야 어찌하여 빛만보면 따라다니느냐

너와 나는 비슷해 보여도 나는 네가 아니잖냐

정오에 뜰에 서 있을 때는 영락없는 난쟁이고

달밤에 네 얼굴은 영락없는 원숭인데

침상에 누워 있을 때는 온데 간데 없다가도

일어나 불 밝히면 홀연히 나타나니

귀신인줄 알고서 혼비백산 하겠노라

　　　　　　　　　　　　수명죽백(垂名竹帛)

선생先生

世上誰云先生好　無煙胸火心炎涼　세상수운선생호　무연흉화심염량
屋訊恪愼靑春去　無理詩書白髮盛　옥신각신청춘거　무리시서백발성

세상 사람들 선생노릇 좋다지만
가슴은 연기없이 타오르고 마음은 서리같이 차구나
한평생 달래고 나무라다 청춘이 다가고
무리하게 글만 가르치다 백발이 되었구나

眞情敎育聞稱道　暫離易脫是非衩　진정교육문칭도　잠이역탈시비난
不可思議問曲直　一擧失言文爆彈　불가사의문곡직　일거실언문폭탄

성심다해 가르쳐도 대접받기 어렵고
잠깐만 자릴 비워도 민망하게 비난하네
옳지 못한 행동에도 잘못을 못 나무라고
말 한마디 실언에도 문자폭탄 맞는구나

유혼(고요한 삶)

世上風波	患難投江	세상풍파	환난투강
深山幽谷	俗事忘却	심산유곡	속사망각
詩禮之訓	返做餘生	시례지훈	반주여생
長幼有序	是是非非	장유유서	시시비비
尋訪親知	儂汝弄談	심방친지	농여농담
詩唫文筆	平安世上	시음문필	평안세상
人間恩惠	心境報施	인간은혜	심경보시
歲寒松柏	信義不變	세한송백	신의불변

세상살이 근심걱정 강물에다 던져버리고
조용한 깊은 산속에 들어가 속세에 일 다 잊고
아버지가 가르치신 교훈이나 복습하며
어른 아이 가리잖고 시시비비 따지잖고
찾아주는 친지들과 실없이 농담하며
시도 읊고 글도 쓰며 평안 세상 살면서
살아오며 입은 은혜 마음으로 갚아가며
사철 푸른 송백(측백, 편백, 잣나무)처럼 지조 변치 않으리

수명죽백(垂名竹帛)

유빈자탄 儒貧自歎 (가난한 선비의 탄식)

仰蒼空窮	心思超可	앙창공궁	심사초가
歲月徊路	更生杳然	세월회로	갱생묘연
無錢放肆	家事忽然	무전방사	가사홀연
品行乖僻	我執肆行	품행괴벽	아집사행
靑春好時	奢侈享樂	청춘호시	사치향락
一觸卽發	精神一到	일촉즉발	정신일도
貧困自産	往生極樂	빈곤자산	왕생극락
貧者一燈	富者萬燈	빈자일등	부자만등
蓮火燈臺	百八煩惱	연화등대	백팔번뇌

하늘을 우러러 마음 둘 곳은 아득하고
세월을 어정이다 살아갈 길이 아득하구나
돈도 못벌고 싸돌다 보니 집안은 엉망이고
성질마저 삐뚤어져 제멋대로 행동하네
젊고 좋은 시절 사치향락에 빠져있다
다급한 지경에야 정신을 차려보니
가난한 살림에 죽을 날만 남았구나
가난한 자가 바치는 일등은 부자의 만등보다 공덕이 크다하였으니
연화대 불 밝히고 백팔번뇌 빌어본다

명예로운 이름을 역사에 기록하여 길이 후세에 남길

垂 名 竹 帛

2023年 10月 1日 초판 발행

발 행 정 승 용(아들)
지은이 정 태 근
주소 서울시 은평구 진흥로15길 12-8, 푸른빌라 402호
전화 010-8395-2346 / 010-3751-8201(사경원)

발행처 ❦ ㈜이화문화출판사

발행인 이 홍 연 · 이 선 화
등록번호 제300-2015-92호
주소 서울시 종로구 인사동길 12, 310호(대일빌딩)
전화 02-732-7091~3 (도서 주문처)
      02-738-9880 (본사)
FAX 02-725-5153
홈페이지 www.makebook.net

값 20,000원

후원계좌 : NH농협 021-02-419777 정태근